情断
拉斯维加斯

一来 著

四川出版集团 四川文艺出版社

Broken love
Las Vegas

目录

Overture 序曲

无尘本来无一物，
何来施主淡绿镯。

探清梦居

美国赌城拉斯维加斯大峡谷北部，有一片疏密有致的人造松林。在松林东侧下坎处的空地，有一座用石头垒起的寺庙，远远望去，那寺庙像是与山连体凸现的岩石包。寺庙门槛的下沿，有一条弯弯曲曲的小路，这条小路直通山下由出家人取名叫"永乐泉"的小河。

晌午刚过，晴朗的天空万里无云。但假若你站在半山腰，冷风吹来，那种透凉空旷的无助，会给你带来莫名的压力。或许，不远处的沙漠还会让你联想起牧马人独走沙漠时那空寂的铃声，或者说藏隐寺庙的地方总会让俗人感受到一种孤独和清冷。大凡来这里的人，都想忘记尘俗，忘记曾经的过往，在清静地领悟佛法的同时，体味与天地同乐的安详。

一辆CTS凯迪拉克吉普车驶向盘山道，绕过米德湖，在临近大峡谷北端一处半山腰的空地停了下来。一对中年男女从那辆豪华型吉普车上下来，其中那位女士指着那座寺庙说："老公快看，那儿，清梦居。"

那位男士戴着眼镜站在车的右侧点点头，有些茫然地望着，没有答话。

女士走到老公的身边，她感受到了老公的情绪变化。

"老公，真不知道拉斯维加斯还有这么美的一个地方。"

"是啊，艳茹。清梦居不只中国有，美国也有。"

老公温和地对太太说："这里苍松翠柏相连，碧绿绵绵无尽地拥抱这半山间的清梦居，心的足迹到这里好像就皈依了佛门，有一种缥缈欲飞的感觉。"

"听说来这里出家的中国人，大多都是赌徒，有的输得倾家荡产，有的被男人抛弃……"

"一个女人，如果心死了也就无欲无求了。"

"下午两点多了，我们上去小艾能不能见我们？"

"进入佛门，一切皆空。听说她现在的法号叫无尘。"

"走吧。"叫艳茹的女士催促着，并拽了下老公的衣袖。

两人顺着石头铺就的台阶路，向半山间的清梦居走去。

寺庙的四周，石头路旁，清洁无杂草。早春的四月，这里已是满山花香了，还有那含苞的花蕾正等待那春风轻拂，满地便是花的世界。但奇怪的是这半山间吐露的花色都是些白色、紫色、黄色，眼光寻遍没见红色。这出家人真会选清静，就连灵性的花儿，座侧佛门也蕴含了禅意。

寺庙前厅，住持安排一位年轻的小尼引领着这对夫妇，绕过菩萨安住及善男信女朝拜的前厅。在一拐角处，这对夫妇被引领到知客堂等候。这时，一位光头、脸色微黄的中年女人，身着法衣道袍，在那位小尼的引领下，缓缓地从里屋走出。她，无尘，望上去，熟悉的人便看出是剃度后的小艾了。她头顶青亮，刚长出发茬的顶端有几处撞伤的疤痕，青白的面孔没有一点血色。但她目光平和，表情淡定，对来访者到来既不惊喜，也不惊慌失措。

那位男士站立在门的左侧，看着皈依佛门后的小艾在心里惋叹："三年多了，她的归宿竟是这半山间的清梦居。"

"小艾你好！"那位叫艳茹的女士热情地走向前去问候。

"施主请留步。"那位小尼低声说道。

只见小尼和无尘打着手势，讲着哑语。又见无尘晃头不语。

这时那位小尼面向来访的两位额手称道："阿弥陀佛！无尘患失语症多年，不能讲话。且无尘是无国籍的人，她无亲无友。小艾是谁？无尘不认识。施主，请回吧。阿弥陀佛！"

艳茹赶忙掏出一对淡绿色玉镯，拿出一个，右手举着对无尘说："这个……是你的那个……你忘了么？"

无尘已转身欲回里屋，但看到艳茹手中的玉镯，略一怔，随即摇头，转身缓步离去。

小尼马上代为回话："无尘本来无一物，何来施主淡绿镯？"

小尼说完，陪无尘缓缓地向里边走去。

那位男士自始至终站在门厅的一角，眼里噙泪，默然无语。当他听到小尼代无尘的回话，他想起了唐代佛门惠能大师对虚无的最高顿悟："菩提本无树，明镜亦非台，本来无一物，何处惹尘埃。"

"是呀，"他在心里叹道，"本来就虚无一物，看空了一切，还会念那玉镯么？看来小艾心中是真的静若止水了。"

他走上前，拽了下正发呆的老婆衣袖，轻声说道："走吧，我们不要打扰她的清静了。"

"可是……"艳茹说，"那车里为她取出的寄存皮箱给不给她呀？"

男士犹豫了一下说："下个月我们就回中国了，你亲手交给艾芳阿姨不更好吗？"

"是啊！"艳茹面色忧伤地叹道，"艾芳阿姨老了，我应该回去替小艾尽点孝心。"

突然她好像又想起了什么，拽一下男士的胳臂说，"你没看到小艾刚才那一怔眼里的亮光吗？我保证她的心没死，没准每天念着你呢。"

"又瞎说。"男士瞪了一眼艳茹，轻轻地拍了下老婆的后背说道，"快走吧，女儿在家等急了。"

"本来就是嘛！"艳茹边走边坚持自己的判断继续道，"盼盼看到的那位满眼含泪的女护士，肯定就是小艾！"

"好好好，你是对的!"男士不争，很和善地安慰着太太艳茹。

两人走出寺庙。由于小艾的拒不相认，使他俩的心情显得格外沉重。

回去的路上，艳茹边开车边说："小艾的头上为何有那么多疤痕呢?"

她老公低声地分析说："一个吸过毒的女人，惨痛的经历何止那疤痕!"

"可是……"她仍刨根问底地说，"老公，你是学过中国法律的，你说杀过人的女人能出家吗?"

她老公想了会儿说："没有最后确认是小艾杀的人，如果确认了，应该是服刑期满之后可以出家。"

说完，他好像想起什么，又若有所思地补充道："那个杀人者警方说是南茜，可是又传说南茜已经服毒自杀抵命了，更何况南茜并不是小艾注册的英文名，因为事发时她还不是美国公民。连警方都没有确认的事，我们可不能瞎说。"

艳茹反应过来老公的用意，但她还是追问了一句："在美国，出家的人也是有身份的，可是……"

她想说的是只要有身份那警方就能查到，不可能逍遥在清梦居。

她老公很敏感这个话题，歪头看着老婆很认真地解释说："所发生的这一切，尽管我们也是当事人，但我们也没看到是哪个南茜杀人，都是听说，否则我们知情不报本身也是法律所不允许的！"

艳茹歪着头一伸舌头向她老公扮了个鬼脸。

这时她老公有一点微笑了。

接着她老公继续说道："小尼介绍无尘没有国籍，又患失语症多年，已经变成了哑人……"

艳茹刚想接话，但她看老公还想说什么就顿住，说了句："你说？"

她老公很专业地分析说："从我们了解的案情看，没有任何证据能证明那个凶手南茜就是方小艾，况且三年和多年不是一个概念。"

这回艳茹接话了，她若有所思地说道："哦，老公，我明白了！"

她老公随口说了句："你明白啥了？"然后他头朝车窗外，不再讲话，像是在回忆中验证无尘的身份。

临来的时候他的老乡刘大姐一再叮嘱："千万别多说话呀！因为我还没去看她呢。两年前有位台湾的女士叫梦秋，给我捎话说小艾就在清梦居，法号叫无尘。那位女士是慈济会所的佛教徒，她说是她陪小艾从纽约回到拉斯维加斯的。还说小艾后来因女儿的事绝望了，非要出家。我这人不愿意刨根问底的，所以真的假的我的确不知道。"

他默默地注视着刘大姐，等她把话讲下去，可刘大姐苦笑了一下，不好意思地补充说："其实我早就想去看看她，但也

不知为啥，提起她我就有点怵得慌。想起她让我开车送她去新泽西……咳嘿，我浑身后怕得直发冷……"

夜幕降临，但灯火辉煌的赌城拉斯维加斯却把夜色装扮得光彩照人，驶进市区的大道，你便能看到无数个广告屏幕上播放着的诱人的节目介绍。其中最引人注目的便是狂欢乐队演唱的歌曲《美女 Las Vegas》。

好像这 2002 年的到来，预示着人类迈进了最疯狂的 20 世纪！

那首歌是这样唱的：

夜晚，当飞机降落的一瞬间

我看到了你那美丽的青春无限

是少女含羞的微笑，是姑娘荡漾着笑脸

金字塔的望眼射向夜空，灯柱华光闪闪

米高梅的雄狮盘坐门前

New York New York 的自由女神飘向人间

却原来，米德湖水和那大峡谷的望泉

是你这美丽姑娘的双眼

哦，Las Vegas 你这个美女美得让我垂涎

哦，Las Vegas 你这个 Girl 诱惑得让我贪婪

我敢说这里才是人生栖身的港湾

犹如女人的舞姿，那是音乐喷泉

让每个人都陶醉水的表演

好似男人的陪伴，让每个人都享尽水上剧场最古
老的庄严

火山爆发，炮火连天

海盗船悄悄地扬起风帆

却原来这里也有威尼斯河畔

最精彩的表演，那是 Blue Man 的出现

哦，Las Vegas 你这个美女妖娆得让我垂涎

哦，Las Vegas 你这个 Girl 诱惑得让我贪婪

有谁能逃离人世间美女这关

有谁在 Money 面前不念不贪

却原来，太多的美女让我眼花缭乱

太多的 Money 遮住了我的双眼

来来来……来来来……来来来来来……

"是啊！"仍在沉思的男士打住思绪，转向他的太
太叹道，"我来到赌城拉斯维加斯的第一天，便被这
首疯狂的歌曲吸引得找不着北。"

他的太太艳茹女士在红绿灯处踩了刹车，转头温
和地问老公，"那个时候小艾也在这赌城么？"

她老公很痛心地晃晃头，接着感叹："在和不在
都没有意义了，欲求解脱的出路不就是那清梦居么？"

艳茹从老公的叹息中感受着那份沉重、无奈和
痛苦。

　　她在心中也苦笑着叹息：的确，人的一生，有多少往事，不都是在叹息中结束的吗？你、我、他，每一个人，从生到死，都有一段刻骨铭心的经历，并演绎着可歌可泣的故事。她从车的反光镜中略带疑惑地扫了眼面向窗外、不知又产生什么创作灵感的老公，她的心里有着同样的沉重。是啊，这个憨态可掬的男人；这个让她苦等了近二十年的丈夫；这个在死亡边缘挣扎而被儿子亲情唤醒的父亲……历尽艰辛，最终实现了他的梦！

　　一念间，她忽然想起了刚看过老公写的小说《相约在美国》后记里的那首诗，在绿灯亮起时，她踩着油门，随着车的起步，那诗便跟着她的思绪飞了起来……

爱她吗？那你就和她飘一次

带她飘到赌城拉斯维加斯

那里是天堂

实现了这梦想死了都值

恨他吗？那你就和他赌一次

赌他敢不敢去赌城拉斯维加斯

那里是地狱

痛不欲生生不如死

霓虹灯闪着光的银丝

夕阳的残红是少女唇上的两点痣

冷月扯裂最后一块光的碎片

交响乐摇滚出最后一枚硬币

是懒汉滴淌的眼泪

而妩媚女人怀中的狗

是情人心中最合适的替身天使

相伴一程，回头一笑

情断拉斯维加斯

Chapter 1 第一章

现如今很多中国人都想来美国，
为什么？ 美金都已经开始贬值了！

赌命赌人

马路上全是不同肤色的人：白人、黑人、黄皮肤的亚洲人，黑压压的一片。

出了名的歌星，把赌城拉斯维加斯的周末看成是聚宝的盆地，排号似的轮流演出。今晚的主角是加拿大一位著名歌星，这是他在赌城的第一场演唱会。

天刚刚暗下来，赌城的各大银屏窗口便播放出奔放而又充满刺激的镜头。云霄塔酒店的大型广告银屏上，除了猫王，迈克尔·杰克逊，时常闪出几乎裸着上身鬼似的女人，那龇牙咧嘴的样子，恶心得让人直皱眉头。

可是美国人对这吓人的鬼女表演一点也不讨厌，觉得挺好玩。

天空阴森森的，那翻滚的浓烟一样的黑色云团倒立着垂挂天边，使这赌城在傍晚就被黑色笼罩。头顶的上空倒还有一块灰色的空地，但那空地也在渐渐缩小。因为探出头来的暮霭正在一口一口贪婪地吞噬着，就像这走进夜晚的赌城，是填不满的坑。

地面上，整排的出租车不停地奔跑着。在这个队伍里，有一位中国北方的汉子，熟悉他的中国人都习惯叫他老郑，要好的同乡叫他跃进，其实他不老，刚刚39岁。

晚上8点，跃进开着出租车从云霄塔酒店接一个中东客人去金字塔酒店。客人一上车，跃进问过客人要去的酒店后，首先把一张美女卡片递给了客人，然后笑着说："快乐周末。"

客人手拿名片卡一看，只见上面写着"年轻小姐到你房间跳舞"及联系电话，服务内容。

客人笑笑，什么也没问便放入上衣左侧的口袋。

因为是周末，郑跃进怕塞车便直接走了高速公路，所以车很快就到了金字塔酒店。

客人下车前一看计价器显示的价位是14.99美金，马上脸色一沉，不高兴地嘟囔道："绕路了。"

下车时，这位客人只给了郑跃进15美金，等于没给他小费。

跃进气得直瞪眼，随即用有点生硬的英语说道："不给小费就算了。但周末，我只能走高速公路。"

那位中东客人理都不理郑跃进，头也没回地走进赌场。

这时的金字塔门前有几十人在等待出租车。郑跃进心想，

到晚上 12 点下班，还有三个多小时，得抓紧时间多揽几趟活。

大跃进年代出生的郑跃进，看上去比实际年龄老些，中等身材，习惯梳个背头，戴副眼镜，像文化人。由于他很少讲话，常常处于沉思状态，好像有想不完的事，所以有时显得有些严肃。那淡然的表情，让人觉得似乎外界发生什么事都与他毫无干系。但他为人实在，在公司很受欢迎。新司机刚进公司一般都没有固定的车，可是郑跃进运气好，上班的第二天公司便给了他固定的车，很多新司机都非常羡慕。但老郑毕竟是个新手，他还不知道出租车这行业有很多的不成文规则，他还需要历练。

"唉!"郑跃进叹道，"只能怪自己不懂得和客人沟通，怪自己英文底子不好。"

他放慢车速走出金字塔酒店，路经曼德勒海湾酒店前的红绿灯，抬眼一见是绿灯马上跟进左拐，准备上大道，眼见大道前的红绿灯又是绿灯，他高兴地再次跟进二次左拐。

郑跃进心想："真够顺的，一路绿灯。"

他仍打着转向灯，刚想加速好靠近仍要左拐的红绿灯线，这时他眼角的余光看到一个非常熟悉的身影，在金字塔风景点正和一位男人说笑着拍照。他的心一阵颤动，因为那男人的背影他很眼熟。他赶忙放慢车速，还想回头看看那男人是谁，突然，他发现行人道上一个披头散发的大汉正向他的车飞快地冲过来，他还没来得及反应，只见那大汉纵身一跃，嘭的一声砸在车的前脸钢化玻璃上。

最可怕的是，那人头撞碎玻璃而探入车内对着郑跃进的脸。

刹那间郑跃进满脸喷的都是血，吓傻了的他"妈呀"一声，慌忙中踩了刹车大声喊道："我撞死人啦，我的妈呀！"

他甚至不知道是怎么把挡位放在停车 P 的位置上的，之后傻傻地坐在车里一动不动，对着那张冷不丁撞进车内的血淋淋的脸发呆。

因郑跃进急踩刹车，后面的出租车防不胜防地追尾，路过的行人高声地喊着："撞人了。"

大道上的行人都停了下来，越围越多，几分钟的工夫，大道附近的警察，包括管理出租车的警察，还有响着警笛的救护车，纷纷赶到现场。

当警察把满脸是血的郑跃进拉出车门时，他似乎已经不知道该怎么讲话了。

他用英语胡乱地讲道："是他撞我而不是我撞他。"

警察问："你需要救护吗？"

"我没事。"

郑跃进边回答警察的问话，边用手抹去脸上的血迹。

"发生了什么事？"

警察看跃进没事马上严肃地问，并用手示意郑跃进站立回答。

郑跃进不语，他不知道怎么说才能讲清楚。

他心想，反正是他撞我。

警察迟疑了一会儿问："你会讲英语吗？"

郑跃进赶忙站立回答："会。"

他心想，不会英语，能开出租车吗？

其实，郑跃进的英语水平也就小学程度，但警察问了，他必须回答。可是，这个时候的郑跃进还处在半懵半醒状态，他最担心的就是警察没完没了地问，就他的英语水平，一旦回答不好可能节外生枝。因为他花了半年的时间学习出租车专业语言，考了6次才拿到出租车执照。这是他眼下的工作，如果因为撞人再把出租车执照吊销了，那他还得回到中餐馆去打工。

郑跃进怕再问下去自己那点英语难以招架，忙双手抱头装头疼的样子，目的是回避警察的提问。

就在这个时候，郑跃进所在 Yellow 出租车公司的主管赶到了现场，警察没再追问。

只见五六个警察从前脸车窗破碎的玻璃洞中，小心地把那个足有300磅的男人抬了出来。他看上去有40多岁的年纪，他的头脸、上半身全是血，那么多人抬他一点反应都没有，看样子不死也得傻。

这期间两个警察问路上的行人，只见行人用手比画着讲那个男人跑着往出租车上撞，看情形行人的证词对郑跃进有利。警察问过行人后与 Yellow 出租车公司的主管交谈，另两名警察勘查车追尾的现场。这期间所有警察都在等两位女警察询问一位哭红眼的女人。那女人30岁左右，像是那位寻短见男人的太太或女朋友。询问完毕，其中有个女警察拿着从伤者身上搜出的证件和两张礼宾卡向一位年长的男警官汇报。只见那位男警官向一位警察交代着，并从那位女警察手中接过一张礼宾卡交给那位警察。随后，那位警察走向警车去了金字塔酒店，而另两个警察同时也从那位女警察手中接过另一张礼宾卡，开着警车去了曼德勒海湾大酒店。也许是他们还想查出事件的真相。

郑跃进注视着，他在等待警察的处理结果。

几分钟的工夫，其他警车也相继散去。

这时，Yellow 出租车公司主管把跃进叫到一边，交代处理结果。

主管称这是一起意外的交通事故，是那位游客输了太多的钱想寻短见，往行驶的出租车上撞头自杀。司机无法预防，没有责任。车的追尾部分，由公司通过保险公司负责处理。考虑到事故对司机的惊吓，公司决定郑跃进停止工作，休息两天……

接下来，出租车将被公司派来的拖车拖回公司。

郑跃进如释重负地长出一口气，但他心里很恼怒地想："你这蠢猪，输了多少钱啊，这么想不开？"

他坐上公司拖车时还没忘了看一眼那对男女拍照的景点，但景点处已没了那对男女的身影。

回到公司结账后，郑跃进疲倦地走出公司大门，一想起撞进车里的那张血淋淋的脸，他就浑身打战。没赚着钱差点搭条

命，他直觉晦气。

打开车门，坐到自己的车上，想了好一会儿，他才启动打火开关。

"是啊……"他叹道，"这人啊，一旦被心魔缠住，不去死，也许会去偷。"

没错，输得没钱了，甚至会去抢，今天算是让他郑跃进赶上了。

"可是……"郑跃进在心里感叹，"现如今，很多中国人都想来美国，为什么呢？美金都已经开始贬值了！"

他刚想起步，手机响了。他拿出手机一看又是女朋友南茜打来的，他犹豫了一下，没接。放下手机的同时一声响雷震破天空，跟随的是闪电把天空的乌云划破。

拉斯维加斯的夏季干旱少雨，秋天已过去，时至 12 月初了，今晚却下起雨来，这个季节美国中部地区的丹佛，已经是大雪连天，可拉斯维加斯，歇了一年的老天，就在郑跃进撞车的这个晚上下雨了，而且这雨越下越大。

郑跃进虽然不迷信，但他想到刚刚出的事，总觉得不吉利，他觉得胸口堵得慌。他小心地开着 Honda 车，奔向回家的路。

十年了，从 1987 年 5 月离开中国至今，这一晃又过了十年。明天是 1997 年 11 月 30 日，恰是他 39 岁的生日。

这么快，中年了。

可是，至今他还没有找到他要找的姑妈、未婚妻沈艳茹和没见过面的儿子盼盼。

"相约在美国"，这是他和未婚妻沈艳茹的约定，可是在中国他等待了十年恍然如梦，如今来美国又是十年他仍然在梦人生！

"唉！"他叹道，"不管她们在哪儿，健康平安就好！"郑跃进刚来美国时的豪情和那种锲而不舍的心态，被冷酷无情的岁月摧折得没了棱角，尽管他仍然执着，但已经非常务实地接受了现实。

没错，没找到未婚妻沈艳茹，他也有了女朋友，还是同乡，已经共同生活了四年多。

郑跃进回到家已经是夜里 12 点了。

女朋友南茜在电话里已经知道跃进出事的情况，她做好了饭菜等他回来。她看出进门的郑跃进没有理她，心里多少有一点发慌，但她马上表现出明事理的样子说："你累了，先冲个淋浴，我收拾完给你做个足疗。"

她心里想："我南茜做事从来都是天衣无缝，跃进开车撞了人心情不好，不理我也算正常，我是他女人嘛，应该给他点阳光温暖一下。"

她回身去餐厅，先把打包回家给跃进吃的白斩鸡收进冰箱，又快速将饭菜拾掇好，然后回房间去取毛毯。

郑跃进简单地冲了个淋浴，便穿着睡衣出来倒在大厅的躺椅上闭目养神。他明明知道南茜手拿着小板凳走进了大厅，但他就是不理南茜。

南茜放下小板凳把毛毯给郑跃进盖上，然后坐在跃进的脚前说："我给你捏捏脚，你放松地睡一会儿吧。"

听南茜这么说，跃进倦怠地看了看眼前温柔可人的女人，想起那件事，他就窝火没了兴致。所以他依然什么也没说，他在向南茜耍脾气。南茜也知道，郑跃进这种像小孩一样的耍脾气不是第一次了，所以她不理他。

南茜给跃进的左脚抹上露霜，刚揉搓一下，跃进的电话就响了。跃进起身拿起电话举向右耳边，嘴里嘟哝着："都下半夜了，谁呢？"

"郑先生，你介绍的客人史逖夫，在我公司叫了跳舞的小姐，你的奖金是200美金，请来取吧。"

"哦，我的天！我终于中奖了。"郑跃进惊呼，睡意全无。

他放下电话问南茜："几点了？"

南茜拿起毛巾擦着手告诉跃进已经是凌晨1点10分了。

郑跃进对着南茜开始自言自语："你说怪不怪，从开出租车一个多月来，卡片发出去几十张都没有结果，今天就发出了一张，却成了！200美金就这么到手了。你说，给我就200美金，那小姐到客人的房间跳舞得多少钱？那公司又赚多少钱？这赌城拉斯维加斯真的搞不懂，妓院还不能开在城里，性服务违法，但小姐进房间跳脱衣舞就合法了。在房间里，一个女人在一个男人面前脱得一丝不挂，你想接下来会发生什么事？"

郑跃进终于和南茜讲话了，南茜是见台阶就下，她马上微笑着逗跃进说："你发的卡片，卡片上有你注册的号码，公司按号码兑现奖金，你拿了钱你就是拉皮条的喽？"

说完南茜忍不住哈哈大笑起来，接着揶揄道："我的老公是拉皮条的！哈哈哈哈哈……"

郑跃进"哼"地苦笑了一下，因为他猛然想起最后载的那位中东客人。他在心里重复着那位客人下车时讲的话："绕路了。"

郑跃进心里想："这个老抠，不给小费却花几百美金招跳舞小姐。不是因为载他我老郑就不会去金字塔酒店，不去金字塔又怎么会出事呢。"

想到这儿，他抬眼又与南茜对视了一下在心里说："不去金字塔，我又怎么会看到你和别的男人拍照呢？"

郑跃进苦笑着，在心里嘲讽着这个世道："有些西方人心态单纯得可爱，是因为他图的是那根筋的快乐。而一些中国人，尤其是像南茜这样的中国女人，她图的又是什么呢？就为了赌博百家乐她什么都无所顾忌，甚至连家也不要了？"

跃进扭头看着窗外，用余光扫了眼低头给他搓捏脚的南茜，在心里下了结论：一个爱赌的女人，和一位吸毒的女明星没什么不同，结局是一样的狼藉不堪！

他边想边苦笑着摇头躺了下去，这个情节恰好被南茜抬头看到了。

南茜不知道跃进的心思，她还在笑着说："莫名其妙，傻

了你？噯，明天是你的生日，我们在后院烤牛排和肉串，你通知的人最好在下午两点钟前到。"说完她又很随便地补充了一句，"哦，对了，还有小东。"南茜习惯称慕东为小东。

"谁，慕东？"郑跃进一听小东的名字，敏感地一下子又坐了起来，他终于想起来那个眼熟的背影。

"没错，是他！"心里一股冷气顿时直逼他的嗓门，他皱起了眉头责骂自己，"真笨，老赵都讲了那事，你连联想都不会，什么智商啊！"

这个慕东，郑跃进是通过修车的朋友赵伟介绍认识的，那时慕东的身份是什么 Q 公司总经理助理，很有钱，有很多不动产，又专门推销保险系列产品，在雪山胜地丹佛居住期间，南茜和她爱赌牌的朋友常去慕东那里玩麻将。

郑跃进骂完自己，联想起那位寻短见的赌客，他又在心里苦笑道："真是赌客赌命，慕东赌人。呵呵，这结局也不错呀。"他在自我安慰地想着，这同居的日子是早该结束了，不过让一位有钱的小男人插足，他的心里总有耻于戴绿帽子的不爽。所以他装做什么也不知道的样子故意惊讶地问南茜："慕东怎么会来这里？"

南茜一脸镇静地对跃进说："是我告诉小东的，他来参加扑克大赛，已经 3 天了。"

也就是说慕东来赌城 3 天了，一直和南茜联系，吃饭、游玩、拍照，甚至……郑跃进全然不知。

"噢……"郑跃进若有所思地应着。他不想看南茜，头又扭向了窗外。

南茜抬眼看着郑跃进，眼神有点朦胧又有点诧异。因为跃进出事时，她与慕东刚刚在景区拍完照，坐上慕东开的奔驰车去往 RIO 大酒店的路上。等她知道出事的那位司机是跃进时，她着急地打电话给跃进想问候一下，但郑跃进一直不接听。直到跃进回公司了才接了她一个电话，但也只说了一句："我还活着！"她隐约感到谈到慕东郑跃进有些不悦，好像知道点什么。南茜欲言又止，她不知道该怎么解释，但一看跃进那苦大仇深的样子，她的气就来了，她的脸色很快就冷下来，显得很不在乎地问跃进："小东……他没给你打电话么？"

停顿了一会儿，她看郑跃进没吱声又补充道："你好像……好像不太欢迎小东来？"

南茜细润的脸上流露出让人很难读懂的表情。

这时郑跃进回过头来看了一眼南茜，为了缓和这令人不愉快的问话，他刻意柔和地回答："别想那么多，我撞了人心情很烦。帮我按下右脚好吗？"

南茜瞪一眼郑跃进用毛巾把跃进的左脚包起来后，又细心地抱起跃进的右脚。她边抹露霜边体贴地小声说："你……先睡会儿？明天还要早起呢。"

窗外雨还在哗哗地下着，偶尔一道闪电划过，片刻就是一阵雷声。大厅的一角立着顶盖的灯，屋里很暗。跃进长长地出口气，舒缓一下压抑的心情。南茜妻子般的温情使他稍微缓解了心中的怨恨。是啊，他在心里感叹：这四年多和南茜生活在

一起，心里却一直想着艳茹和儿子盼盼，这对南茜公平吗？拿人心比自心啊！

　　他在矛盾中一会儿谴责自己，一会儿又显出瞧不起南茜的神态。他疲倦地摘下眼镜，无奈却又很放松地躺了下去……

Chapter 2 ^{第二章}

这种事他怎么会知道，
女人要是不说，男人一辈子都别想知道。

心病难医

　　很多人都说赌城拉斯维加斯的气候四季分明，可是 12 月初还下雨，这在中国北方肯定是"窦娥冤"了，但生活在美国的赌城大家好像都习以为常了。因为拉斯维加斯地处美国内华达沙漠边陲，周围环绕着 1000 米至 3000 米的高山，而且原本只是到加利福尼亚州路上的一个小绿洲，一年四季干燥少雨。现在这沙漠的绿洲摇身一变，从一个荒凉的沙漠腹地，变成为国际著名的景点，而且汇聚了全世界最有名的酒店、餐厅、商店，还有独一无二的节目秀表演。每年到访的游客超过 7000 万人次，甚至还多，而且 80％是回头客。全世界前 20 名大型超级大酒店有 18 家之多均设在拉斯维加斯。游览、娱乐、购物、餐饮，全部都是 24 小时不打烊。来这里的人们都是为了通宵尽情地享乐，就像人活一世不到赌城是件憾事一样。赌城

拉斯维加斯，绝对是一个灯红酒绿的奇幻世界，是疯狂的不夜城，不管是雨天还是传说中的世界末日……

可是今晚，在大雨瓢泼的深夜，南茜在赌场赢了约有4000美金却急慌慌地赶回家里抱着跃进的臭脚心甘情愿地揉搓着，是因为跃进开出租车撞人还是因为自己私下里另有相约？但说句心里话，她每搓一下跃进的右脚心都在痛啊。是情愿还是违心的献媚她自己都说不清楚。是啊，究竟图什么，为什么呀？"老娘呀，您让我死恋着这个男人干啥？"她边揉搓心里边抱怨妈妈。不是吗，眼前躺着的这个男人属于她吗？如果属于她南茜，为何同居了4年多都没结婚啊？最闹心的是她心早就飞了可又为何舍不下这段情呢？这与老娘的忠告有关系吗？

从认识郑跃进的那天起南茜就想改造他，完全地占有他，甚至想支配他的全部生命。可是怪了，她一直被郑跃进改造着，支配着，而且她自己都感到奇怪的是，她根本就无法拒绝。直到有一天，她在睡梦中体验了肉体被另一位更强壮的男人征服之后，她的心开始飞了。她安慰自己说："我的心从来就没有真正地属于过郑跃进，就像他的心从来就没有交给我一样，我干吗死守着他！"

可是南茜低头看着郑跃进的臭脚又在心里念叨："那我为什么这么犯贱地揉搓他的臭脚啊？"

她记得有一次她和那个男人看了一场美国英语片电影后，那个男人和她面对面地说过这样的话："你让我变得越来越坏，伤心而又烦躁。我知道你大我许多，但不知为什么，我总想起你那勾魂的叫声，总想去见你，是真的好想你！可是我知道，你不是我太太，就算是情人也是看在赌的分上。其实我很了解你，你不像你的那位傻伴侣事事追求完美。在有些无所谓的事上，你是一位知错不改的女人，虚荣而又贪婪。你飘浮不定的心思，就像刚才电影里的郝思嘉，最后你将失去给你快活真正对你好的男人！"

南茜似懂非懂，因为看的是英语片，她只看热闹，主角叫什么她都不知道。而且她正在怀疑"验证眼前的这个男人是她一生依赖的伴侣"可能是个错误。所以她认为有了第一个男人原本没想要第二个男人，可一旦有了第二个男人了似乎也就不在乎有第三个男人了。呵呵，有一天她把这一段话剪辑后说给跃进听，并问了一个非常可笑的问题，她说："有人说我像郝思嘉，还乱世佳人。那位郝思嘉……"

郑跃进看南茜说了一半就停住了，他是边笑边晃头。他告诉南茜，郝思嘉是美国著名作家玛格丽特－米切尔写的小说《飘》里的主人公，一个很有个性的美国女人。这个女人的血液里流淌着野性的叛逆，最终导致她失去了爱她的男人。

南茜一听，先是"噢"了一声，好像在回忆着什么，因为记忆中那片名好像叫《乱世佳人》，就南茜的阅历她根本不知道《乱世佳人》是小说《飘》改编的电影。接着南茜又"哼"的一声脱口说出了一句名言："世界上唯有土地与明天同在，哪有只爱一个女人的男人！"说完她优雅地一撇嘴，令郑跃进立马刮目相看。也是呀，把名嘴请出来，不管是哪国的，前来

和南茜理论一下，看她说的对不对。郑跃进愣了半天，马上在电脑上通过百度开始查询，结果前句是《飘》里郝思嘉父亲讲的名言，后句没查到，他想应该是南茜自己的心得吧。郑跃进呵呵一笑，他笑的是那名言南茜张口就来却不知道郝思嘉是谁。

这一次的对话南茜把郑跃进镇住了，头一次她赢得得意扬扬。

南茜揉搓的手有点漫不经心了，揉搓了几下她又停了下来。屋里闷郁着不流动的气味，潮湿而又让人透不过气来。雨夜中，窗外的老桑树时不时地响着只有那树叶纠缠时才能发出的吱吱声，她突然感觉浑身发冷，一股怪诞的气流从她的心底上升直砭入她的肌骨，一个冷战让她停了下来。她看着熟睡的郑跃进眼睛湿润了……

其实南茜是位外表看起来很端庄的女人，高个儿，有1.66米。瓜子脸，黑黑的头发拢向脑后。35岁的身材丰腴却不显臃肿，体态丰满，皮肤白皙，她常与美国白种女人比皮肤，在郑跃进面前自美自喻："看，是我的皮肤白还是她的白？"

最让她得意的是她那翘挺的胸，浑圆丰隆，微露的乳沟是南茜最美最富风韵的聚焦点，乳沟间悬垂着一个玉坠，那是郑跃进送给她的生日礼物，随着她的呼吸起伏颤动，俏皮慵懒的样子很是撩人。

她说："男人想要的不就这眼福么？"又说，"亚洲女人的胸形是遗传于母亲，乳房不是靠吃药就能挺起来的。"

她很自豪有个当银行行长的妈妈，尽管是市里一个区的银行。

她常把妈妈挂在嘴上说："是妈妈给了我好身材，是妈妈给了我好智商，又是妈妈做我最坚实的经济后盾。只要有妈妈在就有阵地在！"

说完杏眼一觑，右手握紧拳头摆在自己的右胸前，然后学着美国人的样子很滑稽地喊一声："Yeah！"

每当这个时候，她左腕上戴着的淡绿色玉手镯便滑露出来，发出润泽的光。

郑跃进看到南茜的孩子气，就讥讽她又在显摆自己，她不服气地一噘嘴，表示她的抗议。

假如一个长辈看到南茜这个样子会说："她是个永远也长不大的女人。"

南茜来美国已经 7 年多了。她有一个妹妹叫小禾，比她小 10 岁。她有个女儿叫文婧已经 13 岁了，一直是她妈妈帮她带大的。

来美国这些年，南茜悠闲自在，想打工就找家中餐馆做几个月，不想做了就去赌场玩，她无忧无虑，什么负担也没有。

南茜和郑跃进的相识，是经一个同乡刘大姐介绍的。当时他俩因为是同乡而走动得近些，也没想发展成男女朋友。那时的郑跃进，可以说骨瘦如柴。他来美国 5 年，孤身一人。找不到未婚妻沈艳茹和儿子，他的情绪一度非常消沉。这期间南茜在芝加哥，郑跃进在科罗拉多州的丹佛。每到夜晚两个人便开始在电话里闲聊，有时一小时，有时两小时。也许同在异乡的无聊，让他们都视彼此为倾诉的对象。有一次休息，他俩竟然聊了个通宵。南茜聊到了前夫出轨，甚至聊到无性婚姻。直到有一天郑跃进的电话单来了，这老郑一看傻了眼："天呀，800多美金的电话费！"

郑跃进拍着自己的脑门埋怨道："疯了，你！"

电话公司很讲理，钱多可分期付款。

从此以后，两个人约定好在不限时间的夜晚通话。

为这事南茜当笑话在电话里讲给她妈妈听，可精明的妈妈一听南茜讲跃进快乐得滔滔不绝，就知道女儿又恋爱了。妈妈通过熟人查了郑跃进的生活"档案"，等南茜再来电话时妈妈马上告诉女儿，说跃进曾和一位患血癌的女孩结婚，后来那女孩死了。那段时间，郑跃进曾经是市里酒桌上的话题人物，但这个男人的人品不错，是一位可托付终身的男人。

南茜一听妈妈在调查郑跃进，马上怪罪妈妈多事，因为两人之间的那张窗户纸还没捅破呢，这要是让跃进知道那成啥事了。可妈妈不这么看，妈妈认为男人可以有缺点，但人品不能不及格。不过妈妈的调查倒让南茜冷静下来思考她与跃进的关系。她想："妈妈都说跃进是位可托付终身的男人，那我还等什么？"可是男女相恋还是男人主动些好，所以南茜与跃进通话时尽显温柔，她心里期待着跃进先开口说喜欢她。

有一天夜里南茜打电话给跃进，她发觉郑跃进讲话声音嘶哑，语调有气无力。一问知道跃进因感冒正在发高烧。机会来了，南茜二话没说，买张机票就飞到了丹佛来照顾郑跃进。

郑跃进被南茜的真诚和热情感动了，寻妻儿的路程遥远而迷茫，孤独无伴，每日的焦虑和失望以及难以排解的寂寞让他投入了这段感情，他们真的相恋了。

但在郑跃进的心里常常出现一种失落和不如意的感觉，他明明知道南茜并不是他要找的人生伴侣，但他却着迷一样地喜欢南茜，尤其迷恋南茜丰满诱惑的肉体。

而南茜，除了是一个温柔的女人以外，就是她天真率直的性格，不懂装懂，说谎从不怕对方识破的不在意劲儿，也让他感到轻松。是啊，已是身心俱疲，如果再每天面对一个需处处设防的女人，那多不带劲儿。

曾经有一次南茜在电话里给跃进讲一位朋友去赌场赌钱的故事，说这位朋友玩百家乐已赢了 5000 多美金了，但不走，没完没了地玩了一通宵，最后输光了赢的钱，自己带的 3000 多美金也都全部输光。

南茜感叹："这真是人心不足蛇吞象啊！"

郑跃进一听，故意开玩笑地逗南茜："你知道那'人心不足蛇吞象'是什么意思吗？"

南茜不加思考地回答："知道。一条蛇才多大呀，竟想把一头大象吃了，这不是异想天开吗？"

没等南茜讲完，郑跃进便笑着喊道："快打住，快打住。"

当郑跃进告诉她蛇吞相的"相"原本不是大象的"象"，而是一个宰相因贪心被千年蟒蛇吞进腹中的典故时，这两人笑得扔了电话，直喊肚子疼。

南茜搞笑的性格吸引着朴实厚道的郑跃进，就在南茜飞到跃进身边的那天开始，他俩便同居在一起了。

流年弹指一挥间，一晃 4 年多过去了。起初南茜也并没有想把自己的后半生交给郑跃进，但到后来她感到郑跃进真是很懂她，不论她遇到什么事，郑跃进都能给她最贴切的默契，所以她越来越依赖郑跃进。

可是让南茜困惑的是，郑跃进曾对她讲，他有个女朋友也在美国，而且和他的亲姑妈生活在一起，已经失踪十几年了，这些年他一直在找，但至今仍无音信。

找一位失踪的女朋友也无可非议，况且还有亲姑妈，但郑跃进讲的最后那句话让南茜震撼了。

"我不会放弃去寻找，哪怕还有一线希望！"这句话像一颗定时炸弹一样埋进了南茜的心里。

郑跃进为何不说出他还有个没见过面的儿子呢，其实在他心里真正牵挂的是他的儿子盼盼呀。人有的时候，为了隐瞒自己幼稚可笑的过去，常常把自己最见不得人的隐私藏在心底。更何况，郑跃进还算是一位文化人。

南茜在心里笑骂道："好啊，你个老郑头，也够花花的！在国内死了个患血癌的老婆，在美国还有个在找的女朋友，那我南茜岂不是待定了？或者是人生的过客？"

本来她手上有 5000 美金现款准备给郑跃进买辆新车，但自从听跃进说在美国还有个女朋友，她就把钱藏在皮箱里，她要留个心眼，不能把心都交给郑跃进。

不过她有时也自我安慰似的自言自语："在美国去找一位失踪十几年的女朋友，哼，那简直就是在找梦想！呵呵，她早嫁人了，没准还是黑哥们儿呢。"然后她哈哈地笑起来。

她常眯起眼，看着有点傻劲的郑跃进偷偷在心里嘲笑郑跃进："你那位美人嫁给很棒的黑人了，没准生个白眼睛呢。"

但她只在心里取笑，怕伤了郑跃进，她没敢说出来。

为这件事，南茜几次在酒桌上还故意逗着郑跃进说："来，为了你的梦想和美人干杯！"

南茜和郑跃进同居4年多没结婚，仅仅是因为郑跃进要寻找他的那个"梦想"吗？或者他们只是"搭伙"来相互安慰？

南茜的解释是妈妈不同意她离开郑跃进，说是在美国要有个本分可靠的男人照顾。用南茜妈妈的话说，已经快40岁的女人了，还没疯够吗？像跃进这样的男人上哪儿去找呢，老实厚道，高学历，为人正派，况且又是同乡。"哪像你那位前夫，除了吃喝嫖赌什么都不行。妈妈不许你胡闹，好好地、用心地对跃进。"妈妈最后通牒了。

"哈哈！这老娘倒是相中郑跃进这个姑爷了。"南茜笑着想，"他郑跃进想和我结婚，还会等这么久久？"

还有一个原因是南茜在矛盾中还没有找到要走的理由，那个可笑的理由就是她总想知道郑跃进心中"梦想"的答案。她的心里一直有一个很痛的心结。她想离开郑跃进去过从前的单身生活，但她一方面有点舍不得，另一方面又有点不服气。她一直在矛盾中徘徊，总认为在跃进心里她只是另一个女人的替身，她心里酸酸的，又很想看清楚跃进心里的那个女人到底是哪一点比她南茜强，竟让郑跃进如此痴恋。

她开始留意郑跃进的衣物用品，尤其是影集日记之类。

在一个星期天的晚上，大约 8 点钟左右。南茜从赌场玩够了回家想接着看电视剧《别了，纽约》。她走进书房取碟时，看见郑跃进使用的写字台左侧的抽屉因卡着钥匙链没关严。南茜走过去拉开抽屉，就在她放回钥匙链的一瞬间，她看到一本日记里夹着的一张相片不经意露出微微发黄的一角。南茜好奇地拿起日记本一翻，掉出了两张黑白相片来。一张黑白相片上是父母、兄妹全家照。细看相片那位貌似哥哥的男子显然不是郑跃进，那老人自然就不是老郑的父母。只见相片的背面写着：美国拉斯维加斯 4300saharaNV89102 有欣。

另一张相片是个漂亮的女孩，约有 20 来岁，和南茜一样的脸形，双眼皮，大眼睛，头发很好，一根很粗的辫子绕过右耳垂在胸前。

相片的背面写着："留给我一生深爱的男人！你不来，我不嫁。让我们相约在美国！艳茹。"

直觉告诉南茜，这相片上的女孩一定是郑跃进来美国要寻找的那位女人。定睛细看，别说，相片上的女孩真的很漂亮。南茜心里咯噔一下，一丝隐隐的醋意浮上心头。

看完相片的南茜在想：一生深爱的男人！一个这样漂亮的女孩！那郑跃进心里还能容下别的女人么？"还相约在美国！"

南茜终于明白郑跃进为什么会舍弃一切来美国。

她记得在郑跃进讲那女人时，她总笑着说他在找梦想，现在看来不是梦想。怪不得这些年郑跃进一直在报纸上登寻人启事，真是费尽了心思呀。

“可是……不对呀？”南茜又在心里画个问号，因为她看过郑跃进登的寻人启事，名字叫郑有欣。没错，第一张相片的背面写着有欣。不知相片里两个女人（老的和小的）哪个是郑跃进的姑妈。

奇怪的是这相片背后的地址。

当时南茜手拿着相片跑到门口查看了一下门牌号4309号，相片背面写的是4300号，再看街名，只差一条街。

南茜心里犯了嘀咕：“我说么，这老郑头怎么买这么老旧的房子，看来与这地址有关呐，这里原来有秘密呀。”

再看日记，里面记的竟是数据，一句长句子的话都没有。

南茜知道郑跃进的生活记录和他平时写的东西都在电脑里，南茜从来都懒得看，但此时那张漂亮女孩的相片，在南茜的脑海里翻腾着，她有点耿耿于怀。

从看相片那天起，南茜开始留意报纸上的寻人启事了。查看有没有寻找艳茹的广告。

为这事，南茜打电话讨教过她妈妈，被妈妈好生斥责。

妈妈告诉她，每个人都有自己的隐私，不要拿一张十几年前的相片说事。那都是过去的事了，女人不能太小心眼儿。

南茜不服气，噘着嘴冲着电话里的妈妈喊道：“连面还没

见呢，你就替他说话。"

南茜总想把这谜底解开，但又不好直接问郑跃进，这成了她难以解开的心结，也是她的心魔。她一直认为郑跃进并没有把心交给她，心里想的还是那个他要寻找的漂亮女孩。那个艳茹，才是郑跃进的梦想！

还有一件事让南茜心存芥蒂。他们本来打算在去年的情人节注册结婚的，房子也买了，可是这节骨眼上偏巧郑跃进年事已高体弱多病的父亲突然病危了。郑跃进回国料理父亲的后事便放下了婚事。但郑跃进回美国以后这么久了，不再提起结婚注册的事，还说是什么守孝期，真能找借口。

南茜在心里抱怨："守孝期，多久？守孝期……那他怎么会……阳痿了？一个男人正值壮年，不再碰睡在身边的女人鼓胀着诱惑的身体，那是什么原因？这也与守孝期有关么？什么守孝期，什么来美国找他姑妈，全是屁话、借口，他要找的原来只是他的初恋情人，那个叫艳茹的女人。还结婚呢，骗人。"

想到这些，南茜心里有些愤愤不平。为什么会发生这样逆转的变化，南茜心里没底。

不过，有时她的心里也总是慌慌的，常常偷偷地问自己："不会是因为赌城之约吧……"

"怎么会呢？"她心里的一个声音马上告诉她，"这种事跃进怎么会知道，女人要是不说，男人一辈子都别想知道。"

但南茜心里总是虚的，那最见不得人的隐私，总像心魔一样地缠着她，成为她的心病，令她困扰难解，可有时她又矛盾得痒酥酥的想要。

她常常自我安慰：不管怎么说，郑跃进还是个靠得住的男人。如果给他下个结论，那他就是一个不赌，不花心，一点犯规的事也不做，顶多有时候耍点小孩子脾气的男人。一生能拥有这样的男人就行了，还想怎样啊？

记得有一次郑跃进开车带着南茜去 Costco 批发商场购物，途中南茜将吃完的香蕉皮打开车窗就扔了出去。这回郑跃进得理了，毫不客气地数落南茜没教养，无知，没文化。这下南茜可有机会发泄了，她大声地吼道："你有文化，英语磕磕巴巴，还大学毕业呢。天天写小说，到现在我也没看到你写出一个字。在中国我爸管我，在美国你管我，你真是美国的我爸!"

吵嘴，南茜从不吃亏。

郑跃进自觉说得过分不再言语，南茜吼叫后也自觉理亏，不再说话。

南茜常想："妈妈说的也对，像他这种男人是真的不好找。在美国的中国男人只要有点钱，有几个不赌不嫖的？可他——郑跃进，不用我旁敲侧打，因为他安于本分。而且，呵呵，我嗓门一高，他马上不语。哈哈，空气似乎都不再流动。如今像这样的男人到哪里去找呢？"

更让南茜佩服的是，跃进吸烟差不多 20 年了，说不抽烟立马就戒掉。哪个男人能做到？只有这个郑跃进！咳，就这么对付着过吧，磨合久了也许就分不开了，这是妈妈说的。

因此，南茜和郑跃进就这样磕磕碰碰地过了这些年。

　　南茜坐在郑跃进的脚前一直在想着心事，她看郑跃进睡着了，她就没再揉搓他的右脚。这会儿她有些困倦了，起身准备回房间休息。她抬眼看看墙上的挂钟，时针指向下半夜 1 点 40 分，这时间过得真快，30 分钟在南茜的念想中一会儿就过去了。此时郑跃进睡得正香甜，她苦苦一笑地晃晃头，心想叫醒他有什么用呢，也不会有那事，而且她也烦了，就让他在这大厅的躺椅上睡吧。她无声地叹口气，把郑跃进裹脚的毛巾拿开，又将露霜放进托盘，然后她起身拉了下毛毯盖住跃进的双脚，端起托盘走向大厅过道。可就在她要放托盘的时候，她听到了郑跃进在含糊不清地说着梦话："我对你这么好可你却背叛我……"

Chapter 3 第三章

从头便是断肠声，
哀怨凄凉叹悲情。

一夜情缘

一语戳穿又一春啊！

"跃进在梦中说的是谁呢？不会是他写的小说台词吧？"南茜听到"背叛"两个字，惊得一身冷汗。她的心里咯噔一下，凉了半截。

"难道他已经知道了我和小东的事？"南茜寻思着，把托盘往餐厅餐桌旁的柜上一放，心神恍惚地回到睡房。她心潮起伏没有一点睡意。怎么搞的呢，无论怎么做都有点别扭。南茜的心里像是倒了五味瓶，心肝肺撒满了胡椒粉，什么滋味啊？

这个时候，不知为什么，她有点舍不得郑跃进，她知道像郑跃进这么好的男人真的不好找。坦白地说，她这么做，不仅仅是为了讨好郑跃进，更主要的是在抵赎自己的过错。尽管她嘴上说心没有交给他，但真让她离开郑跃进她是真的舍不得。

她与慕东相约，的确是她身不由己，因为慕东给她出钱让她赌百家乐。她已经着迷了，认为赌是她生活中最为快活刺激的一种活法！但南茜向上帝发誓，近两年了，她没让慕东再碰过她的身体。

可是，想起与慕东的一夜情，南茜就痛恨不已。

郑跃进不在的时候，她常常谴责自己："鬼迷心窍了，我怎么能和他上床？他小我差不多 10 岁呢。不就是男人么，我又不是没见过。"

都是赌这该死的百家乐！女人一旦与男人上床，为了名誉，即使违心也只好随叫随到。

她在心里骂着自己："要不是输光了钱，要不是我答应给郑跃进拿回 1000 美金，我怎么会呢？唉，现在完了，跃进好像什么都知道了。尤其是……竟然在跃进出事的地方与小东拍照。怎么办呢？是让小东来呢，还是不让他来？"

南茜躺在床上，沉沉的大脑没有了主张。这头，似有千斤重。

那个魔鬼，一个壮实得像头公牛的男人，带着南茜走进了一个只有两个百家乐台面的包房……

这里是韦恩拉斯维加斯俱乐部，赌城高档的稳赢五星级大酒店。

酒店的一楼设有赌场、演出厅、会客厅、服装名包专卖、名牌跑车专卖、餐馆还有品牌展览厅，等等。

时值中国的春节新年伊始，赌场的大厅还悬挂着大红灯笼，大厅两旁柱子上贴的春联还没撤去。

只见那大宽红布上用金黄色彩油写着：财源滚滚随春到，喜气洋洋伴福来。横幅："财源广进"。

环绕四周，花树上，栏壁间，恭喜发财随处可见。用塑料制造的果树挂满了银花，被亮晶晶的彩色小灯泡装点后，显得金碧辉煌。

为做中国人的生意，赌场老板可真是煞费苦心。

这家酒店的赌场不同之处是吃角子老虎机少，台面 21 点，轮盘，扑克，尤其是百家乐台面多，而且主要针对华人。只要你进到百家乐区，台面的价码最小一筹码 25 美金，没有房门类似包房的两个台面百家乐区，台面一筹码 100 美金。也就是说，只要下一筹码，一注就是 100 美金。带房门的包厢不是一般赌客能进的，大多是阿拉伯王子、石油大亨，还有当代名人明星等贵族名流。

晚上 10 点，南茜的桌面上还有 1500 美金。

南茜一直在 25 美金的台面下注。这两天的手气不好她已输了 3000 多美金。她不敢打电话给郑跃进，她只盼着小东尽快赶到赌场。她想小东正开车赶路，应该快到了。

她焦急地看表，喃喃道："10 多个小时了，也该到了。"

突然间她的手机响了。

她拿起手机打开翻盖急切地问："你什么时候到？"

谁知对方反问："谁……什么时候到？"

南茜一听是郑跃进，慌忙改口说："哎呀，我以为是刘大姐呢，她说今天晚上请我吃饭……"

"你说什么？刘大姐也在赌城？"郑跃进有些惊讶。

南茜故意卖关子似的说道："你不知道吧，刘大姐找个老外结婚，现已定居拉斯维加斯了。"

跃进"哦"了一声不再讲话。

南茜说的刘大姐找个美国白人结婚并定居赌城不假，但刘大姐请她吃饭那是她胡诌的。她说谎和她玩牌一样，就像她手里那 25 美金的筹码往那台桌上庄、闲、和上一扔，简单容易，输赢一瞬间，后果是刺激。可对自己爱的男人说谎后果是什么，她总有自己的解释。她认为说谎是生活中最技术性的处理，不是高智商，根本就不会技术性地说谎。她处第一个男朋友时，两人在不同的地方相约去高尔山许愿，而且还承诺不见不散。可是她男朋友去了高尔山，静坐庙前等了她一天，但南茜因玩麻将早把约会忘得一干二净了。过后她男朋友找到她理论时，她张口就说："我太姥死了，能去赴约吗！"她男朋友不但原谅了她，反倒责怪自己自私。看着男朋友离去的背影，她在心里笑骂道："傻瓜蛋，我太姥已经死了 20 年了。"

因为这个经历，她时常炫耀自己聪明，还强词夺理地狡辩说："本来我太姥是死了嘛，只是时间久远了点。"

现在她输钱了，和跃进说谎当属正常。

就在这个时候另一个电话进来了，这才是南茜要等的电话。

只听南茜说："老公呀，刘大姐的电话进来了，我不和你多说了，过会儿给你打过去……哎，我知道，我现在没输钱，我会小心的。哎呀，你就放心吧，我保证，最少给你带回 1000 美金……好，好，我会的，早休息……"

南茜重复着跃进在电话里的嘱咐，快速按下暂停键，开始与小东通话。

"怎么回事？快 11 个小时了，还没到?"南茜走到门口急切地问。

"雪山上下大雪不敢快开，很多车都堵在山上了，上了 15 号公路才加快了速度。"慕东在电话里回答。

"快来吧，我都挺不住了。手里还有不到 1000 美金。"南茜急切地说。

"没问题，别担心，还有半小时我就到了。百家乐万八千也就是几手牌的事，我会帮你赢回来。"慕东根本就不在乎南茜输这几千美金。

"那好，我在韦恩百家乐区等你。"说完南茜放下电话，心里好像吃了定心丸。

南茜心想："我带了 5000 美金，在这儿 25 美金的台子玩两天两宿了，可是压根儿就没赢过。一点点地被输没了，真不如到大台面上博一下，什么 500、1000 的，像小东说的，万儿八千，不就几手牌吗？"

想到这儿南茜信心倍增。

慕东到的时候刚好 11 点 15 分。南茜手里的筹码约有 1300 多美金，刚才又赢回了 500 多美金。

南茜对慕东说："你来了就好了，我们先吃饭，我有免费的餐券，按点数住宿也是免费的，饭后回来再战！"

说着话，南茜将筹码兑换了现金，带慕东到大厅左侧的中餐馆吃饭。龙虾、羊排骨汤、香菇油菜、清炒芥蓝、两碗米饭。慕东点的饭菜，一看就是场面上的人。南茜不由暗暗喜欢。吃完饭，慕东对南茜说，上大点的台面，每注最少放 500 美金。

南茜一听乐了，早就想上，没胆。这下好了，小东来了，心里有了底。

她的小心眼是要把输的钱赢回来。想罢，她站起来很洒脱地对慕东说："走，小东！玩去。"

慕东拿起外衣搭在左胳膊上，在他搭衣的瞬间，他的左胳膊短袖衬衫的袖沿处露出了刺青的"QQ"标记，对这个连环的双"Q"刺青图形，南茜没有在意。

百家乐在赌场的游戏中，对玩家来讲是最公平的赌博游戏，因为赌场与玩家的输赢概率各占 50%。只要你掌握百家乐的缺陷，盯住庄家，抓住连多跳多的偏差，控制好自己的心态就能赢。

话是这么说，能做到的寥寥无几，因为人性的弱点就是一个"贪"字。

南茜和慕东来到大台码 100 美金的台面，桌上有两个玩家，一个像是中东人，满脸胡须，50 岁左右的男人；一个是从台湾来的妇人，华丽的外表彰显高贵。这两人，南茜来的当天就见过。从台桌上显示器显示的数据上看，庄25闲7和3。那个中东人不下注，看庄太旺，担心选庄下注跳闲，选闲下注连庄。那个台湾女人一直跟庄，很自信，每次300美金，赢有1万多美金。南茜急了，庄这么旺，跟。她拿出500美金就想押上（赌场规则准许放现金）。慕东一见忙抬手擎住了南茜的手，沉稳地说："马上跳闲。"果然不出慕东所料，这把牌真的跳到了闲上。"好险呢！"南茜叹道。慕东说："连庄15到20，必跳闲或和，这叫'回头一笑'！"霎时间，慕东在南茜的眼里高大了起来。

她不由得重新打量这个小她差不多有10岁的小老弟，板平头，1.8米的个儿，胖胖的脸，单眼皮，讲一口带有海外口音的普通话，最突出的部位应该是那厚得出奇的嘴唇。

"嘿！"她打了他一下胳膊说："你真神呀，你怎知道跳闲？还……还回头一笑，这名儿好听。"

慕东没答话，专心看着台桌上显示器上的数字。

这时那位赢钱的台湾妇女，将桌面上的钱换成了500美金和2000美金的筹码，站起身对发牌员说："饿了，去吃饭。也许会回来。"

慕东拽了下南茜的衣袖，示意她坐下，然后小声说："这是个高手！牌路变了，她不玩了。"

南茜知道慕东说的是那位台湾妇女，但慕东小声说话时目光只对着台桌，不看任何人，这让南茜有种神秘的感觉，好像不期而遇的那个人，就是华人传说的那位赌神。她不敢看，听

命坐下。

现在的牌面又连到庄上，慕东看准了说："下注 5000 美金?"

这时的慕东眼睛瞪得圆圆的，像是下了命令！

"可是……就剩 1000 美金了，全给你……"南茜掏出钱给慕东，有点不知所措了。

说实话，南茜还从来就没这么下注赌过，真刺激。

慕东从兜里掏出 5000 美金押在庄上，把南茜拿出的 1000 美金攥在手里等待开牌。

闲起：闲 K、庄 J、闲 5、庄 Q、闲 2、庄 9。哦，9 点庄。满贯。

"噢，赢了，我们赢了！"南茜站起来欢呼着。

"哦，我的天?"那位中东人也站了起来，惊讶不已。

因这张台面离 25 美金的台面近，下注 5000 美金，而且是现金，相对来说是大注了，过来围观的人不少，9 点庄满贯，一下子大家都跟着喊起来。慕东没喊，他收起自己掏出的 5000 美金，连同南茜给他的 1000 美金。赌桌上赢的 5000 美金的黑色筹码，扣去赌场抽红水钱，慕东全给了南茜，然后他很冷静地对南茜说："就此打住，明天再玩。"

南茜住在这家稳赢大酒店的 30 层，每晚 600 美金宿费。她有优惠卡，再加上她玩百家乐充值的点数，免费住宿。

走进房间抬眼望去，拉斯维加斯的夜景尽收眼底。美极了，那是一种让人陶醉的美。在南茜看来，住一宿，死了都值！

南茜住进酒店的当晚，便给她国内朋友打电话如是说。

她国内的朋友听说南茜在赌城稳赢大酒店住 30 层，羡慕得直感叹："这真是同人不同命啊！"

南茜听了咯咯直乐。

可是慕东刚来，他跟南茜说他没有优惠卡，也没有玩家的点数充值卡，住宿不能免费。南茜用自己的优惠卡给慕东开房间被拒绝，想让慕东自己开房间，一提住宿费用一晚 600 美金，慕东没吱声，南茜开始犹豫。

人的心态有时是很怪的，在赌桌上 5000 美金一注，眼都不眨一下，但一晚住宿 600 美金便有点踌躇不舍。

慕东看透了南茜的心思，马上故意说不住这里。他想试探一下南茜，看她是否挽留。因为刚才一把牌他扣除给南茜的筹码，已相当于赢了南茜最初给他的赌资 1000 美金现金。再说，他常来拉斯维加斯，而且他的公司总部接待站就在赌城。他爷爷留下的好几处房地产都在拉斯维加斯。他怎么会在乎 600 美金的宿费呢。他抬眼看看南茜的表情，心里期待着南茜能如他所愿。

果然南茜过不了"于心不忍"这一关。

南茜看下表叹道："已是早上 4 点了。"这赌场里的时间真是快得无声，南茜心想："小东帮自己赢回了钱，而且天也快亮了，怎么还忍心让他到外面找住宿呢？"于是她马上做出了决定。

南茜对慕东很诚恳地说："就住我那儿吧，小东。有什么呀，你是我小老弟嘛。"

接着她又补充道："再说，都几点了，还能睡几个小时？走吧。"

这个结果正是慕东想要的，他在心里暗暗地高兴，但表面上他还是表现出有些不好意思的样子。他显得很勉强地跟着南茜乘电梯上了 30 楼，进了 3018 号房间。

房间的双人床是特大号的。南茜指着床说："你瞧，睡三个人都绰绰有余。你先洗澡，我往国内打个电话。"慕东洗澡。南茜和她妈妈通话。

在南茜的脑海里，压根儿就没有想过可能会和慕东有什么身体上的纠缠，她仅把小东当成小老弟，根本没有一点戒心。

慕东洗完澡，穿上酒店里的备用睡衣，斜躺在床上抽烟，脑子里盘算着接下来可能要发生的事。

南茜和妈妈通完话，便进卫生间洗浴。极度的紧张过后，终于松弛了下来。

南茜脱下外衣，摘下胸罩，那对丰隆的乳房一下子挣脱了束缚，自在地翘挺轻晃于胸前，感到很舒服。女人潜意识里的本能驱使她想尽量将洗浴时间拖长一点，好等小东睡着了再出去。

大约 30 分钟左右，南茜洗完澡穿着睡衣出来了。在淋浴的安抚下，连连几个哈欠，南茜睡意蒙眬。

"洗了这么长时间，已经早上 5 点多了。"慕东抽着烟，看着南茜笑着说。

狡黠浮现在慕东脸上，他装作漫不经心的样子，可南茜睡衣里隐约晃荡鼓胀的乳房，刺激着他的神经，让他瞬间更加意乱情迷。

"你……还没睡？"南茜愕然。

但南茜很快就大方地转变了话题："你真神了，跟谁学的？"

她指百家乐。

"我妈妈。你想知道吗？"慕东看着南茜走到床的右侧，故意吊着南茜的胃口。

"你妈妈赌百家乐？"南茜瞪着眼睛有点迷惑。

"想学吗？我可以教你。"慕东在找话题。

可是南茜连玩两天两夜，几乎没合眼。离开赌桌兴奋劲儿全无。刚才洗浴时差点没在洗浴间睡着。一见床，躺下就已睡眼迷离，哪儿还有精神学玩百家乐？她闭上的双眼再难睁开了。

只见南茜喃喃道："我困得实在不行了，明天再说。我想睡了。"

南茜说着话，头一歪便睡着了。

已经是早晨了，南茜说的明天显然是睡醒后的白天。

慕东眯着眼看着斜躺着身子的南茜，尤其南茜的低胸睡衣裂了开来，那对让慕东觊觎多时的双乳此时愣生生探出来，而整个左侧的乳房差不多完全裸露。慕东本来一直暗暗期待着那点事的发生，所以他毫无睡意，更哪堪如此诱惑。那色迷迷肿泡泡的眼睛，一动不动地紧盯着南茜浑圆的乳房，一点一点地他的脸已贪婪地快移到南茜的胸前了。

慕东感觉腿根之间的东西开始膨胀。

"多久没碰女人了？"他思忖自从和女朋友芭芭拉分手，已有好几个月没碰女人了。

"不行！今晚我一定要得到她。"他的心里痒痒的，强烈的性欲像火焰般腾地燃起。想着想着，慕东的手就不由自主地伸了进去，肆意地在南茜的乳房上猛捏揉搓了起来。

南茜兀地惊醒，意识迅速恢复，即刻清楚了小东正在非礼自己，可不知为什么想反抗却就是动弹不得。两天两宿没睡觉，南茜太困乏，眼皮也似重若千斤无力睁开。

突然间南茜感觉小东的手触向了她的最隐秘处，她"啊"一声本能地挣扎，但仍感瘫软无力。她的小裤衩已被小东粗鲁地撕开，她感到一个坚硬的东西一下子粗暴地塞进了她的下体，似乎只动了一下，一股热乎乎的暖流随即射进了她的体内……

上午10点，南茜彻底醒了。

她惊恐地坐起来。因为她赤裸着身子和慕东躺在一张床上，她清醒地意识到昨晚……应该说是今天早上发生的事。

"怎么办？这要让跃进知道……"她不敢想下去。

这时慕东也醒了，他探过身去抱住了南茜，柔和地说："我喜欢你，真的。我可以给你一切你想要的，只要你和我在一起，或者……做我的情人。"

南茜非常清楚这既成的事实，就像生米煮成了熟饭。和慕东长期在一起，那是不可能的事，这不仅是南茜大他好多，更主要的是南茜还没想过离开郑跃进。做他的情人？哼，老妈知道了还不得气死。但事已至此，说什么也无法挽回。

"该死，都是这百家乐！"她心里想着，满脸难为情，还有点带着哭腔数落着慕东，"你咋是这样的人呢？我把你当成小老弟，可你……"

吃人家的嘴短，拿人家的手短。南茜在这个时候，验证了这古老的俗话是千真万确的。

慕东抱着南茜，听她带着哭腔说话的声音，好像又受了刺激，像头公牛再次勃起……

一阵轰轰的雷鸣声，把南茜从睡梦中惊醒。

南茜想着那睡梦里真实发生的一夜情，真是一失足成千古恨呀！尽管那一夜是在一年前的春节过后，但从此给她带来的是无法挽回的难言之隐，使她永远受制于慕东。

从那一夜以后，果然又有过第二次，在丹佛她与慕东看完英语片电影《乱世佳人》之后。而且最闹心的是还被郑跃进一个修车的朋友赵伟撞见了，尽管没捉奸在床，但衣衫不整，表情甚为尴尬。

这一年多来，只要赵伟来电话找郑跃进，南茜就胆战心惊，生怕赵伟说出那天的怀疑，真是做贼心虚呀。假如跃进真的知道了，那这同居的日子也该结束了，还结什么婚啊？南茜

知道跃进每年都要去加州和拉斯维加斯寻找他的姑妈和他的初恋情人，为了摆脱慕东，还有赵伟，南茜想了个两全其美之策，她劝郑跃进从雪山胜地丹佛搬回拉斯维加斯，还劝郑跃进买了房子，准备结婚。

生活刚安定下来，可这次……慕东来了，非要见南茜，说只是见见，没有其他意思。

起初南茜说不去，但经不起慕东的诱惑。慕东说他赢了很多钱，说给南茜5000美金让她玩百家乐。

南茜动心了，为了5000美金她又答应慕东，但前提是慕东不能再碰她身体。

在曼德勒海湾酒店吃完饭，慕东说在金字塔景点照几张相，南茜乐以忘忧，摆着姿势让慕东拍照，但却让郑跃进逮个正着。

"轰！"又一声雷鸣，随后电光闪闪。

南茜闹心地坐了起来，下了一夜的雨，似乎有一种猝不及防的事要发生。

"不行！"南茜在心里警告自己，并做出了决定，"我不能让小东来，一旦他来了，郑跃进那么聪明，从眼神都能看出端倪来，还是让老郑头怀疑的好，一旦真相大白，那就完了！"

南茜看了下表，是早晨8点30分。

她拿起手机，拨通了慕东的电话，但铃声响了会儿就出声请留言。她想一定是慕东还在睡懒觉，也是呀，这里是不夜城，哪有早起的赌客。她放下手机想过一会儿再打给慕东，忽然一首很悲凉的曲子传入她耳中。她侧耳细听，那曲子是从大厅里传出来的，她知道是郑跃进又在拉他那把破二胡了。她更知道郑跃进拉的曲子不是《梁祝》就是《二泉映月》，凄怆怆悲凉凉，就没听过欢快的。每天那表情沉重得像一吨重的铁块，有啥意思呀？就冲这劲儿也得离他远点。她的怨气又来了，烦躁地起身准备去卫生间洗漱。

可是那曲子的节奏突然越来越轻，越来越淡，越来越远了。

瞬间的沉思她听到那曲子的旋律在跃进的揉弦中由平静深沉逐渐转为激情昂扬，随之又委婉哀怨地飞起来……

南茜情不自禁地被打动了，好像她从来就没有听过郑跃进把《二泉映月》演奏得这样感伤凄凉。她穿着睡衣很好奇地站在屋里听下去。两点击弦一个柔风，又好像从空中传来郑跃进的一声叹息，南茜仿佛隔墙看到了郑跃进像阿炳一样深沉痛苦的样子。

她想起了几年前在丹佛居住期间第一次听郑跃进拉二胡时，郑跃进曾对《二泉映月》曲子的评述：从头便是断肠声，哀怨凄凉叹悲情！

一种不祥的预感令南茜颓然地坐在地毯上，她一动不动地听着郑跃进用二胡演奏的灵魂之曲《二泉映月》。

Chapter 4 第四章

我不可能和一个背叛我的女人睡在一张床上！
哪怕你好一千倍一万倍！

情断赌城

窗外，细雨飞扬。挺拔的落叶松，最富有生命力的青柳，婆娑相拥的夫妻树，连环相抱满身带刺的仙人掌、仙人球，都焕发出最强的生命力而展出美的翠绿，那青柳在雨中轻轻地摇曳，仿佛和着郑跃进的演奏，娇柔而又凄美。尤其那棵比郑跃进小几岁的老桑树，枝干蹁跹枝叶起舞，那节拍和着《二泉映月》委婉流畅的旋律起伏着、缠绕回旋着……

这是郑跃进奏出的灵魂之曲《二泉映月》吗？

他背靠大厅的门口，端坐在玻璃拉门前，望着窗外那绵绵细雨很用心地在拉着二胡。那疲惫的身姿能让人读懂他深藏于心中无穷忧伤的情怀，随着主旋律的跌宕起伏任何人看到都会产生共鸣！是的，他的确是在用心默默地倾诉着生命之歌，就像阿炳的灵魂在疾苦中从心灵底层爆发出来的愤怒至极的呼喊；他是在倾诉着心中久积的苦水，就像阿炳在倾诉着坎坷人生路上的徘徊和流浪！

回旋的乐曲与窗外的蒙蒙细雨糅在了一起，雨中他等来了思念的女人沈艳茹在向他缓缓地走来，他听到艳茹在说："我没有等你是因为你有了患病的娇妻雪阳；我没有找你是因为你又有了叛逆的女人南茜。我会把儿子盼盼交给你，因为他是你郑家的后人啊……"

悲恻的情，饱尝辛酸的痛都化作音乐来奔泻了。凄美的旋律感天动地，他死去的妻子雪阳真的现身了，从天的那一头飞来了。她说："跃进哥，你好痛苦是么？如果我知道一直有个艳茹姐姐在很远的地方等着你，我怎么也不会在临死前让你娶我！你的经历真的让我很难过……"

爸爸来了，从天的那一头走来了。他老人家说："进儿，心里头很苦是吗？把苦水哭出来，大哭一场就好了！你不是在爸爸走的那天写了一首诗歌吗，念来给爸爸听听，让爸爸为你鼓劲儿……"

泪水在郑跃进这个刚硬的汉子眼里终于又流了出来，他和着委婉的弦乐柔声，在心里默默地背诵着写给父亲的诗：

> 父亲节那天的傍晚，雨丝在天上飞扬
> 地上无风，泪水却在心里流淌
> 一阵悲怆，我跪在爸爸的病床旁
> 您说，对孩儿还有什么嘱托、对孩儿还有哪些

希望

爸爸抬起头，眼里滚动着含泪的目光

许久许久，爸爸才说：全了全了都看到了

盼的就是你在我的身旁

爸爸一直在等你，你知道吗

路很远夜很长，昏迷中醒来爸爸一直在诅咒这不造血的肝脏

爸爸眼里的泪水流下来，我的双眼泪千行

为什么为什么，爸爸吃力地坚持说

为什么要走那么远呢？满身尘土道路弯弯

这么多年，你翻过了多少座山啊

还记得小时候爸爸教你背的歌谣么

从家门前的河走过，那是苏子河流入到抚顺的浑河

从家门前的山翻过，那是龙头山连着抚顺的高尔山

而如今你飞跃了长江，你跨过了黄河

在大洋彼岸的异国他乡，你还在艰难地走着

累么？告诉爸爸

把手伸过来，让爸爸体内最后这点余温输进你的肉身壮健你的体魄

我的儿，祖上荒凉父辈贫瘠一生沧桑

盼你回来呀，还有盼儿

希望，爸爸的希望全都寄托在你和盼儿的身上……

奔泻的乐曲已告尾声，意犹未尽的旋律告慰了空寂的心灵，郑跃进抹去泪水走到院子的车库旁。零星的雨点打在他的脸上，寒风吹起他的紫檀色短袖衫，胸前背后灌满了风，他一点也没觉得冷，一动不动地望着那空地感伤。为什么他会这么专注、这么凝视着这个地方？原来在他站立前一米的地方曾经生长着一棵青绿的杉松树，足有 30 米高啊，是这个小区象征性的标志。可是他回国料理父亲后事仅一个月，因自动喷水控制器电源断掉没人浇水而旱死掉了。多么可惜呀，那么挺拔青绿的树！还有窗下碧绿的合家欢树，后院结满枝头的杏果树……全都死了。他伤心地问南茜为什么？南茜忐忑不安地说了句"忘浇水了"，算是交代。后来才知道在他回中国这一个月里，南茜每天泡在赌场，输了一万多美金不说，还欠赌债两千多美金。他想不通啊，和南茜生活了四年多，这个老房子还是她的家吗？更让他无法原谅的是她竟然为了赌博而将自己喜欢的名包偷偷地拿去顶还赌债……甚至与小她十多岁的慕东逢场作戏许身苟合！

郑跃进在问自己："这种日子还能继续吗？"

雨停了。天晴了。但天空既没有彩虹也没有太阳，而是蒙蒙亮的灰色。

郑跃进回屋喝了杯冲好的咖啡就开车出去了。

南茜从房间里探出头来，她看跃进不在家就蹓进了厨房。

中午 12 点过，南茜在厨房里正串着羊肉串，跃进从 Food4Less 商店买回了啤酒后，把后院收拾干净，又把烤炉擦出来，安装上新的煤气罐。之后跃进到厨房，把南茜串好的肉串装入大盘中，端到了后院放在餐桌上。

一切准备妥当，跃进开始点火温炉，达到一定热度，跃进在放置于炉灶的烤架上抹上油，将肉串放入烘烤。

"现在是万事俱备只欠东风了！"跃进边做事边自言自语。

第一个到的是朱华。接着在 1 点 30 分左右，王强、张勇、刘永浩都到齐了。

来的全是出租车司机。有的拿红酒，有的拿啤酒，带礼物去朋友家吃饭，这习俗好像是中国人的专利。4 人中朱华、张勇休息星期日，其他两人 5 点前上夜班。慕东没到，跃进也没腾出空来问。南茜在忙着上小料及煮毛豆、花生，也顾不上说。

最先烤的肉串已熟了，跃进手拿着烤好的肉串往餐桌上边放边歪头问南茜："你……那个小东？"

没等跃进说完，南茜接过话说："我问过了，他说参加比赛今天不来了。"

郑跃进不语，但南茜心里不是滋味。怎么问话呢，还"你……那个小东？"她瞪一眼郑跃进，手拿烤好的肉串往桌上放时，因心不在焉，肉串上的油滴落在她衣服上，这下有借口了，她以换衣服为由回到了房间。

就在南茜开房门的时候，大厅里的电话铃响了。南茜停住脚步不动，她想跃进如果不去接电话，她好去接听。可她听到跃进拿起电话问候了对方后说："赵大哥啊，啥时来赌城的？"

南茜心慌地开门进屋，她的心魔便是和慕东的那点事。她心跳着，感觉好像有什么事情要发生。快中午时她打电话给慕东，说她晚上去见他，不让他来跃进家，那现在跃进喊的"赵大哥"肯定是赵伟。

她心里咯噔一下，心想："怕谁来谁。按住了小东，来了个赵伟。"

南茜的脸色若隐若现地流露出很不自在的神情，她马上想到这个时候最好的办法就是离开，于是她果断地返回大厅对放下电话的跃进说："今晚6点我要去Palms赌场。"

郑跃进故意不假思索地回答："老赵来赌城参加汽车配件汇展，一会儿来家里，你走……好么？"

"可是……"南茜停顿了一下说，"我和刘大姐已经约好了。"

郑跃进停顿了一下，圆滑地回她说："没事，你去吧，老赵又不是外人。"

南茜沉着脸转身回到房间。

她心绪不宁，没有心思做任何事，而且没胃口。很长时间她才从屋里走出来，那表情极不情愿。可是她不出来又怕跃进挑礼，已经分居，可别再雪上加霜。她想着心事，慢腾腾地走进后院。她抬眼一看，聚会已近尾声，聚餐的朋友已经走了三人只剩下了张勇。她见跃进和张勇同时又举杯一饮而尽。

这时张勇起身从身后墙上衣挂的外套里取出一支烟坐下问郑跃进："你写的那部小说《相约在美国》，写到几章了？我在你的博客里看到第五章就没了，那个叫念子的女孩出走后怎么样了？"

她又听跃进笑着解释说存在草稿箱里，今晚上传。

她见张勇比画着点烟继续："你可真能编，那天我给我女朋友讲小说里念子出走的那段，我女朋友听后都哭了。更可笑的是，在我上夜班的晚上她把我的房间翻个乱七八糟，说是看看是否能找出1万美金？"

"哈哈哈……"跃进笑着说，"你和她的那段经历不是你有错在先吗？"

"没错没错！"张勇接话说，"那时的我真的很混蛋，赌百家乐上瘾了，和我一起赌的女人，也不在乎和我上床。后来我女朋友发现了，一来气就找她前夫去了。"

郑跃进感觉这话题有点大了，刚想打岔说点别的，可是张勇仍然在解释。

他说："其实他前夫早就再婚了，她去了只是故意气气我。"

"那你给她讲念子离家出走那段是故意考验她，还是提醒她？"跃进边说边笑。

张勇感慨："这人生啊，怎么说呢，这些年我输了太多的钱，她能跟我，应该说是我的福气了。你要太在意她的过去，那就把她当情人养着，不能结婚当老婆。同样的道理，她太在意我的过去，我俩也早就分手了。"

郑跃进马上补充了一句："赶快造人，要个孩子心里就踏实了。"

"你咋什么都知道呢？正在造呀。"张勇笑道，"可是，这岁数大了造人费劲呢。"

"哈哈哈哈哈哈……"

"当情人养着，不能结婚当老婆"，尤其张勇和跃进讲的"出走"这两个字，让南茜的心里又咯噔了一下。真是说者无心，听者有意。正在拾掇烤炉的南茜，心情突然沉重下来。她放下抹布转身对张勇说："你慢吃，我有约得走了。"

她说完，对跃进连理都没理。

张勇还未止住笑地问："嫂子有事？"话音刚落，腰间别着的手机响了。

只听张勇拿起手机回答："好。行。马上回去。"

话毕，张勇问走到大厅的南茜："嫂子去哪儿？我送你。"

"Palms 酒店，我朋友来接我，你要现在走？不着急的话等我一会儿，我换件衣服跟你车走，也就 10 分钟。"南茜回头笑着说。

张勇忙说："不急。等你。"然后对跃进说，"我女朋友回来了，我不陪你了，改日再聊。"

最后半杯啤酒倒进嘴里，张勇站起身，戴上太阳帽，对着跃进神秘地一笑："来美国这些年，吃喝嫖赌疯够了，也该收

心了。"

说完，他看着微笑的跃进，习惯性地手一扬，拿起电话开始拨号码。

面带微笑的郑跃进心里想的是南茜，尤其刚才南茜进屋时的表情，就差愤怒了。跃进知道南茜在化妆，他转头看一眼大厅，客厅墙壁的挂钟时针已指向 4 点 20 分。

跃进心想："按南茜说的相约 6 点，她提前了。看来她是真想躲开雪山上的来客。"

也就 10 多分钟的时间，化完妆的南茜容光焕发地从房间里走出来。

南茜换了件红色外套，脖子上系一条白色纱巾，手拎着 LV 名包，左手腕上戴着妈妈给她的传家宝——那个淡绿色的玉镯，在夕阳的映照下，她缓步而行，活现出一个贵妇人的模样。脖颈上的玉坠微微地颤动在那诱人的乳沟间，显得既漫不经心又大方得体。纱巾飘起，她那白皙的脸被衬托得格外端庄漂亮。

站在院中的郑跃进向张勇摆摆手告别，南茜装作看不见，脚步不停地走向张勇的轿车。

一个蔑视的眼神从郑跃进的眼里流出，那眼神微妙得让人无法察觉。他心想："不论你南茜是否悔过，都将无法撼动我心中的决定！"

"是的，你不走我提醒你！"又一个声音从他的心里冒出来。

他走回屋里，心里还想着南茜出门前的傲慢劲儿。他在默默无语中想走向睡椅躺一会儿，突然他停住了脚步，转身走进他和南茜的寝室。他想再去看一眼南茜买的男人那个"东西"，不是好奇，而是总想探个究竟，像南茜这样的女人为何耐不住这么短暂的寂寞。跃进记得很清楚，有一天他休息，南茜从赌场回来，一进屋故意让跃进看见她手中拿着的一个非常精美的细长盒子。盒子上的图案远距离看朦朦胧胧有点像是挺拔的蘑菇，跃进没在意，也没兴趣观赏南茜买了什么东西。

南茜一看跃进这冷淡劲儿，不免有些失望。她故作神秘地凑近跃进说："你不想看看我手里拿的是什么物件么？"

郑跃进抬起头瞅了一眼，顿时他的双眉像刀片一样立起来。他感到惊讶，但在讶然之中又有一点点刺激。他在心里嘲讽道："你南茜终于找到替代的物件了，如能随心所欲，也总比被慕东玩弄强。"

南茜看着跃进的表情由紧皱双眉到舒展眉梢，灵机一动，想逗逗跃进。她打开盒盖，用细白的右手将一个酷似男人阳具的人造自慰器拿了出来。她笑着对郑跃进说："比你的坚挺，比你的粗大！"她眉毛一扬呵呵一笑，边笑边往房间走去。

这让人难堪的一幕此时在跃进的脑海里闪现着，他拉开衣柜门，看到那个盒子，打开一看，仍然是全新的，他知道南茜没用过。他放下盒子心想，南茜是用这种方式提醒他，或是暗示他无性的同居已经很久了。

郑跃进回到大厅，躺在睡椅上，往事从心中袭来，他不由得悲从心中起。

快 10 年了，找不到艳茹和孩子早就该有个家了。他在沉思中感叹这岁月的无情。

可是，从大陆回来的跃进，在不到半年的时间里，再看南茜已觉得判若两人。不论南茜怎样取悦于他，饭菜端跟前，晚上做足疗，可就是不行，真邪了门了。意念影响着他的生理功能，南茜送上百般柔情，他却没有一点反应。

为什么会这样消沉，为什么会产生这么大的抵触情绪呢？

用南茜的话说："我不是你一生要面对的女人，充其量是个搭伙的伴儿。"

这是南茜最痛苦的表白。

用跃进的行为来断定：郑跃进应该承认他没有把心全部交给南茜，但谁都不能否认在这个世界上假如没有沈艳茹他心里就会只有南茜。

所以，郑跃进认为像南茜这种不本分的女人，很容易被别有用心的男人得手，这是他给南茜下的结论。但最主要的原因，还是知情人赵伟的忠告。每当跃进想起赵伟大哥的提醒，就犹如晴天霹雳："慕东是个骗子，南茜只能做女朋友，不可以做老婆。"

赵伟此言一出，从那天起，跃进知道他渴望有个家的愿望结束了，尤其想起在他回国期间死了的那些杉松和果树，他判定南茜心已经飞了。可是不知为何，他总舍不得，舍不得这 4 年多的付出！是他为南茜的付出还是南茜为他的付出？快 5 年了，南茜给了他无微不至的照顾。累了，给他捏捏肩；疲倦了，躺下给他做做足疗。而最让跃进留恋的是南茜女人的温存，每一次的挑逗，南茜都表现出风情万种，百媚横生。那可不是装出来的，那是一个女人与自己所爱的人，沉醉于肉体的享受而让欲望淋漓尽致释放的一种本能的反应，那种行为每个女人都会，但不是每个女人都能做到的。凭跃进的阅历，他相信南茜是个让男人动情和留恋的女人。直到跃进后来得知这肉体的享受原来并不属于他一个人的时候，跃进依附于南茜的情感世界崩溃了，对南茜的肉体再也没有了兴趣。无论南茜是多么妩媚诱人，跃进心里总感到恶心。因为在跃进的意识里，这种事是不可以和别人来分享的。

"走吧，赶快从我的视线里消失！"沉稳内向的郑跃进压抑了这么久，他终于喊了出来，"我不可能和一个背叛我的女人睡在一张床上！哪怕你好一千倍一万倍！"

他仰望天棚，惋惜而又有些不舍地低声感叹："有谁能告诉我，明天的南茜将会变成什么样的女人？"

这是一种牵挂吗？

没有人能准确知道这个时候的郑跃进心里想要的是什么答案？但有一点可以断定：如果没有沈艳茹，即使南茜有错，只要他郑跃进没捉奸在床他就不会轻易地放弃南茜，因为郑跃进在感情上是很专一的。

和郑跃进接触的朋友都知道他是个很理性的男人。郑跃进知道他和南茜的这段情要结束了，种种迹象表明他为这段情的结束也费尽了心机。他自己一生坚信的名言是：人无远虑必有

近忧。所以他遇事冷静沉稳三思而后行，而且善于观察，留意生活中每一次细小的事件，然后再很准确地做出判断。南茜将要离开这个家，这在他郑跃进的意料之中。尽管是南茜的过错导致一个家的解体，但郑跃进还是尽其所能去补偿南茜，所以在上个星期六以前，他就已经为南茜准备好了两万美金。

一直以来，郑跃进心理压力过大，恹恹而消沉。今天喊出来了，他觉得很舒服。释放过后的轻松使他又恢复了理智，他站起身走向走廊专放南茜皮箱的墙柜。他是去查看在南茜自用皮箱的上方，专门为南茜出走而准备的现金是否还在。他打开墙柜，看到里面装钱的两个信封原封未动。他知道南茜还没有发现，也没有做最后的决定。但他知道，依南茜的性格，事情一旦败露，她会毫不犹豫地选择离开。

此时此刻的郑跃进心情格外沉重，他想南茜贪玩不愿打工，不能总跟她妈妈要钱，要多给她留些钱以备不时之需。

为了这两万美金，郑跃进刷空了所有的信用卡，连同自己的积蓄，才凑足了这个数。他这样做是为了什么呢？是为了南茜的付出，还是为了让自己的心里好受些？连他自己都不知道。

站在墙柜前沉思的郑跃进，想了一会儿，突然伸手取回了那装有两万美金的信封。

而此时的南茜，就想急急地躲开那个从雪山胜地丹佛赶来的老赵，可她私下里与慕东相约，在未来的岁月里，这个男人会让她经历些什么，又是怎样地引她走上一条不归路，她压根儿还没有意识到。

Chapter 5 第五章

再上一层就是 18 层，
……18 层地狱！

天镇来客

南茜上了张勇的本田轿车。

张勇开着车，直奔 Palms 酒店。

途中，南茜好奇地问张勇："你说跃进写的念子出走是怎么回事？我怎么不知道哇。"

张勇感到惊讶地说："你没看过跃进在旺点网博客上传的小说《相约在美国》吗？老郑这小说写得不错。"

"《相约在美国》？"南茜在心里重复着书名，脑海里出现的画面却是那位艳茹美女照片背面的约定。一丝醋意涌上心头，但她还是装着很知情很委屈的样子说："跃进写的那篇小说上传博客啦？"接着她埋怨，"这个老郑头，他也不跟我说。"

过了一个红绿灯，南茜感到心里憋得慌，她又张口说："哎，张哥，你给我说说那个念子，我听了回去逗逗老郑头。"

　　这个时候的南茜非常想知道念子的出走是什么原因所致，是不是与自己有关。

　　张勇看看南茜觉得很好笑，他呵呵笑着，但他还是很风趣地给南茜讲了那段故事。

　　他像说书人一样绘声绘色地讲道：

　　念子是个很漂亮的女孩。

　　在她 26 岁那年，她爱上了一个大她 10 多岁的男人，这个男人叫谷风。一次偶然的聚会，念子遇见了她最初爱上的男人柱。念子不知道她这个前男友柱是个在拉斯维加斯各赌场间往来职业赌徒，那天柱显得很有钱，好多人都围着柱。念子为昔日男友的光彩照人心动。念子和柱都喝了很多酒，一时冲动当晚他们睡在了一起。巧的是，念子的外遇被谷风一个大学同学撞见了。事后念子非常后悔也非常害怕，觉得对不住谷风，更害怕谷风要是知道那就一切都完了。每天她和谷风一起生活总是提心吊胆的，生怕做错事让谷风不高兴，因为她深爱着谷风。可是就在他们要结婚的前一个月，谷风还是知道了她的出轨，但谷风什么也没说，装作不知道。因为谷风非常舍不得念子，在共同的生活中，念子已成为谷风的依赖。他更不忍心去揭穿真相再伤害念子，但谷风有了心理障碍，他阳痿了，他们分房居住。这期间念子知道了柱是个赌徒，念子不再与柱来往。有一天柱又打电话找她，让她给他送些钱去，说他已输得光光只剩下一身衣裳，如果她不去送钱，柱说要到她家里来。最后威胁她说，就是跳河也带着她一起跳。为了摆脱柱的纠缠，不让谷风受到伤害，念子决定离家出走。可就在她收拾皮箱想离开家的时候，突然发现她的皮箱上方放着一个信封。她打开一看，信封里边装有 1 万美金，并附有谷风的留言。

其实念子出走谷风已有预见，只见谷风写道：

念子：

知道你会走，这点钱你带上。外面不是家，你要知冷暖。

我想人世间这心的牵挂，便是从这撕心裂肺的别离开始的。

在最痛的时候要学会站起来，在最苦的时候学会坚强！你行的！

找个地方，让心能安放……

谷风

南茜已泪流满面，不等车停稳便开门下去了。

车里的张勇喃喃地嘟囔道："这老郑弄哭好几个了，还有我们家的那位。"

说完他开车转弯上另一条路赶快回家。

在 Palms 酒店门前徘徊的南茜，茫然走着不知去哪儿。和刘大姐约会本来就是借口，躲避赵伟才是实情。

南茜转着圈在想："跃进写的小说，念子出走那一段分明写的就是我么？外遇、出轨、被人撞见、结婚前的阳痿……这

和我现在的处境是一模一样。"

她流着泪骂道："老郑头你个混蛋！你要是知道我的事你就明说呀？玩什么深沉，装什么阳痿，还编什么念子出走的故事。"

南茜用手拍了下脑门，轻声叹息："咳，我真傻！"

她埋怨着自己从不屑跃进写的东西，如果看看他的博客，最起码能提醒她看看皮箱柜里是否有他放的钱，如果有，就证明跃进已知道了她和小东的事，那还谈什么结婚，早做决定呀？现在可好，这么被动。

"怎么办？"她把 LV 包换个肩背着，两只手放在一起搓了几下，停住徘徊。

她胡思乱想，然后喃喃自语："冷静，冷静，我一定要冷静！"

"第一，见小东。"她在心里想着，先给小东打个电话，告诉他这几天发生的一切。

"第二，得空想法回家，查看那皮箱上是否放有钱？"她停住徘徊的脚步。

南茜终于做出了决定。

她拿起了手机⋯⋯

一辆银灰色的奔驰吉普车停在南茜跟前。南茜拉开车门上去落座，面无表情。"去哪儿？"慕东问。"还能去哪儿？我没家了。"南茜冷冷地回答。

慕东开着奔驰吉普车，驶向 Rio 大酒店。

乘电梯上到 17 层，慕东的房间是 1713 号。慕东开房门的时候南茜苦笑着说："再上一层就是 18 层。"停了片刻她又补充道，"18 层地狱！"

慕东看出南茜的情绪不好，不搭话，进房间就走到窗前的沙发上一坐，并随手点支烟眯着眼笑。

南茜把红色的外衣一脱，LV 包往床上一扔，一屁股坐在床沿上没好气地说："小东啊，我把你当成小弟，可你就是不放过我，现在郑跃进知道了我俩的事。老赵，那个赵伟正在我家，没准在谈我俩的事呢，你说搞成这个样子该怎么办？"

说着说着，南茜略红的双眼流出泪来。她接着委屈地说："我是没路了。"

慕东好像早有思想准备，他熄灭烟头不慌不忙地说："我早就说过让你离开老郑，你跟老郑有幸福吗？姑且不说咱俩的事，因为已很久了，快两年了。即使在丹佛被赵伟撞见，充其量也只是怀疑，又没捉奸在床。问题的关键是你不打工，每天泡在赌场，而老郑才开上出租车，每月他能有多少收入？他要供房子，要生活，够你赌吗？再说你也不能总跟你妈要钱哪，况且你妈已退休。而你爸经商赚那点钱是老人的养老钱，你好意思要吗？你爱赌，除了我帮你，我想不出你还有别的出路！"

南茜擦着眼泪不吱声。

停顿片刻，慕东接着说："你离开老郑是帮郑跃进，也是你的解脱。因为赵伟说了他的怀疑，老郑百分之百疑心我俩的赌城之约。你离开老郑并不是到我身边，像我这种职业玩家在

感情上是理性的。再说，你大我很多，我又不可能娶你，实话说，我也没想耽误你。所以近两年了，我多次来往于雪山和赌城，我宁可花高价找妓女，但我从来没有打扰过你。想一想，从丹佛被赵伟撞见的那次到现在，我碰过你吗？但我不放弃你，为什么？因为我想帮你，还因为我妈妈需要帮手，而你是我接触的女人当中最合适的人选……"

慕东一口气讲出了一堆理由，在他讲的过程中南茜早已止住了眼泪。慕东讲得合情合理，既有柔和的劝说又有冷酷的警告。看来这个慕东是抓住了南茜的弱点，逼着南茜就犯。

南茜的脸色由红变白，不由自主地往后靠了靠，依靠在床头上。刚进门时的南茜还有点自作多情，一直以为小东会纠缠她，可眼见的小东，耳听的言辞，让南茜浑身不寒而栗。

她暗暗思量：有哪个男人会在他喜欢的女人面前讲出找妓女寻欢？慕东过去在她身上寻欢，说白了，无非就是为了满足他的肉欲。

想到这里，南茜的心不再燃烧，她开始提防小东。她似乎觉得小东在把她当作一个筹码去交换什么。

"是他妈妈需要……"南茜的心头一阵战栗。

南茜忽然想起两年前的那天晚上和小东之间的对话：

"你真神，跟谁学的？"

"我妈妈，你想知道吗？"

一种神秘的感觉使南茜浑身起了鸡皮疙瘩，她感到有点瘆得慌。南茜瞪着眼，胆怯地脱口而出："你妈妈，是……干什么的?"

"你不用害怕?"慕东说,"我妈妈是位很慈祥的老太太,她现在住在很远很远的深山里。如果你决定了,做好准备,这两天我就带你去见她老人家。"

慕东的话像是替南茜做出了决定。

但南茜仍感迷惑地加问一句:"你说了半天神神秘秘的,让我干啥呀?"

"专职赌博百家乐,我妈会安排人教你。学成后实习期间你的薪水每天是 100 美金,可能要扣除休息日,但最少 2000 美金。实习合格过关了,你就可以向我公司的投资部申请借钱赌了,到那时,你只付利息,赢的钱全归你。"慕东说得很严肃,像是面试考官。南茜僵在了那里,但她敏感地问慕东:"有这么好的差事为何你才告诉我?"慕东抛出的诱饵太香了,这让南茜的心激烈地跳动。以赌为职业,这多刺激啊!

可是慕东接话说:"我一直在期待着这一天,但因为过去的两年你根本就离不开郑跃进,现在我看你想通了才认为你够格做个职业赌手。要知道,职业赌手是不能沉迷于个人感情的。"

揭开了谜底,警觉提防的屏障开始崩溃。

慕东眯着眼看着南茜说:"这么好的美差你还犹豫么?如果你认为在老郑那儿还有幸福可谈,你可以放弃。"

这句话是致命的。

自从和慕东有了肉体关系,南茜在反思中,像个母亲呵护孩子一样关怀爱护着郑跃进。为了抵赎自己的不轨行为，南茜付出了很多。但跃进能体谅吗？假如跃进知道了，能原谅深爱他的南茜吗？如果跃进不原谅自己，那出路又在哪儿呢？错过了这一次，还有比这更好更合心意的差事吗？与其以后让跃进抛弃，不如现在就找一个适合自己的去处。是该离开的时候了，况且这么好的机会，一月最少 2000 美金以上的收入，每天就是玩，可以尽情放开地赌……太棒了！南茜以她简单的大脑和想当然的推断为自己找到了一个平衡的理由。

想到这儿，南茜有点兴奋，心里拿定了主意。但她故意面容柔和仍显忧沉地说："好吧，我答应你，后天晚上老郑上班不在家时你来接我。"

慕东以胜利者的姿态沉稳地说："我安排别人去接你，今晚我要赶去洛杉矶，我已进入扑克比赛的决赛，为了 100 万美金的奖金，有些事情我要去处理一下。"

说完他又补充道："哦，对了，忘了告诉你，在拉斯维加斯有我公司的房地产。其中有两处在中国城附近，你就住中国城后侧的 5 号楼吧。本来我想让你住 Sahara 街 4300 号的接待站的，说是办公室也行，其实和旅馆一样，我常住那儿，很舒服。但就是离老郑买的房子太近了，你又不会开车，买东西也不方便，所以让你住中国城这边。"

交代完，慕东站起来向南茜走过去，很温存地坐在南茜身旁说："你决定了，可以让我碰了吧？"他看南茜不语又急不可耐地说："快两年了，你都想死我了。"

说着他把南茜的外衣及 LV 包扔向沙发，便向南茜扑了过去，边抱着南茜边喘着粗气说："慰劳慰劳我……"

南茜一点做爱的心情都没有，但不知为什么，她身体的本能并不排斥慕东，因为她和慕东有过肉体上的接触，所以一切都是那么自然，好像是刚分开的夫妻重逢。

"我一点心情都没有，晚上再来不行么？"南茜抓住慕东的手喃喃道。

"不行，我等不及了。"南茜的低喃让慕东更加亢奋，慕东气喘吁吁地说着，强行脱下了南茜的外裤。

南茜不再坚持，也不反抗，任慕东肆意地揉捏着她的乳房和她下身的私密处。

瘫软在床上的南茜，回想郑跃进这半年来的冷淡和她自己的独居，忽然有了很强烈的怨恨。她在心里喊着："老郑头，是你逼我的，我恨你……"

是啊，也对。在美国，对南茜来说，家只是个概念，一个能供她临时喘息的驿站。

这一天，正是 1997 年 12 月 1 日。

慕东去了洛杉矶。

南茜舒舒服服在 Rio 大酒店睡了一觉，当她睁开眼睛看表的时候，已经是早晨 3 点。

"完了，我没有打电话告诉跃进说我不回去。"她紧张地嘟囔着，习惯性地去拿手机。

当她开始拨号时，她忽然想起明天就要搬走了，从此分道

扬镳，他走他的阳关道，我过我的独木桥，还有必要给他打电话吗？

"再说，我整宿没回去，他也没打电话给我呀！"她嘴上赌气似的把手机扔在了一边。

搭伙的男女，在分手的前夜也许都是这样猜想着对方，彼此都在沉默中等待着对方先开口。

南茜愤然地叫嚷道："如果不是等小东派人来接我，现在我就应该关机，晚上就应该换号。"

她把毛毯一掀，虽有一丝被人遗忘的酸楚，但还是显得满不在乎地说道："再见吧，老郑头！"

她故意喊出声来："去找你的初恋梦想吧，从今天起，本姑奶奶不再侍候你啦！"

第二天早晨 11 点，一个约 40 岁左右叫丽莎的女人，来 Rio 大酒店接走了南茜。

这个女人是台湾人，面相很稳重，圆脸，白净，薄薄的单眼皮总是成熟地笑着，那眼睛像个杏仁核，梳个鸡尾头，很干练的样子。言语间给人的感觉好像是慕东的亲戚。她告诉南茜，老板可能派她去纽约那边的大西洋城赌场。

丽莎待南茜温和可亲，眼光柔和表情淡定。因不熟，南茜只是笑笑。当车要到中国城时，南茜突然跟丽沙说想回家看看。

南茜心想："已决定离开了，如果郑跃进没在家今天就搬，何苦等明天？"

丽莎忙告诉南茜，车是全天候着，由南茜使用，直到老板来安排。

南茜先到家的斜对面，看郑跃进的车是否在家，观察了一会儿，她确认郑跃进没在家，便让丽莎开车进到了院内。

南茜进屋第一件事，直奔走廊装皮箱的墙柜，她要查看郑跃进是否放钱在上面。当她确认没钱时，她愤怒地拽出皮箱狠狠地骂道："我他妈的一直把你当好人，精心侍候你这些年，我竟不如你小说中的人物！放钱，放个屁！都留给你要找的梦想吧。"

她骂完，左手推着大皮箱，右手拉着随身行的小皮箱。丽莎上前接过一个，放入车里。

之后她又回屋收拾衣物、鞋、生活必需用品及她自己的被褥。然后她扯过一床单，把一些影碟、闹钟、药物、女人用品、备用的名包、首饰等一包，拿起放在车的后备厢。

当她去客厅查看是否有遗落时，突然想起了笔记本电脑和麻将牌，她走进房间将书桌上的笔记本电脑合上，连同电源线一起放进电脑包，左手拎着。然后又走到书房，拿起了麻将牌右手抱着。最后，她放下电脑包，从裤兜里掏出房门钥匙，往书房的桌上一扔，说了句"拜拜"之后又拎起电脑包走出家门，坐上丽莎的车扬长而去。这个时候的南茜，因没看到钱，她对离家出走一点也没感到痛和内疚。因为失落，南茜心里盛满了对郑跃进的不满和恼怒。她恨郑跃进，认为是郑跃进毁了她的青春。

第二天上午，慕东从洛杉矶赶回来，听丽莎说南茜已经搬进中国城后侧他爷爷留下的房屋居住，他马上打电话通知南茜抓紧时间睡一觉，夜里 12 点赶往培训中心。

半夜 12 点过点，慕东来接南茜。

在路上慕东告诉南茜，5 天后他将参加扑克的决赛，他叮咛南茜用心学百家乐的技巧、变数及赢钱的规律。学成后，先到纽约大西洋城赌场实习一段时间，熟手后再回到赌城拉斯维加斯。

南茜一想到自己将成为一名赢钱的高手，想到自己会像当代日本最高的赌王三千子一样，大战世界所有的高手，最终将成为女人中的一代赌王，她的心情异常兴奋，她恨不得马上进入培训，早一天拿到通行证。

慕东好像看出了南茜的心态，马上给南茜降温。他告诉南茜，培训基地培训的赌技不只百家乐，还有 21 点、轮盘赌等赌牌技巧，即使学成还有好多规矩，有些事还是受限制的，如果违纪没有任何人能帮上忙。

南茜信心十足地说："放心吧，我会珍惜这次机会。"

从 15 号公路南转 10 号公路，西转 5 号公路北，再转 217 号公路北。

途中慕东办事约有 30 分钟，之后一直开车近 12 个小时，接近中午才开始进山路，这时天空开始阴云密布。

慕东看看睡觉的南茜喊了声："哎，别睡了，上了这山就到了我们的大本营谷天镇了。"

可是天不作美，说着话的工夫老天就下起了大雨。

南茜抬头看看这盘山道，这大山，一种莫名的担忧让她有点害怕。

她心想："培训在深山里，这小东不是人贩子吧？"想到这儿，她抬眼看看这位占有她身体的男人，突然她想起了小东说的那个地址：Sahara 街 4300 号？

她感到浑身一阵发冷，不由自主地脱口而出："你昨天说Sahara 街 4300 号，谁的房？昨天想问，可你只想那事……后来给忘了。"

这个地址让南茜想起了郑跃进抽屉里那本日记中夹的相片背面写的 4300 号。

慕东歪头看了一下南茜，漫不经心地问："怎么，还想和老郑做邻居？"

南茜晃头说："我的电话号码都换了。"

慕东笑笑，接着很正经地说："Sahara－4300 是总号码，接待站在 B 座，如果你不记住是 B 座，是找不到接待站的。那是我爷爷留下的房产，现在由我妈管理，派用接待 Q 会员。"

一个疑问在南茜的心中由朦胧变得清晰："怎么会这么巧？毫无疑问，这是一样的地址。慕东的妈妈与郑跃进之间是否有某种联系呢？这回我一定要探个究竟。如果真的是那样……我该不该对郑跃进讲呢？"

突然间她又想起一件事，她马上问慕东："丽莎帮我搬进中国城后面那房时看到对门一个女人，我没看到脸，只看到背

影。但感觉丽莎对她毕恭毕敬的，那女人是谁呀？"

"哦，你是说我大姐念琏呀？她来赌城办她儿子转学的事，过两天就回谷天镇了。"

慕东说完不再讲话专心开车，因为走的是盘山路，而且雨越下越大，飘洒的雨好像夹在雾层里，车的雨刮器不停地来回摆动着，但也很难看清路的前方。好在美国这样的盘山路是单行线，否则对面有车来那可是危险。拐过一弯路好像快到山顶了。又拐过一山头，进入了一个看似两山之间的山道，不同的是山道很宽，可并排走 3 辆车。这时的雨好像一下子停了，天有些放晴的迹象。

南茜心想："什么时候慕东又冒出个大姐来？"

她看慕东没有想说的意思，她也不好意思再深问。可是，就在南茜思维转换的同时，她猛然间抬头发现了奇迹般的景象。

只见山的右侧倾盆大雨地下着，山的左侧鹅毛大雪地飘着，可在这两山之间的天空，无雨无雪竟出现了彩虹。

南茜惊呆了，从来没看到过人世间如此的美景！难道这就是古书上说的人间仙境？

她按捺不住内心的兴奋和好奇问慕东："怎么会？一边下雨，一边下雪。这天，难道不是同一个天？"

慕东哈哈地笑起来，然后很风趣地说："怎么样，没见过吧？这就是东方世界和西方世界的不同。我们要去的地方，是西方世界的天堂地，它的名字叫谷天镇。"

说完他从装水杯旁的架上拿了张湿巾，擦擦他那厚厚的嘴唇接着说："见怪也不怪，我们已进入美国蒙大拿州的最高处了，这里是人间休养的天堂！"

谷天镇，坐落在美国蒙大拿州西北角原始森林里的半山腰间，它的外围是丘陵谷地。小镇的四周古松林立，专职护林员工将古树修剪得美丽壮观。全镇仅有百户人家，但空着常无人居住的独立房屋上千处。每逢大的节假日，这些独立房屋几乎无空闲。俗话说，山有多高水有多深。因为这里有温泉，因为这里长年可以看到一年四季的春夏秋冬。所以，富有的人都在这里买房以备自己和家人度假疗养。由于气候无常，这个镇规定不准私人直升机飞入谷天镇。来这里疗养的人只能开车前来。只有警察局有两架专用巡视直升机。

还有亮眼的，就是这里的警察大多都骑马巡视。而且，这里的居民大多都骑马外出，这个习惯，增加了这个镇的亮点。

此外，更神秘的是这个镇的东山角下，建有一座神殿般的建筑，在该建筑的顶端安装了 18 世纪圆弧形巨大的挂钟。这个挂钟足有一人高，而且每天 12 点准时敲响警钟。据说警钟12响，是提醒进山的居民该出山回家了。

慕东的车在南山山脚下一处建得很气派，占地面积足有两万平方米的一幢木建筑门前停下。

他顺口说了句："到了。"

慕东没管南茜，他先下车走进了在南茜看来非常神秘的房子里。

　　过了一会儿，慕东没出现，一位 30 岁左右的墨西哥女人出来接过南茜的随行皮箱，把南茜领进了一个近似宾馆套房一样的房间。所不同的是房间的里屋是寝室，外厅是百家乐台面的椭圆形木桌。

　　南茜惊喜万分。

　　从南茜下车，被接待，进房间，到南茜洗漱、吃饭都是这个墨西哥女人引领。

　　慕东顷刻间消失了。但南茜不知道，她每到一处，都有一双睿智的眼睛在荧屏上窥视着她。

Chapter 6

你不来我不嫁。
让我和你相约在美国！

初恋苦果

送走了赵伟大哥，郑跃进回屋倒在大厅的躺椅上。

确认了南茜感情上的背叛，郑跃进陷入了非常深的痛苦之中。他想起了去世的雪阳，那位从开始就不属于他的女人，但在法律上却已被确认是他的妻子；他想起了慈爱的父亲临终前的嘱托；他想起了来美国近 10 年苦苦寻找姑妈，寻找委身于他的未婚妻艳茹，和那没有见过面延续他生命的儿子盼盼；他的心，一阵阵地疼痛。

也许，他从心里希望南茜能离家出走。所以当南茜夜不归宿又没有电话时，他也没打电话给南茜，他要冷处理。

可在南茜离家往车上装皮箱的时候，他开车回家还是赶上了。但他就像门前路过的车辆一样，只是歪头看看。他没停车，直接开车到家附近的三岔路口靠路边停下。

等南茜走了，郑跃进开车回到了家里开始整理凌乱的房间。

整理完房间的郑跃进坐在餐厅里发呆。他从酒柜里拿出 V. S. O. P BRANDY 倒了一杯，加冰块慢慢地喝了一口。他的思绪像是翻腾的母亲河，混浊地开始流淌。

美国这块王土，假如你与一位过去很熟悉的朋友同生活在一个城市，如果失去了联系，恐怕今生今世别想再见面，因为你要生存，你就必须去工作，而属于你自己的时间是很有限的。来美国的华人能做什么呢？中餐馆或家庭装修的工作。而且还必须得有合法身份，打黑工，每天提心吊胆，生怕移民局警察突检时递解出境。因此郑跃进来美国后，首先通过那些游手好闲，专门做新移民生意的中国人，在加州的洛杉矶花钱办了个厨师证，然后通过一位在国内就认识的朋友介绍，到一家中餐馆从打杂切菜学起，最后学炒菜（美国称炒锅）。学成了，和老板签约5年，老板负责为郑跃进申请技术移民绿卡，而郑跃进学成后的5年内，不能离开中餐馆。月薪从2000美金起，最后涨到2400美金止。

郑跃进到美国后，等于把自己卖了6年才换了张绿卡。6年啊，在一家中餐馆打工，不挪地方。那艰辛和汗水凝成的经历有多苦，谁知道。从早上10点到晚上10点，星期天休息一天。他哪有时间去寻找艳茹和儿子？一只曾经握笔的手去拖地，去洗厕所，去学切菜，去学炒菜，满手是血泡，满脸是汗水，最后他才选择去开出租车……

岁月的流逝，销蚀着他，过去曾是乌黑的头发，如今过早地生出了白发。

往事一幕幕，像幽灵在啮咬着他的心。

他在想：现在儿子应该长大成人了，可是他们能在哪儿呢？姑妈还健在吗？一切的一切，像隔着几个世纪，他都浑然不知。

一杯 BRANDY 酒进肚，他的眼底马上出现了红红的血丝。他慢步回大厅躺在躺椅上。他想喝杯水，但深感无力。好像一座大山压在他的身上，使他喘不过气来。

泪水在他眼里滚着。

"不要流下来。"他的心在叫，"男儿有泪不轻弹！"

可是那泪就是不听话，还是顺着他的眼角流了下来。

往事，那悲凉辛酸的往事，像心魔在郑跃进的心里翻腾着，一会儿就在他的脑海里连成一片了。

一个声音甜美而温柔，是艳茹在说："跃进，你是好人，这辈子我的爱只给你一个人……"

1975 年春节前，郑跃进赶上了最后一批知识青年上山下乡。18 岁的跃进按父亲的建议，选择了去老家辽宁省新宾县跃进乡万金村插队。这个乡是大跃进年代更名的，与郑跃进同龄同名。跃进的爷爷奶奶去世后只有姑妈郑有欣还生活在万金村。姑妈上中学的时候，乡里的男人给她起名叫万金花。因姑妈长得好看，曾有两个男人因一厢情愿地争着和姑妈处对象而打得头破血流。

姑妈听后不屑地讥讽："何苦呢？也没问问我乐不乐意就打上了，神经病啊！"

中学毕业以后姑妈回乡务农，那时跃进的爷爷奶奶还健在。后来一个从南京投奔亲戚的下放户落户到跃进乡。那个年代的下放户很是耀眼，大多都是从大城市下来的。这家下放户有一长子名叫沈国强，身材修长，眉宇清扬，温和的气质里隐隐透出文化人的雅逸和浪漫，像山那边吹过来的一股异样而迷人的风，很让姑妈暗暗倾慕。而姑妈在那方圆几十里也是百里挑一的俊美。于是，青涩的年华，情窦初开，一对佳人很快跌入爱河陷入热恋，并在当年年底结为伴侣。结婚以后姑妈才得知姑父沈国强的生父沈向阳原是国民党飞行员，后来随国民党去了台湾，转业后又移居美国。当年，在战争期间为了安全起见，他父亲就把沈国强过继给其叔叔抚养。继父继母因其生父的海外关系受到牵连，全家便从南京下放到新宾县郊区的农村。姑妈与姑父成家以后住在村头。一次乡里组织农民挖山石铺路，在爆破石头山时，因哑炮迟延爆炸姑父被飞起的石块砸伤了腰部，从此部分丧失了劳动能力，此后姑妈一家全靠乡政府补贴救济。

姑父腰损伤后与姑妈没有孩子，便收养了一个女儿取名叫沈艳茹，比跃进小一岁。跃进下乡到万金村就住在姑妈家，闲时跃进便和艳茹一起温习功课，一心想上工农兵大学。两人正值青春年少，日日进进出出，心生情愫，每天黏在一起。

艳茹是养女，个儿不高，1.60米。但长得好看，双眼皮，大眼睛，白白净净。姑妈明知两个孩子相恋也不阻止。

但姑妈常提醒艳茹："不兴那个哟！"

沈艳茹对妈妈说的"那个"是懵里懵懂的，有一天晚上她悄悄地问妈妈"那个"是怎么一回事。

当妈妈把男女间的那事讲完了，羞得艳茹是满脸通红。第一次的性教育让她捂着脸很不好意思地说："妈，我知道了。"

两个孩子就在这样的环境下相恋了。但这相恋的光景不长，从跃进到乡下不到两年的时间，姑父因其生父从海外发往民政部门的一封寻子信件，姑父全家提前落实政策迁回了南京。

艳茹回南京以后，一直与跃进通信互诉恋情。

1977年春节前，艳茹在给跃进的信上说，国家马上就要恢复高考，让跃进不要急于办回城，抓紧时间复习功课，做考大学的准备。期间，下乡的知青有的当兵有的回城，只有跃进仍留在村里，他听艳茹的话，复习功课准备考大学。

跃进的家住在抚顺市抚顺城北站南道。父亲是中学教师，母亲是百货商场大集体工人。妹妹叫跃美，中学刚毕业在家待业，右腿残疾，每天行走要拄拐杖。跃进从小就体会了生活的艰辛和困苦的滋味。

跃进有个非常好的同学叫白春雷，跃进每次从乡下回来都带一些新鲜的蔬菜，分成两份，自己家一份，送给春雷家一份。春雷有个很秀气的妹妹叫雪阳，和跃进的妹妹跃美是同学，有一年冬天，雪阳得了个怪病，贫血，低热，盗汗，时常

面色苍白，有时心悸、气短。所以高中毕业后，她一直在家养病，时好时坏。跃美没事做，每天去白家陪她。两家住邻，相处得很好。

跃进每次给春雷家送菜，春雷的妈妈就把早准备好的粮票塞给跃进，有时 10 斤，有时 20 斤，最多 30 斤，分地方粮票和全国粮票。遇有全国粮票跃进便留起来舍不得用，直到现在跃进还珍藏着，说是那个年代"历史"的纪念。

白妈塞给跃进后又叮咛："孩子，要吃饱，正长身体的时候，千万别饿着。"

说完又把一副缝好的鞋垫递到跃进的手上。

跃进称呼春雷的妈妈叫白妈，一直心存感激。

那几年多亏了白妈给他节省下来的粮票，使他少挨饿。更让他难忘的是，有了粮票就可以给他心爱的女孩沈艳茹买面包和糖。所以，跃进把好友春雷家视为自己的第二个家。

直到现在，郑跃进还常常拿出那珍藏的地方粮票和全国粮票看着，想着那计划经济的年代给人带来的饥饿和贫穷。

春去秋来，这是农民常说的口头语。一眨眼的工夫就到了秋季。

这天下午，跃进正在稻田里忙收割，突然村办主任骑着自行车来到田头送给跃进一封电报。

跃进打开一看傻了眼，只见电报上写道：病危速来南京。艳茹。

"病危？"跃进有点发懵，谁病危没说，是姑妈还是姑父？

郑跃进心里琢磨着："看来姑父的可能性大，因为姑父的身体一直不好。"

他认为姑父长年有病，所以怀疑姑父病危。但电报上没说，他就不能告诉父亲。

郑跃进向村里请了假，买张火车票便去了南京。

走出南京火车站，跃进舍不得花钱坐车，按艳茹过去写给他的信上地址，边走边问地走了一个多小时才找到姑妈家。见到姑妈和艳茹，呆呆地站在那儿连话都不会说了。

姑妈看着这个从农村来的晒得黑黑的傻乎乎的侄子惊讶地问："你怎么来了，是谁告诉你我们要走的？"

跃进傻傻地看看艳茹，不知道怎么回答。

艳茹接话说："妈，看您！快让表哥进屋歇着，你瞧他一头的汗。"

她说完对着跃进小声加问了一句："你是不是没坐车？2 路车很方便的。"

跃进不好意思地说："下火车我走来的。"

一听侄儿走来的，姑妈心疼了，忙吩咐艳茹："快拿盆热水来，他的脚肯定磨出泡来了。"

姑妈说着，为方便两个孩子在一起说点悄悄话，就去了厨房张罗晚饭。

跃进的两只脚泡在热水里，艳茹拿个小板凳坐下，拿起跃进的脚看那磨起的水泡，心疼地落下泪来。

跃进憨憨地说："脏，别碰。没事。"

艳茹说："这么傻呢，你！坐车来才几分钱。"

说着头依着跃进的腿，轻声地抽泣着，生怕妈妈听见。

跃进还在发懵，用手轻轻地摇了摇艳茹的肩，眼睛看着房门，生怕姑妈进来，小声地问："谁，病危了？"

艳茹听罢脸上还挂着泪花就咯咯地笑起来，又赶忙用食指放在嘴上嘘了一声，然后回头看看妈妈没进来，便小声说："骗你呢！"然后很正经地说，"秋忙，怕村里不给你假，我就撒个谎，妈妈不知道。"

说完她那双好看的眼睛一乜，薄薄的嘴唇一噘："人家想你嘛，想见你一面。"

"我的天！吓死我了。我正忙着复习，还不到两个月就高考了，我报的是辽大法律系。"跃进接过艳茹手上的毛巾边擦脚边说。

这时艳茹端起洗脚盆，神秘地小声说："还有 10 天，我们就走了。先去香港，再转道去美国，所以我才拍电报给你。"

跃进见状，急忙站起来想抢着去端那盆，可还没站稳就觉得脚麻了，疼得他一个趔趄。

艳茹心疼地嗔怪道："人家不要你做嘛，老实坐着！"

沈艳茹说着话端盆出去了。郑跃进眼睛看着端盆推门出去的沈艳茹开始发愣。

"去美国？"跃进重复着艳茹的话，心中油然升起了一股淡淡的忧伤。他心想："她走了，那我怎么办？"

吃完饭，姑妈陪姑父散步去了。姑妈临走时交代艳茹，在厅里用凳子和木板为跃进搭个临时床铺。艳茹不让跃进伸手，她把跃进推进她自己的房间让他等候。

这是一个在大厅里用木板间隔起来的单人房，放一张单人床，一个小学习桌，一个小床头柜，便满满的没了地方。跃进打量着艳茹的房间，屋里陈设简单。墙壁上挂着一幅艳茹和姑妈姑父的全家福，旁边还有一幅艳茹、跃进和姑妈的合影。学习桌上有一个坐立的镜子及艳茹看的书。床单是蓝色带方格的，红色小碎花的被子叠得很整齐地靠在墙边。一进屋就知道艳茹是个非常爱整洁的女孩。房间里隐隐散发着少女闺房特有的香甜气息，跃进竟有些昏昏然了。

跃进背靠门正出神，冷不丁被进屋的艳茹从后腰抱住。

艳茹将头伏在跃进的后背上，然后用蚊子一样的声音说："你能跟我一起走么？"

跃进触电般浑身一紧，半天不出声，足足有五六分钟，时间仿佛凝固了。突然跃进双手攥住艳茹抱着他的手，猛地转回身来，将艳茹拥倒在床上，迫不及待地捧着艳茹的脸疯狂地亲吻着，从额头、眉心，再从脖子、腮边，然后一点一点移到艳茹的双唇上停顿了下来。

艳茹躲开跃进的吻，咧嘴笑着含混不清地轻声说："干吗呀，我喘不过气来了。"

这娇嗔似乎刺激了跃进，跃进不管艳茹再说什么，顺势倒在床上斜压住艳茹的身子，将她的头卡在他的左胳膊上，嘴又压在了艳茹的嘴唇上有些唐突地狂吻起来，不管艳茹怎么游移

他都紧紧跟进。艳茹扭动着脖子，慢慢地不再动了，默默地享受着这爱的激情爱的亲吻。忽然，艳茹感觉跃进的右手已悄悄地伸进了她的前胸，猛地一下下揉搓着她那成人以后除了自己没有任何人见过碰过的柔软的乳房。艳茹一惊想说不行，但跃进吻着她的嘴就是不挪开，使她无法张口，无奈她哼哼地呻吟着，头摇晃着。她知道阻止不了跃进的进攻，便伸过左手按住了跃进放在她乳房上的手不让他揉动。这时的跃进早已无法控制，男人血液里泛滥的荷尔蒙令他若狂若飞。他穿着衣服翻压在了艳茹身上急促地喘着粗气，脸因为激动而涨得通红，岩浆般进发的爱恋使他浑身烫如火炉。此时，他是多么渴望与自己心爱的姑娘融为一体，直到地老天荒……

艳茹感觉到这时的跃进非常想要她，而女人本能的反应也让她多么渴望被自己心爱的男人亲近啊，但她却不能。她更知道她若不应允，跃进是绝不会强迫她的。跃进理解并体谅着艳茹，他也不想伤害她。但迸射的激情和渴望异性的萌动已像熊熊燃起的火焰，让他欲罢不能。理智上的抑制非但没能帮助他，反让他欲望膨胀，喉头发哽……

此时的艳茹感觉到了跃进的爱怜，以及他的压抑和痛苦，但理智驱使她强行控制着自己内心的情感和渴求，心中亦对跃进充满歉意与怜惜。所以，当跃进隔着衣服摩擦她身体的时候，艳茹接受了，并默默地配合着。她紧紧地抱着跃进迎合着跃进的摩擦，直到她感觉跃进身体一震疲惫地松弛下来，她才把自己的脸温存地紧紧贴在跃进的脸上，一动不动。心里却羞赖地想，相爱的男人和女人原来就是这样的啊……

跃进第一次抱着自己心爱的女人，完成了他人生第一次爱的旅程。

静寂片刻，艳茹轻轻推着跃进说："快起来，妈妈快回来了。"

可跃进一声也不吭，还沉浸在刚才尚未完全消退的亢奋中，呆呆地想着心事。当艳茹起身下床时跃进一把搂住了她，舍不得地将她抱进怀里，泪水像断线的珠子从脸上滑落，他竟然哭了。

艳茹也感觉有点对不住跃进似的，但她不知道怎么安慰跃进。

毕竟两人从小一起长大，青梅竹马，这可不是成人后这两年的相爱，对跃进来讲，是 20 年！直到成年这爱才像火山爆发一样喷发出来。现在心爱的人儿要离他去往遥远的美国，这种突然的分离他怎能不伤感呢！

艳茹看跃进哭得很伤心，她有点慌了，她知道跃进的脾气倔强，她怕哄不住他被妈妈回来撞见。

她迅速地贴着跃进的耳朵小声说："明天，明天我让你碰。"说完，她的脸一下子红到了脖子根。这药方真灵，跃进一下子止住了哭泣。但跃进急忙解释："我不是为了那个！"艳茹一撇嘴："我知道。快一点，一会儿妈回来了。"跃进却磨磨蹭蹭："怎么办，裤头弄脏了。"说完，他一脸的窘态。

艳茹听了先是一怔，随即更是羞红了脸。她知道跃进没带

备用裤衩，便柔声说："快脱下来我给你洗洗，明早就干了。"

于是，跃进乖乖地走到大厅艳茹为他搭的床上，换下了裤头，穿着衬裤不好意思地对艳茹说："我自己来。"

艳茹走过去，一把从跃进手里抢过内裤去到室外的洗衣台。

跃进坐了一天车，又走了一个多小时的路，尤其刚才又消耗了很多体力，很累，很乏，躺在床上还没等到艳茹回来就睡着了……

艳茹跟着爸妈，一家人先借道香港后又移居美国。

郑跃进回到万金村埋头复习功课，在年底第一次恢复高考时便考入了辽宁大学法律系。

一年四季，春夏秋冬来去匆匆，4 年的大学生活接近尾声，但跃进从来没有停止过对艳茹的思念。

每当夜晚来临，跃进常常望着窗外发呆，他在牵挂着艳茹。他对着星空喃喃自语："为何不给我回信呢？这么久了，为何没有信来呢？"

在大学宿舍里，每当夜深人静，紧张的学习结束后，跃进常常久久不能入睡。一想到艳茹那白净的细皮嫩肉，那温软甜蜜散发着少女馨香的呢喃，尤其是经历了一次和艳茹的肉体交融，使他每每想起，似乎身体的每一个细胞都受尽了煎熬。许是年轻人的生理欲望处于旺盛期，他总想着那天傍晚冰清玉洁的艳茹委身于他的情景。尤其艳茹那涨满着诱惑的青春胴体带给他无以言表的快慰和震颤，更令他难忘的还有肉体像撕裂般的疼痛带给艳茹那过分的紧张和战栗……

那一刻印在跃进的脑海里，存在他记忆的深处，嵌入他年轻的生命，怎么也抹不掉了。

"我爱你，艳茹。用我的生命一生一世地陪伴着你！"跃进抱着香软如玉的艳茹，许下了终生的诺言。

"我爱你，跃进。让我在美国等你！你不来我不嫁人！"艳茹嘤嘤哭诉着，满脸是泪贴向跃进满是爱意与温存的脸。

当跃进踏上火车的瞬间，艳茹把她的一张半身黑白相片交到了跃进的手上，只见相片的背面用娟秀的楷书写道：

"留给我一生深爱的男人！你不来，我不嫁。让我们相约在美国！艳茹。"

记得一个月以后艳茹从香港给跃进来了一封信，信中说在香港等签证，暂住姑父的亲友家，因不方便不让跃进回信。

沈艳茹到美国以后，郑跃进已离开农村到辽宁大学学习。沈艳茹冒昧地往辽宁大学 77 级法律系给郑跃进寄信，郑跃进还真的收到了艳茹的来信。但沈艳茹在信中只是报平安，略带提了下贪吃贪睡，身体有些发胖。还提了和她叔叔家的二女儿安妮总拌嘴，说安妮瞧不起中国大陆人。除此之外，艳茹没有谈到其他具体的事情。

郑跃进按艳茹的写信地址写了回信，而且厚厚实实地写了十几页。可是郑跃进不知道沈艳茹并没有收到他的回信。

过了一段时间，艳茹没有收到跃进的回信心里慌慌的。她认为写的信肯定寄丢了，于是，她把写给郑跃进的信寄到跃进

父亲的学校，由跃进父亲转给跃进。

跃进又收到了艳茹到美国后的第二封信，他阅后知道了艳茹并没有收到他的回信。这回他给艳茹写回信更认真，同样是厚厚的十几页，但为了安全地寄到美国，他去邮局办理了挂号特快。

可是，半年，一年，两年……从此以后再也没有收到艳茹的来信，也没有姑妈和艳茹的任何消息了。

起初，跃进每个月给艳茹写一封信。后来，半年写一封。在他的书柜里，堆满了写给艳茹的情书。那一封封寄不出去的情书，伴随郑跃进度过了一个又一个的春夏秋冬。

这灵魂深处的记忆和爱恋总是伴随着人的一生，永远也不会消逝，时间越久，越是浓烈。就像陈酿的好酒，越陈越香。

郑跃进牢记自己的承诺，要用生命陪伴艳茹一生一世。同时他更加相信，除了他郑跃进，艳茹绝不会嫁给别的男人！

因为他俩有个约定：相约在美国！

70 年代的大学生都不重视学英语，毕业后的郑跃进，在面临人生的选择时对此后悔莫及。

经过一番周折，跃进被分配到抚顺市一家法学杂志社工作。

在杂志社工作期间，跃进又函授学习辽宁大学中文系专业。三年以后，跃进不仅考取了记者证，同一时期他又拿到了辽宁大学的专科毕业证书。

日子过得飞快，转眼 7 年过去了，但跃进的姑妈郑有欣与他的恋人沈艳茹，仍然没有一点消息。

在郑跃进的心里留存的，是那美如洞房花烛夜的缠绵，那初恋的一幕幕，在他的灵魂深处就像心魔一样折磨着他，使他沉醉在初恋的甜蜜和回忆之中不能自拔。近30岁的他，仍孑然一身地守候着他的梦想和希望……

Chapter 7 第七章

因为这条路是你自己的选择， 一个成年男人的选择。
你就是射出的箭， 没有回头路可走。

情缘梦断

一个声音低沉却语重心长，那是爸爸在说："跃进，你本性善良。你认定的理儿就是你一生要走的路，但这条路会很漫长。出国并非不爱自己的国家，但你会吃很多苦，甚至你要付出很多代价……你的青春，你热爱的工作！但是儿子，一个男人认准的路，再苦再累也要咬牙坚持走下去！因为这条路是你自己的选择，一个成年男人的选择。你就是射出的箭，没有回头路可走。所以你放弃一切去美国找艳茹和儿子，爸爸妈妈理解你，不会阻止你去履行一个男人的承诺。需要提醒你的是：当你找到了你要找的，得到了你一心想要的，但现实有可能事与愿违的时候，希望你能勇敢地去面对……"

是什么时候，又是遇上了怎样的压力让郑跃进做出了出国的决定？是他装病中断了对化工厂排污污染了农民土地的跟踪报道，还是因为他被报社主任调到办公室成为一名电话记录的闲人?

这些都不是,但这些又是他的人生道路上最伤心的经历,从而促成他为了逃避在选择时下了最后的决心。

其实,真正让他下决心出国是在春节过后的正月里,他从爸爸那里知道了一个震撼的消息之后。

那是他姑妈郑有欣的一封信。那封信真是一石激起千层浪啊。

一直沉浸在回忆之中的跃进,突然起身去了书房,他从抽屉里取出爸爸当年交给他的那封姑妈的来信。姑妈那娟秀的字迹他太熟悉了。他记得非常清楚,从看到姑妈的信,从他知道他和艳茹的第一次交欢,就已经有了儿子盼盼的那天起,他的"魂"就飞到了美国。他的心魔便从他的心窝里跳了出来,阻止他做任何事。他没有一点心思为他苦苦追求的"理想"去奋斗终生了。

姑妈这封写给爸爸的信,跃进几乎能一字不差地背下来,但今晚在回忆中整夜未眠的跃进,再一次认真地捧读起来,他想从这封信中去寻找哪怕是一丁点儿的线索:

　　大哥:您好!

　　我和国强、艳茹在香港小住三个多月,便在国强生父的担保下顺利地抵达美国。

　　现住在拉斯维加斯 4300sahara 国强生父的家里。

　　我要告诉您两件事。一件是喜事。一件是丧事。

先说喜事：艳茹怀上了跃进的孩子。艳茹这孩子不会说谎，我信她。到美国6个多月就生了，是个男孩，中文名叫盼盼，英文名叫 Evan（艾文），长得和跃进小时候一模一样。我们郑家有后了，我和艳茹会把这孩子带大。这事，您不要责骂跃进。

再说丧事：国强死了。

时间是1978年9月16日　晚上8点40分，在JJ赌场。

因为刚来美国，他腰损伤不能打工，在赌场玩老虎机时，被突然闯进来的一位持枪要杀男友的年轻女人射中，那个被枪伤的黑人，整个儿下身都被打烂了，但没死。可国强是误伤却当场死亡，现正在处理之中。

我的悲痛，在这封信中无法向您诉说，我的声带都哭坏了……

有两件事我还没有搞懂。

据律师讲，我和艳茹都是国强的受益人，近亲属。但美国法律规定，在办理身份期间，被担保人死亡，其受益人身份可能需要转换，如不转换有可能会被取消，也就是说不能待在美国。

盼盼出生就是美国公民，国强的案件还在处理之中，我和艳茹不可能选择回中国。按律师的建议，艳茹找个美国人结婚也可以调整身份。

国强的弟弟国立曾做过警察，他说也可以找个中国人结婚，还说中国人给点钱办假结婚调整身份的人很多。国立正在和他的总公司沟通，安排我和艳茹的工作和身份事宜。但不管什么方案，我和艳茹最终要解决在美国合法居留的身份问题。

　　从来美国，烦心的事就不断。

　　发生了这么多意想不到的事，我要提醒大哥，暂时千万不要把艳茹怀孕生儿子的事告诉跃进。

　　我了解跃进这孩子，天性善良，心里阳光又健康，但脾气倔强，认准了理十头牛都拉不回来。一旦和他讲了真相，他会立马放弃一切想法跑到美国来。就目前我们的状况，千万别让跃进再添乱，等我们安稳了再想办法让跃进来美国。切记！

　　就写到这里，以后安顿下来再写信。

　　代问嫂子好！

　　瑾此祝

　　大哥大嫂身体健康！

妹：有欣

1979 年 5 月 5 日

　　郑跃进把信从眼前挪开放在胸前，他睡在躺椅上想着往事，思绪就像飘零的叶子，在时光的隧道里翻滚着……

　　他记得，在他要出国之前的那段时间里，几乎每天他都喝

得醉醺醺的。

那段日子，郑跃进每每想起心都绞痛。尤其父亲现已去世，想起妹妹跃美讲他喝得烂醉如泥时，父亲抱着他的后背把他拖上床的情形，他就悔恨得不能原谅自己。

那个醉酒的记者，是理性的郑跃进吗？

印象最深的是有一天星期五的夜里，下半夜了，一阵砰砰的敲门声吵醒了爸妈。爸爸知道又是跃进喝醉了，赶忙披衣前去开门。打开房门看到跃进的同事把喝得醉醺醺、迷迷糊糊的跃进，从一楼拖到了家门口。爸爸上前谢过跃进的同事，搀扶着跃进，但看跃进瘫软得不能行走，爸爸只好抱着跃进的后背把他拖到床上。爸爸年岁已高，哪有力气抱起跃进。妈妈心疼地拿着热毛巾给跃进擦脸。妹妹跃美起身沏了一壶茶放在跃进的床头边，又一瘸一拐地拿个空盆放在床头地板上，以防跃进呕吐。跃美做完，又把跃进设定的表铃放在床头柜上。

全家人忙活醉酒的郑跃进。

只听跃进吐字不清地嚷道："谁也别碰我！让我睡吧，永远也不要惊醒我悲伤的梦……"

跃美在旁边接话："没人敢碰你呀，还悲伤呢？"

跃进醉酒不是一日两日，已有一段时间。尤其是周末，对此跃进爸妈对他早有嗔怪，但跃进毫无悔过之意，一喝就多，一喝就醉。今晚的烂醉又导致了老两口的争吵。

爸爸有些恼怒地说："这是第几次了，怎么能天天如此？一点理性也没有，快30岁的人了，太不像话。"

妈妈护着儿子说:"他不是心里难受吗,和雪阳结婚的当晚,雪阳就走了。而艳茹,一点音信都没有。"

妈妈说着话开始落泪。

爸爸点上一支烟,沉思了会儿叹道:"雪阳走了快一年了。他姑妈和艳茹……咳!都怪我,要是我不告诉他姑妈信上说的那事,他也不会这样。"

妈妈一听有话题了:"可不是么,说艳茹有了孩子是跃进的,那还办什么假结婚?这不坑人吗?你也是,这没影的事,仅凭你妹妹的一封信就跟儿子说。现在可好,儿子又吸烟又酗酒,每天都醉醺醺的。我告诉你老郑头,儿子要是有个三长两短的,我、我和你老郑头没完……"

"呜……"妈妈哭起来,手攥着毛巾抽泣着擦泪。

爸爸抱怨地说:"他姑妈信上写的还能假吗?说艳茹到美国半年就生了一个胖儿子。你算算,跃进去送他们时是 9 月份,她们到美国应是来年的春节前后,掐算时间也对,而且我问过跃进,这小子说和艳茹有那事儿,这还有错吗?"

妈妈接话:"那她该来个信呀?孩子多大了,她们住在哪个城市,艳茹不跟跃进就算了,那孩子呢,不能不让孩子认爹吧?"

爸爸说:"艳茹倒是来过信,是我转交给跃进的。但我和跃进谈话时,好像跃进不知道艳茹怀孕的事。"

妈妈有点怀疑了,她把手里的毛巾抖一下,很生气地说:"这种事……他俩……在信上没讲?"

爸爸摊开两手，好像在说："我怎么知道？"

接着说出了他的分析："我写了回信，但信被打回来了。你知道，我们学校动迁一年了，建建停停的，他姑妈来没来信我也不知道。而艳茹怀孕的事，是他姑妈不让艳茹说的，你不看信了吗。"

"那跃进这样下去也不行啊？他的心思全在他的儿子盼盼身上。"妈妈急得不知如何是好。

跃美看着爸妈为哥哥争吵不休，劝道："你们别吵了，我哥心情不好是因为和报社领导闹别扭，很长时间了。好像是雪阳死了以后，说是市里交代下来的英模报告团事迹，报社要大力宣传一下各部门组织学习的情况。报社领导找到我哥交代任务时他不接，装病没上班，所以领导很不满意他。"

"装病？我没看到他在家待一天呢。"爸爸眼盯着问。

跃美接着说："都一年了。是在雪阳住院期间，我哥曾接受一个采访任务，可能我哥没处理好得罪了报社的领导。"

"什么采访任务？"爸爸催问。

"是化工厂有毒污水污染了农民土地那事。"跃美很知情地说。

妈妈接话："跃进呐，有时太倔强，也不会拐弯。"

"还有，当时我哥写了篇报道在《天天报》上发表了，哥所在的报社主任说他没有政治头脑。"跃美继续说给爸妈听。

爸爸感觉事态严重了，沉下脸来又问："什么内容？杂志社也有采访任务？"

跃美回话："爸，你还不知道啊，杂志社和报社其实就是一家。我哥抽调到报社工作快一年了。"

说完，跃美便一瘸一拐地进房间拿出一堆报纸，她翻了一会儿，找出来递给了爸爸。

爸爸戴上老花镜在看跃进写的报道，跃美面对妈妈叨叨着报道的内容。

跃美小声地说："其实我哥很傻的。当时抚顺县一个乡镇的通讯员投稿反应化工厂的污水污染了农民的土地，报社主任让我哥去核实，可我哥却写了报道，像报告文学似的，还给人家上纲上线。那个女厂长可神通了，找到报社主任了。主任都同意不跟踪报道了，可我哥又写了篇纪实，在抚顺《天天报》上发表了，而且在社会上反响很大。"

"什么纪实？"妈妈问。

跃美接着说："那个村的沟堑斜坡上生长着一棵百年桑树，村民把那树视为神树，尤其是相恋的男女，都去那棵树前许愿，象征着百年好合。可是村的上头建起了化工厂，污水外漏，污染土地和那棵树。后来那棵大桑树大多树干枯死，树根有腐液流出，像浓水一样。几位年长的老农心疼地说这棵老桑树在哭啊……"

妈妈也心疼地说："太可惜了，这是作孽呀！"

"问题是后来市里有关领导责令报社主任继续跟踪报道，但报社主任找到我哥时，我哥向报社主任交了张医院诊断书病休了。"跃美边说边把餐桌上的一杯凉茶喝尽后又补充了一句，

"我哥跟我说他不管了。"

说完跃美竟呵呵地笑了。

爸爸皱起眉头，那表情好像在说："这儿子，政治上很不成熟。"

跃美看着爸爸那像是背课文的神情，把目光转向妈妈继续说："所以我哥生气了，闹情绪很长时间啦。报社主任看他闹情绪，就把他调到办公室挂起来了。我哥倔劲儿一上来，他不管什么主任不主任的，他说不想干了，还说他要去美国。"

跃美说完就知道失言了，忙捂住了嘴巴，一伸舌头嘟嘴说："完了，又把我哥出卖了。"

爸爸手拿着报纸，抬眼看着跃美，妈妈把眼光从跃美身上移向她爸。

这可是个天机。原来儿子想到美国去找艳茹和儿子。

妈妈问："怎么办，老郑？"

爸爸说："还能怎么办？一切顺其自然喽。"

跃美趁机找个台阶做争吵的总结："快睡觉吧，这郑跃进真是烦死人了，搅得全家不得安宁。"

两个老人又走进儿子的房间，看着他醉酒鼾睡的样子，无可奈何地晃着头回屋。

第二天早上，跃进在睡梦中被一个孩子似的呼叫声叫醒。

"懒虫，你该起床啦……你怎么还不起床呀，我叫你多少遍你才起床？快点呀，你想累死我呀？快起床……"

这是跃进为早上起床设的自动表铃。

酒醒了，但满嘴都是酒精味。

跃进一翻身把表铃按倒暂停呼叫，抬眼一看是早晨 8 点 40 分。

他伸个懒腰，先把妹妹跃美给他冲泡的凉茶喝完，然后从床头柜的抽屉里取出一盒石林烟，抽出一支点燃，头靠在床头吸了起来。

跃进吸着烟想着梦里真实的往事。

那是他到姑妈家的第二天中午。他一见姑妈陪姑父出去办事了，便缠着艳茹，非得要她。艳茹因头一天与跃进拥倒在床上缠绵时答应了跃进，现在跃进死乞白赖地缠着，她笑跃进像个着急的猴子，但她顺从地任由跃进褪掉她的衣裤，第一次赤裸着身体躺在跃进的身边。当她与跃进滚烫的身体挨在一起时，她本能地拽过被子来盖住身体。但跃进不管，他把被子掀起，急不可耐地退下内衣裤，趴在艳茹的身上……

"轻点……"艳茹在耳语。

跃进停了一下，温存地看着艳茹拘谨得失了自然而又有点可怜兮兮的样子，他倍加爱怜。他笨拙地安抚着怀中的女人，小心翼翼，生怕亵渎了她。他轻轻地亲吻着艳茹那潮红的脸颊和柔唇……

而艳茹顷刻间被跃进的柔情融化了，她的心里升起一股爱意，柔情似水。

时间一秒秒地过去，难分难舍之下，艳茹再也控制不住自己的情感，伸出手环抱住了跃进的身体，回应着跃进的热

吻……

过了一会儿，意犹未尽的跃进还想要，但听到外边有脚步声，吓得两人赶快穿好衣裤规矩地坐在床沿。

傍晚，跃进不死心，他看姑妈姑父不在，一再哀求艳茹再来一次。艳茹深爱着跃进，潜意识里，她是多么愿意将自己的人生第一次完整地交给眼前这个深爱的男人。虽然她担心被妈妈撞见，但她踌躇忸怩了半天，最后还是答应了跃进。但艳茹叮嘱跃进不能将精液射在里边，她怕怀孕。

跃进点着头，心里想的是："只要你同意，怎么样都行。"

这一次跃进似乎有些经验，他压住艳茹，因担心再受到什么干扰而功亏一篑，因此他不管艳茹疼得怎样地扭动和呻吟，仍然坚决地挺进，最终他如愿以偿了。他抱着紧张得浑身直发抖的艳茹，完整地完成了他这一生与心爱女人真正意义上的第一次交欢。

当艳茹感觉他喘着粗气有些异样时，如梦初醒，急速紧张而又柔声地小声央求道："别射里边……快……快拔出来……"

可是跃进早已无法控制自己了，那浓浓的情意随着他最后一次的动作，射入了艳茹那含苞带露包裹得紧紧的肉体里，并在那里安家、落户、生根、发芽、开花、结果……

艳茹被跃进的放任吓坏了，不知所措。未来到底会怎样，她好害怕。可看见一旁还沉浸在爱欲里的跃进，她又觉心疼，于是窝在跃进的怀里用手轻轻捶打着跃进担心地娇嗔道："叫你要小心，可你……现在怎么办？要是……要是怀孕了我怎么向爸妈交代……"说完最后一句，艳茹更加的惴惴不安。

跃进不语，满不在乎，也许是男孩子不谙世事的缘故，他以为就一次偏就那么巧么？而且，隐隐地他似乎有些感到高兴。

"反正你是我的了，不管你走到天涯海角。"他边说边笑。

艳茹一听这话，马上嗔责跃进："自私，自私，你自私……"

跃进嘿嘿地笑着不语，只喘息了一会儿，他伸手又把艳茹搂进了怀里……

"怎么，还想要？"艳茹看跃进点头，她娇声娇气地说："不行！真的不行！你看，出血了……"

艳茹边说边仰起身拽过手纸放到下边。

而跃进放开艳茹起身一瞧，顿时心疼起来。

初夜，这就是初夜吗？他看着一脸娇憨的艳茹，更加爱怜地将艳茹紧紧搂在怀中。他在心里暗暗起誓：今生今世，一定要好好待艳茹，一定要一心一意地爱自己怀中的女人，给她幸福和快乐！

沉浸在初夜回忆中的郑跃进，想着当时的他竟傻乎乎嘿嘿地边笑边说："是啊，女人是诗，越想越含蓄，越含蓄越想呢……"

也就是那天早晨，郑跃进手拿着沈艳茹的相片举在眼前一字一句地、再一次郑重地发誓："我一定要找到你和儿子！别说是大洋彼岸的美国，就是世界上任何一个角落，海角天涯，

我都将踏遍。哪怕万水千山，哪怕伤痕累累，直到与你们团圆！"

这个时候，没有任何人能阻挡他找到老婆，找到儿子！因为他从未忘记和艳茹的约定：相约在美国！

他像是睡醒了的植物人，在他心里毫不动摇地做出了去美国的决定。

郑跃进要活得更加现实，他要实实在在地过着那种一家人在一起团聚的生活。他的梦想就是一个普通人家，夫唱妇随，儿孙满堂，其乐融融的家庭生活。的确，人世间的任何一种说教，都改变不了这种人性的渴望！

郑跃进，在他即将走向成熟的那个年龄，他为自己的人生做出了选择。

接下来的日子里，郑跃进跑遍了省城所有的出国中介公司，最后终于如愿以偿。

1987 年 5 月 5 日，郑跃进辞去了所有的公职，不给自己留后路，并于当月 16 日，飞往美国去寻找他心中的妻子和未见过面的儿子。

郑跃进就像射出的箭，不管前途是怎样艰难困苦，他都将勇往直前。

可是，来美国快 10 年的郑跃进，他的体会是什么呢？

郑跃进回想自己来美国以后的种种经历，由衷地慨叹：入境美国，不论你以什么方式办身份，最后都将归化成美国公民。头一年，都是豪言壮语；第二年，都是默默无语；第三年呀，就开始自言自语了；第四年傻了，笑而不语了；第五年呢，干脆找不到自己在哪里。

美国人笑着说："这就是人性的回归！"

哈哈，郑跃进呢，6年的中餐馆炒菜及做打杂工，和那些16年26年做中餐馆打杂工的中国人比起来，应该说他还算是幸运的。所以他已经习惯了这种生活方式，因为他追求的是一分辛劳一分收获；一分辛苦一分快乐！

还因为，在他心中更重要的精神力量是他庆幸自己已经有了儿子，尽管还没有找到，还没有相认。

可是，人生有几个6年呢？

可是，人生不劳而获的寄生虫又都是些什么人呢？

可是，想起这折磨人的人生，付出了这么多的艰辛，乐趣又何在呢？

面对未来不可知的命运，郑跃进真的是不甚唏嘘。

天色拂晓，一念间就早晨了。

一夜没合眼的郑跃进，揉揉眼睛，戴上眼镜，披件衣服站起身走出大厅到自家的院中。

他在想眼前的事，也许和南茜的分手是该让他冷静地检讨自己了。来美国这些年，他真的很用心在寻找未婚妻和儿子吗？尤其是和南茜同居这4年多时间。

当然，郑跃进有太多的借口和理由。人吗，七情六欲，压抑久了谁都会爆炸的，更何况他身强体壮。可是到头来为什么心里总是绞痛，又总是要为这些借口和理由悔恨呢？有时，甚

至会失常地痛骂自己。

反思中的郑跃进突然看到院中水泥地面有一盘亮亮的碟片，他走过去弯腰捡起定睛一看，是《别了，纽约!》。

这是南茜在匆忙搬家中掉下的。真的好笑，应该说"别了，赌城拉斯维加斯!"

郑跃进他万万想不到的是，随着南茜的离家出走，命运之神抛给他的却是这位情断赌城的女朋友，在她赌博游戏的惊险悬念中，一步一步地引领着他找到了久别的爱人和他们的儿子!

此时的郑跃进手拿着影碟，眼里却有了一点点的潮湿。

他是在想南茜吗?

Chapter 8 第八章

这下完了，
我加入帮会了。

美女刺 Q

慕东把南茜送到谷天镇的第二天早上，便开车去了西雅图。为了赢得扑克比赛 100 万大奖，他的妈妈，老太太 Emma 指点他去见一高人。

南茜从到培训中心，每天由那位墨西哥女人引领去不同的教室学习，所有学习资料都是中文，只要求背记，不需要做笔记。

她感到孤单就想打电话给慕东，可她心中的靠山，那个二老板慕东的手机一直处于关机状态，就像在人间蒸发了一样，消失得无影无踪。南茜感觉整个人跌进了谷底，无着无落，没一个熟人，每天硬着头皮背记渐进翻倍法。什么费波纳奇数列：1，1，2，3，5……死记每个数是前两个数字的和。南茜有时去卫生间洗完手后，会两手扶着洗漱台，照着镜子说：

"有什么用？翻倍下注我早就会。"

18 天的技巧培训总算结束了。

星期天中午丽莎出现了，南茜好像见到了救星。

因为从培训到结束，南茜只见到过 3 个人，一位是 50 岁左右的美国男人，叫什么"Ben"的，南茜特意查了下英文字典，Ben 是山峰和儿子的意思。她不懂英文，所以按照她的思维理解这美国人真怪，起名叫儿子，谁都管他叫儿子，他还高兴地微笑。每天他只负责发牌，温和得满脸慈悲，一句话也不说。而另一位，是 60 岁左右的中国女人，长得白白净净，浓眉大眼讲话台湾口音，体态容貌保养得很好，年轻的时候肯定也是位美人，她叫索菲娅，专门给南茜讲解电脑上贮存的技巧课。

现在丽莎的出现让南茜格外欢喜。

南茜说："闷死了，这么大的房场就 3 个人。整个小镇都见不到人。"

丽莎说："你没看到其他人并不等于没有，谷天镇是公司总部，总部是设有保安的。"

南茜紧张地瞪大了眼睛，四处张望。

"你不用东张西望的。"丽莎像主人一样提醒南茜，"在你来到这里前，刚刚结束对轮盘赌会员的培训。"

南茜惊奇地看着丽莎说："还培训轮盘赌？"

"是呀，这里是破解所有赌局的学校。"丽莎看着南茜转向正题，"你还有 10 天的课程由我负责，现在你回房间换个背心，要把整个胳膊露出来，我要带你去文身刺字。"

丽莎说着撸起右衣袖，在她右胳膊上方露出个很美的美女头像，在美女头像旁的左下方刺有一个大写的"Q"字母。

南茜联想到慕东的左胳膊上也文有美女和有两个套在一起的"Q"，感到有点惊恐。

她小心翼翼地问："为什么……每个人的胳膊上都刺'Q'呢？"

"你选择进到这个圈子里来就得遵守行规，你不能问太多的为什么。电脑教学第一页的标志就是在一个美女的头像下，大中小排列整齐的三个连环相套的Q字母，难道你没看？这是公司的标记，你要记住。"

丽莎说话的口气有些严厉。她继续说道："刺完Q你就是Q会员了。Q会员的赌技可让你富有一辈子，而且每个月你自己掌握去赌场验手气的时间。当然，如果你太贪心而违规将被除名，一旦被除名那Q字母是要除掉的哟。"

丽莎补充时特意抬了下眼皮。

南茜眼睛一眯，流露出一种轻蔑的表情。可以说，丽莎的话让她嗤之以鼻，她在心里说："哼，还富有一辈子呢，20天什么也没学到，让我签了一大堆的文件。教我的，我早就会。庄、闲、和跟旺家，谁都懂，还用学！"

不过让南茜有些惊奇和意想不到的是，18天前第一次见到丽莎时，丽莎就是个专职司机，一句多余话都没有。而今天的丽莎俨然就是一老板，这让南茜立马另眼相看了，而且……还

文 Q 字母？

南茜心里捉摸着："这下完了，我加入帮会了。"

但她转念一想："也无所谓，美女头像我早就想文，不就再加一 Q 吗？"

丽莎带南茜到文身处文美女，刺 Q 字母，图案是丽莎带去的。南茜不知道，就在那美女头像的双耳处隐藏着玄机：左耳是 1 右耳是 7，意为南茜是第 17 位专职赌手。Q 公司有几十人，但专职赌手的上限是 20 人，而且必须是经 QQ 以上的会员介绍。一旦被发展为 Q 会员，6 个月后便享受 Q 公司终生的保险福利待遇，从某个角度上说南茜还是幸运的。

在文 Q 时，南茜亲眼看到丽莎也加文了一 Q。她心里捉摸着，为何她文双 Q 而让她南茜文一个 Q 呢？但她知道自己是新来的生人没敢吱声。

大约过了一个多小时，丽莎便带南茜回到了公司。

在路上丽莎说："文刺字不影响你做其他事，现在我带你去见老太太 Emma。"

丽莎说完便引领着南茜穿过办公楼的后院，绕过一个人工自动流水的假山，在一棵百年的桑树旁，南茜惊呆地看到了又一处别致古典，庄重大气而不失雅致美丽的办公用房。这个房的所处位置是在一个 V 字形建筑物的顶端，后面连接的像是住宅区。看到这样典雅的房屋，使人联想到屋中的主人将是何等的高贵！南茜怯怯地跟着丽莎。走到门前，那欧式风格的门自动滑向一边。丽莎和南茜进到大厅，丽莎让南茜落座一角处的真皮沙发上，她走向落地净水器，边给南茜倒水边介绍说这是前任老板慕云轩的办公室。又说现任董事长慕南最打怵进这间办公室，一直由老太太 Emma 使用。南茜耳听丽莎的介绍，眼看着前厅门上方饰满闪闪发亮的人造宝石，她感到自己好像进到了皇家宫殿。

丽莎刚落座，里面一道自动门开了。只见一位与南茜年龄差不多大的漂亮女人，修长的身形穿着黄色的旗袍，外罩一件精美的乳白色耸肩外套，正推着一位约有 70 岁上下的老太太缓缓移出。老太太银灰发亮的头发在脑后绾着发髻，戴一副金丝眼镜，镜片后是一双透着冷静和睿智的炯炯有神的眼睛。上身着浅灰色绒线衫，精致的纹路和暗花淡雅素净，下穿一条深灰色长裤，脚下是一双做工考究的平底青色布鞋。肩上一件深墨绿色丝绒披肩，随着她姿势的变化而折射出的闪光含蓄而华美。一眼望去，老太太整体给人一种干净利落、庄重贵气的感觉，那种历经世事成竹在胸的沉稳大气更是氤氲着一种具有逼迫感的气场。

南茜心里不由啧啧称奇，由衷地赞叹：真是美女伴仙姑！

正当南茜看得出神的时候，只见那位漂亮女人扶着老太太站了起来，这时老太太好像在悄声耳语："行了，我自己走。"

老太太的右手放在右肋侧，好像残疾，她自己走到正厅左侧一处用红木精心制作的椭圆形办公桌前坐下。那个漂亮的女人放好推车，给老太太倒杯山泉水放在老太太右侧的桌上，然后侍立一旁。

南茜忽然间想起了跃进抽屉里的那张黑白照片，尤其是那女人回身时熟悉的背影。

哦，对了，她想起在中国城住宅区遇见的那女人……惊喜的南茜差点喊出声来。

因为她已经断定，在中国城后侧她临时居住时遇到的那个女人，就是眼前这位美女。而且，南茜确信这母女俩一定就是郑跃进苦苦寻找了近20年的亲人：一位是他的姑妈郑有欣；一位是他的初恋情人沈艳茹。

南茜有点兴奋，真的想不到她竟然能这样轻而易举地解开了那两张相片中令她自己纠结不已耿耿于怀的秘密，而且……老太太还是老板。

这时老太太开始说话了，但南茜和丽莎听不太清楚。一是老太太的声音太沙哑；二是客厅与老太太座位有几米远的距离。

老太太讲完后，那位漂亮的女人传话说："你叫南茜，今年35岁。中文名叫方小艾，沈阳人。"

南茜对任何认识她的人都讲自己是沈阳人，包括慕东。她的原名方小艾只有和她走得最近的人才知道，她清楚老太太肯定是看了她的ID（身份证）才知道她的真实身份。但今天，南茜一想到眼前的老太太就是郑跃进的姑妈，是同乡，那种攀亲的念头在大脑中本能地冒出来。

她马上纠正："我不是沈阳人，我是抚顺人。"

说完她看着老太太的表情，暗地揣摸着老太太给她打分。

果然，她看到老太太的眼睛里有一点光亮出来。

老太太看了南茜一眼微微一笑，然后端起水杯喝了口山泉水，侧身对着那漂亮女人说着什么。

只见那漂亮女人点点头，然后从早已准备好的抽屉里取出一个信封和一张信用卡对丽莎说："这是公司给南茜的信用卡，里面有 4 万美金。这信封里有 1 万美金现金，供南茜实习时使用。"

那漂亮女人讲完话，将钱及信用卡交给了丽莎。

南茜的大脑还在快速地反应着那个漂亮女人所传达出老太太的真正用意，当她愣愣地还没有弄明白给她的钱和信用卡，为何只交给丽莎不给她的时候，那个漂亮女人已经搀扶着老太太坐上推车，走进了那扇自动滑开的门。

南茜有些不服气了，这叫什么呀？简直就是大清朝老佛爷慈禧接见。就 10 分钟，便 OK 啦！

她在心里琢磨着："那里面一定是她的宫殿，而且路很长，要不然老太太能走为何让人推着呢？"

丽莎目送老太太进了里屋后，转身对南茜说："看样子，老太太对你的印象还不错。"

讲完话，丽莎头往门的方向一摆，打了个手势让南茜跟着，随后补充："走，我们去射击。"

丽莎带着南茜去了射击场。

对南茜来说，让她学啥她就学会啥，钱和卡不给她，她也不要，因为那钱本来就不是她的。

但南茜有太多的疑问："老太太为何说话那么嘶哑？她能走为何让人推着？她的右手残疾吗？这么富有为何只坐平板椅？一个普通的农家女人，怎么会坐在了这把交椅上……"

在去射击场的路上，南茜满脑子疑问，以至于到了室内还若有所思忘戴耳套就去拿枪。

丽莎看到大声吼道："想什么呢？你没看录像的讲解吗？这还教你？"

南茜忙说："看了，没上心，没想到会有实践课。"

丽莎走过去很耐心地教了南茜打靶射击的所有要领，并告诉南茜每个星期都有半天打靶课，今天晚上就教她学会枪的拆卸保养。

南茜对丽莎娴熟精湛的枪械本领，用北方人的话讲，简直是佩服得五体投地。

第一次的实弹射击，使南茜非常兴奋。

傍晚丽莎带南茜去一家牛排馆吃了牛排。吃完饭，丽莎带南茜到公司的咖啡室内，边喝咖啡边向南茜介绍了一些公司的情况，这也是应该让南茜知道的。

不过，丽莎在向南茜讲解前，她笑眯眯地看着南茜，巧妙而又温和地问了一个让南茜非常难为情的问题。

丽莎说："请你告诉我，你是不是二老板慕东的梦中情人？而且实弹射击了……"

问完，不等南茜回答，丽莎就哈哈哈地笑起来。

南茜的脸腾地红了。她既没说是，也没说不是。但她的表情已经告诉丽莎，她和慕东的关系当然不是普通朋友的关系。为了维护自己的脸面，她还是很不好意思地解释说："我都多大了，老太婆了，还梦中情人呢。"

丽莎接过话很诚恳地说道："我也是二老板慕东介绍加入Q会员的。所以二老板一再嘱咐我，让我好好教你。他说你肯定出成绩，而且还说将来你在我之上呢。"

南茜乐了，美滋滋的。但她马上说："怎么可能呢，我还在梦里云山雾罩呢。"

丽莎不再接话，她开始介绍公司的情况：

老太太英文名叫Emma。她有着惊人的记忆，据说可熟记两副扑克牌。都说Q公司赌场投资业务部经理的位置是她赢来的，其实老太太Emma的实力应该是公司里圈内的人。因为，原来Q公司的总经理沈国立是她的小叔子，现在是总公司的大管家。

X5总公司的创立人是慕南的爷爷，叫慕鹤松。过去公司的主业就是赌场投资，后来是慕鹤松的儿子慕云轩出资将其转型成保险公司。初期组建的K公司是为了大老板的弟弟慕鹤林，其实K公司一直由慕鹤林的长子慕云飞管理。大老板慕鹤松为了让自己的儿子，也就是慕南和慕东的父亲慕云轩也掌管个公司，就又组建了Q公司。当时主要由慕南的妈妈管理。因为慕云轩是很有名气的科学家，公司的老人都知道是他卖了自己发明的很多专利，才投资转型保险公司。保险公司和赌场投资部是分开的两个部门，保险公司一直由慕南掌管，而赌场投

资由老太太 Emma 负责。百家乐的赢钱秘籍，是已故老板慕云轩研究总结的。非常可惜的是，他的前妻因患骨癌病逝，而后妻又与他同时遇车祸过世了。

现在总公司赌场投资部的老板就是已故老板慕云轩的堂弟，叫慕云飞。都说是黑社会老大，但我从来就没见过，他也不下分公司。听说隐居在加拿大和美国之间的尼亚加拉瀑布附近的一个深山里，距离总公司所在地天水镇不远。只是听说，没见过其人。

慕氏家族在美国的华人中算是一号。有些事，比如董事长，董事会成员……我们这些 Q 会员，因没有直接的利益关系也不关心这个。

老太太身旁的那个女人，是她的女儿叫沈念斑，也是董事长慕南的未婚妻。现在老太太患病了，她是回来照顾老太太的。

南茜"哦"了一下，对心中的疑虑有了一点点释然，但"未婚妻"又让南茜很感兴趣地听下去。

丽莎并不知道南茜心里早已经认知的老太太和沈艳茹是郑跃进的亲人，她继续讲下去：

还有因车祸受伤的老板慕南，一直休养不管事。这些年，就连保险公司方面的有些事也都由老太太 Emma 代管。接你来的那位慕东也管老太太 Emma 叫妈妈，不知道怎么论的辈分，他是 Q 公司的二老板，常年住在雪山胜地丹佛，管理他祖父遗留下来的物业。

公司每 3 年与天水镇 K 公司举行一次赌技比赛，参赛者都是公司 QQ 以上级别的会员，Q 会员的最高级别是 QQQ。

说到这儿，丽莎话题一转："自从大老板慕云轩遇车祸身亡至今，3 年一度的比赛停了，不知什么时候恢复。如果恢复我们都能看到公司上层的人物，包括慕云飞。"

"还……赌博比赛？"南茜感到很惊讶地瞪大了眼睛。

丽莎没理南茜，也没解释。她沉思了一会儿，好像突然又想起了什么事，顿住了，有点愣神。

片刻，她有点深沉的样子继续介绍：

其实，最初的形式就是大老板雇用几个他认识的朋友帮他赌百家乐，他提供资金给大家赌，每人每天的薪水 100 美金。但为了保障收回资金他要培训，后来在这个基础上他开始会员制，实际上就是放高利贷给会员，因为雇人赌他常赔本，而放高利贷则稳赚不赔。

等老太太 Emma 主政时，两任大老板都过世了。

听说老太太刚来美国的时候，因丈夫遇害哭坏了声带，从此讲话只有在她旁边的人而且还得靠近她才能听清楚。

据说在那次车祸中，原老板慕云轩及太太丧生。当时老太太 Emma 和她的孙子也在车里，她孙子腿骨折了，而老太太右手腕部损伤，还有腰椎间盘损伤。她只能在平板床上睡觉，坐平板椅。可以说老太太基本上丧失劳动能力，已经很多年了。

不过千万别小瞧这老太太，她可是个传奇人物。最早她就是 Q 公司的清洁工，后来被老板慕云轩相中了，就让她到老板家做管家。最主要的是她的女儿沈念琏，女人味十足。都说老板慕南的女儿香香就是她带大的。有些事，我也只知道大概。老太太的英语不是很好，但她接手Q公司赌场投资部才不过六七年的时间，所有的Q会员及员工全都敬重她，因为她待人和蔼，处事公平。自从她掌舵，免除了很多不人道的惩罚，而且给员工的奖金还非常高，包括保险公司那边的员工。当然，这些提供奖金的资金大多都是Q会员这些隐形的职业赌手从赌场赚来的。总部老板慕云飞对老太太不满，但他奈何不了老太太，因为老太太Emma的女儿沈念琏是董事长慕南的未婚妻。

听到这儿，南茜的两眼一亮，刚想刨根问底，但她看丽莎正讲得全神贯注，她马上又表现出认真听的样子，但她实在憋不住了，她只得在心里和自己对话："这下完了，就算郑跃进找到他的初恋情人，这美女也不属于老郑头了。"

她沾沾自喜地寻思着："还是我南茜聪明，哼，郑跃进寻找美女根本就是痴人寻梦。"

丽莎看着南茜说："你先别研究老太太，听我讲完。"

南茜马上说："我在听。"

丽莎想说你在走神，但她没说出口，只停顿了一下就接着讲规则：

还有一个硬件你必须记住：作为Q会员，如果违纪，不可免除的惩罚也是非常严厉的。听说从前有一Q会员，也是指导你在电脑上学习技巧的索菲亚的徒弟，私自挪用赌资，被禁闭了7天不说，还限食惩罚。最终，公司收回了那位违纪的Q会员在公司 3 年所赚的全部资金，最后一无所有地被除名。除名后在一定的时间里仍然被监控，防止教授他人赌技或泄漏公司秘密。违规的 Q 会员，一旦被除名永远不准在大型的赌场现身。

总公司监察员遍布美国所有的赌场，违规员工的照片在 24 小时之内便通过电脑传到负责监察的员工手上。如果发现被除名的会员现身赌场或查出其有教授他人赌技等违规举动，那是玩命的事，其后果不堪设想。

这是行规，谁也不能违反。而且负责监察的人不是老太太 Emma，是总公司投资部那个老板慕云飞，常住加拿大。

丽莎介绍到这儿，显得有点神秘地说："过一会儿，我带你去外围控制室，那个控制室是允许员工观看的。"

南茜听了丽莎的介绍如同闯进了赌城豪华的恺撒宫，搞不清南北西东。丽莎曾告诉过她不要多问，吓得她也不敢插话。但有些疑问她实在搞不懂，20 天的学习牌技，她一点收获都没有，说有收获那就是她现在做个全职的百家乐发牌员没问题。至于赢钱，和自己以前掌握的一样，还没学到让人信服的什么秘籍本领。

于是南茜担心地问丽莎："我没学会，不能给公司赚钱，那……是不是也要挨罚呀？"丽莎笑道："二老板为你担保你怕什么？乖乖别怕，你学的东西是无形的，在你不知情的情况下已经学了，而最后学的东西只有在最后的那天晚上你才知道。"

南茜志忑着，总觉得这神秘的培训中心就是一个富丽堂皇

的迷宫。丽莎边讲解边带着南茜，从走廊尽头的楼梯上了两层来到顶楼。

南茜一直认为这是一层特殊的平房建筑，没想到还会有两层楼阁。顶楼共有 3 间房屋，丽莎带南茜进了中间的观察室，室内有一位外籍男员工在监视。丽莎打了招呼后带南茜观看。一进观察室南茜惊呆了，眼前的 6 个电脑屏幕可观看到培训中心外围的每一角落。南茜看到了至少有 6 个保安在值勤。

"我的天！"南茜在心里叹道，"这哪是培训中心，这分明是黑社会老大的中枢机关！"南茜浑身不由地冒出了冷汗。

这时丽莎冲着南茜说："看到了吧，还是你见到的那 3 个人吗？"

南茜还在惊恐之中，不知道怎么回答丽莎，边看边惶惶地说："那是那是……"可是南茜自己都不知道她说的"那是"究竟指的是什么。

丽莎带着南茜走出观察室，并告诉南茜回房休息一会儿，一个小时后再过去教她手枪的拆卸保养。

在走廊里，南茜显得很随意的样子问丽莎："老太太中文名叫什么？"

南茜想核实一下那相片背面的名字：有欣。

丽莎的回答让南茜无话可说："若不是刚才得知你叫方小艾，我知道你的中文名吗？在美国没有这么发问的。什么年龄了，什么原名了，再说我也不知道，真的。"

南茜微微一笑，那表情是丽莎无法理解的，因为南茜要确认这母女俩是否是郑跃进要找的人。

回到寝室的南茜，刚换身衣服坐床沿发呆，还没找到感觉，一个小时就过去了。丽莎敲门进来了，而且还端个盒子来。丽莎掀开盒盖，里面呈现两把手枪。她将枪取出开始指导南茜怎样装子弹，怎样拆卸保养。

南茜心里琢磨："学这些枪的装卸与百家乐有何关系，我又不去索马里，不和海盗打交道。进靶场打枪那是好玩，这和赌有关系吗？"

她刚想问，但一看丽莎那认真劲儿她又止住了。她笨拙地按照丽莎的指点，取出弹夹装着子弹。

丽莎看出了南茜的疑惑与不屑，便很严肃地正色道："今天你的打靶只中一枪，还是边缘，为什么？这不是三点成一线的问题，而是你缺少镇定的心态。老太太 Emma 曾对我们讲过：一个高手，首先要心定。只有心定才能气定！你理解成冷酷无情也可以，气定了才能超越一切俗念，甚至把金钱视作粪土，旁若无人，进入一种忘我的状态，最后达到唯我独尊的境界。想想看，在靶场你连耳套都不戴就拿枪，这要到赌桌上不看牌路走势就下注，你能赢吗？此外在这个公司，你还有个职务，那就是你刚才在观察室看到的保安。每个 Q 会员都得学会用枪，并向政府申请持枪证件。因为每年有 3 个月的时间，你要回公司做保安工作。现在你可懂了？"

南茜简直惊呆了，第一次认识到这打枪竟然还和赌博有关联，她倒抽一口凉气，复才恭敬地像小学生第一天上课一样，

规矩地听丽莎讲解，对丽莎的循循善诱心服口服。

丽莎也感觉到她的经验和学识征服了南茜，从而满足了她作为一个女人潜存的虚荣和骄傲。

她随口对南茜说："还有时间，有什么不懂的尽管问。"

南茜一听机会来了，她聪明地先奉承丽莎几句，然后连串地问道："我们这么做不违法吗？那K公司是怎么回事？小东是二老板为何还推销保险产品？限食惩罚又是怎么回事？那老太太是怎么赢的？赢的谁？那百家乐的秘籍……"

倾泻般的提问直让丽莎无暇回答。

"得得得！"不等南茜说完，丽莎手一摆，打断了南茜。

丽莎起身拿起一个杯子，走到山泉水过滤机旁，边接水边歪着头对南茜说："怎么回事？你的问题太多了，这些疑问在你离开这里前，该让你知道的都会告诉你。"

丽莎说完觉得语气过重，马上用平缓的语气说道："其实我们这些隐形的职业赌手，是赌场的天敌！赌场的老板对我们深恶痛绝，恨不得派杀手把我们除掉！所以我们要学会乔装打扮。今天是美女小姐，明天是中年富婆，后天就是放荡不羁的金发女郎……你以什么身份出场你就得成为符合这个身份的人物，目的是不能让赌场发现你是职业赌手。一旦被发现，你将前功尽弃，赌场会想法给你发红牌，让你上黑名单，成为不受欢迎的人。从此你在全美国的各地赌场都不得现身。所以，行规明确规定：你学百家乐就不要去21点赌桌，除非总部通知你接替其他Q会员。你专职赌百家乐不像赌21点，需要运用三维图像法去记忆数字。只要你熟记口诀,不恋战,心定气定心态平和,长连千万不要顶牌下注,大路小路都看细节,相信你不会败!"

说到这里丽莎又坐下来面向南茜很严肃地说:"有一点我必须提醒你,大多上了赌场黑名单的赌手都栽在21点赌桌。"

南茜忙瞪圆眼睛问道:"那,为什么?"

"因为一副扑克牌运用三维图像法非常容易记住牌的走势,而且越到最后越容易赢钱。"说完,丽莎话锋一转,马上严肃地讲道:"但是,假如你上了黑名单,刚才我说过你将永远不得进赌场。如果你进了任意一家赌场,一旦被发现马上刑事拘留。那……等待你的结果就要看法官的三角眼喽。"

丽莎扬脖喝了一口矿泉水后准备继续给南茜讲解,但这时她的手机铃声响了,她起身走向门口推门出去接电话。

大约10分钟,丽莎进屋看着有点愣神的南茜很随便地讲道:"其实学百家乐没有轮盘赌来得快,因为轮盘赌的赔率最高,是1∶35。"

"但轮盘赌不容易赢的,我玩过,每次都输。"南茜听到轮盘,打忄术地直晃头。

丽莎看着南茜双眼一眯,一股冷气从她那白里透红的脸上释放出来。她显得成熟冷静而又很正统地说道:"你不懂得,所有赌局唯有轮盘是赌发牌员的习惯性滚球!就像我和你,习惯用我们女人的柔媚去感受男人那贼人似的眼光一样……呵呵,如果你能在一小时里抓住他3次习惯性滚球的机会你就赢

了。"说到这儿她停住，脸朝窗外思考了一会儿又说："当然，不是高智商的人别玩轮盘赌。"

南茜不可能知道丽莎的前夫就是一位轮盘赌的高手，她看丽莎站在那儿不讲了，赶忙上前很殷勤地拽着丽莎的胳膊坐下迫不及待地说："快告诉我，还赌发牌员的习惯性滚球。"

丽莎坐下后很友好地看着南茜却避开了轮盘赌的话题，她说："赌，你是新手，不可能一下子什么都学会。轮盘赌是前任老板慕云轩的强项，我们不探讨这个，有机会我再教你怎么背记数字。按二老板慕东的交代，今晚我要跟你讲职业赌手应该具备的素质，你要当回事地记住哦。"

南茜从上学到来美国，35 岁了，她从来就没有这么认真地听过别人给她讲课。但丽莎的讲解她是真的很专心地听着，而且两眼直勾勾地看着丽莎，那表情反倒把丽莎逗笑了。

丽莎含沙射影地逗南茜说："这要不是二老板慕东一再嘱咐我……哼，我绝不会这么教你!"

南茜生怕丽莎不讲了，她痒痒地恳求说："哎呀呀，你讲得太专业了，你能把我的心抓住。快，快，快说呀……"

丽莎哈哈哈地笑了起来。

她不接南茜的话茬，像大学讲师授课一样开始向南茜传授厚黑学的真经。而这个话题不是分内的，纯粹是南茜真诚求教的结果。

她滔滔不绝地说起来：

首先建议你必看的两本书：一本是大仲马著的《基度山恩

仇记》；一本是李宗吾著的《厚黑学》。

这两本书会告诉你什么叫城府。

《基度山恩仇记》这本书会教会你要像一个有城府的人那样，为了战胜自己最强大的对手而去做他自己原本很不想做的事。百依百顺，卑躬屈膝，甚至为了狩猎披上猪皮装扮成猪。

而《厚黑学》会告诉你要潜研政客的冷酷。脸要像城墙一样厚，要厚得无形；心要像木炭一样黑，要黑得无色。因为你的目光要集中在目标上，不问代价，敢于承担风险。

此外，你还要学会做一个好人：外形憨厚，表里如一。事实上你就是一个演员，在人生的舞台上去表演。

而职业赌手独处时，应超然物外，不为终日营营而心烦。因为你身在其中，每天面对的是赌场。与人相处时，其行为举止和蔼厚道甘为庸人……

丽莎接着喝了口山泉水，突然冒出一句："还记得我做过你一天专职司机吗？"

她歪头看着南茜继续说，"论辈分我不可能给你当司机。去接去送都可以，但全天候着……"

丽莎的表情现出不屑的劲儿，那意思是说你南茜还不够资格。

但她话题一转，道："但我毫无怨言地做了，为什么呢？"

丽莎没有解释她说的"为什么"，也许怕触及南茜的情人二老板慕东。她继续高谈阔论。

她警告南茜说："你还要记住，与男人相处更要小心，不

能随便上床。既要谦和大气，又要语意圆通。绝对禁止酒后胡言乱语暴露身份。当你赢钱，尤其是赢很多钱，非常得意之时，你要心若明镜不忘形；当你不顺，输钱失意时，你要做到心境如水不灰冷。

"这就是你到这里来学习要达到的境界！

"当然，没有赌资，你学会了也没用。因为世界上没有任何人能完全掌控百家乐的牌路，有输有赢，但 Q 会员有公司做后盾就不怕……"

在丽莎讲解的过程中，南茜傻傻地听着，惊奇而又神往。这可不是小时候听妈妈讲《一千零一夜的故事》，天天听，一看妈妈拿书眼皮就打架。这是真经，是南茜从小到大就未曾领教过的真经。

南茜赶忙拿过水杯，又给丽莎接了一杯山泉水递过去。

丽莎接过水杯喝了一口接着说："百家乐是最公平的玩法。赌场和赌客赢钱的概率各占50%，根本不存在违法一说。因为百家乐的台面，全部是自动洗发牌机，每次开局均是 6 副至 12 副扑克牌，每副 52 张，没有任何人可记住牌，从而控制牌的走势。"

这时的南茜是真的进入了迷宫，她被丽莎设置的悬而未解的赌法及理论镇住了，瞪着眼饶有兴味等待着丽莎讲下去，恨不得立刻转化成自己的本事。

丽莎看着南茜的神态，知道她被自己的知识吸引了，隐隐地感到得意。

她心想："二老板慕东说她将在我之上，可在我的眼里，她就是个白痴。"

她站起来，走到窗前掀开窗帘往外看了一下，将杯中的水一饮而尽，然后很有范儿地回头认真地看着南茜说："让你学的那些牌技只是了解百家乐的基本赌法及牌路的偏差。真正要教会你的是掌控自己的心态，真正让你记住的是在什么时间段去下注，每注的量是多少？要想做到这点没自控力行吗？而自控力源于心力，心力源于上述知识。现在你还认为你学的赌技违法吗？"

丽莎说完，从兜里掏出那装钱的信封，对南茜微笑道："这1万美金是赌资，明天上午10点在培训室看你的运气了。"

说罢，丽莎端起装枪的盒子准备离开，在她推开房门时又回头莞尔一笑的说："如果时间允许，我再教你骑马。"

南茜兴奋地喊道："那，太好了！"

送走丽莎，南茜突然觉得这房间太空旷了，夜里窗外风起，刮得树梢像吹哨一样地响着。她赶紧折回寝室，因文身不能洗浴，她只脱了外衣便躺在床上回味着丽莎的指点。说实话，这是南茜到美国7年以来第一次听到这么高妙有益的教诲。她由衷地认识到自己这些年泡在赌场里是多么的愚不可及。输了那么多钱不说，最后连感情都输进去了。要是早认识丽莎，要是早点听小东的安排……唉，也许自己早已不是现在的南茜了。

南茜开始恨跃进，更恨她这些年对跃进的依恋。丽莎精辟

的讲解使她茅塞顿开，她觉得一下子成熟了许多。她下决心要跟丽莎学下去。至于跃进寻找他的初恋，南茜笑道："就让老郑头那傻子去找吧，他的梦想就在我南茜的手里，但那不关我的事，即使这母女就是他郑跃进要找的人，我也没有义务告诉他老郑头！"

她在心里喊道："从今以后，我的脸要厚过城墙，我的心要黑得无色，管他什么郑跃进……"

想着想着，做着美梦的南茜睡着了，许是太累的缘故，她竟然打起了呼噜。

这人世间的事，真的很有意思。人们习惯把某件事情的巧合，或离散或分离的恋人安排在某处景点再相遇，称之为天意如此。而事实上，有些巧合只是人为安排的结果。

南茜在恨郑跃进，恨的理由是什么呢？理由是她和别的男人上床他不能包容她吗？如果不是，那又是什么呢？应该是心魔。一个人走进误区难以自拔时，往往都是心魔在作祟。当她原谅了自己的过失，并与她需要的利益捆绑在一起时，她会认为是郑跃进让她忽然明白了一个道理：那就是曾经的所爱，其实一文不值。

于是，她对自己的出走便感到心安理得了，不再心存愧疚惴惴不安。她甚至认为女人的一生，就是肉体作践着爱情！

可是，这个世界本来就是人与人，人与事物的世界。通过一个人，可以认识很多人；通过一件事，可以衍生出更多的事。所以中国人追踪真相有个最形象的比喻叫"顺藤摸瓜"。

南茜绝对想不到，因为她来到谷天镇而让老太太 Emma 找到了分别 20 年的侄子郑跃进。

慕东把南茜带到谷天镇的第三天，老太太 Emma 就派自己的心腹秘书 Tina 去赌城拉斯维加斯对南茜进行调查。因为她不相信慕东，她想知道南茜究竟是做什么的，有没有不良的记录。

Tina 按南茜的 ID 地址查到了郑跃进的住宅，又通过她过去曾认识的一位长春老乡介绍，认识了开出租车的刘永浩，由此了解到南茜的所有情况。但南茜和慕东肉体上的纠缠，她是不知道的。当 Tina 把郑跃进的名字汇报给老太太 Emma 时，老太太惊呆了，她做梦也没有想到自己的亲侄子跃进就在赌城拉斯维加斯开出租车，而且是南茜的前男友。

就在郑跃进为南茜的背叛而心灰意冷的这些天，他又被一位 20 多岁的美国白人女孩给劫了。起因是这位女孩从商业城乘坐郑跃进的出租车去另一座城市，到目的地大约 30 美金的路程，但她指挥跃进绕路行驶，车载计价器显示 70 多美金。到站她下车时，说要回家取钱，郑跃进就傻乎乎地跟着。那女孩趁机掏出胡椒喷雾剂，据说是女孩为防色狼备用的。这一瓶像辣椒水一样的东西，全喷在郑跃进的眼睛里。就在那女孩转身要跑时，郑跃进来了激劲儿，一把攥住那女孩的手腕，强忍眼睛的剧痛，把那女孩拽到出租车里，等着警察的到来。

这位女孩不是劫匪，只是没钱想坐车。如果是劫匪，那郑跃进的麻烦就大了。

但这个让出租车司机啼笑皆非的真人演绎的故事，一个晚上就传到了十几家出租车公司的司机耳朵里，大家都当笑话在谈。

老太太 Emma 听到后，更坐不住了。但她又不能明目张胆地安排郑跃进，尤其是董事长慕南正恋着艳茹，再加上她刚得到信息说总公司正酝酿筹备 KQ 两公司的赌技比赛。

"怎么办呢?"老太太脑子里想着，心里急得不知如何是好。

Tina 了解情况后，向老太太提出了自己的建议。她认为可以推荐郑跃进去总公司接待站工作，脱离出租车司机这个危险的行业。

但老太太 Emma 马上否认了这个建议。因为接待站主要用于总公司赌场投资这块，而负责赌场投资的老板，那位霸道的慕云飞正伺机找借口排除异己。因为慕南与艳茹正在热恋，而且目前的慕南萎靡不振，艳茹不能马上走开；因为 KQ 两公司比赛场地就设在拉斯维加斯总公司的接待站，艳茹还要代表 Q 公司参赛，更不能分心。

还有，更应该谨防他人说 Q 公司赌场投资部掌舵的 Emma 假公济私。

所以，无论如何都不能接受 Tina 的建议，而且，就目前的情况看，这层关系暂时还不能公开。

就在老太太 Emma 想得焦头烂额之时，纽约分部暂时负责的 Q 会员大刀来电话上报，说赌场投资的预备资金快用完了，每天返回的资金不能平账。Emma一听，这还了得！纽约分部负责人 Rex 因车祸过世一个月了，考虑到业务不忙，至今职位没有补缺，只是电话通知 Q 会员大刀代管。

不能回收支出的赌资，意味着个别 Q 会员不守规矩。而补缺，才是当务之急要办的事。

老太太 Emma 马上想到了郑跃进，毕竟跃进是自己人，而且跃进忠厚老实，不会打钱的主意。纽约分部主管的位置就是个挂名，把 Q 会员每个星期从赌场赢的钱存进公司指定的账户，而接的保单都是格式条款，且由 Q 公司办公室的专业人员在电话中负责受理。

老太太 Emma 微微一笑，她心想："这个傻小子还真有点傻福，那就先让他去纽约吧，别在拉斯维加斯搅局了。等比赛结束，艳茹和慕南的事也解决了，再来重新安排他和艳茹的事。"

想到这儿，Emma 马上拿起电话，通知仍在拉斯维加斯接待站的 Tina 去做一件很重要的事。

这个时候，南茜的培训学习已接近尾声。而郑跃进还在反思的梦里，他浑然不知他的贵人已站在他的身后，在他的人生旅程中即将开启的另一个大舞台，正在徐徐地拉开帷幕。

但郑跃进从来没想他的人生会在传奇中闪光！窘迫和消沉使他忘掉了感情上的烦扰，在工作之余，他把全部精力都投入到写作之中。他要写自己，一位不惧艰难克己执着寻梦人的命运；他要写艳茹，他命里不能抛弃的妻子；他要写南茜，情断

赌城去游戏人生；他要写雪阳，那个在阳光下化了的女孩！他的思维就像火山喷出的泥浆，滚烫而又奔腾。当故事情节感动得他泪洒键盘的时候，他起身冲出书房，奔向他家临近的大山。他站在山的向阳坡，面向东方他心中的天堂高声地喊着："雪——阳！你——好——吗?!"

　　泪，在他的脸上流淌着……

Chapter 9 第九章

心态延续人的生命： 内心平静。 正视现实。 从容面对。 心态平和。
心态夺取人的生命： 心里恐惧。 悲痛绝望。 极度紧张。 放弃希望。

百家乐经

　　第二天上午，差一刻 10 点，南茜去了培训室。进门一看，南茜傻眼了。室内有 7 个人，除那发牌的美国人和两位男保安南茜好像见过外，另 1 男 3 女赌客中，南茜只认识教她电脑学习的索菲娅。

　　南茜慢慢走过去，那 3 位女士几乎同时和南茜招手打招呼。另一位 30 岁左右的美国帅哥，主动上前问候："早上好"并让个位置给南茜。

　　南茜心想："这丽莎哪儿去了？关键时候她不在，这不是鸿门宴吧？"

　　这时站在赌桌旁的保安，一位 50 岁左右的中国男人走上前很礼貌地说："你叫南茜吧？丽莎让我告诉你，她有事，让你先玩，她过一会儿就来。"

说完保安很礼貌地向南茜点点头。

培训室共有 10 个台面，南茜看到只开了百家乐台面。而且那 1 男 3 女在南茜进来时，似乎有意让南茜看到他们每人都兑换 5000 千美金的筹码。南茜真的搞不懂了，这自家培训，动真格的用现金，有这个必要吗？她靠左侧先坐下，心想先不买筹码，看看再说。

她发现，靠右侧的那位 25 岁左右的金发女郎，像是日本人，娃娃脸，洒脱可爱。她穿着一条松松垮垮的牛仔裤，牛仔裤上下都是洞，抬眼一瞧就能看到那粉红的嫩肉。上衣是件粉色透明的女人衫，肩上披了件乳白蓝黄水果图案相配的大围巾。只见她把一个大熊猫造型的书包往胸前一放，前倾着上身，那饱满的乳房挤压出很深的乳沟向外敞露着。她的左手拿一小瓶果汁，右手玩弄着筹码。还没开牌她就往庄上下注 500 美金。

除索菲娅外，另一位中年女人，一看就是美国的纯白种女人。还有一个特点，每位赌手都戴着薄薄的白色手套，雪白雪白的很是扎眼。

其中坐靠南茜的那位圆脸女人，一看金发女郎开牌就下大注，大声喊道："玫瑰，你疯了？"

索菲娅也紧跟着喊："刚开牌，为什么？"

只见那金发女郎两肩往上一耸，用怪怪的嗓音说："我喜欢。"

说话间，发牌员发出的牌是：闲 7、庄 2、庄 A、庄 4。平局和。

"噢……"那位金发女郎两手握着拳头往上空一举，怪声喊道，"我幸运。"

"哦，我的天！玫瑰真是幸运。"坐靠南茜的那位圆脸女人说。

刚开牌就出现了平局，大家观看谁也不下注。

坐中间的索菲娅，示意发牌员继续发牌。

这时牌面电子板上显示闲家连三。只见那金发女郎手拿10个黑筹码（每筹码100美金）毫不犹豫地押在闲家，另一位帅哥随金发女郎下注两个筹码。

索菲娅和那位中年女人低头记着牌路后，观看不下注。

又一高潮出现了，出牌便是9点闲。金发女郎高兴得手舞足蹈，那位帅哥也跟着赢了200美金。

这时索菲娅和那位女人也坐不住了，纷纷跟着下注。

今天这牌也是怪，牌路闲已到9连。这南茜手攥着1万美金，不换筹码，也不敢押钱，一直在观看。她在等丽莎，她担心输光了钱没法交差。眼见得金发女郎赢有5千多美金，那几位也都赢钱，而这副牌就要结束了。这时的牌路开始连庄，南茜忽然想起口诀中的一句话：尾牌是庄打连不跳闲。就在发牌员要发牌时，南茜用生硬的英语冒出一句："停，我玩。"

南茜说着话，从那1万美金中取出3000美金左右，也没点，也没买筹码，直接把现钞押在庄上。

这一手，南茜押得真准，闲7庄8她赢了。

第一副秀结束（赌手习惯称一副牌为秀），发牌员将台面上锁，起身离开。

两位保安也随着发牌员离开。

培训室内包括南茜还有 4 个人。

就在这个时刻，南茜看到的那位日本女孩瞬间变身成另一位中年女人，这奇迹般的变化让南茜看傻了似的惊叹不已。

原来那个金发女郎就是丽莎，她的外号叫红玫瑰，是 Q 会员中已晋级 QQ 的高级赌手。

Q 公司有两朵花，一朵是丽莎，因姓洪，前任老板慕云轩在年终奖励会上给她发奖金时笑称她为红玫瑰，从此在 Q 公司投资部的 Q 会员中就叫开了。另一朵花叫黑牡丹，是位漂亮的日本人。只有 QQ 会员见过黑牡丹，据说她为了追查被盗的梦幻眼镜在日本被一场大火烧死了，所以现在的 Q 公司就剩红玫瑰一朵花。

与丽莎一同玩牌的另外两位女人，实际上都是陪练。坐靠南茜的那位圆脸女人，年约 40 岁，名叫路易丝，是个美籍德国女人，专职保险经理人兼赌技培训员，另一位索菲娅南茜认识。而那位帅哥，是刚回公司，准备接替此时站在发牌员右侧那位男保安工作的 Q 会员。他们站起来都微笑着与南茜打过招呼后，离开培训室到财务处结账。

丽莎摘掉假发，走到南茜身旁的转椅上坐下说："怎么样，南茜，我演的金发女郎像吗?"

南茜恍然大悟，不住口地说："像，像，简直是太像了。

我以为你是日本人。你、你真是个天才！40 多岁转眼就变成妙龄少女。"

丽莎嘿嘿一笑，把手里那半瓶果汁喝完后说："你上午的课学完了，随我去财务部把刚才赢钱的筹码结算了。"

南茜有些好奇地问："他们……都是 Q 会员吗？怎么叫你玫瑰？"丽莎歪头一笑："呵呵，当然，我的代号叫红玫瑰。"南茜惊愕地睁大了眼睛，跟随着丽莎一同走向拐角处的财务部。

快到拐角处，丽莎很随意地对南茜说："Q 会员赌博时都戴着薄薄的白手套，因为筹码很脏。"

南茜"哦"了一声，点点头表示记住了，跟在丽莎的后面等待结账。

下午，南茜开始学习化装术。

丽莎带南茜到一处能容纳 20 人的化装间。南茜惊奇地发现，整个化装间藏衣柜内贮存的男女各款服装、鞋帽足有上千套，此外还备有假发等工具。丽莎告诉南茜除了学会化装术外，必须记住的一点就是，进赌场一定要带公司配给的 4 套服装。进到房间以后，自己的衣物及携带品全部寄存，不准穿自己的服装进场。而且 Q 会员不准一人独行，只有节假日除外。

第二天继续。

接下来，观摩心态测试，这是职业赌手的必修课。丽莎拿了一些影碟到南茜的房间播放。

第一盘碟的画面是发生在第二次世界大战期间，德国纳粹

分子对集中营的两个男人所做的心理测试。

屏幕上出现几个德国兵把两个男人（一个像是牧师，一个像是伐木工人），赤裸地捆绑到一个密室内，并让他们看到室内摆放的手术刀和针头。然后分绑两张床，用黑布蒙住眼睛。一个穿着白大褂好像医生模样的男人，向那两个被绑的人讲明将要在 20 分钟内，抽干他们体内的血。

说话间，出现两个穿白大褂的德国军医，分别将一个大针头扎向两人的手臂。

画面上显示的针头是空的，那两个医生并没有真抽他们的血，但是场面恐怖，触目惊心。只见那位医生不停地告诉那两个人，现在已从你们体内抽出多少升血了，还有 10 分钟便会抽干你们身上所有的鲜血。

这时画面上出现那个工人的脸部开始不断地抽搐，浑身上下战抖着，一会儿脸色变白，渐渐地在惊恐万状中不动了。

他死了。

而那位牧师，神情安详，坦然处之，死神没有夺取他的生命，他活了下来。

这个心理测试说明了什么？

南茜惴惴不安地看着，懵懵懂懂，没看出个所以然。丽莎指着屏幕让南茜注意看。只见画面上出现了答案：

心态延续人的生命——内心平静。正视现实。从容面对。心态平和。心态夺取人的生命——心里恐惧。悲痛绝望。极度紧张。放弃希望。

南茜似懂非懂地一伸舌头："太恐怖了！"

丽莎挑选了一盘刻有中国字样的影碟放进去。

画面上出现的是一辆高级轿车，在一处高级住宅门前停下来。只见一位60岁左右的男人从轿车内下来，手拎着一个很重的手提箱乘电梯上到8楼，敲开了左侧那户房门。开门迎接这位拎皮箱的人，是位50岁左右头顶秃亮、两边黑草、中间亮出一车道的男人。

只听那送皮箱的人说："总经理让送来，请您查收。"那秃头只是笑，点头，不说一句话。那送皮箱的人礼貌地转身下楼。那秃头自始至终只是微笑。

送皮箱的人一走，那秃头马上打开皮箱。只见箱内装的全是现金，在现金上有一张打字的信笺，内容是：市长，这100万现金送给您，关于地皮之事请多关照。这位市长看后将信笺用打火机烧掉，然后微微一笑将皮箱收藏。

这时画面出现了车祸的场面。那辆高级轿车与一长途贩运货车相撞，车内司机及送皮箱的男人当场死亡。

画面镜头转向国企某开发公司。只见总经理在办公室内来回走着，不停地自言自语："白送了，这可是100万哪！"

一个月以后，总经理亲自登门。但这次总经理动了脑筋，他买了个微型摄像机安装在衣领下，像是耳机，不怕发现。

这次他给这位市长又送了50万元，并录下了送礼的全过程。画面的结果：这位秃头市长先是被双规，之后被批捕法办。

丽莎按下暂停键。

南茜说："这就是个傻子，贪得无厌。有 100 万了，好好当你的市长多风光，还收？能不出事？"

丽莎说："收了 100 万时送礼人死亡，他应该很安稳了，那他为何还要收那 50 万呢？请看画面的答案。"

说完丽莎又按了下开始键：

第一，望而生畏的地位和权力，是每个人追逐的目标。但这目标是天堂，也是地狱。

是天堂，点燃自己照亮别人。

是地狱，因为权力和私欲一旦结合，那个位子就变成了心魔。当这心魔浸入心田的时候，人的欲望开始膨胀，人的行为便不受管束。这时那心魔成为一种状态，这种状态控制着人的灵魂，指挥着人的行为，没有度，没有防线。远近通吃，直到坐牢方清醒。

第二，这种状态就是我们常说的心态，是那种非人性化了的权和利相结合的心态。

第三，这种行为和非职业赌客在赌博中的赢钱状态，没有什么区别。赢了 5000 美金想赢 1 万美金，直到赢得的钱全部又输回去并最终掏空自己的腰包才开始悔恨。

这就是人性的弱点："贪"字当头。

丽莎按下暂停键准备换碟。

南茜深有体会地骂自己："赢钱了不走最后输光，这种傻事我不知道做过多少次，数不清了。"

丽莎换上第三盘碟。屏幕的画面也是中国人，情节是一个先生每天下班回家面对着自己的妻子，产生了审美疲劳的故事。

　　有一天妻子要外出，这位先生便产生了一个想法，他想去歌厅、夜总会或有小姐经常出没的地方找个小姐享受一下，体验一下与妻子有何不同。

　　经过理性的思考，他得出的结论是：这是一个冒险的行为，一旦被警察抓到，将名誉尽失，公职除名，家庭解体。

　　这些理由和判断表明他——这位先生不应该放任自己的不轨行为。然而这位先生还是放不下自己突如其来的新奇想法而选择了冒险。

　　画面的结果与这位先生预想的一样，他被警察抓住了，在警局等待着妻子前来交罚金。

　　为什么会这样呢？

　　南茜看到这画面随口骂道："活该，男人没有好东西。"

　　丽莎接过话："你看这碟片不是为了出气骂人，你要理解为什么那位先生明知有被抓的风险，但他仍执意去做呢？"

　　南茜说："男人都花心，女人可以守得住，但男人根本做不到。"

　　丽莎笑笑说："成熟的女人不是这样看问题的。其实，这位先生的想法已变成了一种心态，而且这种心态像心魔一样时刻都在左右着他的行为。"

　　丽莎提高声调，学着解说员的样子继续说："心态变成影

子成为心魔，并在他的体内不断地对他的理智说：朋友，这件事在推理上虽然有些令人生畏，但结果不一定像你想象的那样坏，如不赶快行动，老婆回来了，就失去这次寻欢的机会了，那怎样比较女人和女人之间的不同呢？"

听着丽莎怪模怪样地学说，南茜咯咯地笑起来。这时画面上的答案已闪过，丽莎忙拿起遥控器重新播放。

画面上的答案是：心态的力量，产生的魔力已超越他的理智，并牢牢地掌控这位先生，以至于后来，他觉得如果不做这次冒险，他就会坐立不安，甚至食不甘味，寝不能眠。他会认为不碰碰那位陌生的小姐，将是他一生的遗憾。

于是这位先生选择了冒险。

丽莎关掉电视转过身问南茜："你有没有过输了钱又取钱，直到卡内的钱取光？你有没有过在赌场输光了钱，向你的朋友东借西借，甚至是不熟的人，都不要脸面地去张口借钱？我有过。这种心态和片子里那位嫖妓的先生没什么两样。"

丽莎说完，不等南茜接话便站起身走向房门，临开门又交代南茜把余下的碟看完，还有《基度山恩仇记》那部电影的压缩碟。

南茜看丽莎走了马上跑过去把门一锁，然后走进里屋的寝室，嘴里嘟囔着："管它什么心态不心态？我先睡一觉再说。"

从来到谷天镇南茜就经常犯困，许是海拔 1000 多米她不适应的缘故。只要有空闲，她就想睡一觉。这会儿看丽莎走了，她斜身一躺，两个拖鞋用力一甩，一会儿工夫她睡着了。

终于盼到了最后一天，28 天的学习结束了。南茜在整理她的个人物品，准备明天起程去大西洋城赌场。

Q 公司投资部所有新会员，学习期满后，都会被派往大西洋城赌场实习。这个惯例从 Q 公司组建开始，一直延续下来。

南茜也不例外，但与其他会员不同的是，她曾是郑跃进的前女友，她的分量比其他会员重。

她就像老太太 Emma 手中的一个筹码，Emma 想把她放在台面上赌一把，赌的是跃进与艳茹的心态。

因为，假如这对初恋情人最终走到一起，他们必须解决自己的心理障碍：那就是他们在分离期间的各有其所。通俗点说，就是郑跃进找了女人是南茜，沈艳茹也找了男人是慕南。他们都是人，而人是有七情六欲的。

赌赢了，Emma 将安排这对情侣相见；赌输了，Emma 将成全慕南恋艳茹的心愿。

所以，老太太 Emma 并不担心跃进与南茜再见面，但她还是嘱咐丽莎先不要把南茜带到纽约分部。

早起丽莎被老太太 Emma 叫了去，老太太向丽莎特别交代，说南茜是个极不成熟的赌手，没有心计，知识贫乏，缺少城府。一个女儿家，愣头愣脑，口无遮拦，如果调教不好很容易出错。百家乐秘籍基础篇《百家乐的天敌》一书可交给南茜熟记，但 Q 会员赌额往来账款的运作情况不可以传授给南茜，暂时告诉她投资部是信用卡公司就行了，一年以后她成熟了再说。

第二天清晨 5 点丽莎乔装后随南茜东行，赶在元旦前到纽约。因为元旦公司会餐，南茜不能与老 Q 会员见面。到大西洋赌场后，丽莎向新派往纽约分部的主管谷风介绍一下南茜的情况，并建议谷风给南茜搭配一位合适的人选，每个星期用 3 天时间陪同南茜开展业务。谷风等分部 Q 会员暂时都不能与南茜见面，一切业务安排由丽莎全权负责。

在丽莎起身要走的时候，老太太突然又叫住了丽莎说："丽莎，南茜的代号你想过吗？"

丽莎站立着，看着老太太微微一笑，摇摇头。

老太太沉思片刻，摘下老花镜很幽默地说："Q 会员都有代号，南茜也不能例外。看南茜的愣劲，像个锤子。"

丽莎心想："不会叫南茜锤子吧？这也有点太那个了……"

老太太笑笑说："就叫她噩梦吧，但愿她是一把利剑，给赌场带来噩梦！"

丽莎赶忙接话："这名好，出名快！"

走出老太太的办公室，丽莎心想："这老太太每天都在屏幕上观察着南茜的一举一动，果然厉害，一针见血，句句属实。"

"嗨！"她叹道，"二老板慕东怎么就看上南茜了呢。"

她先回到自己的办公室，从办公桌上拿起一文件夹。这文件夹里有南茜和公司的签约。她挑选出南茜营业执照的原件，然后去了南茜的寝室。

南茜一看到丽莎高兴地从里屋跑出来问："明天几点起

程?"南茜恨不得马上离开这迷宫一样的谷天镇。

丽莎不冷不热地回答:"你先别急着走,今天晚上夜里 12 点你还有课,就在你的房间,你躺着看就行,现在我有事向你交代。"

说完丽莎先将执照原件交给南茜,然后很郑重地用手指着执照原件向南茜交代说:

"第一,这是我替你考的终身人寿保险执业执照的原件,你收好。公司有复印件。你的对外职务是推销保险系列产品,主要是终生人寿保险。"说着将一小盒名片递给南茜。

南茜马上笑着说:"你替我考试没被人发现?"

丽莎也笑着说:"美国人看中国女人都一样,分不出真假。"南茜听了大笑。

丽莎继续交代:

"第二,你的实际工作是职业赌手,实习期为 3 个月。在实习期间你只拿月薪。你的月薪是两千美金。这期间资金的使用全由公司派人监督收支,输赢全归公司,个人不承担任何风险责任。但你记住:必须服从监督人的指令,让你住手,你必须起身结算。此外,这期间千万不能私自挪用赌资给他人,或动用赌资为自己谋利益,违纪的事千万别做,一旦做了公司将启动除名的程序。实习期满(最少为公司赢利 5 万美金才算合格),公司根据你的成绩单给你信用卡的使用额度,上线是 5 万美金,每月按信用卡使用的款额向公司交付 20% 的利息。这个时期你就是自由人了。你可发展你的下线,在你的掌控下做

赌场生意，最好是从赌场里借钱，怎么个借法，这个么……你很快就会知道了。但你使用公司的钱，必须要承付高额的利息。你要知道，你可是空手套白狼啊！而且，你的回报也是非常可观的，因为赢的钱全归你自己。你的实习地点是大西洋城赌场，期满合格返回赌城拉斯维加斯。"

停顿片刻，丽莎将那张信用卡交给了南茜，又补充了一句："如果你业绩好，晋升快，像我……"丽莎停住食指指向自己右脸很得意地道，"双 Q 会员，每月扣除税金固定薪水2600 美金。"

南茜的眼睛放出亮光来，她兴奋地喊道："呀！你咋不早说？"话一出口，她想起了和丽莎去文 Q。她的思维百转地跳动着，一个声音从她的心里冒出："我说么，原来她加文一 Q是又晋升了。"她心里琢磨着，一丝醋意从她的眼神里飘过。

"第三……"丽莎没理会南茜冒烟的心态继续说道，"卡内有 5 万美金的额度，但只限额使用两万美金。其余 3 万美金要等你实习期满合格了才可使用。你手上的现金 1 万美金是先期赌资，卡里还可使用 1 万美金。到大西洋城后，由我暂时负责，如果我有急事离开大西洋城，你到纽约分部报到，接受分部主管的领导。"

说完她看着南茜眯眼一笑说："第四，你的代号叫噩梦！"

"什么……噩梦？"没等丽莎交代完，南茜便惊恐地瞪大了眼睛迷信地嚷道，"这代号多不吉利啊！"

丽莎一点也不感到惊讶，她收住笑容很沉稳地看着南茜说："这个代号不是谁都能得到的，这是老太太对你格外开恩特意册封的。"

她看了一下南茜那满是敌意的表情继续说道："干我们这行不同于其他行业，有个好的代号出名快。给你打个比方，《林海雪原》小说中的座山雕名字难听，书一问世全中国的人都记住了这名字。还有，兄弟排行，大哥二哥不如三哥好听。而你的代号噩梦，一旦你有成绩，马上传遍 QK 两公司投资部所有的会员。"

说到这儿丽莎抬眼看了看南茜，发现南茜的脸上露出喜色之后，她把一本用塑料薄膜封闭好的《百家乐天敌》册子交给了南茜。

"最后……"丽莎语气庄重地说，"这个职业是你自己选的，你要为你自己的行为负责！这本小册子是已故大老板一生的心血，你要熟读背记，领会要领，明早交给我送还公司。"

交代完毕，丽莎发现南茜兴奋得有点忘乎所以的样子，似乎胸有成竹一切不在话下了，她马上又提醒南茜说："毕竟你是我教的，有些事我还是要尽量说得透彻些。像我们这些在各大赌场混的人，随时都有可能出事，所以，你要记住：社安号，真实姓名，不能轻易地告诉别人，当然也包括你随便玩玩的情人。"

丽莎停住，接了杯山泉水一口饮尽。她扔掉一次性水杯，显得非常随便的样子嘱咐南茜说："那……小册子别沾上水。"

讲完后，丽莎把所有的影碟收起，然后告诉南茜，二老板

慕东扑克大赛进入第 10 名时被淘汰。现在二老板慕东正在拉斯维加斯筹备发牌员学校事宜，有迹象表明公司赌场投资这块效益不是很好，也许是想通过发牌员学校再选新人。

最后丽莎看着期待中的南茜笑着说："所以……你要不孚厚望啊！"说完，丽莎要离开房间的时候，忍不住又回头看了一眼南茜，想说什么却欲言又止。

南茜一看丽莎将影碟全部收走忙说："把《基度山恩仇记》留下，我还有一碟没看完。"

丽莎走了，南茜边看《基度山恩仇记》，边翻着小册子《百家乐天敌》。

南茜觉得，这小册子和百家乐教材没什么太大的区别。不过密封得挺好，每页都用塑料薄膜封闭。

"还怕沾水？"南茜想起丽莎的嘱咐喃喃自语道，"掉水盆里也没事呀。"

南茜不屑地翻着。

当她漫不经心地翻到最后一页时，她的双眼不动了，她被四段组合的诗一样的口诀吸引了，她挺了下腰，很像样地念起来。

> 牌路偏差靠一边，碰见单跳两不厌。
> 顶牌下注是大忌，连三翻倍一二三。
> 超三平推莫等闲，旺牌改道只一变。
> 回头一笑看空格，大路小路眼盯板。

牌路连三到九连，超过六顺别眨眼。

三庄出泰又三庄，尾牌打连不跳闲。

设定输赢的上限，看准下注手不软。

何时离场看牌路，输赢起身最关键。

南茜念完后如获至宝，她认为自己终于得到百家乐秘籍了。

南茜把小册子贴向胸前，仰头望着天棚，兴奋地晃头喊出声来："我得到秘籍了，我将无往不胜啦！呵呵呵……"

她笑个不停。

突然她的电话铃声响了，她陡然一惊地止住笑声。

她从跃进那儿搬出来的当晚就改了电话号码，至今除了丽莎没有其他人打电话进来，她心想："能是谁呢？"

当她翻开手机盖接听的时候，她欣喜若狂地喊了起来：

"你个该死的家伙，跑哪里去了？把我扔在这里你就不管啦？"

"哪里不管，这是行规，以后你就知道了。"

"我明天去大西洋城赌场实习，你能过去吗？"

"这是不可能的，听说东部地区现在的总负责是谷风，我也没见过，但你的上司叫谷风。"

"哦……我收获挺大的。我正在看秘籍呢。"

"什么……秘籍？"

停顿。不语。稍后慕东道：

"你按丽莎的指导去做就行了。"

"我知道。我会的。"

"……再见!"

"……再见!"

结束和二老板慕东的通话,合上手机,南茜就开始愣神,她喃喃自语:"谷风?这名字怎么这么耳熟呢。"

忽然她想起了张勇给她讲的郑跃进写的小说《相约在美国》,那个念子出走的故事。刚讲完一个多月的时间,她怎么会忘呢。

"这么巧?我的顶头上司竟然也叫谷风。"南茜有些怀疑,联想到"念子"的故事,她感到有点不对头。她的大脑中,一个问号接着一个问号地冒出来,就好像有一个推不开的身影在她身边盯着她,黏着她,使她无法释怀。

她有些后悔地叹息:"我这一生,天性好玩。在国内玩麻将,来美国玩百家乐。如果安分一点,也许……"

南茜要说的"如果",或许就是和郑跃进白头到老的意思,这种后悔药如果叫"也许"的话,那每个人可能都吃过这种后悔药。

坐在床上的南茜也不看正在播放的《基度山恩仇记》了,足足有半小时她一动不动地想着心事。那个"谷风"让她从自认为得到秘籍的兴奋中,一下子降到了零点。她感觉很乏,很累。她起身关闭了电视走进卫生间,放水把浴盆冷热水调好,疲倦的她准备洗个热水澡。

南茜从文身刺Q后一直没有坐浴，现在要离开培训中心了，她想盆浴热泡舒服一下。她调试好水温，然后放入浴液，便脱下衣裤进到浴盆内。她刚想坐下，忽然想起那本《百家乐天敌》，她起身赤裸着身子跑到外室的桌子上拿起小册子返回浴间，跳进浴盆又一点一点地坐进水里。她先将小册子放在头部右侧的盆沿上，然后两手扶着盆沿，头脸朝上，将身体浸入水中，闭上眼睛享受着这山里的温泉给她带来的舒适、解乏、爽身的感官刺激。约有10分钟后，她伸手拿起那小册子，身体往后一探便坐直靠着盆沿开始背那口诀。

"设定输赢的上限，看准下注手不软。何时离场看牌路，输赢起身是关键。"

她聚精会神地念着，嘴上还不停地嘟囔着："对呀，输赢都能站起身来。"

可就在这时她的身体一滑，头往后一仰，她毫无防备地后倾没入水中，那本小册子一下子掉进浴盆内。

"完了，完了，这下完了。"她边喊边猛然坐起来去捞那小册子。

当她把小册子从水中捞起来拿到手上的时候，她被小册子发出的红色磷光惊呆了。几秒钟的工夫，她发现小册子最后一页里发出了红色的光亮。她胆战心惊地打开，惊奇地发现了两个大字："绝密"，之后出现了"百家乐秘籍"的字样。

她小心地读着，突然她将小册子一合，一个猛劲起身，拿了条浴巾裹在身上，拿着小册子跑到了寝室，一头倒在床上，

左手捂着怦怦跳动的心脏，右手拿着小册子，嘴里不住地说："冷静，冷静！"

南茜看到了她不该看的内容。因为知道这一秘籍的人是慕氏家族的成员，而且公司经营正常期间不准使用，这是老太爷慕鹤松活着的时候立的规矩。南茜是新会员，她哪有资格进入到这个层次，就连红玫瑰丽莎也只是听说。而老太太 Emma 虽然知道这秘籍，但使用的工具什么样，她至今都没看过。这个南茜真是愣头青一个，不论到哪儿她都惹祸。

就在昨天丽莎还旁敲侧击地警告她："该学的要学会，不该学的不要问；该知道的都会告诉你，不该知道的你知道了会惹麻烦。Q 公司是有底牌的，否则公司的运作怎么维持？等你成为终生会员时你就什么都知道了，不需要问任何人。"

"噢，我的天哪！我说么，丽莎为何嘱咐我不要沾水！"

南茜的额角开始冒汗，这可不是盆浴的效果。

"我这不是没事找事吗？"她右手敲着腿像在呓语。

窗外的树叶轻微地响起沙沙声，那风儿飕飕地刮着让人感到有些阴冷恐怖。

南茜好像想起了什么，慌忙中她再次翻开小册子，奇怪的是那百家乐秘籍的内容已不见了，小册子已恢复原来的样子，还是那诗一样的口诀，好在小册子根本看不出一点沾水的痕迹。

"我不是在做梦吧？"南茜呓语连声。

南茜将小册子贴向胸前，不住地像个虔诚的信徒一样祷告："阿弥陀佛，求佛祖让我躲过这一劫！"

冷静下来的南茜，知道了真正的百家乐秘籍和她背的口诀根本就不是一回事。若按百家乐秘籍的方法下注百分之百地赢钱，因为，高科技会识别牌面颜色透视一至两张牌，从而能准确地判断洗牌机出牌的顺序，牌路的变化，以及长连或短跳的牌势。

"噢，我的天哪！这方法！"她再一次惊叹。

南茜在心里暗暗地发誓："不能告诉任何人，我要把这一秘密烂在肚子里。"

可是，这秘籍着实打击了南茜的自信心，她在心里掂量着："那口诀，我是背呢，还是不背呢？"

南茜有个习惯性的毛病，一着急就说："冷静冷静！"一上火就说："头疼头疼！"一做错事就说："睡觉睡觉！"

现在她又困了，想睡觉。她打个哈欠，小心地把小册子放在床头柜上。她恨不得丽莎现在就来，她好把小册子还给她。

可是不行，12点前是不能睡的。她的大脑在提醒她，忙活了半天肚子饿了，南茜赶忙起身穿上睡衣泡盒方便面，还没泡透她就狼吞虎咽地吃起来，也就一刻钟，她已上床背靠床头等待着最后一课。

现在南茜不知道怎么办才好。往常，遇到难题就给妈妈打电话，妈妈几句指点，再难的事都迎刃而解。妈妈不在时还有郑跃进，那位老郑头是南茜贴身兜里的字典。可现在，做职业赌手怎敢和妈妈说。出走连招呼都不打，又怎敢和郑跃进联系。再说，已学了一个多月了，总体上还是有收获的。如果没这秘籍，南茜感觉挺好的，学了很多知识和方法。可一想到那绝密，那浸入水里才显出字来的秘籍，而且还发出红色的磷光，南茜就浑身哆嗦。

南茜真想问问，这 Q 公司投资部究竟是一个怎样的部门？还有那神秘的老太太 Emma，究竟是不是郑跃进的姑妈？

深浅不知的南茜，脑子一热就不管不顾地跟着慕东闯了进来，今后该怎么办呢？

南茜想得头疼，两手放在头的两侧，脑门顶在两腿之间，她有点头晕目眩。

夜里 12 点整，正当南茜在床上胡思乱想的时候，又出现了一个让南茜意想不到的惊吓，没有一点精神准备的南茜，看到面对的墙面突然间说话了。她抬头一看那面墙有一层窗帘自动拉向两边，一个很大的电视屏幕出现在南茜的眼前。平时南茜也没注意这面墙会是电视屏幕呀，只见屏幕上出现了几个大字：南茜，祝贺你圆满结业！

之后便介绍公司的金字塔工程。要求每个 Q 会员发展新会员，形成一人带两人，每两人再各带两人，以此类推地完成公司长远规划的金字塔工程，该工程的主修课是人寿保险……

南茜不屑一顾地认为，还金字塔呢，和老鼠会没什么区别。如果不知道百家乐秘籍便罢，可知道了，什么口诀，什么人寿保险……

南茜刚想说"骗人？"但她马上用手捂一下嘴巴，然后慢声说道："不关我的事，睡觉睡觉。"

南茜不再听，关上灯，用被子蒙上头，心里烦躁地想："爱咋地就咋地，明早就走了，本姑奶奶要睡觉了。"

呵呵，南茜做梦都没有想到，郑跃进小说里写的那位主人公谷风，从此以后真的像幽灵一样地跟着她去了大西洋城，并一直伴随她左右，甚至在她濒临绝境的时候出手相救……

Chapter 10 第十章

我输了感情，但我赢的全是美金！
只要有钱，臭男人有的是……

阔太贵妇

1998 年 1 月 18 日，星期日下午。

87 号公路，布里根泰恩大道，一辆黑色林肯加长轿车，在海风的推浪中很悠闲地行驶着。

傍晚 5 点钟左右，这辆加长轿车在阿布西康灯塔一处停车场停下。远远望去，一位先生左手搀扶着一位妇人，右手指点着大西洋城的灯塔、广场、浮桥、酒店及花园大厦……

那位先生在不停地讲着。显然他们刚从海边归来，遗憾的是冬季，他们无法领略雅各布里斯公园裸体沙滩的自由男女那休闲的怪癖百态。

那位妇人戴着墨镜，脖上的白色纱巾飘起，在夕阳中还真成为一道美丽的风景。

辞旧迎新，又临近中国的春节，俗称罪恶城市的大西洋城，把东方古老文明的传统艺术和西方自由释放的美丽结合在一起，装扮得美轮美奂，令人徜徉其中目不暇接。那浮桥上，灯柱上端，悬挂着大红宫灯，柱身缠有铜线和红绸带，尤其是赌场门外草坪上的各类树木，饰满亮丽的彩色灯珠，在等待夜色的来临……

大约一个小时左右的时间，那辆黑色林肯加长轿车停在了泰姬·玛哈大酒店门前。

门卫很礼貌地打开车门。只见从车里先下来一位西装革履的凹脸先生。这位先生是中国人，面相憨厚，约有 40 岁，大个儿，足有 1．80 米。然后看到的是这位先生左手扶在车门顶沿，右手搀扶一妇人从车内款步而下。

那妇人两脚一落地，挺了一下上身，那门卫的两眼珠便直直地看着不动了。

妇人是亚洲人，白皙的脸，面目清秀，大概 35 岁上下的样子。嘴唇涂了本色唇膏，显得圆润亮泽。最打眼的是她上身穿着淡蓝色椭圆领长袖上衣，一道黑色的竖线从圆领处顺衣扣线垂下，精致的深蓝色小扣镶嵌在衣边成为恰到好处的点缀。那乌黑的头发蓬松卷曲从双耳处拢向前胸，浑圆高耸的乳房在垂发间若隐若现，长长的银灰色亮晶晶大小双珠耳坠轻晃在耳际。她的下装是藏蓝色并间有竖条暗纹薄呢裤，脚踏平底无绊伸脚皮鞋。左手无名指佩戴镶有蓝色宝石的钻戒。肩上挎一乳白带蓝色波点的中号爱玛仕名包。这个包大多是明星贵族使用的，少说价值 5 万美金。

整体感觉：深浅明暗，素雅高贵，这是位贵妇人。

在她下车的一瞬间，女人的妩媚和俏丽，让在场的每个男人都不由自主地想多看她一眼。

难怪门卫——那胖墩墩的墨西哥西部牛仔看得两眼发直。

那位先生从皮夹拿出5美金小费给了门卫后，便让妇人挎着胳膊走进了大厅。在进入赌场前，途经喷水池时，那妇人没忘拿出一些硬币投向池子里。她向每个赌客一样，心里默念：Good Luck。然后她大方得体地挽着先生，向酒吧走去。

吧台旁，一位30岁左右戴着深蓝色墨镜的亚洲女人在喝着啤酒。贵妇人和她先生走到吧台，只见贵妇人坐靠那位亚洲女人身旁，彼此点头算是打了招呼。她先生叫了瓶啤酒，贵妇人叫了杯加冰白兰地，两人慢慢地喝起来。

这时那亚洲女人起身离去，留下一名片在吧台上。

贵妇人歪头瞅一眼，没客气地把那名片放进爱玛仕包中。

按名片指定的位置，那位贵妇人在一个小时后，走向100美金台面的百家乐桌，这时她身边已没了那位先生，多了几位女士，都是中国人的面孔。

只见那贵妇人从名包中取出1万美金，很阔气地兑换了筹码，她不要记牌纸，她只看电子板显示器。

牌路上显示闲连5庄连5，这么均等的牌势很容易出和。贵妇人在和的和位上放一筹码等待开牌。闲起：闲2庄5闲6庄3果然是和。贵妇人真是手顺，放1个筹码赢了8个筹码。

这时来了位小平头男士，个儿不高，亚洲人，40岁左右，紧挨着贵妇人坐下，换了5000筹码。

贵妇人歪头看一眼男士，笑笑算是礼节上的招呼。接下来的牌路是连二跳一，或连一跳一。这种牌很难把握，输赢全靠运气，贵妇人愿打连牌，所以她不下注。

整个一副秀，贵妇人只下注3次，赢了1300美金，她叫瓶矿泉水，在等下副秀的开牌。

发牌员换人，一个中国男人，50岁左右的发脾员坐下开牌。

这副秀，牌的走势很好，10手牌后，庄家牌旺，已连六。贵妇人不慌不忙地跟庄3000筹码。开牌合计庄8点赢。台面近6000筹码，贵妇人仍不取回筹码。发牌员示意收回筹码，贵妇人手一摆，意为继续下注。

开牌闲6庄7，庄家赢。台面已近1.2万筹码，贵妇人仍没有动的意思。这次开牌合计庄9点，又是庄家赢。

贵妇人心想："3庄出和又3庄，6顺连3到9连，我该收手了。"

发牌员抬起惊讶的三角眼，看着贵妇人判断着："这是谁家的阔太？这么气定神闲！"

贵妇人付清赌场抽红钱，将2.3万余元的筹码兑换成大筹码后，起身扔给发脾员几十元的筹码小费，便向卫生间方向走去。

没错，这位贵妇人就是噩梦南茜。

吧台那位戴眼镜的亚洲女人就是红玫瑰丽莎。

丽莎和南茜到纽约后，丽莎给南茜选了几套精美的时装，并按老太太 Emma 的交代，以纽约分部的名义，安排南茜住进了恺撒皇宫大酒店附近一处花园大厦 3338 号房间。

南茜非常满意，因为推开房间的窗户便能看到蓝色的大海。

而丽莎到纽约分部与谷风打了照面，并将公司总部的意见传达给谷风，同时她告诉谷风前来实习的南茜安排在花园大厦，暂不到分部报到。然后，丽莎便急匆匆地走了。她要赶往久别的新泽西，去与爸妈团聚。

丽莎走了，谷风跟了出去，出于礼貌或是对丽莎的尊重。更主要的是总部 Tina 曾在电话里向谷风交代，说丽莎是公司委派的东部总监。

谷风走到门口，向丽莎挥手再见。直到丽莎坐车离去，他才喃喃自语："南茜？这个世界叫南茜的女人真多。"

15 天以后，丽莎回到分部安排南茜到各大赌场实习之事。

恰逢元旦过后，谷风根据丽莎的介绍和建议，在丽莎休假的半个月里，从分部接待处选了一大个儿北方男人，陪南茜熟悉大西洋城。

这个男人叫金连成，凹形脸，肿眼泡，是专职接待员。

尽管是冬季，但金连成还是带南茜去了罗伯特摩西州立公园，曼哈顿，长岛等景点。十多天的游玩让南茜沉浸在无比的欢乐之中，好像在恋爱，在一种忘情的陶醉中，她似乎忘记了自己的身份。直到丽莎通知她初试锋芒，她才清醒自己重任在肩。

但南茜毕竟在赌场历练多年，有赌资，尤其是不拿自己的钱赌，南茜输的时候很少。

第一天出场，可以说旗开得胜，南茜兴奋不已。

在卫生间里，南茜把赢的筹码全部交给了丽莎，然后问丽莎挨她坐的那位小平头男人是不是 Q 会员，丽莎做了肯定的回答，并告诉南茜实习期间，不论她在哪个赌桌上出现，都将有 Q 会员监督，这是行规，让南茜不要介意。

南茜按照丽莎的安排和那位司机金连成去高档餐厅吃晚餐，晚餐后看秀表演，看完表演又去洗了温泉，大约午夜以后，南茜被送回花园大厦休息。

回到花园大厦，南茜一点睡意也没有，成为职业赌手的第一天，她赢钱了，而且手顺得让她自己都不敢相信，她竟然在那么短的时间里赢了两万多美金！钱赢得是这样轻而易举，这是她做梦都没有想到的。

"看来选我南茜做职业赌手是天意！"她有点忘乎所以。

她走到窗前，望着夜色，想着已过去了的这些年，她感到付出得太多。一种没人心疼的委屈涌上心头。是啊，有谁能理解为了爱一个人，去自助餐厅看台叫餐；又有谁能理解为了想嫁给那个郑跃进，而去给他揉搓男人的臭脚……辛辛苦苦地挨过这些年，到头来一分钱都没有得到，白白地付出，亏啊！图的是什么？图的是那个书呆子郑跃进吗？

想到这儿，南茜喊起来："啊，老郑头，你回答我？"

　　她在心里开始暗暗地和郑跃进较劲儿，是因为郑跃进没有给她一分钱吗？她认为是。女人跟了男人，散了，什么也没得到，这是人财两空的悲哀！

　　所以南茜发誓："我要让你郑跃进看看，离开你老郑头我南茜活得更好！我输了感情，但我赢的全是美金！只要有钱，臭男人有的是……"

　　冬天的落日在海平线上散出一道道金光，海风变得柔和，轻风拂面让人快活。但也像是提示着人们：海水是咸的，那种苦涩味不是岸上的树木，花草的清香就能驱散的。

　　中国的除夕之夜，若在大西洋城的恺撒皇宫度过，真可谓天堂落座受宠若惊。

　　只见通往酒店的门前精致的垂花饰物随处可见，大厅里增设了很多橘子树。大量的莲花灯和超大的红灯笼，耀眼祥和。那金光闪闪的许愿树迷信着赌客许下自己的发财梦。

　　大年三十这天晚上9点，那辆黑色林肯加长轿车出现在恺撒皇宫大酒店的门前。

　　穿着高档服装的门卫打开了车门。

　　同样是那位先生，同样是那位妇人，但今天的贵妇人却是别样风情的亮丽。只见那妇人梳个很随便的发型，头发拢在后面用发夹一夹，既未烫也未染，是天生的黑发。白皙的瓜子脸上，柳叶眉扬，薄唇淡抹。她身穿收腰短袖衫。短袖衫的袖口正好压在一个美女头像下Q的下沿，偶尔撩起，会让人猜想是美女头像。胸前黑框里纯米色的料子，把两个耸起的乳峰包得严严的，但那凸起的外形很是迷人。胸的两侧在暗黑的竖条与乳白色竖条搭配的边缘设有横纹，米色的圆领上镶着黑边斜向左侧颈下，那辅以人工精良考究配饰的大花扣真是天衣无缝。大花扣下，竖排精美的米色小扣精致绝伦。她下穿两侧相叠的黑色短裙，肉色长丝袜，脚踏精美的休闲皮鞋，那皮鞋的扣盖是浅黄色的花瓣。她左手搭在先生的手上下车，无名指戴着的镶嵌钻石的白金戒指显露无遗。她的右手臂上，随意地挎着价值1万多美金的米色香奈儿名包。

整体观感，上浅下深，端庄大方，典雅高贵。是一位名副其实的贵妇人。

那位先生习惯性地从皮夹里掏出5美金小费给门卫，然后他左臂上挎着那妇人的貂皮大衣，右臂挎着妇人走进赌场大厅。

贵妇人的习惯还是和第一次到泰姬·玛哈赌场时一样，先到酒吧喝酒，所不同的是这次她先到那许愿树前许了个愿，然后走向酒吧的吧台，但今晚这除夕夜却没有了那位戴墨镜的亚洲女人。

接近午夜12点，贵妇人在众多华人举杯同庆的欢呼声中来到了百家乐厅。

台桌前有两位赌客，台面筹码均万元以上。

贵妇人兑换了1万美金的筹码靠左侧坐下。

这副秀即将结束，赌客不再下注。

但贵妇人看板上显示连闲家4手，贵妇人跟闲一手，下注

两千筹码，她赢了。

新秀开牌换发牌员，是赶巧呢，还是因来了贵妇人？

赌场的摄像镜头 24 小时不停地转着，而赢家，不论是男是女，永远是赌场关注和跟踪的目标。

贵妇人到哪桌哪桌热闹，这时又来了两位赌客，一男一女像是一对情人。

这副新秀贵妇人改变了打法，看准下注，每注筹码不低于5000 美金。而最刺激的是放和位 2000 筹码，如其预测，在凌晨 4 点钟，贵妇人的桌面筹码已赢有 9 万多美金。

因围观的中国人太多，贵妇人在秀未结束时便兑换了大筹码，起身扔些小费走向卫生间。但和上次不同的是，南茜交给丽莎 5 万美金的筹码，余下筹码由南茜兑换现金作为赌资。

两次赢钱而且大额，这让南茜异常兴奋。她认为那诗一样的口诀是经典，那秘籍是扯淡，谁敢用啊？她恢复了自信。

由于南茜战绩不错，两个月没有一点差错，受到丽莎和谷风的肯定。经总部同意，奖励南茜 1 万美金，并通知南茜超出月额 3 万美金的部分按 3％提成。此外，谷风向丽莎提出想见见南茜。丽莎含糊其词地答应着，但她请示老太太 Emma 后，得到的答复是再考验南茜一段时间才能安排南茜见分部的其他会员。丽莎虽然纳闷但她知道规矩，老太太不准，自有她的道理。她告诉南茜，说噩梦的名字已传遍整个 KQ 两公司时，南茜兴奋得得意忘形。坦白地说，丽莎还是很公正地肯定南茜的战绩的，她认为南茜确实有赌的天分，所以她向老太太汇报说南茜赢钱已超出 5 万美金上线，是否可以提前到拉斯维加斯独当一面，但丽莎的请示没得到任何回应。因为老太太的想法是公司对赌场投资要做到减少风险，那对手顺的 Q 会员，一定要放手。

但职业赌手也不是神，也有输的时候。一个周末南茜一晚上就输了 3 万多美金，监督人员通过丽莎责令南茜停止下注，但南茜还有点不服输，一再恳求丽莎再给她 1 万美金赌两手，而且还说："只要有钱，我肯定赢回来。"

对此丽莎警告南茜说："何时离场看牌路，输赢起身最关键。难道这口诀你忘了吗?"

南茜不再坚持，但情绪非常低落。

随后丽莎以老太太 Emma 的名义通知南茜 15 天内不准进赌场。这期间南茜拼命地购物，逛遍了纽约地区所有的大型商场。

15 天期满，南茜按照丽莎的安排，每星期去赌场由三次减为两次，每次输赢不准超过 1 万美金，而且着装变化尽可能让人无法认出。

一晃 3 个多月的时间过去了，南茜实习期满。她分别在你来赢、哈斯赌场度假村、特罗皮卡纳赌场度假村等赌场大显身手，堪称赌技一流。尽管有输有赢，但累计算起来南茜已为公司投资部赢了约有 60 多万美金。那个伴随南茜左右的接待员凹脸大个儿金连成，对南茜佩服得心服口服，做牛做马也愿意。称南茜是女王，每次接南茜回花园大厦，他殷勤地给南茜

拎包，甚至对南茜半真半假地说："请女王陛下踏背上车！"

其实，大个儿变成一奴才也不足为怪。这殷勤的动力，源于每天南茜给他 100 到 200 美金的小费。因为筹码在个人手里，监督的人很难掌握准确的数额，所以南茜每天的筹码余额都有不小的数额。还因为她要高消费，所以这部分余额丽莎说公司明明知道，也是认可的。

用南茜的话说，她已完成了几年的工作量，该旅游休息了。对此，她向丽莎请求告假 3 个月，准备回大陆看女儿和母亲。

南茜休假的报告很快获批，这是为了表彰南茜的工作成绩。在南茜走前，丽莎又拿了一堆表格让南茜填写，说是人寿保险，说南茜赢的钱，以客人买保险的方式入公司财务，入账后年底还分有红利。

南茜什么都不管，让签哪儿就签哪儿，她连看都不看就签字。其实她看也没用，全是英文，她也看不懂。

按总部的要求，丽莎通知南茜休假获准，不得再进赌场，尤其是赢钱超过 10 万美金以上的赌场。同时丽莎转告南茜她的信用卡内 5 万美金已全额开放，但在大西洋城赌场不准使用，因为南茜已经引起赌场有关部门的关注，如果使用很容易遗失个人资料。此外，南茜必须从 Q 公司谷天镇起程，因为老太太 Emma 说要见南茜。

从南茜到大西洋城赌场实习，她的直接主管是丽莎，顶头上司应该是谷风，但南茜从来就没见过谷风，只听丽莎介绍说分部主管谷风是位憨态可掬的文人。

每个星期南茜的活动，都是由丽莎安排她什么时候出场，什么时候收工，这个周末南茜突然向丽莎提出想见见谷风，说是来大西洋城一次，分部在哪儿都不知道，主管长啥样都没见过。对这个要求丽莎马上答应，但她让南茜等候时与谷风通了电话。谷风告诉丽莎可以带南茜来分部看看，但他有事去纽约了。

丽莎带南茜去了分部，但分部只留守一位女接待员。

不过南茜还是觉得很有收获的，因为她在谷风的办公桌上，看到了大刀脸的半身照片镶嵌在镜框内立在桌子的一角。

她心里寻思："谷风真的是他?"

看来大个儿金连成没有说谎。

她在心里很鄙视地一笑："哼，这个想给我吃春药的大刀脸，丽莎还说憨态可掬呢，什么眼光啊!"

临出门时，她故意和丽莎笑讽道："这个谷……风，挺像幽灵呢。"

"哈哈哈……"丽莎大笑着告诉南茜，"等你从国内回来时，我一定请谷风这个幽灵，亲自去机场接你。"

南茜马上说："得得得! 还是让我离他远点吧。"

丽莎不知道南茜说话的用意，因为她俩说的谷风本来就不是同一个男人。

但南茜心有余悸倒是真的，她总觉得她的顶头上司是个很肮脏的人物，还感觉身后有个影子一直在跟着她。

回到花园大厦丽莎笑着逗南茜，说她休假期满后返回赌城拉斯维加斯已经是判若两人了，而且腰缠万贯。一句闲话就把南茜逗兴奋了，当晚她又请丽莎去中餐馆吃火锅。她认为，自己在美国终于闯出了属于自己的那片天地了。

她庆幸自己离开了郑跃进，尽管有时郑跃进总是在无形之中跟着她，就像鬼影附身，但她仍然觉得如今的生活方式才是她要的。解脱了，一个人，多好。

可是她真的不知道，她感觉到的那个影子谷风，不是大刀脸而是郑跃进，而且郑跃进每两天还要听取丽莎和金连成的汇报，内容全是她南茜。

故事没有巧合就不成书了。

知道 Q 公司派往大西洋城赌场实习的南茜，就是离家出走的南茜，郑跃进也是刚刚确认。

一个周末的上午，大个儿金连成拿着一打和南茜合拍的照片，在 Q 会员大刀面前显摆。说这个女人性感漂亮，是真正的赌手，三个月赢钱几十万，真是现代版女赌王……

郑跃进路过时不经意地看了一眼，就这一眼把他镇住了。他的大脑"嗡"的一阵鸣响，顿时脸色煞白。

他真没想到这位出了名的南茜，就是与自己同居生活了 4 年多的方小艾。回到里屋他的工作室，他先喝了一杯冷水，然后坐下来想理清近半年以来发生在他身上的事。

"南茜被 Q 公司发展成会员从事赌场投资，那为什么 Q 公司的高管 Tina 偏偏又选中了我郑跃进呢？"他认为这巧合绝不是天意，其中肯定有个说法。

"难道是南茜的安排？"他闹心地想着，心里非常不踏实。

"如果是南茜，那我就辞职。"他在心里下了决心。

远离南茜是对的，也符合郑跃进的男人性格。但一想到这白领的工作环境，他是真舍不得辞职，而且月薪3000多美金，还享受医疗保险待遇。在美国，工作不满半年以上是没医疗保险待遇的，可郑跃进来了就有，这么好的工作去哪儿找啊。

他打算再观察一段时间，不再向丽莎提出见南茜。

但是郑跃进变了，又恢复到从前的沉默寡言了。

有时郑跃进会傻里傻气地回想："奇怪呀，那天 Tina 坐出租车，好像有意在等我的出租车。"

他反复琢磨那天的情形。

Tina 上车说去中国城，之后就让他在停车场打表等候，计价器跳到60多美金的时候她才出来，而且上车付清了车款，给他小费10美金后，又让郑跃进重新计价去另一个地方。郑跃进当时还想，遇到个大财主，而且是中国人。绕了半天，计价器的数字又跳到60多美金，这位财主下车了，扔给郑跃进100美金说不用找了。可郑跃进当时就说小费给得太多了，非得给人家找回20美金。

这个时候 Tina 说："我看你这个人挺好的，明天我想继续包你的出租车？"

郑跃进一听，忙说："我刚调整班次，不好意思，明天我休息。"

"那……用你自己的车为我服务可以吗？全天我付你 200 美金的费用。"Tina 说得很认真。

郑跃进想了一下，说："那我只收你油钱吧？"

"那好，一言为定。"Tina 说着自我介绍，"我叫 Tina，做理财生意。敢问您的大名？"

郑跃进犹豫了一下说："谷风。"

Tina 眯眼笑笑并伸手与郑跃进友好地握手。但她心里想的是："你不说我也知道你叫郑跃进！"

第二天，Tina 坐着郑跃进的 Honda 车去了一家高档咖啡厅，并邀请郑跃进喝咖啡。大家都是大陆北方人，郑跃进没拒绝。

这咖啡喝着喝着，喝出个保险公司纽约分部的主管。

Tina 提出郑跃进最好使用英文名前去履任，而且有点暗示性地说明，公司为增加收入，曾吸收一些精英会员对赌场进行投资，但明确郑跃进的工作只是管理人员和财务，不介入赌场投资这项具体的业务。

郑跃进一听使用英文名，就不好意思地说他自来美国就没起过英文名，再说他还没成美国公民呢。

当 Tina 介绍说纽约分部归 Q 公司投资部管理时，郑跃进马上想起了慕东。他警觉地意识到，世界上的公司是不会有重名的。如果到慕东的公司，那见面时，因为南茜的关系该怎样与他面对呢？他沉思了片刻问 Tina："可以问你们老板叫什么名字吗？"

聪明的 Tina 早就看出郑跃进面目表情警觉的变化，她忙说："老板也是中国人，是位很慈爱的老太太，叫 Emma。"

"噢。"郑跃进应了一声，心想，"也许 Q 公司很大，但还是要防着点慕东。"

他有些犹疑地说："我的英文不是太好，别刚做就炒我鱿鱼，最少要保证我工作 3 个月。"

Tina 笑着说："这一点你放心，我们可以写在应聘合同上。"

郑跃进低头喝咖啡想着心事，Tina 却在想："他为何不肯告诉我他的真名呢？"

于是 Tina 主动问："你真名叫谷风吗？"说完她马上解释，"呵呵，你别误会，因为签约是要看你 ID 的。"

郑跃进一看 Tina 点了他的穴道，他马上诚实地解释说："我本名叫郑跃进。ID 上也是。"

说完他苦笑了一下继续说："因郑跃进是个可悲可泣的故事，从我的女朋友离家出走以后，我就叫谷风了。得名于一本尚未出版的长篇小说里的主人公。"

Tina 马上接话说："谷风这名字很好哇，真的。有中国北方人的粗犷和大气。既有文人的内涵，又有点豪放不羁的江湖味道。蛮社会的。你去纽约分部就叫谷风吧。"

"不过呢……"Tina 又卖关子故意逗跃进说，"谷可称 Valley，那风是 Wind。英文名用中文连起来叫歪理问啊？"

说完 Tina 又哈哈地笑起来。

　　她边笑边在心里想："这个郑跃进，表面上看单纯可爱，其实肚子里墨水挺多呢。"

　　郑跃进喝了一口咖啡，笑着回答说："别说，'歪理问'是个很好的笔名呢。"

　　Tina 心想："你倒挺会联想。不叫郑跃进，正合老太太 Emma 的意愿。"

　　Tina 跟老太太这些年，她知道老太太的心事是想把郑跃进隐藏起来，待到时机成熟再显亲扬名。而谷风，让人感觉又好像是江湖上的人，这真是不谋而合。

　　但为了提醒郑跃进，Tina 马上收住笑容，很正规很在行地对郑跃进说："谷风作为人名，应该是正气邪气都有的男人，太书生气是不适合叫谷风的！"

　　郑跃进很佩服 Tina 的知识修养，他很稳重地回答 Tina 说："没错。来美国快 10 年了，我的确在改变。"

　　说完郑跃进微微地笑了笑。也许，他的笑是怕失去这个好工作的机会。

　　按郑跃进提出的条件每个月或两个月回一趟拉斯维加斯，因为他买的房要出租，他需要回来打理。

　　Tina 满口答应。当时就表态说，每个月可以给郑跃进 7 天的时间回赌城拉斯维加斯休假。但前提是他平时没有休息日，而且要选择分部不忙的时候回赌城。同时告诉郑跃进，分部有公用车并提供免费宿舍。

　　之后 Tina 和郑跃进很正规地签了聘用合约。郑跃进在签约后的第二天向出租车公司辞职，并在 Tina 的安排下进行了简单的培训。就在南茜到大西洋城的前一个星期，郑跃进正式上任纽约分部的主管。

从知道南茜的真实身份那天开始，郑跃进就过着难熬的日子，因为他真的不想再见到南茜，可是当他知道大个儿金连成追求南茜时，有几次他曾偷偷地跟踪过南茜。

其实，他还是想知道南茜的真实状态，尤其是他知道大个儿金连成有家室，他担心南茜再上当受骗。

郑跃进知道南茜结束实习先回国，然后将返回赌城拉斯维加斯。从丽莎和南茜的组合来看，整个运作郑跃进分析，纽约分部主管的职位似乎与南茜无关。对此，在南茜走之前，他反复考虑决定暂时不与南茜见面，而且为了隐藏自己，他故意把大刀桌上的照片放在主管谷风的桌上。

可是，谁也没有想到的是，就在丽莎确定第二天带南茜返回谷天镇的当晚，南茜这个"噩梦"出事了。

Chapter 11 第十一章

为了爱再赌一次！
假如赌输了美金， 但也要赢回爱情！

上黑名单

南茜睡到下午 3 点钟，她醒了。

职业赌手的时间表和正常人相比正相反，当正常人全身心投入工作的时候，赌手们在睡觉，所以，赌手常被冠以不正常的聪明人之称。

窗外，午后的大西洋城海岸阳光明媚。

夏日的天空将艳阳纳入乳白色的云层里，而藏不住的光芒从天空投射到蔚蓝的海上，让人联想起海天一色的画面。那偶尔掀起的浪峰在柔和的阳光下呈现出仙女般的身姿，恰似自由女神飞落人间。

有位诗人把那海浪和阳光比作恋人，说他们每日若隐若现朝夕相恋，没有人知道他们相恋了多久。

可是有一位航海的船长，看了那诗后嘲讽那位诗人的比喻太荒唐，他说海水掀起的屏障怎能藏住撒向万物的阳光？如果海浪是姑娘，她的情人是阳光，那么海里的礁石呢？是那礁石日夜陪伴着海浪，而且满身伤痕无悔无怨。

那位诗人续写他的下篇，他说那落下又掀起的海浪，是多么的轻柔呀！因为他迎接着阳光，他的身姿宛如湛蓝的斗篷，把可爱的阳光——他的情人收藏！

这位诗人激动地吼起来："我要赞美海浪和阳光的爱情，他们是一体的，他们将终生相恋，海枯石烂！"

而那位船长嗤之以鼻地告诫他的船员："孩子们，暴风雨来临的时候是不会有阳光的，期待的希望是噩梦醒来的明天！"

没错，就航海人而言是对的。

但代号叫"噩梦"的南茜，这位职业赌手的明天是什么呢？

南茜与金连成几个月的朝夕相伴，作为颇有姿色且又不甘寂寞的一个单身女人，很快就坠入男女的情欲之中难以自拔。每天若是见不到金连成，南茜便有种怪怪的感觉，心不在焉，做不了事，心里总冒出一种像是久违的牵挂那种感觉。不知不觉中，她已经喜欢上了金连成，好像那不可抗拒的诱惑来自于他的背影。

是的，她反复地琢磨过。从背影上看，那高高的个儿，那魁梧的身材，和从前的老公一模一样。

"难道是天意，让像从前的老公那样的男人，再回到我的身边？"南茜常常在难以入睡的时候，站在窗前，与那拂来的

夜风对话。

"是不一样的感觉。"她在心里嘲笑着自己。

想着金连成在她下车时那殷勤地搀扶，洗温泉时精心地照料，游走每家赌场时那无微不至地陪伴……从前的老公哪有这个耐心。

以身相许的那天，正好是她的生日，那么自然，没有一点生分。在洗温泉的时候，一句玩笑话便开始了这无法忘怀的甜蜜。

"你个傻大个儿，我以后不管你叫老金了，管你叫大个儿。"

"好哇，不过最好叫我老公，因为我一直扮你先生！"

"你好坏哟，占人便宜。"

"坏么？"

他伸手握住她的手，往怀里一搂，他们同时倒进水里……

就这么一搂，他们相恋了。更让南茜感动的是有人想暗算她时，大个儿毅然决然地在背后保护她。

起因是大刀脸酒后好色无德。

在南茜的印象里，谷风和大刀脸应该是两个人，可如今阴差阳错地成了一个人。因为她现在没公开的男友大个儿金连成对她说，他是经过朋友 Q 会员大刀介绍到纽约分部工作的，而且还说大刀是分部的主管，总借钱给他赌博，但因为南茜他俩差点翻脸。

当时南茜不明情况，一听主管就以为是谷风，她马上插话说："你可千万别和他翻脸，他是纽约分部的主管，在我实习没结束这期间归他管，万一有点差错，他是你哥们，对我他也会高抬贵手的。"

金连成刚想说现在的主管换谷风了，但一想还没得到南茜，万一她知道大刀什么也不是，自己又是个临时工，那风流不成岂不两手空空，得不到钱也得把人弄到手啊。所以他不想说破，但他又担心南茜去分部知道了实情。他反复琢磨后又试探着问南茜来大西洋城快两个月了，为何不去纽约分部呢？南茜隐瞒了丽莎不让她去的事实，说是不想见更多的同行，还说做赌这行的不能有朋友。

最后南茜说："我来这儿实习3个月就回赌城拉斯维加斯了，我认识他们没什么用。"

南茜的回答正合金连成之意，从此他在南茜面前很得意，因为南茜认为他朋友大刀是纽约分部的主管。

为了讨好南茜，金连成对南茜说，有一天他和大刀在你来赢酒吧喝酒，大刀说他看上南茜的乳房了，他说让大个儿买些酒去南茜的房间喝酒，还说带上春药，想法在南茜不注意时把春药下到酒里让南茜喝下。

金连成一直惦记着把南茜搞到手，他怎么可能让大刀占南茜的便宜呢，所以，他坚决地拒绝了大刀的要求。过后大个儿对南茜说，虽然他的工作是大刀介绍的，但为了南茜的清白，他宁可不要这个工作。

大个儿看南茜听后很感动，他又信誓旦旦地向南茜表示：

"别看他当了几天主管，只要有我大个儿在，他别想占你的便宜！"

事后不久的一个周末，大个儿说去还大刀钱让南茜陪着。因他爱赌，总从大刀那儿拿钱。他很仗义地对南茜说，在赌王身边还借什么大刀的钱！还他，省得他以后总挂嘴上。南茜知道大个儿讲的"赌王"是指她，所以她笑着陪大个儿去大刀家。

金连成开车带着南茜去了大刀家，但他没让南茜下车。他把车停在一个凌志越野车旁，边下车边对南茜说那车是大刀的，刚被撞了，还没过一星期呢。南茜歪头一看，一个较新的凌志越野车后侧被撞了一个深坑，她叹道："多好的新车，撞了个坑，真可惜。"

南茜猜想，大刀就是谷风，真是不可思议。如果想给南茜吃春药，那大个儿的机会很多，所以她把大个儿金连成视为正人君子，是位难得的好男人！不足之处就是好赌。可人生谁不赌呢？她下了决心，抓住大个儿，把自己给配了，省得夜深人静时闹心地烦。

就在南茜胡思乱想的时候，她从车镜的反光中看到大刀脸送大个儿出家门。尽管南茜只看到个侧面，但她还是怕大刀脸看到她，因为她认为毕竟大刀脸是分部主管啊！所以她把座椅一放，整个人躺下了，不想让大刀脸看到她。

和大个儿金连成相处不久，在元宵节过后，她过生日的那天，她提议洗过温泉，买些酒菜在花园大厦的房间里过。在那个晚上倍感温馨的气氛中，她把自己的身体交给了大个儿金连成。

南茜认为她把后半生交给了一个让她自己迷恋的男人，心，便是他的影子，从此她有个甜蜜的梦想。

彼此没有过去，只想将来。

南茜回想来美国这些年，从离开郑跃进到投入大个儿的怀抱，自己终于又找到了伴儿，而且这么投入？她自己都难以置信地发现，每一次和大个儿在一起时的狂喜，都紧紧地攫住她的心，使她全身的血管在瞬间猛然地膨胀起来。和老公，和郑跃进，有那感觉吗？她常常不由自主地问着自己。

她在回忆中去寻找那遥远莫及的答案。老公，郑跃进，大个儿，还有……还有就是"噩梦"了，她现在是大西洋城赌场里的旋风！

她的嘴角露出了迷人的微笑；她的思维仍在过往的经历里转悠。

记得与老公相恋时，单纯无知，还没明白为什么爱的时候，便稀里糊涂地把自己洁白如玉的处女身给了那个王八蛋。

后来结婚了，有了女儿。再后来领着女儿回家时，看到老公和别的女人躺在床上。

呵呵，当时她还挺大方，很客气地对老公和那女人说："对不起，是我走错门了。"

接下来，离婚分家产。

失去了自己曾经爱着的男人就像丢了魂一样，总觉得在家乡待不下去了，感觉好像自己的女人味没了，否则老公为何勾引长相还不如自己的女人？这丢人的事，让人恶心的不仅是被人嘲笑的老公，还有走在街上被人指着后脊梁的自己，于是她来了美国。

来美国的中国人，为了取得合法的身份大多都办难民庇护，否则到期就得离开美国。她不懂什么难民，也不知道真正意义上的庇护是什么概念。但她也想凑个热闹，混个合法的身份。于是就在一同乡的引领下，见了一位所谓的律师，预交了1000美金的费用。又在那位自称是律师却连一句像样的英文都不会说的矮个男人指引下，去了一趟教堂并和牧师照了张相，便在那位律师的安排下到移民局面试。

想起来真的可笑，当那位黑人女移民官问她是不是基督徒时，她不住地点头。

问她在大陆是怎么受的迫害时，她懵了，她不知怎么回答，因为她根本就不是基督徒，她也从来就不知道什么叫作迫害。她来美国才听说这个词，所以她本能地想，不能按律师教她的说法去说。

可是，她忽然想起了那位律师的嘱咐："你要是被移民官看出在说谎欺骗她（他），那你就得坐牢！所以，想要身份，你就不能改口。"

她抬眼看着移民官，恐惧和不安使她在顷刻间泪如雨下，以至于后来竟哭出声来。她既害怕又感到委屈，妈妈是银行的行长，家里既不缺钱又不缺房子，来什么美国？

"都是那王八蛋老公害得我受这气！"她在心里骂着，泪眼蒙眬地借用手擦眼睛的空隙，偷偷瞧着移民官，心想："（这身份）给就给，不给就回家。"

移民官被她的眼泪感动了，递给她一张湿巾，错误地以为她遭受的迫害深重，否则怎么会哭得这么伤心？移民官也拿起了湿巾在擦着同情的眼泪，移民官想："多么可怜的孩子，留下来吧，别哭了，这个国家是民主自由的，我会给你一张绿卡。"

当然，整个过程移民官的问话是英语，中文翻译在解释。

过后，翻译笑着说她真厉害，一句话没说，把移民官弄哭了不说，还哭了张绿卡。

她撇嘴笑道："我遇上个好人，不过，这傻黑妞的脑袋，就一根筋。"

翻译姓吴，大约40岁左右的男人。南方人，矮个儿。他一听南茜讲这不敬的东北话，马上用瞧不起的眼光斜视着她，心里想着："这刚来美国的大陆人，个个傲气得不得了，刚才还哭得像死了亲娘，转眼间神气得能上天！"

南茜感觉到了翻译的反感，她也认识到自己的话太愣。为了挽回点面子和表示一下感激，她请翻译在中国城的中餐馆吃了顿便餐。

有了绿卡，去了赌城，通过同乡刘大姐的介绍，认识了郑跃进。

可是和郑跃进生活4年多，她享受过今天和大个儿在一起

的这种无法抗拒的快乐吗？

后来的郑跃进，在精神上给她带来的是漫不经心的虚伪和客套，她为此感到痛苦，精神上受着折磨。她似乎在一种幽幽的梦幻中跟随跃进，他走一步，她跟一步，亦步亦趋，没有主见，找不到主人的感觉，不知道自己的灵魂在哪里。忧郁、沉迷、不安。在跃进的眼里，自己不再是楚楚动人令他贪恋的女人，而是让他讨厌的俗体。

她心碎了。

现在呢？大个儿出现了，而且还同意随她回国见父母，足见他的真诚，这真是老天的恩赐。

此时此刻穿着一身睡衣的南茜，站立在窗前，在33层独处的房间，眺望着大海，回想着往事，思绪万千。

明天将要离开这个城市，按约定大个儿先到赌城拉斯维加斯等候，她从谷天镇返到赌城后，他们一同飞往大陆见南茜的父母，但相恋至今南茜没有向丽莎透露半句，他们还在保密阶段。

可是，这保密该持续多久呢？回到谷天镇，要不要向老太太 Emma 汇报呢？南茜在沉思之中，不知如何决定自己的终身大事。

"叮咚……"

南茜知道是大个儿来了。

她止住沉思，回身去开门。

金连成，中国哈尔滨人。来美国19年，美国公民。他来美国前，正是中国大陆钢材热销的年代，他伙同辽宁省一庄河人，冒充香港华侨组建了公司，骗了上千万钢材款后，因他的同伙被公安局抓捕，他将大部分赃款汇往国外后，先逃到泰国，又逃到墨西哥，最后来到美国。前 10 年，他一直在赌场以赌为生，除了妻儿住的一套房子，他输光了所有骗来的钢材款，最后去餐馆打杂并学做餐馆的炒锅工作，一年前他还是中餐馆的专职炒锅师傅。他曾对南茜说他妻子和儿子来美国后，他发现妻子得过性病而与妻子离婚。因好赌，来美国 19 年没有一点储蓄。Q 会员大刀在赌场发现了他，恰巧分部需要一位专职司机。经总部同意后，临时聘用金连成为专职司机及兼职接待员，每月薪水 2000 美金。主要工作是机场接送，陪同 Q 会员的职业赌手进出各大赌场。

南茜看到进来的金连成愁眉不展，一脸的窝囊相，忙问："怎么啦大个儿，出什么事了？"

大个儿支吾了半天，才说上了正题。

其实前一天中午，大个儿陪南茜到购物中心购物的时候，就已经表现出了那种烦躁和不安的样子。他看南茜精挑细选的神态，心里已经着火了，但他不敢催南茜，尽量装出耐心的样儿，可是他的心已经飞到了赌场的扑克桌。他站在南茜身后，心在打转，不停地转了一圈又一圈，直到拧巴了，着魔了。看来不去赌场难过心魔这关，怎么办？唯一的办法就是向南茜撒谎。

大个儿装成接电话的样子故意让南茜看见，过会儿他向南

茜谎称谷风来电话，派他去机场接人。

逢年节，南茜去各大赌场都租用林肯加长轿车，但平时是坐金连成驾驶的纽约分部的一部吉普车。这个说谎的大个儿，让南茜坐出租车回花园大厦，而他开车直接去了赌场。

说谎，用金连成自己的话说是无恶意。不要女人可以，不赌不行。他常去玩的地方是你来赢赌场，所以他脑子里只有一个概念：去你来赢再搏杀一次。因为这段时间南茜每晚都给他百元左右，加上薪水，他的手里有几千美金，像他这种嗜赌如命的人，兜里有钱后就一刻都坐不住，可是他的运气实在是不好，4800美金一分没剩，全部输光。

大个儿点上一支烟，慢悠悠地说："从来美国我就没回去过，一个原因是倒腾钢材那会儿怕留下案底，但我现在已经是美国公民了，我不担心这个。最主要的原因是因为我爸爸对我不好，所以对家我没有感情。想起在农村当知青的那段日子，有时回家，因为一点小事，我爸打骂我竟然能把锹把打折。我恨他，尽管他是我亲爹！去年……他死了，我一点感觉都没有，也没回去。可是我老妈还健在，但也80多岁了。我本想赢点钱回去见老妈一面，可是……全输光了，现在我怎么跟你回去呀？"

他抬头看着南茜，充满血丝的眼睛哀怨得没有一点灵气。他左手夹着烟，那中指和食指被烟熏得黄里透着肉红色。他右手把烟缸往跟前挪了挪，流气的眼神，也没忘了用余光偷偷地观察着南茜的反应。他心里想着："只要南茜动了真情，那我就赢了。"

那神态，真是一脸的穷酸相。

南茜一听，先是埋怨了他几句，但也不是斥责，因为大个儿输的钱在南茜眼里算不上什么。她的皮箱里还存放着两万备用金，所以她口气很大地说："不就 5000 美金吗，你愁成这样?"

倚着窗沿的南茜毫不在乎地说道："哎，算了。这点钱我补给你。"

说完，她突然想起了什么。她也觉得奇怪，有好几件事，每当要做决定的关键时候，她就想起郑跃进的叮咛。这个郑跃进像影子一样跟着她，有时候让她烦死了，可是她又无法抗拒。每次郑跃进的影子出现时，她在心里都和那影子吵架，甚至大骂，但每一次都是她输。

有一次她竟骂出声来："老郑头，你给我滚! 我已经出走了，你干吗老缠着我呀?"

这会儿，郑跃进的影子又出现了。

她的耳边响起了郑跃进对她讲过的话："备用金不到万不得已是不能动用的。"

这提醒让南茜马上改口说："不行! 我手里的余钱寄走了，你知道我让我妈在海边给我买一处楼房，我已寄回去 3 万美金，要不……"她顿住，生怕大个儿生气，脸上流露出很自信的样子走近大个儿。她双手按在大个儿的腿上，柔情地看着大个儿的愁眉苦脸，低声说道："我手里还有两万美金的赌资，今晚你带我去一家赌场，我把你输的钱赢回来。"

她说得那么自信，那表情好像在向世界宣战："为了爱一个人，或者说再接受一位我喜欢的男人爱我，让我再赌一次，假如赌输了美金，但也要赢回爱情！"

这时的南茜，温情脉脉，柔情似水，那美丽的杏眼闪烁着，好像在向大个儿发出求爱的信号。

大个儿一听南茜说要把他输的钱赢回来，就像将死之人打了剂强心针，立马来了精神，他垂眼瞧着南茜没戴乳罩裸露下垂的乳房，又像是受了刺激的野兽，他扔掉烟头，起身把南茜揽进怀里，并顺势疯一般的抱着南茜倒到床上。

南茜扭着头嚷道："哎呀，干吗呀？烟味，你嘴巴的味道好臭哇！"

"臭、臭、臭……我让你说臭！"大个儿起身将南茜的睡裤脱下，扒开她的双腿，鼓起他的嘴巴，一下子贴向了南茜的下身……

特定的环境改变着人的行为并产生畸形的恋情，大个儿虽说貌似无赖的赌徒，但他深悉女人致命的弱点，他懂得通往女人心灵的通道便是占有她，并给予她销魂荡魄的享受！

他做到了，拿到了通行证，并像魔鬼一样地吸引着南茜。

疯狂过后，南茜无力地躺在床上。大个儿起身取烟，头倚着床头，点燃烟深吸了一口，并将吞入腹中的烟又长长地呼出。

情欲催生的力量真是神奇，狂喜还在南茜的心里燃烧，她将头偎依在大个儿胸前，心里天真地想着："难道老天真把魔力降到我俩的身上，而使我们不再分离？"

大个儿对女人从来不感激那一刻的倾泻，他心里想的是："躺在我身边的女人就是一棵摇钱树，就像鸟儿进了我的笼子，我绝不能放飞！"

过了好一会儿，南茜抬眼问："我们去哪儿？"

大个儿正等着南茜的发问，那凹形的脸马上朝气蓬勃地鼓了起来。他高兴地熄灭烟头歪头冲着南茜说："我们去远点的度假村？"

"不行不行！明天上午丽莎带我回谷天镇。"南茜用手捏了下大个儿，不同意远走。

大个儿又拿出一支烟看着手里的火柴不语。

南茜思考了一会儿坐起来，她斜身从床头拿过睡衣，边穿边说："要是让公司发现了，那我就完了。"

"怎么会？"大个儿生怕南茜不去。

"再说你在假期，美国是讲人身自由的。"大个儿的眼神像是乞求。

南茜不再讲话，她穿上衣裤，下床走到窗前还在思考。

过了一会儿，她转过身来对大个儿说："为了你，我赌一次！我们去希尔顿酒店，我在这家赌场赢钱不超过 1 万美金，应该没人注意我们。"

说完她让大个儿等候，她去洗漱间化装。

大个儿看着走进洗漱间的南茜，脸上露出了流气的奸笑。

约有 30 分钟，一位戴着眼镜，看上去约有 50 岁左右的中年妇女从洗漱间里走了出来。

南茜和大个儿这对情人相伴而行，但两人非常小心地放弃乘坐黑色林肯加长轿车，也没敢动用大个儿开的吉普车，而是改换了出租车。

可是身在明处的南茜，根本无法防备在暗处关注她的神秘人物是谁。谁让老太太给她起了个这么显眼的代号"噩梦"呢？出名太快关注她的人就多，就连各大赌场的门卫都对她另眼相看。她自认为自己化装术一流，但她仍然逃不出猎人的眼睛。就在她与大个儿上出租车的那一瞬间，角落里的一位女士，悍马吉普车里的一位男士，架着相机对准南茜和大个儿快速地按下了快门。

南茜一心想为她自己赌一次。说实话，从她到美国进赌场赌钱开始，累计算来她就没赢过，风光几次也就延续几天又都输了回去。但如今不同了，她得意地认为自己是身怀绝技的人。况且这几个月以来几乎就没输过，给公司赌赢了几十万，难道就不能为自己赌一次吗？准确地说，是为了爱赌一次！

南茜充满自信地走进了希尔顿赌场。傍晚 6 点，人还没有上来，又是星期三，希尔顿赌场内显得格外冷清。南茜和大个儿直接走进赌场内的中餐馆，他们点了菜，叫了两瓶啤酒就慢慢地喝起来。

吃完饭南茜给了大个儿 500 美金，让他去 21 点桌碰碰运气，南茜直接去了百家乐百元台面。

赌博，输赢都是心态在起决定作用。

如果南茜按约定拿着别人的钱去为别人赌钱，其概率80％她赢钱。因为她没有太多的顾虑，随意而无压力。但如果南茜拿着别人的钱偷偷为自己赌钱，其概率为80％她输钱。因为担心输赢的念头在无形之中总会影响她的判断力。

这就是心态决定了百家乐的输赢。

一副秀结束，南茜带的1万美金已输掉9000多美金，她押庄家庄输，她押闲家闲败，她看长连下注便回头一笑。她奇怪地想，邪门了，今晚那口诀怎么倒着来？没办法她只带了1万美金，为了赢回输的钱，她只好去刷信用卡。

赌场内ATM取款机一次只能取1000美金，于是南茜又到服务处取了5000美金。

一个没有头脑的人犯错，绝不是粗心大意，而是脑子里根本就没有因果关系的概念。

心态测试那一课，对南茜来说是白上了。"噩梦"这个代号送给南茜真是送对人了。

因为南茜动用信用卡，总公司投资部及Q公司投资部的电脑屏幕上，马上就会显示南茜仍在赌场动用赌资赌钱，赌场的有关部门也会马上跟踪。而公司早已明确规定：南茜在休假期间不能动用赌资，尤其不准在大西洋赌场现身。可南茜私自动用赌资，尽管数额很少，但这是违纪。数额的大小要看发生的后果，轻者处罚，重者除名，造成不可挽回的后果，结局不堪设想。

南茜只取了 6000 美金。可换了筹码又连输两手，她不敢下注了，她拿起筹码去了卫生间。

南茜取下眼镜，摘下假发放进 LV 包里，她重新简单地装扮了一下，然后尽显悠闲地走了出来。不过她没去百家乐台，而是直奔 21 点赌桌。

扑克 21 点对南茜来说是无师自通，她来美国第一次进赌场玩的就是 21 点。她左右看一下，不见了大个儿。她在百元以上的台面站住，发现 3 位赌客中的两位，一男一女赢有几万元。

捞钱心切的南茜又犯了大忌。

南茜靠左侧圆凳斜坐下来，不经心地下注 500 美金，她很运气，开牌就是 21 点，她赢了。她认为赢钱的点子从这 21 点桌回来了，她两腿往前一伸，整个人坐下来，又是 500 美金的下注，她的精神头上来了。

就在她玩得聚精会神的时候，她身边那位女赌客的手机响了。那位女赌客边接电话边四处张望，然后离开赌桌去讲话。

从南茜改换 21 点赌桌不到一小时的时间，南茜把输的钱全赢回来了，额外又多赢了 6000 多美金。这时大个儿金连成也回来了，但赌桌上只有两个人：一个是南茜，一个是那位接电话的女人。

那个接电话的女人竟然会说中国话，她转头面对南茜，指着她手机屏幕上南茜的照片说："这个人是你吗？"

南茜抬眼一看，刹那间，她浑身抖抖索索只觉得后脑勺一阵凉风，根根头发直立了起来，所有的行规她全想起来了。

她吓得浑身瑟缩着，心想："我的照片怎么跑到她的手机里了？"只听那女人又说了一句："你是Ｑ公司的噩梦吧，今晚你不该来这个地方。"南茜用颤抖的声音回答："是，我不该来。我走，我马上走。"

南茜起身搋一下大个儿，向筹码换钱处走去。可就在这时，南茜清楚地看到那个接电话的女人被两个保安叫走了。

慌忙中的南茜不知道又发生了什么事，她匆匆兑换了现金，塞给大个儿5000美金，搋着他小跑，可是刚小跑到过道南茜就被两个保安请进了办公室。

在办公室里南茜装作不懂英语，可赌场的员工中有上百人都是中国人，也就几分钟，一个中国翻译便站立在办公室内南茜的身旁。

其中一位黑人保安出示了十余张照片，先是50岁左右戴眼镜的妇人，后是30岁左右不戴眼镜的少妇。

保安问这两张照片是不是南茜一个人。

南茜不语，她既不说是，也不说不是，她记得丽莎讲过，"鬼节扮鬼就是鬼啦？"不说话他们就没办法。

果然那位保安说："你不讲话也没关系，但你已经被列为赌场不受欢迎的赌客，我们已将你的资料传遍美国各地赌场，现在拿着你赢的钱走吧。"

南茜什么话也没说，像落汤的鸡，落水的狗。

可是，当她走出办公室想向大个儿倾诉委屈时，她心中的白马王子，那个凹脸大个儿，早已经没了踪影。

她猛然想起了二老板慕东，她想，这个时候只有慕东能救她。

在这第一时间她几乎疯了一般，双手颤抖着，盼望能得到二老板慕东的指点和帮助。她一遍遍地拨打，可是，慕东的电话响着却无人接听。

面无血色的南茜，茫然不知所措地走出了希尔顿赌场。

一辆出租车主动开到南茜站立处，南茜上了车回到了花园大厦。一进房间，南茜看到了坐在窗前沙发上等她的丽莎。南茜脸色苍白，无话可说。

丽莎满脸敌视地看着南茜说："希尔顿赌场与你赢钱的几家赌场实际上是一家，难道你不知道吗？"

"我、我哪知道呀！"南茜哭丧着脸还感到委屈。

丽莎轻蔑地晃晃头，尔后履行公事地说道："我帮不了你，只能按上头的吩咐去执行。"

说完，她通知南茜，天亮回谷天镇的计划取消，告诉南茜暂住在大厦里等待总部的处理意见。

交代完，丽莎取走南茜身上现有的 16000 美金的现金赌资，并收回了南茜的信用卡、名包及两枚钻戒。

身感无力的南茜，再次拨打大个儿的手机。可是对她以身相许的那个男人，那个她托付终身的男人，那个平时 24 小时开机随叫随到的奴才，此时此刻，他的手机只有嘟嘟的忙音。

南茜趴在床上，把头埋在被服里号啕大哭，边哭边捶着枕头说："我明知故犯这是图个啥呀？"

心魔像是完成了任务一样，随着黑夜的散去，就像南茜深爱的凹脸大个儿金连成一样，跑得无影无踪了。黎明前那深蓝色的大海，风平浪静，远远地望去，那偶尔掀起的海浪，把圆圆的太阳从海平线的东方冉冉地托起来。

诗人描绘那爱情的传说只是个神话，还是船长说得对："陪伴海浪的是礁石，绝不是阳光！"

当夜色和暴风雨来临的时候，只有海浪的怒吼，没有阳光的陪伴。

给南茜起什么代号不好，偏偏起了个诅咒人的代号"噩梦"！

噩梦醒来真的是明天吗？

这令人担忧的一天，带给南茜的将会是什么呢？

Chapter 12

所有这一切都是圈套，
可是她没有能力改变这既成事实的圈套！

阴谋圈套

清晨还是霞光满天，转眼间变成阴云满天。

罪恶的城市给赌徒的定义是：厚颜无耻，孤注一掷！

可是一个女人，虽然没有心计但还算聪明的女人，把自己的命运押在一个赌徒身上，这实在愚蠢得离谱。

尤其离她企盼已久的动身只隔一个夜晚。她忘记了理智多于感情的忠言。心魔已控制了她的大脑，并在支配着她的行为。

"我怎么这么傻呀?"南茜哭喊着敲打着自己的头。

可是，有什么用呢?

清醒的时候心里就像晴朗的天空，干干净净，没有心魔。糊涂的时候心里阴云密布，心魔是影子，走一步影子跟一步。

做事从不考虑后果的女人，付出的代价往往都是昂贵的。

看来，噩梦醒来的明天还在继续着噩梦。

此时的南茜悔恨交加，一闭上眼睛那凹形的大饼子脸就出现了，一睁开眼睛就看见赌场那个黑人保安，真是见鬼了。她刚想小睡一会儿，那荒诞离奇的梦在她的脑子里不停地翻腾。一会儿她被海盗劫走了，把她带到一处荒无人烟的岛上；一会儿她被警察带走了，送进了拘留所，四壁石墙只有一个天窗……

在梦中挣扎的南茜，被丽莎左晃右晃地叫醒了。

南茜抬眼一看，是上午 10 点 30 分。

丽莎给南茜带来的消息，是南茜早已想到的结局，可是处理结果，实际上远比南茜想象的还要糟糕。

丽莎告诉南茜，如果她没有上黑名单，还可从轻处罚。可是，由于南茜的暴露身份而牵连到同桌一位 K 会员也上了黑名单，这性质就严重了，因为 K 公司咬住不放。

这位 K 公司的会员是总公司投资部老板慕云飞的情人，她说什么都不放过南茜。她要求总部启动除名程序，对此，不论老太太 Emma 怎么求情，总部慕云飞坚持派督察前来处理。

南茜惊呼："我怎么会牵扯到她？"她是指丽莎说的那位 K 会员。

丽莎不慌不忙地说："其一，总部把你的照片传到所有会员的手机上，这个 K 会员向你问话时，关键的镜头竟被赌场的摄像机录个正着；其二，她因已经赢了 3 万美金而引起赌场高管的关注；第三，因你的化装被赌场监管识破，赌场认定你和

她是同伙。"

南茜听后，呆怔地坐在床上无话可说。

丽莎叹口气说道："我都跟你说过上黑名单的人大多都栽在21点赌桌……"

南茜悔恨得边流泪边跟丽莎说："过了赌关我却过不了情关。陷入情欲里，女人就是个傻瓜！"

丽莎用一种柔和的目光看着可怜的南茜，南茜的自白验证了她的判断。在事发后她就断定南茜是因情人大个儿金连成而栽倒在21点赌桌。眼下她是真的没有能力左右总公司投资部老板慕云飞的决定，就连老太太Emma都无能为力。所以她只好安慰南茜说："凭我的经验，你是新人犯错，处理也许不会太重，况且我感觉老太太Emma一直很关照你。但总部大老板慕云飞插手，恐怕谁都没办法。"

南茜对丽莎暗示的老太太Emma关照一说，一点反应都没有，她心里一直忌恨着老太太册封她的代号"噩梦"。

丽莎说完歪头看着南茜的面部表情和反应，那神态像是在算计着什么。

南茜"哼"的一声，又上来那直性劲儿，冰冷的表情，冰冷的直白："明说吧，想把我怎样？"

丽莎告诉南茜，因总部插手她的案子，而她和公司又签有协议，为维护公司的业务正常运转，防止任何人的行为对公司Q会员造成威胁，对此建议南茜应有以下几点心理准备：

一、自己先将Q标记去掉，接受（肯定）被开除的现实

（免得总部派人来清除标记）。

二、对公司的业务终生保守秘密。退还公司3个月所得报酬，净身出户，远离赌场。

三、提出辞职，最好……讲明回中国不再返回美国。

这是丽莎的建议吗？应该是忠告，或者更准确地说是老太太Emma按惯例的授意。

丽莎向南茜交代完以后，很诚恳地说她马上就回拉斯维加斯了，说涉及南茜违纪这一项，她是帮不了南茜的。她提醒南茜设在天水镇的总部，就在纽约州水牛城旁，距离大西洋城是很近的。对南茜的违纪，总公司会在星期六前处理完毕。派的人已在路上了，这期间被查处人（指南茜）千万别乱走，免得有危险。

最后丽莎对南茜说："实在对不起，在这件事上我帮不了你，如果在总部处理过程中有对你不利的地方牵扯到我，也请你原谅！因为出来混总得守规矩，身在江湖身不由己。"

丽莎说完苦笑了一下准备告辞。

南茜是万分感激，她显得非常懊悔地说道："只要能摆平，只要让我平安地离开这座罪恶的城市，要钱，守口如瓶，我全同意。"

对态度和蔼可亲的丽莎，南茜把她视为救命的恩人，唯一的朋友！她恋恋不舍地把丽莎送出大门，便按丽莎的指点，急匆匆地找到一处文身房，她要先除去Q标记，然后回大厦再做打算。

当南茜进到文身房讲明要求时，文身的师傅一看南茜只会几句英语，就打着哑语手势说："不久前刚文上的字或图案，如果除掉是很痛的，不如在 Q 的基础上改个玫瑰花，不痛还好看。"

尽管南茜的口语不好，但她来美国七八年了，听力还是没问题的，她听懂了，也接受了文身师傅的建议。

可是就在南茜将胳臂上的 Q 标记改成玫瑰花返回大厦门口时，又发生了一件她意想不到的闹剧。

只见一位 40 岁左右的女人，上前挡住了南茜的去路。

"你叫南茜？"

"是，我叫南茜。"

"看看你的杰作？"那女人说着话，把一袋装满照片的大信封，打在南茜的胸前。

南茜慌忙用手按住，打开一看傻眼了，照片是各种不同装扮的南茜与金连成的合照。

南茜惊疑地抬眼看那女人，马上想到了这位女人的身份："你是……金连成的……什么人？"

她本想说"太太"，但话到嘴边又改成"什么人"。

"什么人？我能是他什么人？我是那个混蛋的老婆！"

那女人愤怒地继续吼道："在中国我等了他 12 年，来到美国仍让我守活寡。你也是女人，不要那么缺德！"

这位泼妇一样的女人，激昂的东北话带出的唾沫星都喷到了南茜的脸上。

"你们……你们不是……不是已经离婚了吗?"南茜惊愕异常。

"放屁! 离婚了我花这么多精力跟踪你? 告诉你,给我 5 万美元的损失费,否则我不会放过你!"

说完,那女人把一条乳白色的纱巾扔到南茜的脸上扬长而去。

整个过程,停在旁边车位上的一辆悍马吉普车里,有一位男士一直拿着摄像机在录着。

一片乌云游来,天空开始下起零星的雨点。

南茜拿着那位女人扔过来的纱巾想:"这纱巾是我第一次进泰姬·玛哈赌场前去海边时系的,怎么跑到这女人的手里?"

不容多想的南茜急忙赶回房间,再一次给大个儿金连成打电话,可电话里的英语告诉她,这个号码已无人使用了。

南茜陷入无比的悲痛之中,她随口骂道:"王八蛋,你个骗子!"

正在这焦头烂额之时,南茜的手机铃响了,南茜的心里又是一阵战抖。

她打开手机,只听一女人用低沉的声音说: "你是南茜……赶快走,什么也不要带,走得越远越好,快走!"

南茜双手按着手机贴向耳朵恐慌地问:"你是谁?"

但她只听电话里的嘟嘟声,对方已挂机。

来不及想了,南茜把那一堆相片往一个空纸袋里一扔,她从衣柜里取出两件内衣放进中号 LV 包,因穿短袖衫便拽了件

风衣，在惊慌中离开了花园大厦。

这时，天空开始下起了淅淅沥沥的小雨。

出租车刚上阿布西康大道，便被后面出现的一部车内闪着警灯却无警徽标志的便衣警车跟踪了。

司机是个印度人，将车停在路边不住地嘟哝着："我没有超速为何拦我？"

只见两位35岁左右便衣警察模样的美国白种男人，走过来对着司机用手指点着车的尾部说，车牌照歪下来，要求司机修正。

司机下车一看，果然车牌掉了个螺丝，车牌歪到一边。司机一听与超速无关，忙说谢谢去整理。

这时有位警察在检查南茜的证件。一会儿，警察告诉司机说乘客身份有问题，需带回警局问话，并责令南茜按计程器价位付给司机出租车费用。

南茜心里清楚事态的发展已无法挽回了，她抬眼看了一下车费，6美金多一点，她从皮夹里取出一张20美金的钞票扔给司机，头也不回地带上衣物上了那便衣警察的车。

司机手拿着20美金高兴地喊道："谢谢！非常感谢！"

坐在副驾驶位上的警察，非常友好地拿了一瓶矿泉水递给南茜之后，很礼貌地让南茜交出了手机。

这时的南茜表情格外镇定，但内心却慌慌地没有了主张。她在想："那打电话的人是谁呢？听声音很熟，但肯定不是丽莎，那她会是谁呢？谁会在这个时候来电话？她一定是内部人，而且非常了解情况，看来凶多吉少。"

约有半个小时，南茜被带到一处靠海边的独立别墅地下室内。

南茜在心里已确认他们不是警察，她早有思想准备，问话要有中国翻译，否则不回答任何问题。

可是，南茜也感到纳闷，自从把她关到地下室，再也没人出现，那两位警察模样的男人也不见了踪影。她开门一试，门已上锁，她不想抗争，她知道抗争也没用。她只觉浑身疲惫不堪，在赌场玩了一宿，连惊带吓，没睡上几个小时全是噩梦，就算是噩梦好歹也能休息一会儿，但还是被丽莎叫醒了，她感觉太累。她靠墙边一角顺身躺在地毯上，拽过风衣往身上一披，头枕着她自己使用多年的 LV 包，心里想着："事已至此，随便吧，我先养足精神再说！"

屋外的雨越下越大，南茜的思维停止了，她的大脑忽悠地一下就失去了知觉。

她真是没心没肺，这个时候竟然能倒头呼呼地睡着了。

南茜醒了。

屋外的雨也停了。

睡了多长时间，一个小时？一天一夜？还是一个世纪？

对于一个习惯于住高档宾馆，舒适住宅，柔软温床的南茜来说，在这伸手不见五指的地下室里醒来，这就是绑架！只不过这种请的方式比匪徒文明一些罢了。

南茜想着刚才的噩梦，一个接一个，那梦境清楚得简直有

206

如真实发生过一样。

奇怪的是她在梦里竟梦见了"唐格拉尔"。没错，哨兵称他为银行家，被基度山伯爵囚禁在岩石洞中，几天之间头发全白了的那个混蛋！想吃一只童子鸡要 10 万法郎，一块面包和童子鸡一样的价，最后喝口水都是这个价。

南茜在谷天镇看《基度山恩仇记》影片，看到这个银行家的德性时，曾骂道："活该，这是报应！"

现在轮到她自己了。

"他们不会那样对待我吧？"一个奇怪的念头从南茜的脑海里冒出来。

丽沙可曾讲过，私自动用赌资造成严重后果的 Q 会员，限食惩罚……南茜不敢想下去，忙起身去找那半瓶矿泉水，这矿泉水还是那假警察给的。她翻一下风衣找到了，握在手里。这是她唯一的食粮，从花园大厦起床到地下室再一次醒来，南茜没吃一点东西，难怪她记起了唐格拉尔想吃童子鸡，因为她饿了。她喝口水，还没敢多喝。她不知道这黑夜还会持续多久。

南茜想起了爸爸妈妈，泪水从她的眼里流下来，她先是小泣，后是抽搭，最后她哭出声来。她既悔恨又感到委屈无助，没有亲人，没有朋友！走到这步，这是中了哪门子邪？

她想起了大个儿，那个凹形脸的金连成。她的眼泪止住不流了。

"你这个流氓！"她骂道，"我把我的终身托付给你，可你却是个无情的骗子！"

她恨得牙齿咬得咯咯直响。

"不行！不能这样便宜他！"她在心里说，"只要我出去，决不会轻易地放过他金连成！"

她又想起了郑跃进，那个傻乎乎开着出租车戴着眼镜的老郑头！此刻，那个名字竟让她感到如此亲切，如此温暖！她的眼泪再一次开始流淌。

她一吸一顿地说给自己听："你个傻子，我这么爱你难道你不知道吗？我错了，那不是故意的，但你为什么不能包容我一次呢？我并不是真心背叛你呀！为什么你要用无形的冰冷逼我出走啊……"

南茜心酸的悲怆，犹如灵前失去亲人的泣诉。

但那悲伤是醒悟吗？她是否懂得和知道，做个踏实的普通人是多么的幸福和快乐！

她一欠身，突然间感觉屁股旁压着个硬件，她伸手一摸，是无敌英文字典从包中掉出来了。由此联想到手机，联想到那个无名的女人电话。

她想："是不是丽莎托朋友打电话过来帮我？"

"万一这帮家伙向我下黑手怎么办？"她把英文字典放进包里后，又开始天真地异想天开了，她喃喃自语，"老太太要逼我，存心和我南茜过不去，那我就交出老郑头？"

她止住抽泣在愣神："哼，呵呵。看来我南茜的一生，还真离不开郑跃进这个傻子！"

她一下子冷静了，不哭了。经验告诉她，应该把事发后丽莎的交代整理一下。她的思路又回到了花园大厦。丽莎说新人处罚应该不会太重，但假如……一个念头在南茜的眼前晃来晃去。

"如果他们知道我看过那秘籍？"南茜浑身一个冷战！

她马上在心里暗暗地嘱咐自己："不能说，我什么都不知道。"

又一个声音提醒南茜："回中国永不回美国？"

已到这个份上，待在美国还有啥意思呢？此时的南茜早已经心灰意冷。

可是丽莎说的净身出户，退还所得，她又如何接受得了？

"这是什么混蛋惩罚？"她骂道："告诉我赢5万美金就合格，但我他妈的给你公司赌赢了几十万，现在却要收回我应得的报酬？"

她站起来活动活动腿脚又坐下很得意地说："多亏我寄回去几万美金，否则我南茜白玩！"

"可是按丽莎的说法，手头的钱也不够啊！"她又有点烦躁起来。

她掰着手指头算，3个月薪水加奖金，按5万美金计算。皮箱里存有两万美金，两张信用卡，合计不到1万美金。手里1000多美金，还差两万美金。

她鼻子"哼"了一声后小声嘟囔："如果给我时间，我让妈妈寄钱来这不算什么问题，只要放我走，这些条件都不算什么！"

想到这儿，南茜恨不得马上往大陆打电话，可是她已没有了手机。

折腾了一宿的南茜，盼望着天明的到来。

她在心里暗暗祈祷着："但愿我这个噩梦，一觉醒来是清新鲜亮的明天！"

上午9点，给南茜矿泉水的那位假警察，打开门给南茜送来了三块早点和一杯咖啡，他告诉南茜半小时后接受总部调查。

南茜从来没有吃过这么香的早点，她发誓出去以后一定买一盒，不，买两盒这样的早点放在家里，饿了就吃。还有这咖啡，这么香啊！从前喝这咖啡苦苦的，今天的咖啡真是棒极了。把早点吃得一干二净，把咖啡喝得一滴不剩，她饿坏了。

吃完早点，南茜被叫出地下室，上到二楼她又被领进西侧的房间。

这房间是个小型会议室，室内有三盆花，一棵发财树，透过落地窗可以看到大海。

除了那位假警察，南茜看到一男一女已坐在那里正在整理文件。那男的有50岁，那女的与南茜的年龄不相上下，从面相看都是中国人。

南茜很知趣地到对面的位置坐下来等待问话。

那位女士先用英语问南茜是否讲英语，她看南茜晃头不再讲话。便走过来掀开南茜的右衣袖，想验一下南茜胳臂上的 Q 字母是否已除去。她掀起一看，那 Q 字母变成了一朵玫瑰花，

她刚想指责南茜，但又担心南茜反驳，她"哼"了一声说道："真聪明！"说完，她转身向那位男士点点头。

那位男士问："你的英文名叫南茜？"

南茜胆怯地点头。

那位男士首先出示假警察的保安证件，然后说："通过当地警察的配合才找到你，目的是减少公司的损失，同时也是救你。"

南茜很轻蔑地用鼻孔"哼"了一下，又在心里骂道："黄鼠狼给鸡拜年，能安什么好心！"

那位男士说完，又出示一些文件，问南茜上面是否是她的签字。

南茜起身看后，点头承认全是她的签字。那女士问南茜，到纽约为何不到分部报到上班呢？南茜不知道怎么回答这个问题，就说："这……你们该去问丽莎，一切都是丽莎安排的。"

那男士惊疑地问："丽莎，谁是丽莎？"接着又故意问，"你和丽莎是什么关系？"

南茜急忙回答说："丽莎就是红玫瑰呀，我的工作一直由她安排。"

那女士接话说："纽约分部的经理是谷风，纽约分部没有什么丽莎和红玫瑰，你接受谷风的领导难道你不知道？"

南茜不知道他们究竟想要问什么，她也不争辩，等待下文。

只听那位女士说："你私自动用客户的保费 49980 美金到

赌场赌钱，公司已立案并准备通过检察官，对你进行刑事诉讼，追究你的刑事责任。"

那位女士说完将南茜签字的保险合同，南茜签字的收款收据，全部摆在南茜面前。

南茜一看傻了，这些文件都是丽莎让她签的，说是以这种方式入账年底有红利，现在怎么变成客户的保费被她挪用了呢？

她腾地站起来，大声地说："这些都是丽莎让我签的，当时她没说是保费呀？不信，你们把丽莎叫来一问不就知道了吗？"

南茜几乎在哀求。

那位男士很严肃地说："公司没有丽莎这个人，在 24 小时之内你必须交出挪用的保费，否则通过警察刑事拘留。"

沉默。南茜不再讲话。

南茜到这时才明白，所有这一切都是丽莎让她做的，现在公司却没了丽莎这个人。丽莎曾建议自己先除去 Q 标志，交出所得款，而这两位的审查与丽莎的建议如出一辙，这是事先设计好的圈套。想到这儿南茜抬起头，牙咬着嘴唇，心里在恨着一直扮演正面人物的丽莎。

"好，我交。"从来就不在乎钱的南茜，知道自己上当受骗无法挽回，沉着脸说道，"请给我时间筹款？"

她咽下唾液接着问："补上了你们要的钱，还怎么处置我？"

那位女士举着一份文件说："你要在这儿的认罪书上签字，你会很安全地离开美国。"

南茜明白了，这和丽莎讲的一样，所有这一切都是事先设计的圈套啊，可是她没有能力改变这既成事实的圈套，因为那白纸黑字的确是她自己写上去的。

"好吧，我认了。但 24 小时我做不到，因为我必须让大陆我家人寄钱来，我手里没有这些钱。"南茜说完低下了头，感到了受制于人的无奈。

这时那位男士用桌上的电话拨了一号码，然后用英语讲着什么，也就一分钟，他放下电话说："给你三天的时间，但你必须提供担保人。"

到这个份上，南茜哪还有朋友。

一句话触痛了南茜的伤心穴，她委屈地哭了起来，她抽泣着说："我已经没有朋友了。"

就在这关键时刻，一位 50 岁左右中等身材的中国男人走了进来。

他首先向两位问好后，又很温和地做自我介绍："我是纽约分部的主管，我叫谷风。"

南茜一听谷风的名字马上停止哭泣，惊讶地抬起头，那眼神充满了期待，同时也惊呆了。

"谷风真是大刀脸啊？这个想给我吃春药占我便宜的男人竟来出手相助了。"南茜的心里开始警惕，她真怕再上当受骗。

谷风看了眼南茜一眼后说道："昨天才听说派我分部的一

位员工出事了，我还没见过，就是那位……叫南茜吧？"

他友好地朝南茜点了一下头后，面向那两位继续说："这样吧，由我来担保，给南茜3天时间，这期间南茜的安全由我负责。"

南茜在心里骂道："说谎脸都不红，还……还没见过？没见过想给我吃春药？没准真的又是一骗子。"

不过，这个时候他出现了，管他是谁，先解脱了再说。南茜泪眼蒙眬的感激之情演化为起身不住地点头谢谢。

南茜签了认罪书等文件，被谷风接走。

在开往花园大厦的路上，谷风一句话也没说，脸色阴沉，面目冷酷，而南茜也没敢主动和谷风搭话。

坐在后座位的南茜，偷偷地在打量着这个好色的男人。他身穿灰色皮夹克，内穿黄色带花格的背心。他的脸很长，像一把砍椰子的弯刀；他的脖子上挂着一条很粗的黄金链；他的左手无名指戴一枚镶有红宝石的钻戒，不知是真的还是假的。那稀少的头发倒向一边，眼角的皱纹很深，凹进去的眼睛充满了血丝，细端详有50岁了。

南茜在谷风办公室看过大刀脸的照片，又在你来赢赌场远距离见过，还曾在大刀脸家门口看过大刀脸送金连成时的侧影，但她从来就没正眼看过大刀脸，今天算是近距离接触这位她一直认为是顶头上司的谷风了。

她在心里丑化道："原来谷风是这么个熊样啊，整个人儿一个大弯刀脸，还……还想占我便宜，真恶心！"

她透过反光镜用余光观察，知道这个大刀脸谷风也一直在观察着她。

她与谷风眼光相遇便心惊肉跳，赶忙移开。因谷风那眼光狡黠充满奸诈，南茜害怕这眼光，尤其谷风那颧骨宽大还有一疤，近距离接触后觉得特吓人。他的耳朵挺大，耳坠弯曲倒增加了几分庄严，这面相，只看一眼便终生难忘。

她在心里提防着，总想着大个儿金连成说的春药那事。

到了花园大厦，南茜的房间已换到 13 层一个较小的房间，而且谷风说按总公司投资部近期的通知要求，租住赌场客房或旅馆，一律以个人的名义租住，不得再冠以公司的名义。

南茜住的这房间是以谷风名义租下的，南茜暂时入住，物品包裹可持钥匙卡寄存。

进屋落座后，谷风先从夹克兜里取一支雪茄点燃，然后神情严厉地向南西交代：

"审查你的那两位，是天水镇总部老板慕云飞亲自委派来的。案件不论是真是假，你要真相已没有意义。是老太太 Emma 和谷……保住了你的性命！"

这个大刀刚想说谷风，马上意识到说走嘴了，幸亏南茜没在意。

他接着讲道："你已在认罪书上签字了，你必须按承诺履行！不能外出，一日三餐都会有人送来，私自外出百分之百出现意外，没有任何人能保证你的生命安全。"

南茜已领教了被绑架的滋味，她知道谷风绝不是在恐吓她。

谷风讲话语气重得吓人，南茜连头都不敢抬地凝神听着。

向南茜交代完，谷风把房间钥匙、联系电话的名片及南茜的手机，扔在床上便起身离去。

谷风一走，南茜马上跑进卫生间，因为她来了月事。她冲个淋浴，换了内裤。刚出卫生间，送午餐的服务员便来敲门。

这个时候的南茜已没胃口，她把盒饭放在桌上，便坐电梯到楼下。她先到 ATM 取款机用两个银行的信用卡取出 2000 美金，又到大厦内设的 Wells Fargo 银行办事处取出了 7000 美金，然后她到寄存处，把存放的两个皮箱（一个随身行，一个为回国新买的红皮箱）及手提电脑全部取出拿到房间。她把留存的两万美金从皮箱里取出，再从皮夹里翻出 1000 多美金与那 9000 美金合在一起，合计 3 万零 70 美金。

她坐在床上自言自语："还差两万美金。"

她拿起了电话。

电话接通了，她听到的是妈妈给她的留言："小艾，妈妈陪你爸爸到北京检查身体后去泰国旅游，你妹妹小禾和文婧 3 天后在泰国等候。大约 20 天左右回来。"

这下完了，妹妹带着女儿文婧去东南亚旅游一星期，妈妈陪着爸爸也去了泰国，这亲属朋友谁有这个能力呀？

南茜开始胡乱地打电话。

叔叔舅舅同学……但她没敢提钱字，因为她知道，这些亲属朋友都没有这个能力。

"两万美金，两万美金……"她嘴里念叨着在原地打转。

突然她想起了堂姐小青。

"对呀，我怎么把她给忘了？她开台球馆的时候向我借了15万人民币，现在还我两万美金不正好吗？"

想到债务人小青，南茜的脸上开始露出笑容，好像已落实了资金。她从 LV 包里翻出电话本查找小青的电话，她按记录的号码打过去，号码已无人使用了，她又通过叔叔找到了小青。

南茜讲在美国接手一家中餐馆，急需两万美金，要求小青最迟后天务必寄来，否则已交的定金都得损失。

小青告诉南茜，台球馆拆迁，补偿费还没给，筹借一下再给南茜寄过去，说着还很认真地要了南茜的地址。

南茜心想："关键时候还得靠姊妹！"她放下电话才觉肚子饿了，端起盒饭狼吞虎咽地吃了起来。

她吃得急了点，喝口矿泉水，打个饱嗝，然后一屁股坐在沙发上拽过电脑包，拿出电脑开始上网。

第二天中午大刀脸谷风来了电话，南茜告诉他先来取走 3 万美金，余款马上寄到。

大刀脸谷风亲自来取的钱，并给南茜带来一只烤鸭。

临出房间，在门口站立的谷风，回头看了看南茜奸猾地问了一句："你知道为什么必须从你手中收回 5 万美金吗？"

南茜带着敌意和满腔的愤怒，面有愠色，双目圆睁地瞪着谷风不语。

谷风脸部的肌肉微微一动，那不薄不厚的嘴角扩向两边，一伸一缩，脸上的肌肉连同腮边没刮净的胡须脏兮兮地跟着动，尤其颧骨那疤痕显露得吓人，凹进去的眼睛亮光一闪，于是南茜看清了一个皮笑肉不笑的真实面孔。

"告诉你吧，所有违纪被处理的 Q 会员，走出公司一律负债。而你——你是被处理得最轻的一个。这是最早的总公司大老板慕鹤松创业时定的规矩，谁也无权来改变。"

谷风停住讲话，看着南茜又温和地补充了一句："不过，有人给你算命了，说你的随身行会给你带来意外的惊喜！"

说完，谷风头也不回地拂袖而去。

"操你八辈子祖宗！王八蛋！天打雷劈！你们不得好死！"

谷风走了，南茜走到门口，用双手狠劲按了下已关上的房门，咬牙切齿地骂出声来。

因为憎恨，这个时候的南茜根本就没有理会大刀脸谷风讲话的含义。

第三天，最后的期限到了，当南茜再给她的堂姐小青打电话的时候，小青的手机已关机了。

南茜把电话打到叔叔那里，听叔叔说小青开了家高档服装店，早起坐飞机去广州进货去了。

这下南茜是真的傻眼了。

她坐在房间的地毯上，咬牙切齿地骂道："你妈的小青，我不是在向你借钱，我是他妈的在要回属于我自己的钱！"

骂完，她在房间里尖着嗓子高喊："啊——"

下午 3 点，大刀脸谷风给南茜来了电话，说总部已在催问，最迟在晚间 12 点之前补交那 19980 美金，否则按南茜承认的认罪书移交警察局。

南茜一听到谷风那阴森森的声音，浑身都起鸡皮疙瘩。她是真的陷入了绝望之中，胡思乱想的她，坐在地毯上看着两个立着的皮箱发愣。

这个时候的南茜又想起了郑跃进，她在心里琢磨着："跃进写的小说，那个谷风在念子出走前就给念子留好了 1 万美金，那跃进也应该给我留钱呀？他是那么厚道，心地又那么好，一分钱不给我南茜没道理呀？"

南茜平时从不在乎钱，从小她就没缺过钱，所以钱多的时候她就这塞一下，那掖一把，为这毛病郑跃进曾说她是"马大哈"，说她早晚吃亏在钱上。可不，这回让老郑头说中了，仅仅是两万美金就急得她满头是汗。她起身将两个皮箱的物件全部倒了出来，希望能找出郑跃进留给她的钱或被她遗忘在皮箱里的钱，可是忙活了半天，她一分钱也没找到。

她在往皮箱装物件的时候已没了力气，她看到一瓶安眠药滚到门前，撞到她的高跟皮鞋那儿停住，那是她失眠那段时间，她让妈妈从大陆寄来的。这会儿她眼睛盯住那药瓶，眼神不动了。

突然，南茜起身跑过去拿起药瓶往床上一扔，然后她拿起那鞋翻过来，从头发上取下一根细长的发夹在鞋跟上抠着，一会儿，她抠出了一个薄膜密封很好的小纸块，她用纤细的手慢慢地打开，一张20美金的钞票展现在她的眼前。

"你记住，当你钱包丢失的时候，你鞋跟里还有20美金，这20美金可以把你送回家。"

这是郑跃进的叮咛。

"你记住，当你在外地举目无亲需要帮助的时候，别忘了你的随身行会帮你解脱困境！"

这是郑跃进的嘱咐。

她猛然想起大刀脸谷风临走时讲的话："不过，有人给你算命了，说你的随身行会给你带来意外的惊喜！"

"对呀?"她神情一顿，双目盯住随身行自言自语，"我怎么忘了这茬！"

南茜放下鞋跑向随身行，把皮箱内的物件又倒在地上，然后仔细地检查。突然她发现箱底凸出了一块，是用一块较新的帆布缝上的，她心一惊！这发现让她的心底里燃起了希望。她从LV包中取出小剪刀，小心地、一点一点地剪开，她看到两个信封下贴放着200美金，她知道这200美金就是郑跃进讲的"帮你"。可这两个信封？她用手一摸已经猜到了是钱，她打开一看，欣喜若狂的她坐在地上连哭带笑疯了一般……

那是郑跃进为她存放进去的两万美金！

她的脸上因刚才的着急已布满了汗水，和着泪水一流，汇合起来脸像水洗了一样；她的头发凌乱地散布下来，像雨中归来，湿漉漉地遮盖了脸庞、眼睛。她无力地向床边靠了靠，周

围全是凌乱的衣物，房间里乱成一团，她不管这些。她把那两个装钱的信封贴向胸前，犹如见到了亲人！只有在这个时候她才真正感悟出，为什么有的女人一生无怨无悔地默默守候着那份思念！

因为那个女人——她相信，那个女人一定是真的爱过！

痛哭流涕的南茜，带着哭腔一字一句地喊出了她的心里话："跃进……我对不起你……"

泪水，伤心的泪水，悔恨的泪水，一个可怜的女人的泪水，从南茜那苍白的脸上流淌了下来……

是啊，世界上还会有像郑跃进这样细心地呵护她、关怀她的男人吗?!

南茜边哭边晃头地喃喃自语："没了，真的没了!"

这个时候，变身谷风的郑跃进在做什么呢?

此时，敦厚善良的谷风正在向顶替他的大刀交代，要善待南茜，不要再为难她，因为南茜对公司有大额的创收。交代完，他又从自己的腰包里掏出 1000 美金交给大刀，千叮咛万嘱咐说，取钱后将这 1000 美金交给南茜留作费用。

大刀看着上任不久的上司，心里想着这位文绉绉的谷风，"什么意思呢?"每次让他去见南茜，讲什么话事先都给设计好了。还说"事态的发展别走极端"，生怕再出事。大刀有点不满意，总觉得谷风在利用他，但他心里又有点惧怕谷风不敢多说话。

因为在南茜事发后的第一时间，谷风马上找金连成谈话，说是分部接待工作暂停，因精简只好辞退金连成，他毫不客气地让金连成另找工作。谷风大胆地炒了大个儿金连成的鱿鱼后才向总部汇报。

炒金连成鱿鱼，可以看出化身谷风的郑跃进是位很怀旧的男人，他不忍看南茜被欺侮，被玩弄，他要用权力把那个混蛋大个儿赶出分部。

可是，金连成是大刀介绍的，谷风不请示总部独断地炒了金连成，这让大刀很没有面子。对此大刀很不满地打电话给总部的 Tina 求情，结果 Tina 在电话里对大刀说："别说是你呀，我都得敬谷风三分。你要知道谁大谁小！"

Tina 的一句话把大刀吓得再也不敢出声了，因为他不知道谷风是什么背景。

不过说实话，大刀还真的很佩服谷风做事，沉稳干练，从不多言多语，在第一时间要做的事，他不会拖延一分钟，尤其对南茜事件的处理，那种体量和大气很让他感动。

大刀私下里想："如果自己遭遇困境时能遇到这么个好上司那该多幸运。"

自从大刀与总部 Tina 通话后，他每天早来晚走，生怕得罪了谷风。

炒了金连成的鱿鱼，可以说是谷风上任后做的最漂亮的决定。事后得到总部 Tina 的肯定和赞语。

其实，真正欣赏他和肯定他能力的背后推手，正是他的姑妈——老太太 Emma。

Chapter 13 _{第十三章}

本来就不是真的，可你却当真的去投入；
本来就是肉体作践着爱情，可你却认为千里寻到了宝，能白头到老！

情债要偿

傍晚 5 点，大刀继续以谷风的身份到南茜留住的花园大厦去收回最后的 19980 美金。

当南茜接过大刀给她留作费用的 1000 美金时，她感动得哭出了声。

是啊，这 1000 美金正是她生活急需要的钱啊！

这个时候南茜再看大刀，应该说是印在她生命里的谷风，哪儿都好看了。瞧那刀脸，多和善呀，从脑门弯到下巴，盛装的全是温暖。还有那耳坠的肉，多像活佛呀。

南茜在心里说："从今以后，我再也不以貌取人了。"

她最后向谷风恳求，说她在等待大陆的汇款，同时还需要回拉斯维加斯取留存物品，问谷风能否为她预订两天以后下午 3 点飞往拉斯维加斯的机票。

对南茜的要求，大刀按谷风的吩咐满口答应。南茜之所以要滞留两天，真是如她所说的在等待大陆的汇款吗？

不是。她的心魔是要见金连成最后一面。

她好像心愿未了，总想知道这个凹脸男人为什么要欺骗她。当他的口袋里一个子儿皆无的时候，他像狗一样摇晃着尾巴，企盼着南茜扔给他几个钢镚儿。为了这财源不断，他又像狗一样地伸着舌头舔得南茜骨酥肉麻。可是狗之所以是人的朋友，是因为狗的忠诚，在主人落难时不离不弃。

"而你——凹脸大个儿，你也叫男人，弃我于危难，害我于落魄！你居心何在？"南茜在心里不止一次地咒骂着凹脸大个儿，所以在离开美国前，她一定要再见大个儿一面。

一个娇生惯养的女人，长大了总以为自身条件好，有个好的身段，好的脸蛋，就是一种筹码。一旦被男人欺骗了，便刨根问底地去质问那信誓旦旦的海誓山盟。其实，稍有头脑的人都知道，那诺言本来就是谎言。

一个被骗的女人之所以被骗，是因为她骨子里就没有抵御诱惑的智慧，她平素释放的行为本身就是招骗的温床。聪明人应该醒悟，失去的东西原本就不是你的，不必可惜，更不必去穷追不舍地问个明白。本来就不是真的，可你却当真的去投入；本来就是肉体作践着爱情，可你却认为千里寻到了宝，能白头到老！

是心魔！迷茫的南茜缠进这心魔恰恰表明她心有不舍。

南茜就是这种女人，只要她力量所能及的，她的心里会怒吼着告诉自己："我不能吃亏！"

她的这种心态，不由让人想起西方某机构研究并推广的"吸引力定律"这个很吸引人的概念。这个定律会使人梦想成真，好多人按照这个定律实现了自己的梦想，但也有人运用不当而走火入魔。此时的南茜便是后者。她的心态已被心魔这个吸引力牢牢掌控着。她为了爱赌一次，赌输了全部家当，连同自己的肉体、名誉和尊严。

迷茫、困惑、郁闷和疲惫，她全归罪于那个曾给她的肉体带来极度快乐的凹脸大个儿。她无法驱逐心里那郁积的闷气，她决定再赌一次！心魔缠着她，甚至于在谷风走了以后，她坐立不安，心绪不宁，就像她来月事的前两天，闹心得非得走出去才能舒坦。她无法待在房间，她必须让她的胸腔能呼进新鲜的空气，呼出那胸口的闷气。

于是她洗个澡，简单打扮了一下，把谷风留给她的 1000 美金放进 LV 包里，又把郑跃进留给她的箱底钱 200 美金揣进兜里，随便穿上一件淡蓝色风衣，便走出了花园大厦，那身影看起来倒还轻松悠闲。

走出来了，又看见了 New york 门前那自由女神像了，能够自由地呼吸那南来北往的风，是多么的惬意！

她昂首朝天。

海滨的木板路上，人来人往。南茜慢慢地走着，转头看看左侧辉煌艳丽的赌场，再转头眺望右侧那一望无际的大海。

夕阳渐渐地隐去，但那地平线掩藏不住的光芒，穿透海浪直射到克拉里奇塔上，折射出金色的光辉洒向木板路上肤色各异的路人身上。

一群鸟儿从希尔顿大酒店的上空，飞往它要去的终点印度王宫。她仰起头望着天空，声带嘶哑地说："请带走我的悲伤！"

数千只鸽子正围着人群抢食，空中的水鸟一个冲刺扑向地面夺走游人丢下的食物……

海浪、和风、花草、树木，还有那鸟儿，生机盎然……这大自然和谐的美，真是赏心悦目，令人心旷神怡，回味无穷……

"我——解——放——啦！我——要——回——家——啦……"

南茜已走到海滩上，受这美景感染，不禁面向大海，用她那嘶哑的声音高声地喊着……那振荡大海的回声如同飘进海面的片石掀起的涟漪，一层一层地传递到遥远的东方……

是啊，那方美丽的水土是她的家乡，是生她养她哺育她成长的地方。那里有女儿，有爸爸妈妈；那里还有著名的高尔山辽塔！那个地方叫抚顺，传说中的清朝始祖老罕王曾说过：抚顺是人人福顺安康的地方！

回家吧，你的根在那里，百川归海故土难离啊！

可是，她真是这样的释怀吗？如果她心无牵挂意在返乡，那她就应该马上离开那罪恶的城市；如果她真的想念那一方水土，疲惫不堪倦鸟归林，那她就不该在痛后还有心情去悠闲望海。

　　然而，人世间的这些"如果"和"假设"若都能预知，也就没有这人间的悲剧了。

　　天有不测风云，人有旦夕祸福。

　　这警句适用每个人，但这风云让南茜经历了，使她懂得了什么叫沧桑，也可以说是历练。可当天祸再一次降临在南茜身上，这衍生出的故事便真有些残忍了。

　　可是，有些时候，人生躲不过的灾难总是有踪迹可寻的。

　　就在南茜走回花园大厦的路上，南茜被两位身强力壮像是墨西哥人的汉子劫持到一辆面包车上。因一位宽脸高个儿的汉子南茜觉得很面熟，她就没有反抗。她错误地认为，因她私自离开花园大厦而被 Q 公司的人再一次绑架。

　　她错了。这次她是真的遇到了圈外的麻烦。

　　她被劫上车后，这两位壮汉老墨（中国人习惯称墨西哥男人叫老墨）把南茜推到一座椅上，然后用事先准备好的黑布将南茜的眼睛蒙住，一位壮汉老墨用胳膊肘卡住南茜的脖子，南茜若动一下脖子都能拧断。另一位，是那位南茜有点面熟的宽脸老墨按住南茜的双腿，操着墨西哥口音生硬地喊着："钱——钱——"

　　南茜听明白了，他们不是 Q 公司的人，他们是劫匪，他们在要钱。可是，此时的南茜哪还是往日的贵妇人啊，她早已经一无所有了。她自身都难保，哪里还有钱打发外鬼呀？

　　南茜被勒着脖子透不过气来，只能发出细微的声音在喊："没钱……放我走!"

这两位壮汉老墨，一位搂着南茜，一位拿起一白背心衬衫塞进南茜的嘴里，尔后在南茜的身上翻着，忙活了半天，从南茜的裤兜里翻出了200美金，ID、一张名片，一张钥匙卡及一包卫生巾。开车的那位老墨回头用墨西哥话向按住南茜的两位老墨讲着什么，南茜的理解是没有钱赶快扔下车去。可这时那宽脸老墨手触在南茜的小肚子上，一点一点地划向下边，那搂南茜脖子的老墨奸笑着喊道："赶快行事……"

那宽脸老墨嘿嘿一笑，用力地将南茜的外裤连同内裤一起扒下，粗鲁地掰开了南茜的双腿。南茜使出浑身力气挣扎着，这时那搂南茜脖子的家伙往她身上的左侧一用力，那个宽脸家伙一掌打在南茜右侧的乳房上。南茜没有力气动了，任凭这几位虎狼般的混蛋侮辱和蹂躏……

那开车的司机忙打开CD，大声地放着墨西哥的音乐：走进天堂！

…………

在昏迷中醒来的南茜，发现自己躺在海滩上。

她睁开眼睛望着满天的星星，刚想哭出声来便被一口痰堵住了嗓子眼，她痛苦地咳喘着翻起身。

海风阵阵吹来，吹在她已经麻木的身上。她脑袋沉重，脖颈疼得一点也不敢摆动。她的右侧乳房肿得大大的，膝盖被抓破了一块，痛得很厉害。尤其是下身，她的月事还没干净，她感觉下身流了很多血。她努力撑起身来，整理衣裤时，她发现ID、名片、钥匙卡和卫生巾给塞在乳罩中间了。她拿下来攥在手里，然后她很艰难地站起来，一步一晃地走向岸边大道。

恐惧仍在她的心里，但她已不知道惧怕。那悲凉的面孔没有了眼泪；那灰暗的眼里充满了狐疑和愤怒！

她步履蹒跚，突然两眼一黑又倒了下去。

她瘫倒在沙滩上，在记忆中搜索着那个嘿嘿奸笑的宽脸家伙，她终于想起了第一个侵犯她的那个宽脸老墨，是泰姬·玛哈大酒店门前的门卫，那个每次看到贵妇人南茜两眼都发直的墨西哥人。

南茜发疯一样地吼起来："我死之前一定要抓到你！"

她像受伤的野狼一样的号叫起来。

她放声哭喊，那嘶哑失声的号叫很快惊动了路人，几分钟的工夫，两辆警车便在南茜跌倒的公路旁停了下来，并叫了救护车。

躺在医院的南茜通过电话里的翻译，向警察讲述了被强暴的经过，当警察取回泰姬·玛哈大酒店员工照片（包括一个月内被辞退的员工照片）让南茜指认时，南茜痛苦地认出了那个宽脸的墨西哥人。

警察经核实，这位宽脸的墨西哥人一星期前已被解雇。警察取走了医生出具的精液检验报告后，离开医院前去抓捕。

南茜入院处理完后，护士让她填写住院记录时，南茜按丽莎给她制作的名片单位和地址写明了自己的身份。

一瓶点滴输完，护士拔掉针头，又给南茜吃了两片药便离开。

这时的观察室只有南茜一个人，南茜起身装作去卫生间的样子走出了观察室。在走廊里，南茜前后左右地看看，没发现医护人员，便急匆匆地向院外走去。

到了院外，南茜叫了辆出租车便返回花园大厦，她让司机等候，她上楼取钱回来给了司机车款及小费，然后她回房间走进浴池，脱掉身上的赃衣，坐进浴盆里放着温水慢慢地浸泡着。

这个时候的南茜，真的是哀婉可怜。她用手轻轻地抚摩着自己右侧红肿的乳房，心儿痛苦地急剧起伏，眼泪再一次地滚滚而下。

过了多久，她不知道。天已放亮，黎明的阳光透过窗帘洒进了房间。

她穿上睡衣躺在床上，一股复仇的念头在她的心里油然而生。

"我要杀了他！"她从牙缝里迸出了内心的仇恨，心魔再一次控制了南茜的思维。

在仇恨和羞愤中挣扎的南茜，疲惫不堪地睡了过去。

大约下午两点左右南茜醒了。她换了一身衣服，简单收拾了一下，把谷风留给她的 1000 美金拿出来，将 5000 美金放进皮箱，然后拿出 500 美金放在手里拍了一下。她很自信地走出花园大厦，到一家厨房用品商店买了一把中号的尖刀，她想了一下，又选了一把小号的尖刀。

她用手试一下刀刃，感到很锋利，边试边用中国话小声

说："一旦失败，这把小的留给我自己。"

付完款，她又给服务员 1 美元要了一个购物袋，将刀包起来放进去。她拎着包走出商店，抬头望了下刺眼的天空，又左右看一看过往的行人，那神态悲怆而又无可奈何，她苦苦一笑，像是腮帮子肉都在抖动。

她边走边自言自语："学的是用枪，我连买枪的钱都没有，只能用刀，就是用刀我也要捅死你！"

她恨得咬牙切齿。

她急匆匆地徒步返回了花园大厦。

就在她推门进大厦的瞬间，那辆悍马吉普车里的男人，又对准南茜，快速地按下了相机的快门。

南茜上楼后，先从随身行的皮箱里把一套跃进为她买的生日礼物套装找出来，并把那盒安眠药放进套装的兜里，再把套装挂在衣柜里。然后又找出全新的衬衣衬裤，整齐地摆放在床头。她整理了一下发型，从镜子里看到自己变得憔悴的脸，苦涩地笑了一笑。之后她下楼把两个皮箱和电脑又重新寄存上，当服务小姐让她填写物品提取人和美国近亲联系人时，她毫不犹豫地写上郑跃进的汉语拼音、地址及联系电话。

南茜住的房间本来就是化名的谷风以郑跃进的名义租用的，所以服务员看后连南茜的 ID 都没查看就将南茜的所有物品重新寄存。

一切处理完毕，南茜回到房间开始写信，写给爸爸妈妈，写给女儿，写给跃进。

她边写边流泪，写完了，她好像又想起了什么，她拿过信笺又给艳茹写了几行字。

　　放下笔她伸了个懒腰，便起身走进了卫生间。

　　南茜在谷天镇的一个月，是真的没白学，有着高超的赌技不说，化装术更堪称一绝。

　　约有一个小时，一位白发苍苍的老太太，挎着一个很随便的购物袋走出了花园大厦。

　　南茜化装成老太太，先到购物中心购买了邮票和信封。之后她又找一台面站住，只见她先从兜里掏出一张折叠的信笺，可能是抄写的地址，然后她往信封上抄写着。写完，她又取出分好的信纸装进信封封好，贴上邮票。在拿起写给郑跃进的那封信时，南茜凝视片刻总觉得还有什么事要交代，她想了想，把信放嘴边吻了一下，转身去购物中心买了一张明信片，她又俯下身来在上面填写着。写毕，她才如释重负地将明信片小心放进信封，贴上邮票，脸上掠过悲凉，转瞬是一脸的清冷。为了那个在危难时给予了自己最贴心帮助的男人，她要帮郑跃进找回属于他的归宿和幸福！做好这一切，南茜才心事已了地走出大门。她终于为自己的背叛与愧疚做了个了断，内心显得非常坦然与轻松。

　　她来到门前的邮筒，来回看了看，好像有些不相信这伫立在街口的邮筒会有邮递员来取信似的。她犹豫了好一会儿，才把几封信都塞了进去。

　　看得出，她有一点担心或恋恋不舍的样子，然后她才转身

叫辆出租车，直奔你来赢赌场。

南茜为什么要去你来赢赌场呢？

因为她要找的人不是奸污她的老墨，那宽脸的墨西哥人让警察去为她报仇吧。她要找的是玩弄她的感情，骗取她的信任，害得她被羞辱，被轮奸的凹脸大个儿金连成！

她像个侦察兵，先观察了一下赌场扑克区的地形。

扑克区位于东侧一角，北侧是过道及餐馆，西侧是角子机，南侧几步就是购物的地方。

一个一个的高档时装厅排列有序，各式流行服装陈列在男女模特儿上，耀眼醒目，华丽精致。要么华贵逼人，要么妖媚动人。但南茜没有心情欣赏，她的全部身心全神贯注在目标上。

她眉毛一挑，小声喃喃："如果顺利，就从这时装厅的通道逃离。"

观察后，南茜在等待那凹脸大个儿男人的出现。

7点、8点、9点……几个小时过去了，南茜塞进角子机20美金慢慢玩着，边打着角子机边瞅着扑克区。但她没有等到她要见的那个人。她左手拿着一瓶矿泉水，起身去食品柜台买了一块夹陷面包吃着，在走回角子机的路上，她眼睛的余光扫视到了正在酒吧喝啤酒的大个儿。只见那凹脸大个儿和一个约30岁左右的中国女人谈得正热乎。

仇恨的火种在南茜的心里点燃，她扔掉矿泉水及面包，戴上薄薄的白色手套，假装路过地走到凹脸大个儿的后面，没有人会留意一个弯腰的老太太。就在凹脸大个儿仰头正喝着啤酒的时候，这位老太太麻利地从购物袋中拿出那把中号刀，扔下购物袋，双手握着尖刀一个箭步向前刺向大个儿的后背……

南茜动作之敏捷，像是经过了训练的职业杀手。

只听凹脸大个儿身边挨着坐的那女人一声尖叫，这时的老太太灵活地一跳，弯腰拾起购物袋快速地跑向购物区，消失在人群中……

"杀人啦！杀人啦！……"那女人高声地喊着，吓得嗓音已经变调。

凹脸大个儿哼了一声，只感觉一道凉风从心头刮过。他的头先是一低，之后整个身子趴向吧台；插进后背的那把尖刀只露出一刀把。

南茜不知道，18年前在拉斯维加斯 JJ 赌场，慕云飞的女儿慕荣刚满 20 岁，为了一位在感情上背叛她的黑人昏了头，持枪闯进赌场枪杀男友。她把男友的下体打烂了，惊骇中却伤及了无辜，那个无辜的人就是郑跃进的姑父沈国强。

18年后的今天，在 Q 公司又重演了当年的复仇，只不过南茜选择了用刀，没有伤及无辜。

杀人的老太太跑了，酒吧前围了几十个人。

等赌场的保安反应过来的时候，只见南茜从购物区一卫生间里，大大方方地走了出来。这时的老太太早已变成了一个美丽的少妇，她两手空空从容镇定地从侧门走出了你来赢赌场，坐上出租车返回了花园大厦。

就在南茜返回大厦的途中，警车、救护车鸣着笛开往你来赢赌场。

南茜上楼下楼前后没有 10 分钟，她把要换的里外全新衣服，全部装进那购物袋里，然后她从兜里掏出 300 美金及一些零用钱看了看又放进兜里。要出门时，她随手从衣柜的挂钩上摘下 LV 包，很从容地走出了花园大厦。

她叫了辆出租车，一看车牌号是 666，她苦笑了一下。在中国内地，人们对"6"赋予了特殊的含义，是"顺"的意思，可在美国她郑听跃进说过，这 3 个"6"组合在一起，按《圣经》上的记载，是灾难的降临。

"这是命啊?"南茜晃晃头，哭笑不得。她上车便拿出一张 100 美金的钞票给了司机，然后让司机在购物中心门外停车场等候。她走进商场掏出兜里所有的零钱，买了一只烧鸡，一瓶白兰地，付款装好后，她边走边嘟囔着："就是死，我也不做饿死鬼!"

南茜上车后告诉司机，开往普罗伯特摩西铜锣湾附近的度假村。

在南茜的脑海里出现的画面是：找一处靠悬崖的海边，吃着烧鸡喝着白兰地。用那酒，一片一片地把安眠药送进胃里，不难受不痛苦，直到药力发作，直到她失去知觉，直到大海起潮，把一个在梦中进入天堂的南茜卷入那茫茫的大海之中……

带着一个女人的尊严，带着对人生的苦笑和无奈，带着对妈妈的思念和对爸爸的愧疚，带着对女儿的割舍不下和担忧，带着对心爱男人的忏悔和无路可走的绝望，她 —— 南茜，不，是方小艾，选择了自杀。

出租车司机打开音乐频道，收音机里播放出《美女 Las Vegas》的歌曲。

那歌词大意是：为什么云霄塔的指航不见/为什么 Palms 度假村独立一边/为什么埃菲尔铁塔金光灿烂/为什么进了恺撒皇宫迷失了视线/为什么老城的灯光永远那么光艳/有谁能逃离人世间美女这关/有谁在 Money 面前不念不贪/却原来，太多的美女让我眼花缭乱/太多的 Money 遮住了我的双眼/哦，Las Vegas/你这个美女美得让我垂涎/哦，Las Vegas/你这个 Girl 诱得让我贪婪……

出租车刚上高速公路，便见一辆悍马吉普车尾随其后……

Chapter 14 第十四章

在我的词典里，
星期六是个难忘的日子，也是一个灾难的日子。

黑色周末

星期一上午 9 点，谷风到分部上班时发现门口有两辆警车。他没在意，开门进到办公室。

他进办公室的习惯是先打开咖啡壶，然后开始看会员送上来的报表。

可是，他刚按下咖啡壶的电源开关，就听到门铃声。他回头看见门外两位警察在向他打招呼。他忙赶过去开门，很礼貌地把警察让进了办公室。

警察向他通报的案情是金连成被害的情况，同时说明，根据被害人家属提供的线索，提到有一位叫南茜的女人，一直和被害人在一起，而且他们是情人关系。

谷风一听"南茜"的名字，马上有一点点紧张。

警察透过谷风的表情，也察觉到了他的反应有些异常。

"先生认识南茜吗?"一位警察马上敏感地问。

这时谷风的面目表情真是苦唰唰的,他不好意思地说:"我的前女友也叫南茜。"

"噢……原来是这样。"警察笑了。

接着,谷风向警察讲明分部没有南茜这个女人,Q公司是否有,或有重名的员工他不知道,因为叫"南茜"的女孩子太多。而被害人金连成是临时雇用的员工,在雇用期间没有发现他有不良行为,但他在出事前已被解聘了。

在警察向郑跃进了解情况期间,Q会员大刀也按点上班,到了分部。

送走了警察,谷风马上责令大刀去南茜留住的花园大厦查看南茜的情况。同时,他马上向总部Tina汇报纽约分部出现的命案。

大刀在路上惊叹:"这谷风神了,如果不开除大个儿金连成,那麻烦就大了。"

一想到金连成是经他介绍,前段时间他俩每天形影不离。现在警察来查案,如果牵扯到他……大刀的后脑凉飕飕的,只觉得头发根根直立。

到了花园大厦,大刀用手机向谷风很认真地汇报,说警察在花园大厦,他不方便查看。

谷风一听警察已追到花园大厦,赶紧通知大刀离得远点,免得惹上嫌疑。

金连成恋上了南茜,谷风早就知道,现在金连成被害肯定

与南茜有一定的关系。

他马上又给总部 Tina 打电话，想讲明他的分析，但 Tina 打断了他的汇报，让他以书面形式写出报告寄到总部。

对此，谷风将简要案情用传真传给了 Tina，并说明详细报告近期寄给总部。

但他有点心烦，不知为什么。他恨南茜的放荡不羁是活该，自作自受；他鄙视金连成因贪欲终食恶果是咎由自取。他想回赌城清静几天，反正南茜已被除名，金连成也是解聘后在赌场被杀。案件可以说与公司没有什么关系。

谷风开始写报告，同时他用手机给 Tina 发了条信息，请示星期五晚上他是否可以回拉斯维加斯。

他得到的答复是 5 月 9 日星期六可回赌城。因为 Tina 通知他，Q 公司投资部已接到总公司投资部的通知，留守纽约分部的大刀将上调 X5 总公司投资部。这期间 Q 公司分部将尽快派一名副手，协助他处理纽约分部近期出现的命案等事务。

Tina 肯定地告诉谷风，说副手星期五报到，让谷风星期六休假。

老太太 Emma 知道南茜出事一定对跃进在情绪上产生影响，她也希望跃进回赌城调整一下自己的心态。

又是星期六。

在郑跃进的词典里，星期六是个难忘的日子，也是个灾难的日子。

他清楚地记得，艳茹离开中国的时间是星期六。他放弃一切来美国寻找他心中的"梦想"，也选择在星期六。来美国后，记忆较深的是在丹佛的一个雪天，在一个前后无人无车的山坡上，他低速行驶还是开车撞到了树上，那天是星期六。又一个雨天，也是星期六，在驾车行驶过红绿灯时，看是黄灯加油急赶，刚过横线就变了红灯，吃了警察的罚单不说，半年的保费也增加到900多美金。半年前开出租车那会儿，那赌徒撞碎出租车的前窗和跃进脸对脸地玩惊险，也是发生在星期六。从那次事故后，每到星期六郑跃进都非常小心。

他总认为，人的一生，有些灾和难，都是很巧合的发生在很忌讳的日子里。但是没办法，总部安排他下个星期六休假，他必须执行。

星期五晚上下半夜一点多了，郑跃进在纽约坐最后一班班机回到了拉斯维加斯他自己的家里。

早上起来，郑跃进在更换窗前草坪的自动喷水嘴。一个冬天过去，有的喷水嘴已坏掉，他更换上新的喷水嘴。

在沙漠地带建起的赌城拉斯维加斯，气候特征就是干燥缺雨，刚刚五月，这天空像清洗了一样，蓝蓝的，没有一块云朵，骄阳似火，坐在草坪上修理喷水嘴的郑跃进感到这气温真是干巴巴地热。夸张点说，一滴水摔进土里都会滋滋冒出白烟。

这人啊是真怪，有些男人，在国内的时候拈轻怕重养尊处优，什么本事也没有，可来到美国什么都学会做了。为什么？很简单，因为你不做就无法生存，只能靠本事吃饭，没有任何

关系能让你既拿着美金又能游手好闲地享着清福，学到的本领是你自己的，终生受用。

郑跃进也算一个。

他换掉几个坏的喷嘴后，打开水的控制阀，调试了一下看看水喷洒的方向，他关掉又校正了几个喷嘴，再一试觉得可以了。他收拾好工具正准备放进工具房，这时他看到了邮差。

跃进走过去问候了一下邮差，接过信件也没看，心想无非都是广告和银行账单之类。他把信放到信箱上先去了工具房，返回后取出信件按惯例走到垃圾箱一件一件地筛选，有用的留下，无用的当场扔掉。当南茜的信件出现时，郑跃进的眼神不动了，因南茜那小学生一样的字体他太熟悉了，他转身拿着余下的信件跑进了书房。

他用剪刀剪开信封，取出了南茜写来的信。只见南茜歪扭的字迹上，有眼泪滴落的痕迹。

　　跃进：见信如面！
　　当你收到这封信的时候，我已坐进（落座）天堂
或走进地玉（狱）！……

跃进一下跌坐在转椅上，吃惊地冒出一句："死了？"

他接住信中滑落出的一张明信片，一张寄存包裹提取单，接着看这封错字满篇的信。

我正在作（做）我必须作（做）的事，不论成败？作（做）完了，我的心愿就了拉（了）。

　　在这个世界上有四位亲人让我迁（牵）挂，那就是我的爸爸妈妈、我的女儿还有你！

　　我的无知和最（堕）落，使我无脸面去面见我的爸爸妈妈。

　　墨西哥人，这群流亡（氓）和处生（畜生）给我带来的休如（羞辱），更使我无法去面对我的女儿！

　　我的禺春（愚蠢）和失身，使我没脸面对你的真成（诚）和那棵（颗）善良的心。

　　在我最需要钱的时候，你向（像）上帝一样派来史（使）者提（醒）我：你的随身行会给你带来意外的惊喜！

　　那两万美金，救了我一命！

　　关建（键）的时候，欠我钱的亲属都朵（躲）得远远的，我真的从心里感谢你！向（像）你这样的男人没了……

　　我这一生，除了爸爸，你是对我最好的男人，我姑（辜）负了你，是我背判（叛）了你。

　　我的结局活该如此，我是自做（作）自受。

　　我走了，无奈和决望（绝望）是因为要离开这个虚伪、奸杂（诈）、险恶、有便（诱骗）、阿张（肮脏）的世界。

死，是唤（换）我清白最好的解说（脱）。

我的衣物用品分放两处，一处在大西洋城花园大夏（厦）寄存处，提取人是你。一处在拉斯维加斯中国城后边5号楼201号房内。

如方便拜托你转交我的父母。

南茜

1998年5月2日决（绝）笔

跃进移开信纸，发现明信片上除了Q公司的地址外，还有几行字。

只见南茜写道：

呕（噢），对了，还有一个很重要的消息忘了告诉你，也许你可能很难相信，但我还是要和你说。

请你相信要（将）死之人讲的话是真的。

小东的妈妈就是你的姑妈也是我从前的老板，即Q公司投资部的（掌）门人，她现在叫艾玛。

你苦苦寻找的"梦想"，那个美丽飘亮（漂亮）的艳茹，现在的名叫沈念进（琏），她在谷天镇。

听说Q公司和K公司，这两个月就要在拉斯维加斯韩得申（罕德深）一秘密毫房（豪宅），说是总公司的接待总站，举行三年一度的扑克大赛，如果你运气（好）能见到她们。

看完信，跃进一看落款日期迟了 3 天。正常的普通信件从大西洋城到拉斯维加斯最迟 4 天的时间，但南茜的信走了 7 天。跃进看看墙上的挂历是 1998 年 5 月 9 日。他呆呆地在书房里发愣，有一刻钟他的思维凝住了，不是因南茜的错别字，而是信中所说姑妈是 Q 公司投资部的老板，以及南茜选择自杀给郑跃进带来的震撼！

Tina 聘用郑跃进时，曾讲明纽约分部隶属 X5 保险公司 Q 分公司。当时她讲明 Q 公司的老板是位精明的中国女人叫 Emma。

"Emma"和南茜说的"艾玛"分明就是一个人啊！

"天哪？"郑跃进惊愕地喊道："我姑妈怎么会坐上这个位子？这根本就不可能啊！"

他又把台灯打开，把明信片放在桌面反复地看。

"艳茹现在的名叫沈念琏"，他在心里念叨着，像是发呆的样子看着电脑屏，脑海里却在不停地翻转着。

这突如其来的消息，悲的、喜的、莫名其妙的……真的让郑跃进疑惑。

南茜死了，那尸体呢？按日期推算她已经死了七八天了。

"真的搞不懂，被强暴就一定要死吗？"他淡淡地自言自语，"什么时候变得这么刚烈了？"

在纽约分部时，金连成被害，南茜失踪。警方依据被害人家属的举报，已经把这两人联系在一起。对此，他以谷风的名

义写给总部的报告中，还专门阐明了他的观点，他认为刺杀金连成的凶手很可能就是南茜。

"难道是杀死了金连成她自己再自杀了断吗？"他猜想着，又不屑地讥道，"值吗？"

有太多的疑问他要搞清楚。

他马上打开电脑，按南茜信中的提示，他要查一下新闻，看看这几天新泽西州及大西洋城都发生了哪些事。

"姑妈是慕东的妈妈，也是她过去的老板？"他的大脑不停地在寻找答案。

"投资部老板我都不信，更何谈是慕东的妈妈？"对这个疑问，郑跃进在心里是百分之百地否定。因为他姑妈来美国写的信，非常清楚地告诉他爸爸说姑父来美国的当年就中弹身亡了。假设姑妈改嫁，按年龄计算那慕东也不可能是姑妈的儿子呀。

郑跃进晃着头地嘟囔道："这个南茜，怎么神经兮兮的。"

可是"谷天镇"的名字，再一次让郑跃进震撼了。

因为 Tina 说她的工作地点就在谷天镇，一个原始森林的半山腰间的小盆地。

郑跃进预感到，在他的生命里将要发生重大事件了。

他甚至怀疑，能轻而易举地得到纽约分部主管的位子，这背后肯定有位重量级的推手，这个推手能是谁呢？但就目前郑跃进的心态，打死他都不会相信，那推手 Emma 就是他的亲姑妈郑有欣。因为他来美国也将满 10 年了，语言上的障碍让他都不可能融入美国的白领阶层，更何况姑妈仅是位中学毕业的农村家庭妇女！

"难道是艳茹？"郑跃进的心一动，好像艳茹就在他的眼前晃来晃去。

"没准真的是艳茹，女人的能量有时大过天呢。"他的思维里是谷风和郑跃进在对话。

他把信往一边推了一下，随手拿了一张白纸准备记录。他在电脑上不停地翻页，专心地查找近几天新泽西州和大西洋城发生的事。

他查到了下列新闻：

5月1日星期五夜里，大西洋城海边一华人妇女被三位墨西哥人强暴。

5月2日星期六晚11时许，一位化装成老年人的妇女，在你来赢赌场酒吧将一华人男子刺死后逃跑。

5月3日星期日晚，一出租车司机被劫，抢劫者是40岁左右的胖女人……

郑跃进最敏感的是星期六。

他发现南茜写信的时间，与你来赢赌场刺杀事件，均发生在星期六。

那个被墨西哥男人轮奸的华人妇女是不是南茜呢？

"墨西哥人！这群流亡（氓）和处生（畜生）给我带来的休如（羞辱），更使我无法去面对我的女儿！"

郑跃进转头看了下南茜信中的这句话，验证了南茜事件后他的分析是对的，他明白了南茜为什么要死。

他将这两则新闻的网页点进收藏夹后，马上在电脑上打上谷天镇的名字，他想通过谷歌来搜索谷天镇的地理位置。

他查到了。

可是不知为什么，那 11 年前的冲动突然间跑得无踪无影了。他的心态格外平静，而这平静与南茜的死无关。

他摘下眼镜，揉揉眼睛，又将眼镜戴上。

他看着电脑上那幽深神秘的小镇，一丝悲怆的叹息掠过他的心头。

20 年了，他想："我苦苦寻找的艳茹和儿子，竟然住在这神秘的谷天镇？我说么，打了这些年的寻人启事无人理会。给我个理由啊，为什么躲进深山里？难道你嫁给了古森林？"

郑跃进站起来走到窗前，他心中的误解太深。

望着窗外的桑树，那树上的鸟儿在叽叽喳喳地叫着，似乎在议论着郑跃进悲喜交集的无奈和困惑。

他在假设着，想从假设中找到答案。

"假如你已经结婚，有千般万般的理由，但你没有理由不通知我或我的家人，因为我们已经有了儿子。尤其孩子的爷爷盼望能看到隔辈人的愿望终成遗憾！说你忘情忘义不忠不孝都不为过。即使相见，又何来激情？可是，假定这种假设成立，那你为何要改名叫沈念琎呢？念琎，这明明是念我郑跃进嘛？而且，儿子取名叫盼盼，不也是在盼我吗？那你的难言之隐又是什么呢?"

郑跃进沉思片刻,他回身走到写字台旁坐下,准备给艳茹写信。他认为,就目前的状况,写信是最好的沟通。可是,这信是何等的难写啊?千言万语,万语千言!

"20年呀!"郑跃进感叹,"我从哪儿写起呢?"

"星期六!为什么我郑跃进的事都赶在这星期六?"一向达观的郑跃进开始宿命。

他甚至认为星期六是命中之劫,是躲不掉的命运的安排。

他想起了爸爸弥留之际的教诲:"……当你找到了你一心想要的,但现实有可能事与愿违的时候,希望你能勇敢地面对。你个人的婚事,记住爸爸的话,是你的女人跑不掉,不是你的女人躺在身边也没用。不要去追求不属于你的东西……"

跃进好像一下子清醒了,他拿过信笺提笔写道:

　　艳茹:你好!

　　我苦苦寻找你们20年……

　　请还我一个心愿:让我看看你们,尤其是我还没见过面的儿子!

　　我住在赌城拉斯维加斯,但我暂时在纽约工作。

　　我有固定的收入,不会给你们增添任何麻烦。

　　请代我问候姑妈她老人家好!

　　谨此,

　　祝好!

郑跃进

1998 年 5 月 9 日　　星期六

　　写完了信，郑跃进到抽屉里找信封和邮票，翻来翻去抽屉里只有 Yellow 出租车公司的一个信封，他记得这是他申请工作时那位好心的接待员给他装申请表的。他自从来到美国就再没写过信，所以他没有买过信封。邮票他有，因为有的账单来时，他要填写支票，在附带的信封上贴上邮票寄走支票。他拿出 Yellow 公司的信封，按明信片的地址填写后，郑重地写上"沈念琏（艳茹亲启）"字样。在封信的时候他还真犹豫了一下，电话号码是写上呢还是不写？停顿了片刻，他扔下笔没写，把信装进了信封。也许，是一个男人的自尊让他止住了心中一闪而过的念头。

　　历来很心细的他，写上谷天镇的地址后，在下沿的 Yellow 公司地址上，他没有多填一个字，为什么呢？是他故意设下的悬念吗？抑或是心中积存着不满的情绪？或是想让沈艳茹再寻找她 20 年？其实，这些都不是。此时此刻他的心里像是打翻了五味瓶，各种滋味缠绕着吞噬着他那饱经思念和沧桑的心，他是多么想即刻就知道姑妈和艳茹还有儿子的消息。可是，最后一刻，他给自己留下了自尊。已分别这么多年了，一个人会变成什么样谁知道呢？如果她还是原来的那个艳如，总会想法相见的。

　　信封好后，他习惯性地用纸巾擦一下桌面，然后将南茜的信收起来，顺便看一下包裹提取单，一看日期在 6 个月内提取，费用已付。

跃进有点惘然若失的样子，他惋惜地摇了摇头叹道："这个南茜，把自己的后事都想好了，可是……"

可是，这预期的死讯，的确使他茫然不知所措。

他冷静地分析了南茜信中所列状况后告诉自己："等待，未见尸体暂时不能做任何事。"

郑跃进双手微握举向空中伸了个懒腰，一个哈欠使他感到有些困意，他抬眼看一下墙上的挂钟是上午 11 点，他用脑太多，感到头好痛。这些悬而未决的信息和无穷多的疑问搅扰着他的思绪，令他冥思苦想也无法得到答案，他感到了心累。

他起身走向躺椅，疲倦地躺了下去。

可是一个问题从他的大脑中冒了出来："如果 Tina 早就知道沈艳茹是我的未婚妻才故意安排我到纽约分部工作，那我怎么办？如果这个假设成立，那没得说了，艳茹肯定嫁人了，否则她不会不见我。"

"但如果这假设不成立呢？"他又开始胡思乱想了。

"是啊，不成立怎么办呢？我要不要去找她？"当这个设问出现时，一个声音马上提醒他，"任何事，当你还拿不定主意的时候，最好的经验就是顺其自然。"

郑跃进记得这是他爸爸生前说过的。

"没错，我权当这些事都没发生过……"他睡了，虽然大脑稀里糊涂，但还是响起了鼾声。

同一天的上午，同一个时间的谷天镇。

天空的阴云在游动着，那山峰的顶端，古树嗷叫，黑云翻腾，将整个小镇笼罩在一片灰暗之中。一道闪电划破天际，轰鸣的雷声震荡着，豆大的雨点噼噼啪啪地滚落下来，这雨点是稀松的雷阵雨，不是那密麻麻的一片，但打在人的身上却是火辣辣的疼。

街上已没有行人，偶尔有一辆车开过。整个小镇死一般的寂静。

就在这个时候，一辆新款凯迪拉克吉普车，停在那座靠山独处庄重气派的木建筑别墅门前，这辆新款吉普车在那个年代被美国人视为巅峰之梦，因为是限量纪念版问世。该车的外形豪华气派，车内宽敞明亮，彰显着车主人的尊贵和魅力。

车刚停稳，别墅的大门便被一个门卫一样的中年墨西哥男人打开。

只见一位 20 岁左右的男孩，坐在残疾人轮椅上，被一位约 50 岁左右的中国女人推着往外走，这女人像是孩子的保姆。在一位约 40 岁左右的中国女人陪同下，跟在轮椅的后面一同走出大门。

这时从凯迪拉克吉普车司机的位置上，走下来一位还不到 40 岁的女人。她上身穿件浅蓝色带暗格短袖衫，下身穿条蓝色牛仔裤，脚穿一伸脚简便皮鞋，随便的装束像是要远行。显然这女人是车的主人。她下车麻利地拢一下乌黑的头发，快速走到老妇人和那坐着的男孩旁。那男孩正在和老妇人告别，她走过去与那老妇人说了几句话，便同那位保姆一起，直接把那男孩坐的轮椅推进那辆宽敞的车厢里，然后保姆坐进车里忙着固定男孩的轮椅。那女人看保姆把男孩安顿好后，转过身向站在房前雨篷下的老妇人摆一下手，便上车打火开车驶向公路。

车刚走出几步远，邮差的车便到了。

老妇人还没回屋，陪同她的女人从邮差手中接过约有一打的信件。只见她快速地翻阅一下，将两封信递给老妇人，便随老妇人一同走进屋内。这两封信，一封是改名谷风的郑跃进写来的，一封是南茜写来的。

南茜的判断没错，这位老妇人就是郑跃进的姑妈郑有欣。

刚刚开着凯迪拉克吉普车走的那位女人和坐在车里的那个男孩，就是郑跃进苦苦寻找 20 年的未婚妻沈艳茹和他们的儿子盼盼！

沈艳茹（现名沈念琲）的这次远行，主要是为儿子盼盼转学到拉斯维加斯上中学，绕路去纽约市力康中心，又为盼盼重新安装假肢，然后回到赌城爷爷留给她妈妈 Emma 在中国城后边的住宅长期居住，因为她被 Q 公司任命为赌城发牌员学校的负责人。

其实，所有这一切都是老太太 Emma 的安排。在念琲此行之前，老太太已经安排慕东在赌城申请和办理发牌员学校的相关手续，就等念琲去发牌员学校上任了。因为念琲不是英语专业学校毕业，从事保险业务很吃力，所以安排她去发牌员学校负责。但最主要的目的是把她与慕南分开，最终安排郑跃进与

她和儿子一家人团圆。

这人世间的有些事，真像俗话所说的那样，阴差阳错。那邮差如果早一分钟到，念琏就能收到南茜的信。如果她看到南茜自杀前写给她的信，她会怎么想？会不会把郑跃进与南茜的关系认同为事实上的那种男女关系？假如在她的心里种下这粒种子，那在赌城拉斯维加斯即将发生的最惊险的决斗，将带给沈念琏怎样的压力呢？

老太太回屋坐在椭圆形办公桌前的板椅上，戴上老花镜，把纽约分部谷风的信先放一边，奇怪地看着南茜写给沈念琏（艳茹收）的来信。她在心里打个问号，来美国快 20 年了，艳茹从来没有收过中文信件，再说有谁知道艳茹的名字？难道是郑跃进？

可是一看那歪扭的字体，尤其是用中文写的"念琏、艳茹"等字迹，也就小学二年级的水平。为了不出差错，老太太毫无顾忌地剪开信封，取出信笺。

但出乎意料的是，Emma 只看见两行字：

沈小姐你原名叫沈艳茹吧？郑跃进来美国早（找）你们很多年。他现在（仍）单身。在拉斯维加斯开出租车呢。

既没有开篇的称呼，也没有落款的署名。但要传递的讯息，的确是简单明了没有多余的废话。从这一行文字分析，尽管有一个错别字，但简明扼要，把南茜暂列个文化人没得说。

老太太看完信坐在那儿想了一会儿，她断定这封信是南茜写来的。她把信放在一边，伸手在桌面右角处的黑色按钮上按了一下，这时刚才陪同老太太的那位女士走了进来。

这位女士就是 Tina，本名潘晓娜，43 岁，长春人。老太太最信得过的秘书，英文语言学校毕业。现在受命于老太太 Emma 的委托，直接分管纽约分部，是化身谷风的郑跃进的顶头上司。

Emma 问："丽莎是否已回到拉斯维加斯了？"

Tina 肯定地点点头说："是的。"

老太太抬头看着 Tina 说："你打电话，嘱咐一下丽莎，就说是我的意思。纽约分部近期发生的事，一定要她守口如瓶，除了你我两人，暂时不得和其他人谈起纽约事件。"

Emma 交代完，又问了一下委托洛杉矶一位朋友办事的情况，她让 Tina 再打电话催问一下。

Tina 点头应允着出去，老太太开始看谷风——她的侄子郑跃进的来信。

从谷风的信中她进一步得知了金连成遇刺，南茜失踪的详细情况。此前谷风已发来传真，但考虑到敏感话题等因素，在传真的报告中不能详尽。

但此案，就目前现有的证据表明，与 Q 公司投资部及纽约分部，在法律关系上应该没有任何联系。因为涉案的被害人金连成是分部雇用的临时员工，事发时，他已被分部辞退，所以公司不负任何责任。而南茜，因违纪已被公司除名。但南茜在本公司

注册名是否是南茜本名应核查，如果不是，那是否另当别论？

尚需处理善后的是：被害人金连成的太太，几次来分部要求能否给予适当的补偿，分部答复按规定是不可能的，因为金连成是被辞退后被害的。但金连成的家属很不讲理，声称不给补偿将状告 Q 公司。考虑到案情的复杂性及实际情况，也许有些事需要她能提供一些帮助，所以请示总部是否可以给予一定的补偿。分部建议给金连成的家人 3000 美金的补偿，目的也是息事宁人。

根据被害人金连成太太提供的情况，估计警方会很快到 Q 公司了解南茜的情况。

此外，有关赌场投资一些显见的问题，总部应咨询法律顾问，明确一下公司的这种行为是否具有正当性。

还有，近期在纽约分部组织了两次大型的人寿保险经纪人培训大会。分部认为，人寿保险的宣传是否存在欺诈性？这类保险适用的对象应该是经济收入相对稳定，或者有一定经济基础的家庭。但公司发展的对象有很多都是临时工，尤其是从中国来美国的新移民。这些人没有相对稳定的工作，买了这种长期投资性的人寿保险，一旦断了收入来源，那他们投入的钱，几乎一分钱都拿不回去。

而让他们买这种人寿保险最成功的诱惑力是："假如因意外事件造成投保人死亡，其后人可按保额受益 50 万、100 万……"

对此建议总部，就这个问题明确一下具体的规定……

老太太在认真地阅读谷风的报告，但三下轻轻的敲门声让戴着老花镜的 Emma 抬起头来。

是女秘书 Tina，她端了一杯咖啡，很小心地放在老太太左手旁的桌上。然后她贴向老太太讲着那个女孩的婚姻状况，老太太放下谷风写的报告，边听边不住地点头。

在 Tina 要出房门时，老太太叫住 Tina 吩咐说："通知谷风，写一份规范赌场投资提案报告。另外，告诉他，不同意给被害人金连成的家人任何补偿，因为给了补偿，他的家人会认为金连成的死与公司有关。还有，人寿保险那块业务，让谷风暂时不要插手。"

Tina 点头后刚想退出，突然她想起谷风正在休假，于是她随口向老太太请示说："今天是星期六，谷风正在拉斯维加斯月休，要不要通知他提前回分部？"

老太太喝口咖啡答道："我倒忘了周末，那算了，等他回分部再通知他也不迟。"Tina 微笑地点点头后出去了。

秘书刚走出房门，老太太座椅旁的内线电话铃响了起来。

"奇怪呀，星期六是谁打这个内线电话？"老太太心里猜想着，眼盯着电话没有马上接听，当铃声响到第三声时，老太太拿起了电话。

可是，电话里传来的声音让 Emma 的心一缩，顿时不寒而栗……

Chapter 15

这真是一位劳心过度的老人，
她的生命像是走到了尽头⋯⋯

心愿难全

　　这个电话是总公司投资部老板慕云飞打来的，他通知老太太 Emma 派人先警方找到南茜，要亲眼看着南茜登上回中国的飞机，否则出现任何意想不到的后果都由她 Emma 负责。

　　慕云飞终于有机会和老太太翻脸了，南茜事件就董事长慕南出面也无济于事。

　　放下电话，老太太想着郑跃进在报告中的暗示。

　　"此外，有关赌场投资一些显见的问题，总部应咨询法律顾问，明确一下公司的这种行为是否具有正当性。"

　　老太太 Emma 反复思考这段内容，她心想："这么多年了都没事，一个南茜事件就能翻船？如果真的出事那一定就是大事，你慕云飞也脱不了干系！"

　　她想起了已故老板慕云轩对她的交代："已任命你是 Q 公

司赌场投资部的主管了。你知道赌场投资部原是我已故太太艾咪掌管的部门，在她去世以后本应关业解体，但一想到艾咪生前对这个部门倾注的心血，我不舍得关掉。派你去掌管，希望你能像艾咪那样管好这个部门，并发扬光大。此外，你还要协助我管理 Q 公司行政上的一些事，因为慕南上大学期间只是挂名。艾咪从前做的一些事，你要尽力接管过来。以后，你个人不能再有赌资借款，投资部年底红利分配，你和慕云飞的待遇一样，按 10％红利给你。记住，所有从事赌场投资的 Q 会员，一律向 Q 公司申请信用卡作为他们的借款投资，而且限额不准超过 5 万美金。"

她牢记老板对她讲的每一句叮咛，尤其是老板生前立的遗嘱注明她 Emma 是见证人，足见老板慕云轩对她的信任。

想起老板语重心长的坦诚，她时常在夜里感动得流泪。是啊，从一个清洁工到管家，再升任 Q 公司投资部的主管，这真是祖坟冒清气了，一步登天啊！那个风花雪月里发生的不能说的故事，她永远都不会讲出来，就连她的女儿沈艳茹都不知道。她要把这无人知晓的秘密永远深深地埋藏在她的心里，直到走向墓地。她懂得知遇之恩，所以她一直用感恩的心态，用生命去尽职尽责地报效慕家。

后来，大管家沈国立，也是她小叔子要求她将英文好的 Q 会员逐渐转向保险业务，尽量减少从事赌场投资的 Q 会员。起初她不懂，一再追问为什么。

大管家提醒她说："赌场投资是以个人名义借款进行的一

种赌博行为，公司收回的是高额借款利息。所有从事赌场投资的 Q 会员，赌博都是个人行为。如果在 Q 会员中有触犯美国法律的，一切均由个人负责。你负责赌场投资，对资金这一块，要让 Q 会员直接对公司，而不是对你 Emma 个人！按公司的要求是个人借款，至于所借资金用在何处，那是个人自己的事。"

聪明的老太太明白了大管家的良苦用心。其实她早就清楚投资部事实上就是挂羊头卖狗肉的部门，但她不管什么羊头狗肉的，因为这不是她能掌控的事。她知道赌场投资本来就是冠冕堂皇的商业用语，最诱人的是新 Q 会员能无本而获 5 万美金的借款。但并非每个新接收的会员都会这么幸运，被淘汰的会员不计其数。外人不知道投资部赚钱的手段和诀窍，说穿了很简单，就是所有新接收的 Q 会员，在最初的实习期用公司提供的资金，在职业赌手的监督下必须在赌场赢够 5 万美金才算合格，公司不会放款给不合格的会员。而且，公司放款给会员的上限就是 5 万美金。假如取消培训和实习，那放出去的 5 万美金根本就不可能收回。其实说白了，这 5 万美金是 Q 会员用公司的投资作为本钱自己在赌场赢的钱。

不拿自己的钱去赌，还能赢钱，这种便宜事上哪儿去找呀。大多中国人生性好赌，呵呵，偏偏有人出钱让你去占这个便宜。这个吸引力就连博士教授都无法拒绝。在 Q 公司的 Q 会员里，有两个硕士，一个博士，一个教授。而且都非常守规矩，没有谁有犯规违法的行为。

现在，谷风提出了赌场投资正当性一说。老太太 Emma 知道郑跃进在中国学过法律，但这里是美国，美国的有些市场游戏规则是变通以后，即使你认为违法，但没有证据能证明违法，那你就无权干涉。比如在赌城拉斯维加斯，小姐可以到房间给客人跳脱衣舞，但不能发生性行为。可是，一个男人独自一人在房间里看一位年轻漂亮的女孩脱得一丝不挂，生理的本能会有什么反应？在这个时候所发生的交易又有谁会知道呢？这是法律上的盲点，大多美国成年人都知道，都接受这种违法但不违背人性的游戏规则。而且，这种事也不适用"推定"来定性，可以说是违法的高级游戏。而 Q 公司的创始人慕鹤松，正是基于这个盲点而创办了另一种职业。发展会员，由他组建的公司提供借款资金，再由他安排专业人士对会员进行培训，然后派到赌场成为专职赌手为他赚钱。

　　这些年来，老太太已经尝到了赌场投资的甜头。高额的利润来得快，而且风险低。要出事早就出事了，怎么会经营这么多年？

　　可是近段时间，总公司那个在幕后操纵赌场投资的老板慕云飞，从幕后走向了前台，这不能不引起老太太 Emma 的警觉。尤其近期又针对性地下发不能冠以公司名义租住赌场客房部的通知，以及在南茜出事后马上调大刀脸到总部，都好像是针对 Q 公司投资部。此外，KQ 两公司三年一度的比赛，因老板慕云轩车祸去世已经中断了，现在慕云飞的倡导下，又恢复了比赛。今天又亲自打来电话责令老太太 Emma 追查南茜下

落……

看来慕云飞是担心南茜事件这把火最终烧到他的头上，否则他不会这么上心南茜事件。

所以，老太太 Emma 不知道慕云飞葫芦里卖的是什么药，但反馈的信息表明，KQ 两公司的会员都较劲似的摩拳擦掌。现在，距离比赛的期限还有两个月时间，她心里没底，总觉得又要发生什么事。

"不行！我必须和董事长慕南谈一次。"想到这儿，老太太 Emma 起身准备亲自去慕南办公室。

"可是……"老太太又坐下了。

她想，慕南的女儿香香常在慕南办公室，还是请慕南过来谈好些。她犹豫了一会儿，第二次伸手将桌面右角处那黑色按钮按了一下。

秘书 Tina 进来了，她问秘书："董事长慕南在吗？"Tina 犹豫了一下，道："这雨天，又是周末，他应该在家。"老太太马上吩咐 Tina 去请老板慕南过来，说有要事相商。

Tina 退出去安排。老太太从抽屉里拿出一根特制的香烟，这是她车祸受伤以后，为了止疼而开始吸这种特制的含有大麻的香烟。她用长根的火柴，划起很大的火苗把烟点燃。她吸了一口，缓和了一下因疲劳引起的腰肩盘疼痛，起身走到窗前，拉开百叶窗，透过宽敞的玻璃，遥望着峻岭高山，她感慨松柏孤傲但尽显苍凉，犹如自己的晚年。

Emma 在心里叹道："坎坷的一生，就这样匆匆地走过了，通往丈夫国强的墓地还有多远？"

　　她感到生命的活力正在她体内渐渐地消失，她必须在谢幕之前，安排好女儿艳茹，外孙盼盼和侄儿跃进的团聚，以及让慕南恢复自信，还有慕东接任 Q 公司经理等等，这是 Emma 一直未了的心愿！这心愿不仅是对已故老板慕云轩的感恩，还是一位老人在尽力完成最后能为儿女所做的事。

　　可是，这心愿是真的很难全呀！

　　屋里静得可怕，偶尔从外面传来一两声隆隆的雷声，使这座建在山根底下的豪华别墅显得更加阴森恐怖！窗外的雨还在淅淅沥沥地下着，一阵劲风刮过，从窗户的缝隙里钻进来那已无劲道的气浪吹散了老太太手上那根烟的烟灰，火星一闪，老太太赶忙止住沉思，回到桌前。突然，她不经意地发现书架上那本《中华大字典》被透射的灯光照得闪闪发亮。她好奇地走了过去，伸手一摸，原来那大字典是空壳，是假的装饰。她轻轻地碰了一下，那个大字典空壳开始移动，她又用力地动了一下，一个空地露出了机关，而且旁边挂着大小两把钥匙。老太太拿过钥匙，轻轻地触动那个按钮，刹那间，书柜开始右移，一条通往地下的暗道出现在她的眼前……

　　老太太 Emma 惊讶地瞪大了眼睛："这么多年，我竟然不知道这书柜的后面隐藏着暗室！"

　　她猛然联想到已故老板慕云轩生前曾严肃地交代过，清洁工到这个办公室做清洁，必须先关闭电源。

　　那个时候的 Emma 刚刚调任 Q 公司办公室负责行政上的

事，但这些年老太太一直在遵守已故老板的指令。

这个暗室，存放着已故老板慕云轩一生的心血，暗室里的每一个物件都是宝贝，都价值连城……

"笃、笃、笃……"一阵敲门声让 Emma 吓了一跳，她赶紧在书柜的按钮处又按了一下，使书柜还原，然后她去开门。

但 Emma 脑子里一闪的念头是："和慕南谈完话，我一定要进密室去看个究竟。"

在 Emma 开门的同时，一位近 40 岁左右的瘦脸男人，坐在残疾人的电动车上自己开着进了 Emma 的办公室。秘书 Tina 紧随其后也跟了进来，但 Tina 进屋后，倒了两杯水放在桌上就出去了。

打眼一看，这男人生了一张清秀的女人脸，浓眉大眼，皮肤白净。尤其那微笑，总给人似曾相识的感觉。外表文气内敛，少言寡语，是一位常以身体语言来表达他思想意思的男人。如果你初次接触他，马上会有一个很好的印象，你会在一瞬间产生一个念头：这是一位让人感到很有安全感的男人。

老太太看到进来的慕南脸上露出了慈爱的微笑。

"你好，慕南！"

老太太慢步走过去发出温暖的问候，那声音小得要配合看口形来辨识她讲的是什么。

"您好，妈妈！叫我有事吗？"

慕南很有礼貌地回应着老太太，并诚恳地探问叫他来的目的。

这位混血中年人便是 X5 总公司的继承人，现任董事长，也是二老板慕东同父异母的哥哥。他的中文名叫慕南，他的英文名叫杰克。

自从他父亲因车祸去世，他的右腿被截肢以后，更显体弱多病。给他安了假肢，也不知为何，被截肢的部位总有炎症，所以他一直在医院住院治疗。老太太 Emma 的女儿念琏几乎成了他的专职护理。念琏看他右腿已残疾，就像照顾自己亲弟弟一样地照顾他。所以在当年的春节，慕南在给老太太拜年时就认老太太为干妈，并从此称呼老太太为妈妈。一个原因是老太太 Emma 一直是慕家的管家，尽管慕南的父母都不在世了，但这些年，慕南和女儿香香一直由老太太和沈念琏照顾，所以他心存感激，但更主要的原因是为了和老太太的女儿念琏在一起。而他的弟弟慕东，Q 会员习惯称呼的二老板，在他妈妈活着的时候，每个星期天都随妈妈去教会。一到教堂慕东就跑进厨房，因为牧师的太太也是亚洲人，她做饭给大家吃。每次看到慕东都抱抱他，给他拿玩具，给他拿糖果。慕东贪恋玩具，得了好处就管牧师的太太叫妈妈。因老太太 Emma 的身高胖瘦以及脸形与牧师的太太很像，慕东回到家里，每天又要和念琏的儿子盼盼、慕南的女儿香香在一起玩，有时他感觉当管家的老太太就像是牧师的太太，所以也叫老太太为妈妈。

慕东妈妈活着的时候就对老太太 Emma 说："你和东儿有缘，就认了我的东儿为干儿子吧？"

后来慕东长大了，懂事以后，爸爸妈妈因车祸丧生，他就跟随哥哥慕南一起正式认了老太太 Emma 为干妈。

老太太端了一杯水递给右腿截肢的慕南，然后扶着电动车的后背贴向他的耳朵说："照顾你的用人对你还好吗？"

慕南点头，脸上露出还可以的神情。

老太太笑着说："这位保姆太老了，我考虑给你换一位年轻一点的。"

慕南笑着说："这些小事不用妈妈操心了。"

"这可不是小事啊！你的健康攸关 X5 总公司的前途和命运！"

老太太先把高帽给慕南戴上后，言语切入正题。

"今天请你来，有两件事想和你商量一下，你帮我拿个主意如何？"

老太太把车转了一下，话题也跟着转了，她正脸面向慕南。

慕南满不在乎地说："妈妈您说，什么事？"

"但是这两件事我要征得你同意才能去做的，因为这不仅涉及 Q 公司，还涉及你后半生的幸福！"

老太太又贴近慕南的耳朵，讲到了正题。慕南好像预感到了老太太要讲什么，脸上突显出渴望得到答案的神情。

老太太说道："第一件事是我托朋友给你介绍了一位女友，是刚从大陆过来的访问学者，可能要在美国生活一段时间，是一位德高望重的老教授的女儿，今年刚满 30 岁，人长得挺好的。"

老太太说完在看慕南的反应。

慕南本以为老太太会说他和念琬的事，没想到是给他介绍个女朋友，这分明是提醒他和念琬继续下去不合适，对此他很反感。

他索性挑明："我没有兴趣想娶什么大陆来的访问学者，我现在的生活很好啊！"

慕南想表述的是他和念琬在一起生活得很好，为何老太太执意让他俩分开呢。

他的面目表情有些沮丧，瘦削的脸庞也显露愠色，他把水杯清脆地往桌上一放，表现出一种盛气凌人贵族风范的傲视。

对慕南来说，虽说母亲早逝，但原本的生活还是有着无与伦比的富有和快乐，可是一场车祸从此改变了慕南全部的生活。那种和恋人漫步原野无拘无束亲昵甜蜜的卿卿我我，那种与心仪的爱人驰骋马场双双归来的飒爽刺激，那种拥着自己倾心爱恋的女人温柔缠绵如胶似漆的销魂感觉再也不复存在了。在起初的一段日子里，他几乎每天望着失去的那条腿发呆。在他最痛苦的时候，是老太太 Emma 把女儿念琬派到他身边照顾他。天性善良的念琬，不争不要，一心照顾他和他女儿香香日常生活中的大小事情，直到后来给他请了个合适的用人。但那段日子就像春天里埋下的种子，已在他心里生根发芽，他忘不了念琬并深深地爱上了念琬。尽管他知道念琬心里想的不是他，但他已经习惯了每天都能看见念琬忙碌的身影和盼盼、香香两个孩子双双出现的这种正常人家的生活。所以当老太太告

诉他要给他介绍个女朋友时，他脑海里出现的想法，真的是无法描述的。如果稍微细心一点，只消看着他那布满汗珠的脑门和他那有些湿润的眼睛，便会猜出离开念珽，甚至包括念珽的儿子盼盼，这对慕南来说都是很残忍的事，他感到了不快和闹心。

　　老太太 Emma 看到慕南很讨厌这个话题，她挺了一下腰走过去，灵机一动，用左手拍了拍慕南的肩膀，语气沉重感慨万千地说："我考虑的不光是你的婚事，更主要的是你父亲的产业，这也是我要和你说的第二件事。"

　　老太太 Emma 马上转换了话题，听慕南讲话的口气，她有点担心这开场的关怀已经影响今天谈话的主题了。

　　她想起慕南父亲临终前的嘱托，深感责任重大。她在想着用什么样的办法能阻止慕南恋着念珽又不结婚的这种同居生活。现在的慕南每天恋着念珽，什么事也不想做。如果老太太 Emma 贪图富贵，念珽与慕南的婚事应该说已经水到渠成了，但老太太 Emma 一直不赞成这门婚事。一是念珽大慕南两岁，还带着残疾的儿子盼盼，若成婚，有乘人之危把女儿嫁给财富之嫌疑。其二，最主要的是郑跃进已追到了美国，不能把这对青梅竹马两小无猜的情侣分开。老太太 Emma 的心里非常清楚，两个孩子的心中都一直守候着那份初恋。

　　还有，老太太 Emma 最担忧的是，近几年慕南以身体不好为理由，几乎不管公司的运营情况。其实 Emma 心里很清楚，慕南是惧怕他的堂叔慕云飞，打怵和慕云飞共事。他心里想的是他的堂叔慕云飞主要是负责赌场投资，爱怎么折腾就怎么折腾，反正保险资金都在Q公司，没他慕南的同意和签字慕云飞也动不了大钱。所以他不在乎，也不想去总公司。而他的弟弟慕东贪玩，贪恋女色。从一年花销十几万美元的账上就可以断定，慕东大学毕业以后一直不务正业，至今对Q公司保险运营的情况一无所知。照此下去，已故老板慕云轩创下的家业就要拱手让给慕云飞。如果再不让慕南清醒地认识到这一点，那可怕的后果不堪设想啊！

所以，老太太Emma这次下决心要让慕南振作起来去管事，去收复父辈打下的江山，这是她此举找慕南谈话的主题。此外，她最担忧的南茜事件，只有慕南出面她才有主心骨……

可是，用什么办法能激起慕南的情绪，使慕南能割舍儿女情长呢？

"仇杀！"老太太双眉一皱有了主意。

大脑思维几秒钟的滚动就让老太太的心中有了定数，足见Emma足智多谋。

为了让慕南能清醒地认识到慕氏家族存在着仇杀，她把老板慕云轩临终前的托孤告诉了慕南。

她对慕南说："你父亲临终前的一个星期曾对我交代说：'Emma，你记住，你永远是慕家的管家，假如我和我太太有什么意外的话，请你一定要帮我照顾好慕南和慕东！让他们长大成人，继承我的家业。'"

说到这儿她抬头看着慕南不语。

慕南瞪大了眼睛，好像第一次听 Emma 这么说。

Emma 的表情很冷漠，她看着慕南接着说："是因为有人要暗害你父亲。我记得很清楚，你父亲生前与我说过，在他回总公司处理你爷爷遗留的事务期间，他使用你爷爷生前驾驶的那辆奔驰车，有人在车的后备厢里放了毒品，是你的小姨黑牡丹救了你父亲。"

"毒品？我小姨黑牡丹还活着？"慕南又惊恐地瞪大了眼睛。

这两个话题就把慕南吸引住了，足见老太太 Emma 老谋深算。

Emma 接着讲："这些年黑牡丹是否还活着我不知道，但你父亲与我讲过这事是真的。"

"您的意思……"慕南想说暗害父亲的那个人是否就在父亲身边，或者是家族内部的人。

Emma 端起桌上的山泉水喝了一口，没有正面回答慕南的问题却突然地问："你还记得那次车祸吗？"

"当然记得！1991 年 10 月 5 日，那天是星期六。"慕南满脸疑问地看着老太太回答道。

"车是你驾驶的。"老太太接过话说，"你父亲和你继母都是在那次车祸中丧生的。你一个正常的健康人，右腿被截肢，还有我的右手、我的腰。尤其是盼儿，当时他还那么小，才 12 岁，还没见过他的亲生父亲。咳，那天他非得跟着我上那辆豪华车，却出了这么大的事故。"

老太太的泪水顺着她那苍老的脸颊流下来，言语间似乎流露出一种无奈和遗憾。她脸色一沉，用力提了下嗓音说道："要不是念琄和慕东从后面开车赶上来把我们送到谷天镇医院，我们全都得死啊！"

慕南马上想起那情景：那大挂车从三岔路口迎面开向单行路，将慕南开的加长林肯轿车撞翻到沟底。慕东的母亲，自己的继母张玉玲从裂开的车门甩了出去，被一根树杈穿透了肚子。父亲慕云轩为挡住盼盼和老太太 Emma 夹压在车门底下，上半身露在车门外，最后导致内脏损害肝破裂。慕南的右腿膝盖以下被车门夹断。老太太腰及肋骨损伤。盼盼左小腿粉碎性骨折……折腾了 1 个多小时，如果不是念琄和慕东的车跟在后边，那后果……慕南不敢想下去。

老太太擦一下眼泪又自言自语地埋怨道："下那么大的雨，翻过那山，雪下得更大。那个可怕的山里，一边下着大雨，一边下着大雪，山都封路了，连手机都打不通。"

"我知道妈妈，您……您今天提起这事……"慕南感到奇怪，又有点不耐烦，因为他不知道老太太的真正用意是什么。

老太太深感忧虑地说道："因为那次车祸是在比赛之后半年的时间里发生的，在你父亲去世之后不到半年的时间，1992年 2 月下旬你父亲委托代行大老板职务的慕鹤林去世。3 月初你堂叔慕云飞，没经过你的同意便自行管起了总公司。好像是大老板主事一样地指手画脚，对此大管家沈国立相当不满。而你一直患病住院，那时慕东还小。这些年总算过来了，但近期大管家国立讲，慕云飞已经把 K 公司交给大儿子慕洋打理了，又让二儿子慕然代表总公司全权负责两个月后两公司投资部会员的赛事。据信息部门汇报说，慕然又是 K 公司参赛会员的总领队，而且慕云飞批给慕然 20 万资金装修接待总站的比赛大厅，有这个必要吗？山雨欲来呀！越临近比赛，我越有一种不祥的预感。"

老太太的这段陈述在慕南看来都是废话，因为此时慕南想知道的是父亲被害的线索。

慕南沉思了半天小声回话说："不就一个比赛吗，如果不想赛，打个电话取消就行了。"

"不是啊，慕南！"老太太又严肃起来。

慕南知道 Q 公司与 K 公司之间有矛盾，但他还没看到过他父亲生前的记录，他只从律师处看到过父亲关于财产处分遗嘱部分的备份，所以，他不知道矛盾的内幕是因为情仇而发展成争夺家族的最高权力和经济利益，并在暗里较量中演变成你死我活的仇杀。

他抬起头看着老太太 Emma，瞪大了眼睛等待着 Emma 说下去。

老太太接着说那次车祸："肇事的司机是黑人，当场死亡。不是被撞死而是被人用器械打死的，这是律师亲口讲的。谁和你父亲有这么大的深仇大恨呢？"

"您认为是谁干的？"慕南直来直去地问 Emma。

老太太想了一会儿，很干脆地说："背后推手，肯定是你的叔叔慕云飞!"

慕南沉思了一会儿,然后很怀疑地说:"可是妈妈,后来我听弟弟小东说,父亲醒过来只嘟囔着'是他……不眼不眼'就昏过去了。那'不眼'指的是谁呀?"

慕南好像突然间想起了这个情节马上又问老太太。

老太太回到她的座位上又点燃一支烟,然后语气很重地说:"那次车祸是场阴谋。在出事的前一个小时,你父亲在车里还对我说他接到一个奇怪的电话,说公司一保险的案子处理不公,有警告你父亲的意思。可是客户怎么会知道你父亲的私人手机号码?这说明有人假借保险案子说事。而你父亲醒来时喊出的'不眼不眼',警察报告上的解释是疼痛时叫喊的声音变调,纯扯淡。如果当时我不是处在昏迷状态,也许我能理解你父亲要说的是什么,可是,我想了那么久,还是没结论……所以,为了安全起见,在这次比赛之前,你应该远离赛区先到雪山胜地丹佛休养一段时间,顺便去管理一下你父亲遗留的物业,让你弟弟慕东回来出任 Q 公司的总经理。"

慕南"哦"了一声,既没说去也没说不去,他仍在想老太太说是他堂叔慕云飞暗害他父亲。

过会儿,他又追问道:"有迹象表明慕云飞是背后推手吗?"

老太太 Emma 想起了律师的暗示,她忧思地说:"你妈妈的双胞胎妹妹艾达是慕云飞的原配夫人,因慕云飞有了外遇并婚外生了个儿子慕洋,你姨妈知道后与慕云飞闹离婚,两人分居生活。你姨妈为了躲避慕云飞的骚扰一直住在你家。那时你还小，但你应该记得那个时期正是你妈妈患病期间。很可能就是这个原因，慕云飞一直误解你父亲与你姨妈有染。"

老太太为证明她的话具有说服力，她又讲了律师的暗示，尤其指出慕南姑妈慕云芝了解真相的一些细节。

慕南想起来了，尽管那时慕南才 7 岁，但他已经记事了。此时此刻，慕南心浮气躁，他抓起一次性水杯看了看，没喝便扔进桌旁的字纸篓。

老太太见状忙起身去给慕南重新接了杯矿泉水。

慕南摆手说道："不喝了，妈妈！"

老太太迟疑了一下，还是走过去给慕南又接了一杯。

她放下矿泉水对慕南说："按规矩说，我作为慕家的管家不能管你老板公司上的事，但涉及你的人身安全，我必须得建议。你的腿脚不方便，有些事要比你想象的更为复杂，甚至凶险。此外我建议你在雪山胜地丹佛召开一次董事会，解决公司的人事、投资的资金及近期发生的南茜事件。"

"什么南茜事件？"慕南惊讶地问。

老太太 Emma 告诉慕南，说他弟弟慕东介绍并发展了一个 Q 会员，因违规去赌，被大西洋城希尔顿赌场发现并连累慕云飞的情人也一同上了黑名单。Emma 把事情经过讲了一遍后说："慕云飞有意把事情搞大，我怎么说都不行，直到出现人命案，他后悔了。现在他又害怕这把火烧到他头上了，刚刚还给我打来电话，说是要先警方找到南茜，并送南茜回大陆，否则让我这个老太太负责!"

慕南听后开始重视,他说:"我早就说过投资部应该撤销,就因涉及慕云飞我一直懒得动作。"

Emma 接着讲:"你是 X5 总公司的董事长,但你一直不去总公司。总管国立曾暗示我,说慕云飞胡作非为,经常与走私贩毒的人往来,而且他对外宣称自己就是总公司的大老板。他的这种行为是在故意造舆论,说白了,也是威慑你,有意想让你知道还有他这位堂叔在,你要顾及他的面子。想想看,从你父亲去世至今,你为何从不召开董事会?是不是因为你讨厌慕云飞和慕洋参加?当然,这深层的关系,纯是你们家族内部的事,外人很难介入。但他慕云飞在钻这个空子。所以慕南,你父亲去世后遗留的这些棘手的事,迟早都得你出面去解决。"

说到这儿,老太太又严肃起来,以不容反驳的口吻继续讲道:"还有,据总管国立讲,从总公司一楼营业厅 Q 公司这个季度的报表上看,约有 50% 的客户转到 K 公司,这是很不正常的情况。包括 K 公司已向总公司打报告,要求归属办公楼产权归 K 公司。所以,你还有一件当务之急要心中有数,那就是要利用一切时间,把美国的民法,尤其是涉及不动产权属方面的法律研究一下,多少懂一些,你一定要心中有数啊!我担心你父亲遗留下来的物业将有一场官司,光靠律师是不行的。而你弟弟慕东一提学习就头疼,你是长兄,又是慕氏家族的掌门人,你要担起来,其他的事,包括个人的一些事,都是些小事。"

老太太 Emma 本想说儿女私情，但慕南毕竟不是她的亲儿子，在老板面前讲话她还是知道轻重分寸的。但说实话，老太太是真的为慕南着想，她讲的话的确是语重心长。

慕南看老太太 Emma 讲完这番话后心情很沉重地望着窗外，他的情绪也受到了感染。刚才他的目光还在怀疑中游移不定，这会儿倒有点茫然不知所措了。

"官司？将有一场官司？掌门人，我是慕氏家族的掌门人！"他在心里念叨着这可怕的字眼。他从来就不曾想过他肩上扛的担子会这么重这么累。

因为父亲慕云轩生前曾对他交代过，说父亲不在位时有三位前辈可终生信赖：一位是他的姑妈慕云芝；一位是父亲的学生 Rock；一位是管家老太太 Emma。

而最关键的人物是 Rock，因为慕南从来就没有见过面，父亲只说他的工作特殊，不宜公开身份。还因为 Rock 每个星期一都会很准时地将 Q 公司的运营安排建议发到慕南每天必看的指令信箱，慕南按指令信箱的建议指挥 Q 公司运营。

此外父亲还向他讲过，有两个人可信任，但不能依赖：一位是他的小姨黑牡丹；一位是总公司大管家沈国立。

同时父亲还特意向他交代：总公司有三个人不可解雇，不论什么原因。第一位是老太太 Emma；第二位是大管家沈国立；第三位是公司的总会计师石磊。这三人除非自己辞职，不能解雇。

这些年，慕南轻轻松松，指令信箱里的建议怎么说他就怎么做，打个电话下指示没人不听，所以他很少动脑筋。

最让他伤心的是在他车祸以后，他的女朋友艾欧莎，扔下他和女儿香香回到了德国，从此杳无音信。那段日子，他一直在维持现状中度日。车祸给他的心灵造成的创伤难以弥合，他每天做着噩梦，一味地以此姑息自己，一蹶不振。尤其是父亲惨死，对他的打击太大。直到沈念琨走进他的生活，他渴望的有如旭日东升的甜蜜生活才重新开始。谁能想到老太太 Emma 两个沉重的话题就把他的梦想摧毁得荡然无存了，这人生总是较劲地折腾。

慕南本来就是一位单纯本分没有心计的男人，这会儿的他，彻底地缴械投降了。

他怔怔地看着老太太，恢复了一个中年男人健康睿智的状态，并身不由己地默默地打量着这位为了他的家和 Q 公司而付出全部心血殚精竭虑的老人，他在心里不无恻隐有点怜惜地感叹道："她……是真的老了。"

慕南清楚地记得，父亲慕云轩让总管沈国立把老太太 Emma 接来的时候，她大约 50 岁上下，虽身材矮小但面容端庄，体态适中，言语温存。尤其那乌黑的头发散落在肩上，加上她讲话时右脸上凹现一个酒窝很是好看，特像印象中的姨妈艾达。那时的 Emma 在 Q 公司做清洁工，后来父亲相中了她，就让 Emma 到慕家做管家，直到爸爸出事的前一年，才把 Emma 安排到 Q 公司办公室工作，替爸爸兼管投资部。也许是老太太善良无私而又执着的为人处事，得到公司所有人的公

认，或是因为她的诚实能干及她的面相天生就招人喜欢。总之，父亲非常信任她。即使他慕南任 Q 公司经理了，因他那时大学尚未毕业，公司一切的业务，在主业保险的运营上，父亲设定了指令信箱。每天要做的事，信箱的指令条理分明地告诉他怎么做，他照文操作就行了，根本不需要动脑筋。而其他的事项，日常工作中的所有应对，主要是赌场投资部这一块，全交由老太太 Emma 负责。这期间 Emma 也学会了百家乐，21点和扑克。后来，父亲责令慕南参照指令信箱的建议全权负责公司的主业保险运营，行政上的事大多也都由老太太 Emma 协助管理。

这些年，Emma 真是尽心尽力地操劳着 Q 公司的一切业务，而且没有私心，是一位值得信任的高级主管，所以父亲交代，Emma 终生不可解雇。

好像父亲慕云轩预感到自己会出事，他在出事前通过董事会，首先公布慕南为公司副董事长的职位，然后又确定了管家老太太 Emma 为总公司投资部副总经理兼任 Q 公司投资部主管的职位，并上报总公司备案。同时又通过律师做了股权和财产转让的公证。一旦他有不测，儿子慕南、慕东作为第一受益人，在第一时间转让生效，并立有遗嘱执行人。

这些年来，事实上的董事长是慕南，但行政上的好多事务其实都是老太太 Emma 在帮忙打理。

几年过去了，老太太的头发已经花白，那仍然锐利的目光深藏在灰白的眉毛下，让人既怕她，又有些可怜她。再看她富有个性的面容，脸颊两侧虽布满深陷的皱纹，但线条坚毅，一望便知她是一个非常原则的人。她那弱小的身体，瘦削单薄，常穿一件硬边无领的浅灰色带暗格上衣，一身素雅的装扮，让人觉得似乎一阵风都能将她刮倒。这真是一位劳心过度的老人，她的生命像是即将走到尽头。她今天所有的安排，给人感觉都好像在处理自己的善后之事。

心地善良的慕南，一看老太太的倦态，心立即软了下来。

他顿住思维，以一个晚辈的口吻说："妈妈，我听您的，您看怎样合适就怎样安排吧。"

老太太长舒一口气，然后讲出了她的计划。

首先她建议慕南把律师转交过来的他父亲遗嘱所列的物业清单重新清理，尤其是总公司和 K 公司的不动产。因为 K 公司已两次搬家，说明已购建了自己的公司物业。那么原公司的物业，应归属 Q 公司或总公司收回。其次，她让慕南尽快与定居加拿大的姑妈慕云芝取得联系，据律师讲，有一笔重要资金一直由慕南的姑妈掌控着，她让慕南核实清楚。第三，尽快召开董事会，将各部门提出的问题逐项落实和解决。

最后老太太 Emma 很温和地说到了慕南的婚事："我给你找的那个女孩先做香香的家庭教师，每月薪水两千美金从投资部支付。如果你认为不合适，早一点告诉我。"

对这种让慕南有点反感的关怀，慕南的表情却是和善的，但也是无可奈何的。

他点头笑着没有讲话，但他心里想的不是那位女孩，而是惊叹："Emma 怎么会知道那么多？尤其是姑妈手中的那笔钱……"

但慕南没有表现出他的心思，当他看到老太太讲完话很累地坐在板椅上的时候，慕南的脸上马上露出了很愧疚的表情。

"是的！"他在心里叹道，"可怜的老人，她……可能仅仅是因为对父亲的感恩！"

慕南对老太太 Emma 的无私和母爱似的安排充满了感激。

他抬起头，礼貌而又敬重地说："妈妈！我会按您的安排去做，我个人的婚事不重要，我父亲的事业是第一位的！"

老太太 Emma 微微一笑，她的心病虽然没有完全消除，但在感觉上已经好了许多，她温和地说："好了，慕南，你去休息吧。"

慕南很郑重地说了一句："我会安排律师见您，有关南茜事件听听律师的建议。"

老太太马上接话："董事长千万别请律师来，还是在董事会上讨论后再请律师也不迟。"

慕南想了想说："好吧，有事随时找我。"

慕南离开了 Emma 办公室，老太太如释重负地坐下又点燃一支烟。

就在这个时候，在马厩旁一个昏暗的房间里，有一位神秘的蒙面女人正在录制着老太太 Emma 和慕南的谈话。

老太太 Emma 不知道，在慕云轩死后不久，一直有人在关注着老太太 Emma 的一举一动，甚至关注着 Q 公司的整个运营情况。为了这个目的，这位神秘的人物，在老太太 Emma 办公桌下面的暗格里，安装了窃听器，随时掌握 Q 公司的动向。

这个女人不是别人，她就是慕南亲生母亲艾咪的堂妹黑牡丹，是 Q 公司两朵花的一朵，她没死，还活着。

Chapter 16 第十六章

假如有一天我俩分手，
千万别问我为什么？

天意缘梦

现实的世界，某个国家，某个城市，或某个人，有时就是雾中的风景，而看风景的人，同时又成为风景中的风景。这人生的故事，就像这风景中的风景一样，在不停地演绎着，而且可歌可颂；可说可写；可传可记；可笑可泣……

沈念珐在纽约力康中心为儿子盼盼重新安装了假肢后，只停留一日便赶往赌城拉斯维加斯。一路上，她和保姆轮换开车，遇到好的风景区就停下来游玩，住上一宿，第二天再走，等到拉斯维加斯已是第5天了。

慕南已经到了赌城，并住进了恺撒皇宫，就等念珐。随同慕南到赌城的还有老太太 Emma 的秘书 Tina。而 Tina 的主要任务，是接待从洛杉矶赶到赌城的中文教师周巧月。名义上是慕南女儿香香的中文教师，实际上是老太太 Emma 为慕南物色的女朋友。在念琏没到赌城前，Tina 按老太太 Emma 的事先嘱托，在征得慕南同意的情况下，先安排慕南和周巧月见了一面。在共进晚餐的过程中，Tina 感觉周巧月给慕南的印象很好。她很自信地向老太太汇报说，凭她的感觉，有 80％的把握促成慕南的婚事。因为周巧月年轻漂亮，而且性格非常随和。从不多言的慕南，在晚餐时和周巧月聊得很开心。

念琏到赌城已是晚上 10 点钟，慕南在恺撒皇宫为念琏接风洗尘。作陪的有 Tina，但没有周巧月。饭后念琏嘱咐保姆，说妈妈 Emma 在中国城后面的房屋只有两间，她自己去住。她让保姆带儿子盼盼到 B 座接待站休息。其实，Tina 和保姆及盼盼走后，念琏就随慕南走进了恺撒皇宫慕南入住的房间。

一对情人别后重逢，情理上说相拥一起想的第一件事就是做爱。俗话说小别胜新婚，这应该是每对正常情侣或夫妻久别后本能的反应。再年轻一点的，可以说急不可待。而念琏和慕南虽然说是中年人，他们也有着正常人的七情六欲。可是，今晚的念琏却有着难以捉摸的心理压力，不论慕南使出什么样的花样，念琏就是没情绪。当慕南想以特殊的方式触碰念琏身体敏感部位时，念琏总以一种难以承受的敏感动作制止了慕南。两人表面上似乎颠鸾倒凤，但心里清楚，双方都没有尽兴。

过后，慕南问："你有心事？"

念琏侧身不语，随后便抽泣地哭起来。

慕南掰过念琏的身子，很关心地问："究竟怎么啦？是不是妈妈 Emma 阻止我们在一起？"

念琏看着慕南晃晃头，然后用力地抱着慕南说："你先别问了，让我想好了再告诉你。"

慕南了解念琏的性格，她不想说时，你追问也没用。躺了一会儿，慕南睡着了。

在念琏去纽约前，妈妈 Emma 特意问过念琏与慕南之间是否考虑过组成家庭，念琏很肯定地说那是根本不可能的事，因为她心里有个除不掉的影子。她认为，嫁给豪门不是她现在要选择的，况且她现在也不缺钱，而且年龄已经快 40 岁了。此外，最主要的是儿子盼盼知道自己的爸爸是郑跃进，所以她不想给儿子盼盼的心里留下没有父亲的阴影。

老太太知道女儿念琏的想法后就很直率地对女儿说："既然不能组成家庭，还是早分开的好，长痛不如短痛。而且 Tina 告诉我说跃进就在美国的赌城拉斯维加斯开出租车。"

老太太说完看着念琏惊讶的反应，但她压根儿没提纽约分部的谷风就是郑跃进。

念琏顿时惊呆，瞪大了眼睛，但马上怀疑地脱口说道："Tina 怎么会认识跃进？"

老太太 Emma 为了隐瞒南茜就是跃进的前女友，她很委婉地告诉念琏，说她派 Tina 去赌城了解南茜的情况，一次同乡小聚，在酒桌上 Tina 恰好坐在跃进的身边。老太太还说，她会派人找到跃进，所以她要求女儿念琏必须和慕南了断得干干净净，不能再有任何藕断丝连的纠葛。

念琏想了一下说："那我到拉斯维加斯要不要去找跃进？"

老太太马上阻止女儿说:"你和慕南没断清前,千万不要去找跃进。这事一旦让慕南知道会产生误解,而且很难解释清楚。"

念琏不语,心情乱极了,走进她生命里的两个男人若是同时出现在一个城市,她真的不知该怎么办。

夜深了,念琏仍然没有睡意。她歪头看着熟睡的慕南,心情沉重,百种滋味涌上心头。

想跃进,盼跃进,可是跃进真的来了她又有点放不下慕南了。男女间,尤其是有一定感情基础的男女间,一旦有了肉体的接触,一切原有的心态全都改变了。

她和慕南的开始,是在极特殊的环境里促成了人生爱的旅程。念琏清楚地记得,第一次失身慕南的情形,除了诱惑,的确是她生理上也需要。是啊,有谁能耐住那源于肉体本能的欲望,况且十多年孤身一人。

那一次是慕南伤愈后洗澡,慕南不小心滑倒在浴盆里。当时念琏正帮助慕南拾掇房间,听到慕南的滑倒声她赶忙跑了进去。她顾不了那么多,忙扶着慕南翻身,可这时她看见了慕南赤裸的下体,她满脸通红地怔在那里,当她转身要走时,慕南一把抓住了她的左胳臂,她想挣脱,但慕南就是不放手,犹豫中慕南已把她揽进了怀里。

她颤着声低喃:"别……别这样,我……"

慕南控制不住地把她抱住,疯狂地吻着她的身体。

"嘶"的一声,她那带纽扣雪白的丝质衬衫竟被慕南撕

裂开。

"哎哟!"她低声喃语着,仍然轻微地抗拒着,心底倏然划过一个男人的名字。

慕南不管,抱紧念琏用双唇游访着她身上那每一寸的纯真。

当念琏滑落了撕裂的衣衫,裸露出嫩生生的圆峰上两朵粉红色花蕾的时候,慕南疯狂了,他含住那殷红的花蕾,情不自禁地游移他的左手在艳茹的两腿间……

"啊……"她轻轻地叫着,想说"不行!"可是她的声音却哽咽在了喉中。

迷幻的思维里,掠过一个亲切的身影。可是,如今她思念的那个男人在哪儿呢?她的眼泪委屈地开始滑落……

旋后,她感觉一双陌生的手,像流窜的气流,在她的体内产生巨大的热量,而且那气流像过电般的在她四肢百骸中涌动着,使她不由自主地逸出娇吟。

慕南那娴熟而又疯狂的挑逗,使她忘记了一切。当慕南的双唇在她的身体到处游移的时候,她只感觉下腹有一股蠢蠢欲动的暖流,这是沉睡了多年不曾有过的颤动,她终于抵抗不住了,她颤抖地抱紧慕南,本能地扭动着身子去回应慕南。

她娇嗔道:"哎呀,我不行了,慕南,不——行——啊……"

可是,当慕南掰开她的双腿,抱着她进入的一瞬间,许是慕南太用力的缘故,她像被强电击中一样地叫起来:"啊,有点……疼!"

这么久没有男人碰过她,她像处女一样心惊肉跳地接受着来自慕南绵软温情的爱抚。

她抱着慕南,不让他看到她流出的眼泪,那是被荒芜许久而感到委屈的眼泪,那是被时间遗忘久逢甘露滋养的心灵泉水,她的粉颊布满了泪水和汗水。

而慕南很用力地占有她,贪心地一次比一次深入,几乎是霸道的侵入。

此后,随着时光的流逝,念珊与慕南日益默契。平日里,念珊更加细致周到地照顾慕南的日常生活,也更加耐心地关心和教育两个孩子。念珊的温婉使这个缺失女主人的家庭常常荡漾出温馨的幸福和欢乐的笑声。朝夕相处之中,慕南愈发沦陷于念珊的善良与温柔,也愈发燃起呵护念珊的冲动。而念珊,既为慕南的爱慕与欣赏而动心,亦愈发眷恋慕南这个曾经笼罩在忧郁中,让她恻然的文弱温存的男人。两颗心就这样在相互怜惜中撞击着,交织着……

回想起当时的那种疯狂,那种没有一点羞窘的放荡,念珊仍然忍不住脸红心跳,滚烫的双颊红彤彤的沁出汗珠来。

和慕南的做爱,将是她一生中永远难忘的享受,因为她可以尽情地感受慕南的爱抚给她的肉体带来的超强的震颤,那种欲生欲死的肉体撞击,使她有种飞上了天的感觉。而和跃进的初次,她只有紧张和疼的回忆,还未曾体味那欢快的享受便去经历那分离的苦和痛。可以说,是慕南用激情屡次唤醒她沉睡

的身体和渴望，带着她到达了快乐的巅峰。

可是后来，慕南却说了一句让念斑此生难忘的话："我要让你做我一辈子的情人！"

情人？而不是妻子！沈念斑的心里有一种怪怪的不是滋味的感觉。

可是，假如没有过去，念斑真的是一个幸福的女人。即使做一辈子情人，只要两情相悦，执子之手，与子偕老，这是多少人梦寐以求的归宿啊！如果没有等待，念斑就是一个幸运的女人。因为慕南的家世，意味着跟着慕南，就等同于嫁给了财富。在这样一个经济发达充满诱惑的社会里，有谁能与几乎万事能成的金钱过不去呢？可是，念斑心里除了感动，什么也不能应允。因为，故园那个久远的梦想还在召唤着她……

沈念斑当时的感觉是她大慕南几岁而不可能成为慕南的妻子。当然，更重要的是，在她的心里还住着郑跃进，那个曾魂牵梦萦的初恋。所以她知道自己也不可能成为慕南的太太。矛盾的是她又渴望听到慕南能向她的妈妈 Emma 提出娶她。这或许是想通过慕南的渴求来满足一个女人天生的一点虚荣，来证明自己作为一个女人而存在的魅力和价值。

遗憾的是，慕南从来就没提过娶念斑为妻。

但念斑和慕南有了那次意外的肌肤之亲之后，她内心深处人性的渴求苏醒了，在慕南面前她不再羞怯了。她自己都不敢相信，她身体的欲望从此一发不可收拾。伴随感情的增进和眷恋，在以后的日子里，每次她都迫不及待地等着慕南来开垦，来宣泄。初恋的梦幻在熊熊燃烧的浴火中渐渐地有些冷却。

"难道这就是不能压抑的人性?"念琎不想去找到理性的答案，她只觉得应该享受人生的快乐! 有慕南这样一个让她焕发女人青春异彩的伴侣，再让她去守候着一个不现实的虚幻的梦，煎熬那似乎看不到尽头的一个个漫漫长夜，为的是"相约在美国"? 呵呵，那将是多么折磨人的事啊。

当然，她也懂得，这种带有及时行乐色彩的愉悦毕竟是有局限的，一旦走进她生命里的男人真的出现时，这种快乐的感觉就会受到压抑，甚至被心底里唤起的思念，尤其是铭记在心的承诺而让她在瞬间清醒得全身发冷!

果然如此，郑跃进出现了。她马上就要回到她生命里无法拒绝的男人郑跃进的怀抱。可是，因为慕南，心里是喜还是悲，她无法分辨清楚。但她分明感到有一种不可抗力的诱惑直逼她的心脏，让她在激动中欢快地跳动，或者说，心的渴望就是多年企盼的团聚，这是不能放弃的。但不知为什么，伴随着多年夙愿将要实现所带来的欣喜，却让她同时又感到有些失落。是丢不下慕南吗? 也许是的。因为是慕南在她最孤独寂寞的时候给了她温暖、自信和渐深的爱意。况且，慕南又是多么离不开她的照顾。可是郑跃进呢? 他为了找寻她和儿子，为了当年的承诺来到美国。还有，还有儿子盼盼，跟着她看着别的小朋友都有爸爸，曾有过多少委屈，而且又遭遇车祸受到那么大的伤害……

念琎擦去眼角的泪痕自问:"不让他们父子团聚，我沈艳

288

茹还是人吗？"

她承认，潜意识里，如果郑跃进不再出现，也许有一天她最终会与慕南走向婚姻的殿堂，共度余生。但她心里非常清楚，郑跃进迟早是要出现的，她太了解郑跃进了。尤其是当她一看到儿子盼盼酷似郑跃进的眉眼和单纯的神情，她从心里巴不得郑跃进能从天而降，马上就出现在她和儿子盼盼的身边。

也许，生活中有过这种离散经历的男女，内心的这种期待，可能都传承了中国人那种根深蒂固的、传统的思维意识和家庭理念。

可此时此刻的沈念珊，躺在慕南身边，心里却翻滚着对郑跃进的思念和对慕南的不舍。她痛苦地纠结着，真有一种茫然不知所措的感觉。在她的心里，不论舍弃谁，都是一种深深的痛。

她在心里对郑跃进说："你这么久了才来找我？你可以结婚，难道我就要做一辈子玉女吗？"郑跃进与雪阳的婚礼此时浮现脑海，让她对郑跃进有了一丝幽怨。

她同时也对慕南说："谁让你是小我几岁的弟弟呢！明知道我已经有了儿子，怎么还来招惹我呢？"

慕南的冲动和情爱此时在她眼里似乎也成了埋怨的理由。

思考得久了，她感到很烦。不论舍弃谁，都让她感到剜心的痛。虽然儿子盼盼是很充分的一个理由，可她现在该怎么和慕南说呢？

她在胡思乱想中，迷迷糊糊地睡着了。

这一觉，她在梦中一直和妈妈 Emma 在梦中争论着。

的确，也许念琎自己都不曾察觉，郑跃进与雪阳的婚礼在她心中还是留下了很痛的阴影……

"还山盟海誓呢，这才几年？他就结婚了。"艳茹手拿着郑抚顺《天天报》，看着跃进抱着雪阳走进婚礼现场的照片，嘴嘟囔着，一脸的委屈。

"我知道雪阳那孩子，我哥家老房子没动迁时，她家和我哥家是这院那院。"老太太有欣看着女儿说。

"可是他和那个女人结婚了，而我却一个人带着孩子……"

母女俩开始争论。老太太有欣接过话题。

"雪阳那孩子患的是血癌，你没看报纸上说吗？这里面没准跃进有难言的苦衷呢。"

"血癌？不管她得了什么病，结婚是有感情的！能结婚，就说明心里就没有我和儿子！"

"你有了盼盼，跃进不知道。是我写信告诉他爸不让跃进知道的。我们娘俩没身份，在这种情况下跃进再掺和进来行吗？"

"那我和盼盼怎么办？"

"等我们的身份、工作都稳下来再与国内联系。"

"这谷天镇……在这大深山里面，连个电话卡都买不到。"

"有了电话卡打给谁呀？跃进家也没有电话。"

"这和蹲监狱有什么区别？"

"艳茹啊，你爸死了，万事我们都得忍啊！"

她开始是流泪，后来是抽泣。等妈妈提到"爸死了"沈艳茹就哭出声来。

这委屈而又伤心的哭声把沈念琏哭醒了。她睁开眼睛一看，身边已没有了慕南。她看看床头上中国制造的艺术品装饰电子表，是早上8点多钟。她不想起床，她要清理一下大脑中混乱的思绪，梳理一下自己与跃进、与慕南的关系。

她记得，在后来的日子里，她几乎成了慕南女儿香香的保姆。等孩子大了，她边学英语边学赌牌。而赌，在成年人中是不分年龄和学历的。输赢的刺激会让一个人忘乎所以，甚至放弃自尊！念琏很快就成为Q公司的职业赌手，而且赌技是一线的双Q会员。她因父亲死在赌城拉斯维加斯，所以她就去大西洋城赌场玩牌。她的业绩不错，每年的收入也非常好。慕南知道她英文不好也不去管她，但慕南要求她去大西洋赌场不准超过10天必须回谷天镇。

可是，经常赌的人，那种输赢的刺激占据了大脑中所有的位置。她也一样身陷其中。在她的心里，除了妈妈和儿子盼盼，就是慕南和香香。忙碌充实的生活，亦很少让她有工夫再去想念郑跃进，时间久了，好像思念的感觉也就不再那么强烈了。

但在她和妈妈入籍考美国公民的时候，郑跃进这个男人，又从她的脑海里跳了出来。妈妈有欣起英文名叫Emma（艾玛），她随妈妈起英文名叫Ella（爱拉）。妈妈当时还笑着问她干吗起这么个名字。她哈哈笑着回答，说"爱了"就行了。而且还加重语气，说"爱拉"这名字多好！同时，她自作主张把沈艳茹的名字又改成了沈念琎。是的，不管她怎么笑，哪怕笑出眼泪，但在她的心里，还是没有哪个男人能取代郑跃进。每当她要做出某项决定，或者改变生活方式做出选择时，她就会想起影响她一生的男人郑跃进。她要守候着那份纯洁的初恋，并在心里永远念着她的郎君郑跃进。

她闯进慕南的生活，或者说慕南闯进她的生活，应该是单身男女天天在一起日久生情的必然结果。

当她和慕南如同夫妻一样不可分离时，有一天妈妈 Emma 把她叫到房间神态庄重，语气认真地问她："你说，慕南……他……他碰过你没有？"

她怔了半晌，脸儿刷地红了，她没想到妈妈会问这个问题。她不知道该不该回答，或者说怎么回答。但妈妈的表情和语气告诉她，这事好像事关重大，不能隐瞒。

她不好意思地看着妈妈小声说："妈！您干吗问这个？他……"她不好意思地点点头，表示慕南碰过她。

随后她敏感地问了一句："怎么了？"

沈念琎当时想和妈妈说："我和慕南的交往您是知道的呀，现在都什么年代了，这儿又不是中国。"

"噢……"妈妈 Emma 这一声"噢"，好像言近旨远。

果然，只过了一会儿，妈妈就很温和地对她说出了自己的担忧。

妈妈说："假如你和跃进还有可能，那这件事，将来跃进

出现时，你永远也不要跟跃进提起。"

她惊讶地瞪大了眼睛，不安地看着妈妈，心想："为什么呀？他郑跃进可以结婚，他可以有女人，我让男人碰了就犯天条啦？"但她什么也没说。因为太久了，她感觉那份感情已经淡得让她想不起来了。

妈妈看着她的表情，知道她是满脸的不服气，一声叹息地坐下来说道："你不懂啊，艳茹。对原配的男女来说，感情上的事，不要说得太清楚，男人好一些，尤其是女人。对男人说得太清楚了，男人的心里就会有死结，这个'结'男人一旦系下了，你们的感情就会受到影响，甚至会影响你们夫妻以后的生活。所以，夫妻间不一定什么都要说。有些事，特别是男女之间的事，还是朦胧点好。"

她一噘嘴，嘟囔道："他什么都可以，我就什么都不行！还团聚？什么猴年马月……"

说完，她觉得语气重了，看了看妈妈又补充说："等盼盼大了，我会把儿子带给他……"

妈妈Emma知道念珊还有些与跃进赌气，她的观点是个人的隐私永远不能讲，因为她知道只要是人都是不安分的，但这不安分是存放在自己心的领地里。经历了，知道什么是爱，什么是恨，什么是悔，心便开始变得安分了，但那不安分的过程不能说得太明白。尤其是男人，她的经历告诉她，男人在男女事情上都是太在意，很狭隘的。

记得妈妈的秘书Tina曾和她交流过心得。Tina认为在每个人的心底，都藏有一个或两个难以忘怀的秘密，这个秘密领地不是谁都能踏进的。人们常说深爱一个人并得到了相应的回报，为了那份真诚，就应该献出自己的全部，包括从前储存在私密领地的隐私。通常这样做的人，恰恰最后是追悔莫及，如果你这么天真，那你就会被残酷的现实撞得头破血流。

而留存在心里面的隐私，不论是好的还是见不得人的，都是你的经历。你的完美是因为别人不知道你的足迹也可能沾满了尘泥。就像那珠宝商手里拿着两块玉：一块玉是碧绿无瑕；一块玉是内含瑕疵而碧如金。很多人都去选择那块碧绿无瑕的玉，但问价格，珠宝商会告诉你，那块有瑕疵的玉是无瑕疵的玉一倍的价钱。为什么？因为有瑕疵的玉才是纯玉。

人又何尝不是如此呢？

"那我沈艳茹的人生经历因为有瑕疵而不完美了吗？再说，一个单身女人在举目无望的时候，真的就不能有第二个男人吗？"

沈念琏欠欠身，把枕头抱在胸前思维继续。

在她的心里，一直认为她干净的身体是属于郑跃进的，所以她一直守身如玉。默默地思念，默默地守候，每日的祈祷便是那信誓旦旦的海誓山盟，那以身相许后情深意切的诺言，甚至于在入籍考美国公民时，改名沈念琏来作为守候这份初恋的忠贞！

可是，20年守身如玉，希望依然渺茫，才有了与慕南不违人性和常理的男女交往，这也很正常啊。

回想刚才的梦境，念琏终于明白自己潜意识里原来是如此介意跃进与雪阳的婚礼。殊不知，每个人可能都会遇到一些不

得已的事情，就像慕南与自己的情缘。这便是人啊，一个活生生的人。而人本身是有缺点的，就像那含瑕疵的玉。那自己为什么又对跃进与雪阳的事情耿耿于怀呢？想到这儿，念琏知道自己该怎么做了。她把枕头往旁边一推，掀起被子下床拿起手机走向阳台打了个电话。然后，她很悠闲地把手机往床上一扔，急匆匆地走进卫生间。

真是赶巧，就在这个时候她的手机响了。可是她在洗浴，那哗哗的水流声，让她听不到儿子盼盼的电话铃声。

这个世界上，的确有一种撞了南墙也不回头的男人。这种男人，养足了劲，鼓起勇气地去面对残酷的现实。在感慨中耐得住寂寞，不论结局是什么，他都坚强地挺立着，哪怕把自己弄得遍体鳞伤，依然痴心地执着，从不后悔。

郑跃进便是这种有点傻气的男人。

就在沈念琏躺在床上胡思乱想的时候，郑跃进在不知不觉中正在和自己的儿子盼盼说着话呢。

有些巧合真的好像是天意。

郑跃进买的房子就靠近 Food4Less 商场，也是因了他姑妈郑有欣写给爸爸那封信的地址而选择了这个位置。当年他来美国查看地址时，才发现有 ABCD 四座楼。他终于知道了当年爸爸写回信被退回的原因，光写上街名而没有写上 A 座或 B 座是收不到信的。当然，这个时候的郑跃进还不知道沈艳茹的爷爷家在 A 座。

早起，郑跃进去 Food4Less 商场买牛排，他准备午餐后，坐下午 3 点的飞机飞回纽约分部。

　　他选了块新鲜的牛排，准备去交款时，却发现一个 20 岁左右的男孩，坐在残疾人自动车上，一直跟在他后面很专注地看着他，那眼光和高高的鼻梁，尤其那眉眼似曾相识。

　　他马上停下来端详这位残疾的年轻人，心想："这小伙子的脸庞像谁？怎么这么眼熟呢。"

　　郑跃进笑呵呵很温和地问他："你是中国人吗？"

　　那男孩点点头，眼光仍然不回避。

　　他又笑着问："你为什么这样看着我呀？"

　　那男孩顿了一下，但马上就说话了。

　　他说："呵，您……您很像我爸爸！"

　　郑跃进刹那间愣住了，他马上想到儿子盼盼。

　　"难道是盼盼？"他又想，"不可能啊，这男孩是残疾。"

　　就在这关键时刻，走过来一位中年妇女拎着挑选的蔬菜，对郑跃进点点头便推着那男孩去了肉类柜台。

　　郑跃进一看这女人，50 多岁了，怎么能和艳茹比呢。他到交款处，但心里还想着多看那男孩几眼。他踮着脚回头望着，奇怪的是那男孩也回头望着跃进，直到商场里的立柜挡住了他们的视线。

　　郑跃进边交款边傻乎乎地想："呵呵，很帅气的男孩，哼，他说我像他的爸爸。"

　　沈念琏从卫生间出来时，发现手机提示有两个电话没接，她一看号码是儿子盼盼打过来的，她忙打了过去。

在电话那头儿子跟她说看到爸爸了，她一屁股坐在沙发上，高度紧张地问儿子："在哪儿？什么时候？他是胖了还是瘦了？他现在干什么呢……"

儿子盼盼在电话那头哈哈地笑了起来。

儿子说："妈妈你这么紧张干什么？在去纽约的路上，您不是说我爸爸来美国了吗？今天被我遇上了。可是，呵呵……我认得爸爸，但爸爸不认得我。"

"什么？你说什么？你……你遇上了？你……你怎么可以放他走了？"

沈念琏在电话里大声地和儿子喊起来。

"我不和你了。"盼盼有些生气地说道，"感觉像，那就一定是呀？"

说完，儿子盼盼先挂了电话。

沈念琏放下手机，心里慌慌的。她简单收拾一下，穿上衣裤赶忙下楼开车去 Q 公司 B 座接待站。

这个时候的慕南，正在和 Tina 在恺撒皇宫的咖啡厅里一起喝着咖啡。

Tina 是位很有心计的女人。她按念琏电话里讲的意思约慕南出来喝咖啡。她告诉慕南，说沈念琏儿子盼盼的爸爸郑跃进从中国来了。但她在电话里既没和念琏讲纽约分部的谷风就是郑跃进，同样，和慕南交谈她也没说郑跃进就是沈念琏的老公，而只是说了句废话，说念琏儿子盼盼的爸爸来美国了。

慕南终于知道昨晚念琏因为什么在哭。他突然想起了老太太

Emma 给女儿香香请的那位中文教师周巧月。他端起咖啡喝了一口，一个不经意的眼神看着 Tina。他知道，所有这一切都是老太太 Emma 的安排。当然，他肯定老太太 Emma 没有一点恶意。在这个物欲横流的金钱世界里，有谁会躲着财富走呢。

"再说，我慕南又不是坏人！"他心里想着，嘴上却发自内心地感叹道，"Ella 是位难得的好女人！"

Tina 抬头看着慕南问了句："Ella？"

慕南马上解释说："就是念琏呀！"

"噢，我倒忘了念琏的英文名。"Tina 接着说，"念琏会成为你事业上的好帮手的。"

"没错！她比家族里的一些人还让人放心。因为她没有私心！而且……不贪恋钱财。"

慕南说完不再讲话了，他的眼里亮晶晶地闪烁着那留恋的光泽。

从慕南那情真意切的表情中，Tina 感受到了男女间那种认知的了解和信任，即使不能在一起，一生有了这样的朋友已足矣！

还有，分手不是不爱了。没有那些冠冕堂皇的理由，唯有理解。

慕南突然间想起了一个流浪汉唱的歌词："原来是那么爱我的你和那么不懂得珍惜你的我，都停滞在曾经为了肉欲的享受而忽视了原来那就是爱的源头……"

他在心里补了一句："可懂了，不曾表达的爱情却结束了。"

"假如有一天我俩分手，请你记住，千万别问我为什么！"

这是念珊对慕南讲过的话。此时此刻，慕南的耳边一直响起念珊的声音。

可是，念珊没说出来的话是："因为我的原名叫沈艳茹呀！"

爱，可以是一瞬间的事情，但基于血缘产生的爱，无形中，那是一辈子的事情。心灵的感应是那种遗传的基因相近时，便产生出不可抗力的吸引，这种吸引是相同的血脉，如同人的生命的延续，是一种不可改变的执着。

人世间的有些事真是难以预料的，人们往往在等待结果降临的同时，为了生存或不能放弃的工作等原因，而失去那盼望已久的结果，或者是没有在意得到的便是自己要寻找的。

慕南失去的，或许是他要寻找的。郑跃进将要得到的，应该说原本就属于他的。可是，人的一生，真的必定在这种得到与失去的交错中演绎吗？

答案是肯定的。

而且，不论是谁，只要在对的时间里做了错的事，其结果都一样，得到亦会失去，并要为之付出痛苦的甚至是血的代价。

就在沈念珊到拉斯维加斯的前一天上午，老太太 Emma 收到了郑跃进写给沈艳茹的信。不过对 Emma 来说，郑跃进的这封信已没有任何意义了。

Emma 心想的是："20 年都等了，还差这几天吗？"

的确，快刀斩乱麻不适合郑跃进和沈艳茹。

因为郑跃进和南茜，因为沈艳茹和慕南，他们都有各自的故事。

沈念琏赶到B座接待站，正好遇见休假的叔叔沈国立。这位X5总公司的大管家，正在接待站和组建发牌员学校的慕东交谈着。他看到侄女沈念琏，忙笑着说："晚上带盼盼回家吃饭吧，你婶婶盼你们去呢。"

沈念琏最打怵回到叔叔家，因为她爸爸去世后打官司的那段日子，她受够了叔叔家二女儿安妮的气。但她知道婶婶对她很好，所以在她爷爷沈向阳去世以后，她每次回到赌城都买些礼物去看望婶婶。这会儿听叔叔一说，她马上说道："今天不去了，后天是星期天，婶婶休息我和盼盼过去。"

发牌员学校正在装修，慕东和念琏打个招呼就起身出去了。

临走时慕东对念琏说："抽空你去学校看看，我向你交代一下，后天我要陪慕南回雪山胜地丹佛。"

念琏点点头，笑着送慕东走出B座接待站。

这一连串的应酬，使念琏没有时间，也没有机会去问儿子盼盼遇到郑跃进的情况。

慕东刚走，大管家沈国立就对念琏很严肃地说："南茜还活着，而且在慕然手上。你马上告诉你妈，万事小心为上。"

慕然是慕云飞的次子，也是天水镇一家脱衣舞厅的老板。他走私、贩毒，在天水镇是出了名的。此外，他还兼任K公司投资部的主管。

念琏和妈妈 Emma 通话时，她感觉妈妈带着扩音器讲话还是有气无力的，她就问了妈妈是否病了，妈妈回答说感冒了，念琏只嘱咐妈妈吃药，也没有多问。通完电话后，她又接到了慕东的电话，说是让她去发牌员学校有事交代。她又匆匆忙忙和叔叔打个招呼就开车去了发牌员学校。

其实，老太太 Emma 能活着已经很幸运了。因为她不知道已故老板慕云轩为防科研成果被盗，而在密室里设置了足够毁损重要资料的炸药。任何人进到密室，不按指令程序操作，都有可能引爆炸药。轻者炸伤，重者死亡。老太太一心专注那些资料和已故老板的日记，一不小心她触动了引爆开关，真的差一点被炸死在密室中。

念琏打通了内线电话，老太太刚从医院被接回来正躺在床上。有气无力的 Emma 因声带坏了，她不说，女儿念琏也未曾察觉妈妈险些丧命在休养中。

老太太 Emma 听到女儿念琏在电话里说南茜还活着，她先是一愣，接着她盯着桌子上从密室里拿出来的三代梦幻透视镜在想着心事。冥冥之中，好像一切都是天意，老太太得到了慕家的镇家传世之宝，其中第一代也是被视为百家乐秘籍的真正秘器，即南茜学习期间曾看到过的秘籍篇，同时 Emma 又在无意间取出了已故老板慕云轩的自传日记及一些重要资料。

三代梦幻透视镜在当年问世后，曾在国际上引起轰动。第一代可透视人体内衣的颜色，第二代可透视人体的器官，第三代可透视人体的内脏。这项成果已经被美国 FBI 有关部门关注。慕云轩研制第二代时，试用期间一副透视镜在妻子艾咪堂妹黑牡丹手中遗失。不久在日本的东京，中国的广州等地出现了戴浅咖啡色眼镜的男士，专窥视人的身体。"眼镜"事件引起了女士的恐慌，遭到了来自社会各阶层人士的谴责，同时引发了科技界对该产品问世后用途的争议。

现在这三样价值连城的宝贝让老太太 Emma 在无意中发现了，换成他人，有可能为自己瞬间获得这宝贝而成为富翁而欣喜若狂。但对 Emma 来说，她一点也不感到惊喜，相反她庆幸自己没被炸死。现在她在想是否马上交给慕南，犹豫之中"南茜还活着"并且在慕然手上的现实，又提醒她改变了想法。没错，她要借助这秘器稳赢这场赌局。她要为老板慕云轩报仇；她要降服慕然；她要铲除凶手慕云飞。

因为，老太太 Emma 通过慕云轩的自传日记，已经知道慕氏家族爱恨情仇的所有真相。

沉思中的老太太 Emma 起身拿起第三代透视眼镜看了会儿，然后她在透视眼镜旁的盒子里找出充电器，按照说明书里的交代她开始给透视眼镜充电。她边操作边嘟哝着说："这个孽子慕然打南茜这张牌是什么目的呢？"

Chapter 17 第十七章

人生最痛苦的是什么？
最痛苦的是你想死都死不了！

地狱天堂

漆黑的夜，因刚下过雨，冷风飕飕。

走在路上，感觉是干巴巴的冷。

南茜跑了出来，但她不知道她行走的方向是东南，还是西北，不管是哪儿，她要不停地走下去，走出那魔窟。

可是，她突然感觉好像走到了尽头，前方没路了，是座山，虽然不是大山，但却挡住了她要走的路。

"这是什么地方啊？转了半天，怎么又回到了刚跑出的地儿？"南茜心急火燎的埋怨着，气喘吁吁有些愤懑地东张西望。

正当她看着眼前的三岔路口发懵的时候，一道耀眼的白光射向她的后背，她本能地返身，看到的是两道车灯的光柱直射着她。南茜抬手遮挡着眼睛，朦胧中她看到了慕然的手下，大李和小李。

南茜被带回培训地，关押在一个地下室的房间里。她感到奇怪的是没有任何人责骂她，感到温暖的是床头柜上放着牛奶和面包。她没觉得饿，只感觉灵魂深处空落落的，没有寄托，没有那种踏实的安全感，就像是在钢丝上走着，每天心惊胆战。好多天了，她和外界失去了所有的联系，没有人知道她在哪儿，甚至可以说，就连她自己都不知道她被关押的地方是哪儿。

　　她是怎么来到这儿的？记忆里储藏的曾经，就是一场噩梦。可那噩梦，又是那样十分真切地缠着她。

　　南茜斜身躺在床上，总觉得四肢无力。极度的疲惫，使她眼睛一闭大脑便开始昏昏欲睡。

　　连日来的恐惧让她疲惫而又无法克制。她忽而昏沉，忽而惊醒，这样来来回回地折腾。而且每一次的昏沉，都是在梦中做垂死的挣扎……

　　怎么回事？

　　潜意识里，南茜的大脑中好像在进行着拔河比赛。一根很粗的绳子，两边的人在吆喝声中拽着。嗡的一声，忽悠一下，就感觉那身体在摇摆中开始倒下，好像是从悬崖上掉了下去，整个身体在下沉、下沉……

　　"明明是海边呀？"南茜的大脑还有些意识。

　　南茜记得很清楚，下了出租车她走了大约20多分钟的小路才到海边。借着月光，她看到了一望无际的大海。那海水翻腾，不停地冲向岸边。她选了一块海水涨潮可漫延过来，能将她的身体冲走的光秃秃的山丘坐下来，然后她四下看看，开始脱下旧衣服，里外全换上新衣服。之后，她把换下的旧衣裤团在一起，LV包扔在一边，一屁股坐在旧衣服上。然后把她心爱的 IP 手机朝海的方向一扔，大声地喊了句："去找海龟吧……"

南茜回身拽过食品袋，撕开烧鸡，打开酒瓶盖的封口，边吃边喝了起来。

她的脸呆板得像蜡像，眼光木讷。她喝了两口白兰地便掏出安眠药瓶，打开盖，先倒出十几片就酒喝下。再倒。一次，两次，三次……她拿起酒瓶子对着嘴灌了下去，没喝完便把酒瓶往海的方向扔过去。这时，她感到酒劲上来了。喝得急了，她连打了两个嗝，然后看着自己的身体瘫软地倒了下去。在倒下时，她还没忘了扯过来团好的衣服垫在头下。

她醉眼迷蒙地望着星空，大脑出现了幻象，那仍然流动的思维提醒她：身后是度假村，眼前是大海。

"可是……怎么……"

她的脑海里突然变成了一片红色，那蓝色的海水变成了红水，成了红河，血一样的颜色。

"不对呀，那分明是血么，黏稠地流动着。"

她的大脑又忽悠地一下。她有些迷糊了，但意识还在流动。她在喃喃着梦话："我怎么来到了流血的红河边？哦，难道是天堂？应该是天堂里。这么快魂儿就到天堂啦？呵呵，那么肉身呢？怎么，我怎么感觉……好像有人在拉我。天堂也有接站的人吗？还拽我脚……在抬……"

咽下的安眠药片开始麻醉南茜的大脑，并向指挥中枢系统进攻，很快就使她进入了梦境般的天堂。

"这天堂这么壮观啊？"她啧啧。

南茜远远地望着，一声惊叹顿时让她心花怒放。她看到这天堂城，红光满天，好像和赌城拉斯维加斯的夜景差不多，不同的是被血一样的红河围着。她赶到岸边，又看到一艘巨大的豪华客轮停泊在岸边，只见各种肤色的人在排队检票井然有序地上船。她不管那么多，上前就想挤进去，但还没靠前便被一只巨大的手挡了回来，只听那貌似狱警的小鬼粗声吓道："满身的血腥味，不得进天堂！"

南茜立在一个大树旁正不知如何是好，这时，只听树上一个她非常熟悉的男人的声音传到她的耳朵里："南茜，快来救我！"

这声音吓了她一跳。她猛然抬头，凄惨而又恐怖的场景，令她不寒而栗！只见她杀死的大个儿金连成赤条条地被锁在树上。她仔细一看，原来这是一棵千年铁树。大个儿的双眼已换成了两个铁球一样的鹰眼，他的两条胳臂已被锁链捆向树的两侧，他的下身生殖器官，已被铁做的套链锁住，他的两条腿被钉在铁树上。他的胸前，还裸露出一个金黄色的箭头，起初南茜还以为是她用刀刺透的伤痕。

"天哪，怎么会……"

这残忍的酷刑令南茜这个曾要他命的人动了恻隐之心。

"原谅我，南茜，是我错了。是我利用你的感情赚钱，是我罪有应得！"大个儿说着说着就哭了起来。

南茜站在那里愣住了，她在想："这是怎么回事呢？我是杀了他，可他为何又被钉在了铁树上？真是罪有应得吗？"

她顺着意识绷着脸学着电影里的台词喊道："天堂有路你不走，地狱无门你偏来，还有脸哭？活该吧，你！"

"是是是，我是活该！现在你不也来了吗？去天堂的船已经起航了，你上去了吗？你不也被挡回来了吗？"

大个儿不哭了，这一招在南茜那儿已不灵了，他马上开始攻击南茜的痛处。

听了大个儿的话，南茜心想也是呀，那……刚才为何不让她登上开往天堂的客轮呢？

大个儿金连成一看他讲的话有效果了，马上开始动用习惯骗人的小聪明对南茜说："你看到的幻象不是天堂，而是地狱火烧野鬼灵魂的地方。请你先把我救下来，然后我告诉你什么途径才能进天堂？"

他抛出了诱饵吸引着南茜上钩，可是，南茜已不相信他了。

南茜歪头吐了一口唾沫，然后说道："你先说！等你说完，我验证你没骗我，我再帮你。"

大个儿金连成看到南茜再也不进他的圈套了，为了这唯一能被救的机会，他开始复述地狱阎罗王给他讲的第一课。

大个儿翻了下那像安装了铁球一样的鹰眼说道："阎罗王

告诉我天堂不是什么样的人都可以去的。天堂和地狱是在两个不同的星球上，天堂在天堂星球，地狱在地球星球的下面，黑森森的万丈深渊，四周全是铁围山。天堂有净水河，地狱有冥界河，你刚才看到的是冥界河，但有罪之人看到的都是血一样的红河。净水河我不知道，但冥界河阎罗王说是积浊果报的孽河，所以有罪的人进来看到的都是血一样的黑红色。能在地狱获得重生的灵魂，都是受尽各种折磨直到生前所有的积恶全部清除了，也就是改造得脱胎换骨之后才可以进天堂。刚才你看到的客船，是停在冥界河上的灵魂号。听阎罗王讲，灵魂号载运的都是赎罪后的亡灵，他们要去导生的净水台等候天堂的圆梦飞船。那天堂是祥和的地方，山是绿的，水是清的。哪像这地狱，到处都是铁围山。在天堂里想吃有鱼肉，想睡有温床。家家户户的门前都有树，果树满山冈。一年四季鸟语花香，气候不冷不热，所有的家禽都在规划好的天池旁饲养。人人安居，自由从业，无人下岗。在人间所有恩爱的夫妻，最终在天堂里都能团聚。丰衣足食，无忧无虑。所有的娱乐场所都自由开放……"

大个儿像朗诵诗歌一样地念着。

他看着南茜有些动情马上又瞎编道："你不是爱赌吗？天堂的赌城，肯定比拉斯维加斯最大的赌场 M&M 还要大几倍，可是……"

他又瞪大了鹰眼看了一眼南茜，换了话题说："可是天堂是戒律很严的圣殿，像我这种在人间骗过人的赌徒，是要在地狱刑罚几亿年后再过三关才能进天堂的。犯不同罪的人，遭受的刑罚也不同，罪重的灵魂，像摔死儿童，打骂老人的恶鬼，不仅要进油锅，还要遭雷劈后打进18层地狱。"

说到这儿他停住了，看着南茜，想象着南茜会问刑罚哪三关？可南茜像耍猴一样地左歪一下头，右歪一下头，用怀疑的眼光看着他，压根儿就不搭茬。

大个儿很没趣地小声继续说道："我才知道，地狱有18层呢，每一层的狱名都不同。阎罗王说我是外来的罪鬼，让我先受西方地狱的三关惩罚后再把我的罪恶灵魂遣返回东方的地狱受刑罚。"

这时南茜讲话了，她讥讽地说："你不是跟我说过钱是万能的吗？你用骗我的钱去贿赂阎王小鬼呀？"

"哎呀呀南茜，快别提这茬了，我骗你那些钱早就赌没了。再说，这西方的地狱阎罗王是18个狱层里那些被清洗后的魂魄，是一生罪孽的积恶已经清除干净的有选举权的亡魂选出来的，就是你刚才看到的灵魂号上排队上船的那些亡魂。像我这样的恶鬼没选举权，所以说阎罗王他不吃这套。那些有点小权的小鬼倒是接受吃请，可我那泼妇一样的老婆因为担心我到地狱也不老实，怕我见到女鬼就给小费，所以她没有给我带一分钱。我都死了，她还是那么抠门，那么吝啬。本来应该给我烧些冥币来好贿赂小鬼呀，可她却假装洋里洋气地说美国不兴这个。简直气得我七窍生烟！她什么都没给我带就让我上路了。火化肉身时，就连裹的那身皮囊也被殓人魔扒去了。"

"哈哈！不错呀，赤裸裸的！"南茜耻笑后又故意问，"那……为什么要遣返你的亡灵呀？"

大个儿晃动一下不自由的头说道："我办的是投资移民，但那投资的资金都是骗来的，上天记录了。我被你刺死的当晚，上天就把那笔罪恶的账单交给阴曹地府的主管阎罗王了，所以我才被定罪为外来的恶鬼。"

南茜滑稽地耍弄大个儿说："是吗，那这回成全你了。回你的老家去找你的七大姑八大姨呀！"

"找谁也没用呀，像我这样被囚禁的鬼魂，最低刑罚也得在第 10 层地狱里服刑呀。"大个儿显得口干舌燥的样子用舌头舔着厚厚的嘴唇，说完看着南茜，想着如何再利用南茜解脱这恐怖的处境。

南茜突然哈哈大笑了起来，她边笑边斜眼瞧着大个儿在心里骂道："真他妈的解恨呀！这是老天睁眼了。"但她的表情却很滑稽地用拇指和食指合在一起做了个 OK 的手势后，再用戏谑的眼神盯视着大个儿怪声问道："才第 10 层啊，没进 18 层你肯定中奖了呢。那你说说，刚才你和我侃的西方地狱那三关是什么刑罚？"

这个丑恶的罪人，为了让南茜解救他罪孽深重的亡魂，他开始讲述带有西方色彩的地狱之门。

他战栗地讲道："我现在经历的是第一关，叫铁树穿心。眼睛换成了猫头鹰的眼，和铁球一样的圆，为的是让我昼夜守着这冥界河，因为我在人间没做过好事……"

说到这儿，他突然顿住了，左看看右看看，然后像是一副泄露天机的神秘样子小声地对南茜说："你知道吗？其实不是什么惊天动地的事，阎罗王向我透露说，主要是义工，而且这义工不是与奖励挂钩的那种劳动，是纯自愿的义工。比如，在马路边拾起一个空酒瓶放入垃圾箱的那种义工。"

说完这段，他显得很后悔的样子晃晃头，继续说道："我没做过，从前我也不可能做呀。阎罗王说我生性懒惰，眼睁睁看到脏物不去清洁。于是，便把我的眼睛挖出来换上了鹰眼。现在的心脏也已换成了野狼的心，阎罗王说我的心也坏掉了，让我换成狼心，在清晨替代公鸡去打鸣，像野狼那样嗥叫，去叫醒在地狱里服刑的罪恶之人的亡魂。"

他停住，眼里滚出两大滴红泪来，接着很委屈地说："还有更残忍的。因我在人间玩了太多的女人，现在我雄壮的阳具，已用火烤成了筋，并用铁套锁住，再也不能淫欲。这是第一关。"

南茜咯咯地笑了，忙问："那第二关呢？"

大个儿继续讲道："第二关是火狱。我的魂魄将放在火笼里煎烤九九八十一天，炼尽所有的污浊我才能净身。"

南茜继续问："那第三关呢？"

大个儿可怜巴巴地说："第三关是水狱。将净身后的我放进铁围山里的野鬼河，和孤魂野鬼、毒蛇、蝎子、鳄鱼等毒虫一起放入河中，而且我每天必须吃一条毒蛇来以毒攻毒。更可怕的是那些孤魂野鬼，因为他们没有身份证，地狱不收他们的亡魂就把他们的魂魄都先放逐到野鬼河里，然后分期分批地火烧成蚊虫一样的亡魂再统统打入 18 层地狱。想想阎罗王将把我的魂儿放进野鬼河，那……那还不让这些野鬼咬得我的亡魂遍体鳞伤呀！"

"哈哈哈哈哈……真痛快！那你快说，第四关呢？第五关呢？第六……"南茜哈哈笑着不停地问。

"没了。"大个儿说，"刑罚完这三关，我就可以遣返回到东方的地狱了。可是听这里的阎罗王说，东方地狱的三关刑罚比西方的三关刑罚还狠百倍呢。"

"没了？"南茜一下子停住了笑声，她冷冰冰狠巴巴地骂道，"这么便宜像你这样没人性的混蛋！回东方的地狱还应更狠辣地惩罚你这畜生！"

大个儿不在意南茜骂他，为了达到目的，别说骂一句两句，就是骂一百句一万句也算不了什么。

他像没听到一样地说："除此之外能解救我的……"

大个儿停住讲话可怜巴巴地抬眼看看南茜。

但南茜看着他不语，那表情告诉大个儿："你爱说不说，谁管你。"

没办法，大个儿接着说："此外能解救我的就是被我骗过的人，她的魂魄出现……"

讲到这儿，大个儿不说了，那铁球一样的鹰眼一滚，两滴豆粒大的泪珠又蹦了出来，这回的泪珠不是红色。

他可怜而又委屈地说道："我真幸运，没想到你的魂魄这么快就跟进来了，救救我吧南茜!"

大个儿似乎忘记了他已被钉在铁树上，他认为在地狱里众多服刑的被烙上丑恶灵魂的亡人中，他是唯一中了大奖的人。接下来他以百般的真诚，万般的能量释放着他骨子里灌满了的温存。

"南茜，不，是亲爱的小艾! 你的魂魄像仙女一样地飞了进来，但我已嗅出你的魂魄里还有血腥味。虽然进来了，但你的肉身还在人间呢，如果你解救了我，你马上就可返回人间。只要你能真心地原谅我，阎罗王不会追究你杀我的刑责。只要你帮我从这铁树上下来，那我就可以免去那两关的刑罚。你也赎罪了，还不用下地狱，我们两不欠，何乐而不为呢? 所以，亲爱的，原谅我吧? 救救我吧? 如果我能再转世投生，我愿做你的奴仆，或者一条狗。只有你才能解救我，请你再一次奉献你善良的爱心吧。只要你走到铁树的后面，将那刺穿我心脏的箭狠劲地拔出来，那你就救了我，你就是上帝派来的使者……"

正当大个儿滔滔不绝地向南茜恳求之时，南茜看到走过来一位戴着眼镜的男人，只见那男人端着从冥界河里舀出的一大瓢红水，举起来让大个儿喝下。只见大个儿咕咚咕咚地喝着，边喝边点头说:"谢谢谷风! 谢谢! 谢谢啊!"

"谷风?"南茜刚想说，"瞎说啊，你? 谷风是大刀脸……"

可是，南茜的眼神不动了。那戴眼镜舀水给大个儿喝的男人，不就是郑跃进吗?

"他……跃进怎么会在这儿呢?"南茜揉了一下眼睛再看,那舀水戴眼镜的男人不见了。

这幻觉在南茜的思维里一闪而过。

这个时候那大个儿把那血红的水全部喝光了,而且一个饱嗝震天响。他那顺嘴流下来的血一样的黏液,伸延着悬在半空。南茜看到那黏液立即引起了生理反应,感觉一根胶皮管子顺着她的喉咙爬进了她的胃囊,一阵恶心,她扭曲着身子开始呕吐了起来……

隐约中,南茜好像听到有人在说:"她开始吐了,死不了了。"

过了一会儿,南茜又好像听到有人在说:"给她扎上快乐1号,快点,要一针见效!"

忽悠地一下,大个儿金连成连同那铁树,在南茜的眼前一下子消失了。郑跃进在她的眼前晃来晃去,好像是在天堂里向他招手。南茜从梦境里出来了,感觉整个身体在飘,她飘过了冥界河的滔滔红水,飘向了天空……

这回她感觉是真的飘进了天堂。

南茜乐了。

是蚂蚁还是舌尖?

南茜只感觉浑身上下一阵颤抖,好像一个男人用舌尖舔着她的身体,又像是蚂蚁在爬,从脚面一直到她的乳房。那动作刺激着她,使她浑身积聚的快感一点一点地向全身扩散,她的身体变得异常敏感,她感觉有人碰了她一下,身体瞬间扭曲着，她叫了起来。可她只喊叫了两声，便喘息着，轻飘飘地又重新进入了梦境，而且这次进入的梦境比刚才的梦境还真切……

"这天堂哪像大个儿讲的那样？"南茜嘟囔着，"你个骗子，都死了你还在骗我？火狱？水狱？没让你遭雷劈真是便宜了你？遣返到东方地狱第一关就是让你进油锅！还指望我来救你，想得美吧，你……"

南茜在骂着大个儿金连成，接下来的情形是她的大脑开始麻酥酥地进入了幻觉。

她感觉这灵魂是真的出窍了，她兴奋地如愿以偿了。

南茜的大脑马上出现了真实的幻觉，原来这天堂是在天边的一角啊，真的不在地球，而是在天堂星球上。瞧那天堂城，像是个宝岛。周围是净水河，那河水清澈见底，没有一点污浊。城墙是碧绿的玉石，城墙的顶端镶嵌着宝石，那玉石和宝石发出的光芒普照天堂城。升进天堂里的人的灵魂，又重新生出新的肉身，每个人的心里都有一盏永明灯。那灯是信仰也是方向，所以天堂不需要日月光照。城墙的四周，自然生长着常青树，那树上结满了人们食用的食品。那树，宛如科学家们打造的天然冰箱，始终保持着食品的新鲜。那牛羊牲畜在自然的林间食草，没有被惊扰的恐慌。那一对对恋人，手牵着手，享受着最幸福的时光。

"呵呵，都说天上掉馅饼，我还不信，原来是真事呀！"

南茜兴奋得两眼发光。真的和自己想象的一样，想要什么随手就拿，就连自己最爱吃的香蕉和哈尔滨香肠都长在同一棵树上，伸手摘下就可以吃。

"哈哈哈哈……哦……噢……啊……啊……"

南茜连哭带笑地喊着。

突然，她看到一对情侣走了过来。那男的中等身材，梳着分头，戴着眼镜；那女的也是中等个儿，大眼睛，梳两个大长辫子。

"咦！这不是郑跃进和沈艳茹吗？他俩怎么会在天堂里？那天堂是死去的人进的地方，而且还是与人为善的人，功德圆满的人。活着的人只能受苦，受尽磨难！"南茜挺起身子，想要上前问问。

"是啊，这不公平！这死人灵魂待的地方，他们……还活着的人，怎么可以进来呢？"

南茜站起来，在原地绕圈子急得跺脚。好像有人在喊她。

"跃进不可以这么早就来这里呀……"

她开始大声地喊着郑跃进："跃进，跃进……"

就在这时，她隐隐约约地觉得有个人拽她一下，又狠劲地把她按住，她感觉没力气了，顺从地躺下。

幻觉在南茜的脑海里像过电影似的闪现着，一会儿是荒凉、痛苦、阴暗、恐怖的铁围山，地狱城，一会儿是有点虚无缥缈但真实得如同绿岛一样的天堂城，但都是悬在空中落不到地面。有时还晃来晃去的摇荡着，像坐在游艇的船板上，但她又感觉很舒服。折腾了好一会儿，迷糊中的南茜终于失去了知觉。

这回那快乐1号开始麻醉她的脑神经了，她的大脑开始出现了空白。

不错，在大西洋城跟在南茜出租车后面的那辆悍马吉普车，就是一直在暗中盯梢南茜的人，也是偷偷给南茜拍照的人，他俩是K公司慕然的手下。一位是膀大腰圆的大李，另一位是骨瘦如柴的小李。二李奉K公司二老板慕然之命跟踪南茜已经一月有余了。这期间南茜所发生的事件都在这二李的掌握之中。

当南茜将一瓶安眠药片就着白兰地吃进肚，并歪着身子将药瓶扔向大海，最后将未喝完的酒瓶也凌空扔出去……整个过程二李借着夜色，用望远镜看得很清楚。当他们看到南茜用手抠着嘴想呕吐而又吐不出，挣扎了一会儿就倒在沙滩上的时候，二李又等了一会儿，然后用望远镜再看看，看到南茜已经躺着不动了。这时，二李认为时候到了，便会意地从靠公路那边的山丘上跑了出来。

二李跑到南茜跟前，小李先用手在南茜的鼻前一试，抬头对大李点点头说："还活着。"

大李马上说："搭把手，我把她扛到车上，找家中医诊所救活她，晚了就来不及了，死了无法向老板交差。"

大李背着南茜，小李拿起南茜换下的旧衣服及LV包向悍马吉普车走去。

在南茜被救醒后，意识还没完全清醒的情况下，她被小李打上了毒品海洛因快乐1号。折腾了半天，一种从未体验过的快感刺激着她终于又昏睡了过去。

这会儿，沉睡多时的南茜醒了。

她歪头看看床头柜上的牛奶和面包，想着梦中真实的经历，她的眼泪很可怜地流了下来。

她伸手端起牛奶杯，就着泪水喝了一口，然后很无奈地自问自答："人生最痛苦的是什么？最痛苦的不是你想走出去没有路，而是你想死都死不了！"

是啊，想死都死不了的确是最痛苦的人生。

可是，当她清醒后，借一位保安的手机，用电话卡打给她妈妈报平安时，她听到妈妈那撕心裂肺般的哭声，她更加痛苦！因为她妈妈已经收到了她的遗书。

在电话里，妈妈哭着求她："回来吧，女儿，爸妈老了，不能没有你啊！"

南茜嘴上答应着，心里却想说："现在的南茜早已经身不由己了。"

的确身不由己。南茜正在经历这种痛苦，每天她在这座豪宅的地下室里，接受一位教练的日语培训，在海洛因1号的刺激中，她撑起精神，过着生不如死的生活。

楼上一个小型会议室里，慕然正坐在一个圆桌旁在摆着扑克。他在算计着怎样洗牌能摸到他记住的扑克牌，摆洗了7次他有5次得手。正当他得意忘形之时，大李敲门进来，向他请示给南茜注射海洛因1号的时间到了。

慕然那鹰钩鼻子上下动了两下，两道浓眉像利剑一样立起

来。那布满血丝的眼睛里射出一道凶光，让人瘆得慌。

他凶神恶煞地说道："先给她断了，看她还跑！"

大李点头称是地退出。

这时，小李又推门进来向慕然汇报说："沈念珬的老公郑跃进，已经在半年前向 yellow 出租车公司辞职，现在下落不明。"

慕然冷静地思考了一会儿，然后向小李吩咐道："派人在暗处守住郑跃进的家，我就不信他不回家！"

第二天中午 12 点，南茜的毒瘾又上来了。她涕泪交流，在房间里打滚，满地的翻腾，像车轱辘一样地滚着。那情形，真可形容是肝肠寸断犹如万箭穿心。她面容狰狞，双手撕着衬衣，丰满的双乳左右上下地晃动着。那吼声像受伤的野兽一样撕裂和恐怖，整个房间连床铺都掀得四脚朝天。这个时候的南茜，她已经不是一个懂得廉耻的女人了，她简直就是个疯子。

这时的慕然嘴叼着雪茄进来了，他身后跟着狗一样的打手大李和小李。

慕然进屋看着已被毒瘾折磨得不知羞耻裸露双乳的南茜，他凶巴巴地喝道："还跑吗？"

南茜忙爬到慕然的脚下，抱住慕然的大腿，哀泣着，恳求着。

她颤抖抖地说："老……老板！我，我，我不跑了。我已经告诉你了沈念珬的老公是郑跃进，现在，我还告诉你 Q 公司的百家乐秘籍，我全知道，我……我，我全都告诉你……给我……只要给我 1 号……"

慕然给大李一个眼色，大李从兜里掏出针管和海洛因 1 号扔给南茜。只见南茜像狗一样地爬过去一把抓到手里，委下身来，瑟缩着身子，惊恐地看着慕然晃着头走出房间。她忙用牙齿撕开密封的塑料袋，拿出针管，吸进海洛因 1 号，迫不及待地扎向自己的左胳臂……

毒品海洛因 1 号已成为南茜每天活着不可缺少的食粮，毒瘾一上来，慕然就是她的亲爹，慕然要什么，南茜给什么。每当南茜用上海洛因 1 号，她就好像进到了天堂，享受着天浴般舒爽的感官刺激。她在颤颤悠悠的幻觉中，体尝着死一次活一次的那种感受。在翻来覆去地折腾中，清醒时的她，总想把自己心灵里最纯洁的愿望，存放在灵魂深处最干净的地方，那就是她拥有过的跃进那个破旧的老房子。可是她知道，现在的自己，浑身上下已没有一块地方是干净的了。因为，海洛因 1 号已经使她不知道什么叫羞耻了，她已无颜再去念叨那个此时此刻如此亲切的名字。

慕然满意了，在南茜身上已达到他设定的目标，他要的就是这个效果。

可是，慕然又把输赢的宝压在郑跃进的身上，他阴险的用意又想打击谁呢？

Chapter 18 第十八章

女人最痛苦的是真的丈夫假的男人！
男人最痛苦的是连自己的亲爹是谁都不知道。

阴毒布局

　　K 公司的慕然，为何对南茜这么感兴趣呢？

　　起初引起慕然的关注是因南茜的长相特像日本桥牌社患了忧郁症、后来自杀身亡的赌王三千子，后来慕然是为了击败 Q 公司的参赛选手沈念琎而选南茜上场。等南茜被海洛因 1 号控制之后，他现在想要的是"百家乐秘籍"了。他认为南茜这张牌有更大的赚头。如果在南茜身上达不到上述目的，那他最后就把南茜交出去，作为 Q 公司在赌场洗钱的活证据。

　　每当他看到南茜那楞眼笑眉的样子，他就从心里兴奋地嚷道："这也太像了，简直就是三千子的化身。"

　　所以，得到南茜他如获至宝。

　　从慕然看到南茜档案照片那天起，他就一直手痒地想收归南茜为他门下，所以他一直派人暗中盯着南茜。更吸引他的是在南茜身上所发生的故事，又都是他慕然感兴趣的。对此，慕然要重新塑造南茜成为 K 公司的三千子，并代表 K 公司迎战老太太 Emma 的女儿沈念珊。他要给 K 公司一个惊喜；他要给 Q 公司一个惊讶。死了的南茜又活了，而且，杀你 Q 公司一个回马枪。

这是慕然向慕南挑战的一个筹码，也是慕然想击败老太太 Emma 的一个手段，更主要的是慕然为了取代慕南，他不惜一切代价去网络可利用的人。而南茜是 Emma 培训的，更何况南茜又有命案在身，而且是发生在 Q 公司的纽约分部，太有利用价值了。

慕然在暗地里的这些操作，他父亲慕云飞是不知道的，而且素来我行我素的慕然，自从知道了自己的身世，尤其知道慕云飞一直利用他之后，一直忍耻于心中。当他拥有脱衣舞厅夜总会后，他就不把他所谓的父亲慕云飞当回事了。因为他非常清楚，他和这个父亲慕云飞是绑在一条船上的。因为脱衣舞厅是贩毒的场所，老板是他慕然，慕云飞通过这块宝地得利，就必须得通过慕然来得手。尽管在开办的初期慕云飞投了一笔钱，但慕然非常清楚，这些年贩卖毒品所获高额利润，慕云飞投资的钱早就赚回去了。

所以今天他慕然做什么，根本不需要请示慕云飞。

慕然还想要的效果，是在比赛场上南茜出现时 Q 公司所有参赛人员的惊讶，甚至恐慌。

他很自信地认为，Q 公司的慕南慕东和 Emma 绝不会报

警。如果报警，那说明 Q 公司间接知道和承认南茜是杀人犯，那 Q 公司的麻烦就大了。到那时，慕云飞就会公开站出来指责 Q 公司，而 Emma 也该出局回家了。那么 Q 公司投资部这块肥肉，每年信用卡额度上限是 50 万美金，慕云飞就会在第一时间，以 X5 总公司投资部的名义收回来交给他慕然掌管。

如果实现了这个愿望，那他慕然的经济实力和社会影响力都会加大。他的野心和目标是最后掌管 X5 总公司。

其实，为了掌控 Q 公司，在事实上最后取代慕南的并不是慕然，而是心狠手辣的慕云飞。慕然实施的这一切，只不过是慕云飞策划借水行舟的阴谋计划中的一个步骤，慕然只是个领头羊，在慕云飞的计划里慕然早晚被宰杀。

当然，慕然非常清楚慕云飞在利用他，也知道慕云飞的布局。同样，他慕然也在借助慕云飞的势力巩固自己。而今天他利用南茜，同样也是为了实现自己的野心，最终达到控股 X5 总公司的目的。

他的如意算盘，和慕云飞一样，在他的思维模拟板上拨拉得震天响。

当夕阳落尽所有的光芒，赌城拉斯维加斯被灯火照亮半边天的时候，在拉斯维加斯东南区罕德深一个高级别墅里，地下室羁押着南茜，而在楼上的大厅，此时的慕然正悠闲地抽着雪茄，扬扬得意地望着窗外赌城的夜景陶醉于他的美梦中。

他在思考着这次比赛过程中可能会发生的事。他把 Q 公司的主要人物：慕南、慕东、Emma 和沈念琲穿成串地想了一遍。

最后他关上落地窗帘自问自答："谁是我的对手呢？慕南是个废人，慕东是个色鬼，Emma是个文盲，沈念琲就是个女人！"

他嘿嘿一笑地继续着他的梦想："如果这些人当中，哪怕有一人像我慕然这样绝顶聪明，那亲爱的父亲慕云轩他老人家地下有知，也该瞑目九泉了！"

意识流似的思维，又让他在瞬间想起了慕云轩，他又开始闹心了。他猛地把雪茄烟头触向大腿后又发出狼嗥般的吼叫，吓得大李小李躲进房间不敢露面，因为对慕然来说这已经不是第一次了。

一串串汗珠从他的脸上滚落下来……

其实慕然早已经知道了他的身世，只不过是在他谋害了自己的亲生父亲慕云轩之后。

7年前，在一个星期天的下午，慕然的父亲慕云飞打电话让慕然到K公司老板室，说是为他开办脱衣舞厅，给他开了一张存有10万美金的账户，让他到办公室取走银行开户的手续及资料。当慕然敲开父亲办公室房门时，外间的秘书告诉慕然，老板有急事出去了，让慕然自己进室内取资料，说他父亲已留条给他。

慕然进屋便看到父亲写给他的字条及放在父亲办公桌上的银行资料，当他拿起字条和资料想离开的时候，无意中看到一本古铜色精装日记本上，插着一个露出一半的裸体美女书签，

就放在父亲办公桌台式电脑的左侧。

好色的慕然心想："父亲还有这嗜好？"

慕然好奇地拿过来翻开一看，就在夹书签的那页，他发现了一个惊天的秘密。

父亲在这本日记里，用英文详细地记录了他妈妈艾达被人糟蹋后自杀惨死的经过，而那个羞辱他妈妈的男人，就是 X5 总公司董事长，他的堂伯慕云轩！他看后顿时惊愕地瞪大了眼睛。

他咬牙惊呼："天哪，原来是这样！"

22 岁的慕然，性情孤傲暴戾。他从小就没有得到过母爱，连母亲长什么样都不知道，当他得知慕云轩是导致母亲自杀的仇人时，那复仇的怒火便在他心里燃烧了起来。

他几乎发狂了一样，一拳击在父亲的办公桌上，大声地喊道："慕云轩？我要杀了你！"

慕然在他父亲慕云飞办公室里被激怒的真实画面，被坐在监控室里的慕云飞看得清清楚楚。

监控室内，慕云飞独自看着离去的慕然，左手拿起烟斗深吸了一口，那吐出的烟雾，缓缓地飘在他那凸出的金鱼眼前，又萦绕在他那苍老的圆圆的脸上。

慕云飞的眼前又出现了约见妻子艾达的用人的情景……

艾达雇请的用人是墨西哥女人。在她为艾达买菜的空隙，慕云飞找到了她，并和她做成了一笔交易。那用人知道慕云飞与怀孕的妻子艾达经法院办理离婚手续后一直分房居住，但她更知道慕云飞是个心狠手辣的老板。她拿着慕云飞给她的一笔钱，向慕云飞承诺马上离开艾达，离开天水镇。就在用人离开天水镇第二天的夜里，恰好是周末，傍晚，慕云飞先把女儿慕荣接出来，让他的情人带慕荣去赌场看秀。在深夜，他悄悄地走进车库，取出事先准备好的工具，首先松动刹车液压油管的夹片螺丝，想造成刹车分泵漏油的假象，然后他转身弯腰将一脏桶对准油眼，上下看了看，很专业地卸下油箱底侧螺丝扣。他得意地将刹车油全部放出后，又安上螺丝扣。这时的慕云飞肥胖的脸面阴冷地动着，他在心里判断着，并恶狠狠地诅咒："只要没有足够的油压……哼！这便是无言的结局！"

接着他脸上的横肉一阵抽搐，心又在怒吼："带着你的孽种去见上帝吧！"

星期一上午，艾达去医院体检胎位后，在回来的路上因刹车失灵撞上路基而导致流产大出血，在救护车送艾达去医院的路上，艾达因早产失血过多而死亡。而早产的慕然，在医院的保温箱里却奇迹般的活了下来。

慕云飞把慕然送到了加拿大他父亲的老宅里，临别时，他看着会笑了的慕然在心里说："因为你的存活使我的赌局增添了色彩，我不会让你死，我会雇人把你养大，我会用你的命去换你爹的命！乖乖，你要乖乖地活下来，将来好成为我局中最得力的猎犬……"

每想起那一幕幕，慕云飞总有点心绞痛。尤其是大了的慕然有一次问他，说有人告诉他妈妈是车祸死的。

慕云飞看着壮实的慕然从心里蹦出两个字："孽种！"

接着他又在心里嘲骂道："我看到你我就肺气肿；我想起你我就肝硬化！这么些年，我养活了你就是为了复仇！就是为了让你能亲手去杀死你的亲爹！在我的眼里，你慕然就是一条狗！"

但他微微一笑地谎称说他妈事先已经吃了安眠药，为怕人发现又开车出去导致了撞车……

慕然飞就像熊瞎子蹭松树一样，圆滑得满身淌油，年轻的慕然怎么会是他的对手。

但这种谎言，欺骗一个在国外长大的慕然还是能蒙骗过去的。可是每次提起慕然妈妈艾达的死，他都是心惊肉跳，一到夜深人静时，艾达的魂魄便附上他的身体，使他夜不成寐。艾达的怨魂，让他做了22年的噩梦。可是现在X5总公司掌舵的父亲慕鹤林已经76岁了，按已故大老板伯父慕鹤松的遗嘱，公司及家业的合法继承人是伯父慕鹤松的长子慕云轩，而且，父亲慕鹤林的掌舵是受慕云轩的委托。那个慕云轩一直在他的Q公司研究什么"梦幻望远镜"，对公司的运营几乎不过问，但对公司保险业资金的走向却控制得非常严格。这就使他这个K公司的经理，逐渐地被边缘化，只能走偏门做赌场投资。这些年，如果他慕云飞不通过黑道上的朋友走私或毒品交易，K公司早就倒闭了。所以，他发誓要夺得总公司大老板的位子。

他要阴毒的布局；他要借刀杀人；他要铲草除根。

"现在不能再等了。"他的心在与他说，"错过了机会，我慕云飞将回到从前，一贫如洗！"

他站起来，眼盯着屏幕，嘴唇微微动着："哼，堂兄！"他从牙缝里挤出两个字后，那金鱼似的眼睛里马上冒出火来。

"冠冕堂皇的伪君子，连自己的弟妹你都敢碰！"他恶狠狠地在心里骂着，又叼上了烟斗，那幽深晦暗的眼里充满了仇恨。

此时此刻，在监控室里的慕云飞，手里拿着烟斗，将烟灰狠狠地敲在烟缸里，然后那表情里又充满了蔑视。他透过屏幕录像看着慕然开车离去，他的眼神紧盯在那车的尾烟上。他眯起金鱼眼，上下嘴唇微微一动，一句深藏于心中的阴谋从他的嘴里吐了出来："债是要清偿的！让你逍遥这么多年，现在，该把你的孽种还给你了。"

1991年10月初的一个雨夜，不明真相的慕然用两万美金雇用了一位黑人，开着大挂车在谷天镇进口一个三岔路口等候，等慕南开着林肯加长轿车过来时，他指使那位黑人司机开车迎面撞了过去。当时的两辆车全部翻进旁边的沟里，而那辆加长林肯轿车连翻两个个儿。他躲在一旁看着，当他看到那黑人司机正动着想钻出车窗时，他拿一根铁棍，在大雨中举起铁棍打向那司机的头部，之后，他看到一辆车赶了上来，他才拎着铁棍冒着大雨，跑到他停放在暗处的悍马吉普车处开车仓皇跑掉。

慕然以为他精心安排的车祸做得天衣无缝，可还是被刚刚苏醒的慕云轩看到了他逃离的背影。

事后，慕然本以为会得到父亲慕云飞的重用，可是，每次想提起他的杰作，父亲均敏感地以业务话题打断他讲下去，然后装作什么也不知道的样子，只字不提。在前去追悼因伤势过重而过世的慕云轩时，父亲带着其他子女前去吊唁，而让慕然留守在 K 公司。一年多的时间里，父亲在不冷不热中一直与慕然保持着距离，看到慕然心情极坏的时候就给他一张 1 万或两万美金的支票，但在用人的排列上，慕然一直排在同父异母的长兄慕洋之后。

1992 年 3 月，已经没有任何障碍的慕云飞，在其父慕鹤林去世的当月，便延续过去带有黑道色彩的称谓让属下称自己为投资部的舵主，又兼总公司的总代理，言外之意就是总公司的大老板。但 K 公司经理的位子仍由他慕云飞兼任，由大儿子慕洋协助管理，慕然实际上被晾在了一边。

但慕云飞的继位，只有其父慕鹤林的委托，没有经过董事会的任免。因 X5 总公司的合法继承人慕南一直住院治疗腿伤，其弟慕东年龄尚小不能理事。X5 总公司的大管家是沈国立，但慕云飞作为投资部总经理，又从他父亲手里接管了代行总公司行政总裁一职。慕氏家族内部的权力之争已浮出水面，但慕南按指令信箱的建议就是不理，也不管不问。涉及钱的调用和不动产的报告，慕南一律不签字，他以静制动。对此慕云飞也不敢轻举妄动，但他心中有数：只要慕南慕东哥俩不提不争，外人不能介入，他就有机会再实现他的野心。

慕云飞的心态是有容乃大，他要挑起慕然和慕南实则是同父异母的两兄弟的仇恨，最后让他的儿子慕洋得利。

1995 年 1 月，慕云飞正式把 K 公司交给了慕洋管理，对此慕然再一次沉不住气了，毅然决然地去找他的父亲慕云飞讨个说法。慕云飞对慕然的秉性了如指掌，他认为慕然还有利用价值，因为他要收回 Q 公司投资部，所以他早就为慕然准备了一份厚礼。

慕云飞给慕然戴高帽地说："你是脱衣舞厅夜总会的老板，又是 K 公司投资部的主管，一个 K 公司你还和你哥哥慕洋争吗？"

说完他拿出一张 30 万美金的支票交给慕然说："你先到赌城拉斯维加斯买一处房子，要距离总公司接待站近些。这期间你把 Q 公司赌场投资业务部的真实名单搞到手，等待明年，或后年恢复 KQ 两公司的扑克比赛时做到心中有数。等比赛结束后，我想也该收回这项业务了。因为赌场投资这块，每年设限 KQ 两公司投资部各 50 万美金，这是已故大老板定下的规矩，一直延续。尽管现行是以信用卡的形式投资，但机动性很大。如果总公司投资部把这项业务收回来，专门成立个信用卡公司，那这个公司就由你来掌管。但如果想要收回，总得有理由和借口才行，做事要多动脑子。"

说到这儿，慕云飞吧嗒了下烟斗后又接着说："慕南还在沉睡，等他醒过来事情就难办了。"

聪明的慕然自然领会到父亲的意思，在 K 公司的人事调整问题上，他不再与慕洋争了。

1998 年 3 月，慕云飞把慕然叫到总公司交代说："KQ 两公司的扑克比赛，初步定在 8 月 29、30 日两天进行。"

接着，慕云飞又拿出一张 20 万美金的支票给慕然说："你代表 K 公司与 Q 公司进行扑克比赛。这 20 万美金作为 KQ 两公司比赛的全部费用，包括奖金和奖品，其中赌城拉斯维加斯接待站还要重新装修。"

慕云飞交代完，又给慕然一个诱人的承诺。

那就是，只要他慕然赢得今年的比赛，让对手老太太 Emma 出局，那 Q 公司赌场投资这块肥肉就将收回归慕然统领了。慕云飞还当着他的面打电话给大儿子慕洋，告诉慕洋一切赛事均由慕然全权负责。

慕然像是得到圣旨一样兴奋，他动用了他在社会上结交的所有的铁杆关系及一群狐朋狗友，摆出了一副和 Q 公司决斗的架势，并安插了卧底，将所有 Q 公司的会员都拍照建档，赌技秉性均都记录在案，誓言决战拉斯维加斯必胜。

正当慕然得意忘形地操纵比赛事宜的时候，从加拿大来了一位很富有的夫人，带着抚养慕然的保姆找到了慕然，并向慕然透露说，已故的慕云轩就是他的亲生父亲！

可是慕然一点也不感到惊讶，他不以为然地道："7 年前就有人对我讲过，但他慕云轩活着的时候没有来认我，更没有与我讲明事实真相。即使我是他的种，那也是他强暴我妈的结果！"

他仍然认为是慕云轩强奸了他妈妈艾达，才有了他慕然。

当那位他亲如母亲一样的长辈，很沉痛地说他长得与慕云轩一模一样的时候，慕然突然烦躁地暴跳如雷了起来，他咬牙切齿地吼道："去他妈的父亲吧，不管是谁造的我，慕云飞还是慕云轩？我天生就是仇恨的种子！为我而仇，为我而恨！那么，我让他们这些仇恨的父亲先进地狱，去见鬼吧！哈哈哈哈……"

慕然像疯了一样变得六亲不认了，而且仇视一切。

那位夫人得知这样的结果，悲叹孽子难扶其正。这位夫人就是已故慕云轩的姐姐慕云芝。如果慕然是位守法的公民，慕云芝将按弟弟慕云轩的遗嘱交给慕然 500 万美金的支票。

可以说，在慕云轩的心里一直觉得愧对这个儿子。出于难言的歉疚，在他生前立遗嘱时特别对姐姐慕云芝交代，如果他有意外，他还有个婚外的后人需要安抚。

慕云芝伤心地回到了加拿大，从此再也没有露面。

然而这位夫人不知道，她走了以后，慕然失踪了两天两宿。等慕然回来的时候，他的太太桑迪惊讶地发现，慕然脖子上贴着透明的药膜，原来的刺青——一条张牙舞爪的蛇头不见了。

他说他忍着疼痛，除掉了脖子上的刺青图案；他说这是在体会一下什么叫"疼"；他说古代的皇帝犯错时，割下一截头发就算是抵罪了。

最后他苦笑着对太太自问自答地说道："女人最痛苦的是什么？女人最痛苦的是真的丈夫假的男人！男人最痛苦的是什

么？男人最痛苦的是连自己的亲爹是谁都不知道！"

从那天开始，就连他的手下都感到慕然变得更加凶狠和无情。一个跟了他多年的兄弟，就因为私自动用了一袋海洛因1号，但货款全部如数上交，他竟然还是要了那个兄弟的一个手指头。让人奇怪的是，他对他的太太桑迪却是格外的体贴，对他的儿子慕超然更是爱护备至。

还有一个变化是他很少讲话了，而且通知他的手下，终止了一切毒品的交易，因为他知道了自己的身世，也知道家族中权力的纷争与抗衡。隔着血脉的延续，使他突然意识到养父慕云飞的可怕。因为慕云飞不做毒品生意一年多了，他担心自己再被利用或被出卖，最终成为慕云飞的替罪羊。所以他格外的谨小慎微，在心里设了一道防线，戒备和提防着实际上的养父慕云飞。

慕然精明得像个猴子，他好像嗅到犯忌的气味，那气味便是慕云飞利用他杀死自己亲生父亲慕云轩的血腥味。所以，他一夜之间变成了循规蹈矩遵纪守法的好公民了。

但他心里拧巴了，总有一种错觉让他常常闹心而且暴虐他自己。他用烟头烫自己的胳膊；他莫名其妙地举手打自己的嘴巴子。更离谱的是，他到妈妈艾达的坟前哭诉着他的错觉。

他哭泣道："妈妈您告诉我，生下我，是不是被慕云轩强暴的结果？我已替您报仇了，可我为何这么不开心呢？如果我被利用，那我是否连养父慕云飞也干掉呢……"

哭诉完了，他仰天大笑不停。

为了稳住自己的情绪，更为了 KQ 两公司的扑克比赛，慕然接受他视为军师的大舅哥的建议，安排好夜总会，从天水镇带着二李飞到拉斯维加斯，并在自己早就买好的一座豪宅里，一住就是十多天，这对慕然来说都是从来没有过的。

当他的手下向他汇报说，Q 公司带队的是慕东，参赛的会员是沈念珊、红玫瑰丽莎，而没有老太太 Emma，更没有慕南时，他的干劲一下子又降到了零点。没有主要人物，那赛的啥意思呢？他要想办法和老太太 Emma 决战，只有和 Emma 决战他才能把这台戏唱下去。

于是，他故意派人将 K 公司参赛的人员名单送到 Q 公司，并提出他与慕东要赌三局，他不提老太太 Emma。因为他知道慕东不是他的对手，而且慕东也不敢和他赌。他是借慕东说事逼老太太 Emma 出场。

这期间，当南茜为了海洛因 1 号主动说出郑跃进是沈念珊的老公时，他又打起了郑跃进的主意。他知道慕南恋着沈念珊，这已经不是秘密，但沈念珊的老公是郑跃进呀，如果在赛赛场地再搭建个无形的鹊桥，让看台上的慕南看看他的情人沈念珊与老公相会，那戏剧性的情节会把比赛推向高潮！哈哈，看你慕南怎么收场？

为了布局，他安排手下昼夜守在距郑跃进家不远处的三岔路口。又以比赛筹委会的名义给慕南发函，请求慕南能参加这三年一度的比赛。

老太太 Emma 收到慕然寄来的参赛名单和邀请慕南参加扑

克比赛的函时，正在和秘书 Tina 商议谷风写来的报告。按谷风的报告分析，赌场投资这项业务必须取缔。因为，这种投资的风险给公司带来的是灾难性的打击。

谷风查阅了美国的有关法律，有理有据地提出了自己的见解。

老太太 Emma 也因南茜事件认识到问题的严重性，但她对赌场投资的正当性，有着不同于谷风的解读。只要内部人员不出问题，应该不会发生触犯法律一说。但她担心的是总公司负责赌场投资的慕云飞，因为她非常清楚慕云飞心理阴险手段毒辣。类似南茜事件，假若处理不好，慕云飞会把一切责任都推到她 Emma 的头上。

所以老太太 Emma 建议慕南尽快召开董事会，并经董事会研究后做出决定撤销 Q 公司的投资部。

如果 Q 公司的投资部真的被撤销了，那慕云飞和慕然费尽心机的一切布局将会是什么样的结果呢？

Chapter 19 _{第十九章}

当你终于明白了只有放下才没有烦恼的时候，
你是否已经在追悔之地执迷不悟了好多年？

姐妹对决

1998 年 8 月 28 日晚。

拉斯维加斯东部罕德深旅馆，住着 Q 公司前来参赛的 Q
会员。

赌城的夜是喧闹的，尤其 Street 大街，一直到清晨才能消
停。可是，拉斯维加斯东部罕德深高档住宅区却是安静的。那
沉沉的夜色把 Street 大街的喧嚣隔绝，偶尔传来摩托车停在红
绿灯前那单调的嗡嗡声和轿车启动的加油声，让人不由得联想
起西部牛仔骑在受惊吓的马上拽缰腾空而起的嘶鸣，那画面真
让人心动。

有人说静就是没有声音，你看那战场上冲锋前，全是死一
般的寂静。可是，今晚的静对老太太 Emma 和沈念琏来说却有
着临战前的兴奋，或者说有那么一点点紧张。因为明天上午 10

点，沈念琏迎战三千子，下午 3 点红玫瑰丽莎迎战芭芭拉。而星期日上午 10 点老太太 Emma 将与慕然对决。

Q 公司董事会结束后，老太太 Emma 派 Tina 到拉斯维加斯总公司接待站会议室，与慕然正面商议 KQ 两公司的比赛事宜。Tina 转告慕然，说董事长慕南因身体状况欠佳不能前来参加比赛。她说慕东在台湾有个重要会议，早已预定了机票，但慕东会尽量赶回来参加。

按过去 KQ 两公司比赛的惯例，3Q 级别的会员一名，2Q 级别的会员 1 至 2 名。代表公司出场，比友谊，比技术，贵在交流和娱乐性的相聚。参赛的人员是不能由对方叫定的，对此慕东不能代表 Q 公司与慕然连赌三局，但私下玩玩还是可以的，慕东在会议结束后可随时与慕然切磋赌技。

慕然一听 Tina 的潜台词，就是打官腔来了，而且在虚伪的客套话里，潜藏着对慕然的蔑视和瞧不起。

他脖颈上的青筋又鼓了起来，那除掉的疤纹，随着青筋的鼓胀显而易见。

"如果 Q 公司不想参加比赛可以取消啊？"慕然说话了，而且非常不友好。

Tina 说："请慕老板别误会，Q 公司没有说不想参加，而是提出比赛的规则和你商议，大家是友好地相聚嘛。"

说完，Tina 拿出老太太 Emma 提出的比赛新规则交给慕然，然后她笑着道："如果慕老板没有异议，按这个规则进行比赛。如果有异议，或者增添新的规则，请传真到 Q 公司。"

慕然随即问了一句：“那代表 Q 公司 3Q 级别的人选是谁?”

Tina 回答：“老太太 Emma!”

慕然咧嘴笑了。

“正中下怀，正中下怀呀!”他走向窗前，拉开窗帘，在心里不停地叫嚷着，而嘴上却对 Tina 很雅趣地说：“没问题，我一定好好地拜读，并将心得送上。”

老太太 Emma 提出 3K3Q 的比赛规则是：一局论输赢。一副牌，双方固定的两张牌分别是本公司的标志，即 KKQQ。KKQQ 不分大小，余三张牌依次由对方洗牌后，你自己从对方洗完牌的牌中任意选出，前提是能选出 K 或 Q 的组合大于对方，如仍然是 KKQQ 牌面，以任意选出的那三张牌与固定的两张牌组合后再论输赢。

要求牌桌有两名监督员。有公证人到场。

输赢的筹码是：3K3Q 赌额以奖金的形式，不低于 10 万美金（根据自己的实力可增加）。

2K2Q 的比赛规则按常规玩法，赌额不超过 5 万美金。

Tina 离开接待总站时，慕然还在看赌博规则。

他在心里合计着：“10 万美金不是问题，但比赛的结果不应该是输赢这么简单。”

不过他反复琢磨，K 公司的双“KK”已经大过 Q 公司的双“QQ”。虽然不分大小，但气势 K 占上风。而从牌面上任意选出三张牌组合后论输赢，以他慕然的身手，赢的上算应该是90％以上的概率，所以他认为赢已成定局。而他的目的就是让

老太太 Emma 出局。

"那么结局呢?"他念叨着,习惯性地又走向窗前。

突然他兴奋地攥紧了拳头,大声地自言自语:"没错,结局就是在最后那张牌亮开前提出我要增加的筹码!"

"我他妈的……"突然他眼神盯着会议厅墙上挂的 10、J、Q、K、A 红色的扑克之王停住了叫骂。

他联想到南茜向他讲过的 Q 公司有百家乐秘籍,于是他马上走到桌前再次查看 2K2Q 的比赛规则。

当他看到有百家乐这项比赛时,他的脸色一沉,嘴里嘟哝道:"少和我玩这套!"他把比赛规则往桌子上一扔,然后亲自把自己的修改意见注明。一条是提出承诺的时间在最后一张牌亮牌前提出;一条是取消百家乐比赛。

他吩咐手下,打字成文传真到 Q 公司。老太太 Emma 为什么要注明根据自己的实力可增加呢?这也许是给慕然一个诱惑,更深层的含义,却只有 Emma 自己知道。

按规矩,监督员由公证人指派。

上午 9 点,Q 公司参赛人员赶到总公司接待站时,K 公司的参赛人员还没有到位。

比赛大厅是 10 年前改建的,连接着总公司设在拉斯维加斯的总接待站,建这个大厅,目的就是为了 K 公司和 Q 公司三年一度的比赛,所以在设计上参照了威尼斯人赌场内高级赌博大厅的款式,欧洲的贵族风格,华丽庄重,气派典雅又大方。

可是，这个风格的装潢大部分已成为过去式，如今的比赛大厅，慕然不负厚望地重新装饰一新。大厅的正中央，悬挂着已故大老板慕鹤松的巨幅遗像。墙壁四周，有万马奔腾图；有美国已故总统华盛顿的画像；有总公司办公楼的外景摄像；有尼亚加拉瀑布摄制的流动图景；还增添了特制 5 张黑桃 10、J、Q、K、A 扑克之王……

这装潢彰显主人的豪气和阔达，大有唯主人之命是从之势！

更让 Q 公司所有参赛人意外的是，上午的比赛一开场，代表 K 公司出场的日本女人三千子，竟然是被 Q 公司除名且身有命案的南茜。

出场的三千子，上身穿着红色外套，里露裹身特制的白色蕾丝内衣，下身穿着 777 牌牛仔裤，披肩的长发飘逸着，面容虽显憔悴，但沉稳淡定，不因场内的惊讶而露出半点不安，她自信的表情告诉 Q 会员："我就是三千子。"

但南茜就是南茜，她的气质怎么练也代替不了曾经称霸赌城的日本赌王三千子。因为南茜是丽莎一手培养和调教的，所以，当慕然带领几名身穿黑色西服的壮实男人像保镖一样陪南茜出场时，老太太 Emma 的脸色马上阴沉了下来。沈念琏的脸色惊讶地挂了一层冰霜。而丽莎，她的表情好像是贼遇到了警察一般。其他 Q 会员，因没见过南茜，也不知道老太太 Emma 为何这般敌视。但为 K 公司出场的气氛，又不约而同地唏嘘着。那声浪带给了目中无人的"日本赌手三千子"，也带给了

冷酷无情的慕然。

原本友好的相聚，如今变成了有如黑帮的比拼。

这场景的确有点突然。老太太 Emma 知道慕然会打南茜这张牌，无非就是那些传统的百家乐的牌技，顶多想知道赌场投资的步骤和安排，从而想通过南茜摸清 Q 公司的底牌。可老太太 Emma 万万没有想到的是，慕然竟把一个犯罪的杀人犯南茜推到前台来，而且冒充日本称霸赌坛的三千子？这种大胆的安排简直是愚蠢到家了。

"可是……可是不能捅破这层窗户纸！"老太太 Emma 马上认识到这是慕然的设局，意在 Q 公司或者是她 Emma！

"没错！这个世界长相相像的女人很多。"想到这儿，她抬头看看台上主持比赛的大管家沈国立，又转头嘱咐沈念琊和丽莎，就当南茜是日本女人三千子，而且毫不留情地把她淘汰出局。

再看 K 公司另一选手，原来是和慕东刚刚分手半年多的女朋友芭芭拉。

丽莎有些紧张地小声说："二老板慕东，几乎每次带她出去吃饭都叫着我。谁知道……"

丽莎想说，有谁能想到芭芭拉和慕东处朋友是假，卧底才是真，而且原本慕然的布局芭芭拉是和慕东对局的，因慕东不参加比赛而改和丽莎对局。

沈念琊目睹此景，感到慕然是那么的阴险、卑鄙和无耻，瞬间怒由心生。她嗤之以鼻地小声嘟囔："这回可是真的赢房子赢地了，还没玩呢，急红眼了。"

Emma在旁边拽了下念琏，警告她不要多说话。

但是念琏心想的是，自己曾暗地里帮助过的南茜，谁能想到她竟会投靠像魔鬼一样的慕然，并在他手下冒充日本女人三千子。念琏后悔在南茜出事时打电话给她让她逃走，对这种没心没肺的人，救她有何用啊。

她发狠地小声嘟囔着："我要赢死她！"

沈念琏较劲儿的脾气一上来，那双眼皮的两边马上泛起了红晕，那神情像是你死我活，又像是窝着火呢，正想找到一个发泄的路径。

是哪位心理学家说的，人要是遇到某种刺激，他（她）的精神聚集力是平时的几百倍！

当大管家沈国立宣布第一局比赛是K公司三千子对Q公司沈念琏时，只见念琏起身脱下米黄色外套，扔向一边的椅背上，便走向场内摆放好的赌桌。她内穿长袖淡黄色紧袖衬衫，那前胸镶嵌的绯色花瓣，像少女的脸蛋，青春，诱人。那喷洒的香水，散发着迷人的芳香，那与南茜似像非像的脸庞，远远望上去，就像一对双胞胎。不明真相的人，还真以为是一家姐妹在台上演出。

看得出，沈念琏的心火被燃烧了起来。

当裁判也是发牌员介绍双方身份时，这位三千子很礼貌地用日本话说："你好！"

一句"你好"还真把沈念琏搞糊涂了，她心想："这日本话说得还挺地道，她究竟是三千子，还是南茜？"

沈念琏点点头算是回礼。

她什么也没说，心里想的是："不管你是谁，我肯定让你出局！"

第一场是出场秀，即一副扑克牌自己洗牌并又在自己洗好的牌中选出 5 张牌，属于牌技表演。

第二场是正式比赛，由发牌员发牌，赌桌上双方均以 5 万美金的奖金筹码输光论输赢。

两名监督员各立两旁，裁判即发牌员，将一副扑克递给了沈念琏，按抽签的顺序是念琏先开牌。

只见沈念琏那细长纤巧的手拈住扑克，左右手上下抽拉，一个侧翼把扑克横了过来，就像拉着手风琴，几个动作下来她娴熟地从牌中取出了 5 张牌，分别是红桃的 10、J、Q、K、A，这个牌面是同花顺，扑克之王。

念琏精湛的表演迎来了赛场一片掌声，就连 K 公司的会员都啧啧称赞。

轮到三千子了，裁判即发牌员又将新开封的一副扑克递给了三千子。三千子笑了笑把扑克一推，用日本话说道："这种牌技表演是魔术，我不会。"

念琏又是一惊，心想："她是南茜吗？日本话讲得这么好。"

场内又唏嘘了一阵。发牌员做了翻译。赛场一阵轰笑声。

念琏不是一惊，而是不可思议："这小日本，举枪投降了？"

"是啊，我只能投降！"三千子在心里说，"不投降还有选择么？拉风琴式的洗牌我根本就不会！"

按比赛规则，秀表演结束选手先下场，待监督员清理赌桌后选手上场。

沈念玼起身走下赛场，边走边扔下一句难听的话："就这水平还想和我赌？跟着我屁股后学 10 年都不是我的对手！"

三千子听到念玼挖苦她的声音，马上想起了出逃之夜那个神秘的匿名电话，她心里一惊："原来是她？"

她的脸上流露出感激的神情。

沈念玼知道三千子在注视着她，所以她回头不屑地一瞥，那意思好像在说："就是我你又能怎样？"

三千子微微咳嗽了一声，她用手捂了下嘴，然后苦苦一笑地甩过去一个眉眼，言外之意是："戏，才开始呢！"

从三千子那痛苦的表情上可以看出，她还不是像慕然那样嚣张，也许三千子有难言之隐，那最后的眉眼，即使输了"秀"的表演，但她还在虚伪地笑着，或许她在暗示着什么。不过这张脸的出现已经不受欢迎了，不论她是三千子还是南茜。

没错，这个三千子就是南茜。

南茜的出现不会博得 Q 公司所有员工的理解，这一点南茜非常清楚。在她看来，憎恨的大个儿金连成已被她杀死，而究其原因是 Q 公司投资部对她开除后，总公司慕云飞派员对她绑架威逼恐吓，才使她沦落到今天。每天，她要靠慕然施舍的海

洛因 1 号来维持精神。从某种意义上说，Q 公司赌场投资部是罪恶的发源地。所以，在南茜毒瘾没上来头脑还清醒时，她最痛恨的就是欺骗她并占有她身体的慕东，还有 Q 公司训导她号称红玫瑰的丽莎。

而她最感激的是那位给了她 1000 美金的大刀脸谷风，但她今天没见到大刀脸谷风。

此时此刻，化身三千子的南茜，看着坐在场内 Q 公司投资部的管家老太太 Emma，给她通风报信的沈念珊和欺骗她的丽莎，她的脸上露出了鄙夷的一笑。

"是的，我承认。"南茜在心里说，"牌技我不行，不过赌牌，你沈念珊就不一定那么幸运了。尽管你曾打电话想帮我。"

她站起来准备下场，但她本能地看了一眼丽莎，她痛恨地在心里骂着："不是说 Q 公司没有这个人吗？哼，堂而皇之地坐在那儿，个个脸上的标签都是正人君子，巾帼凤凰。事实上，你们比我南茜好不到哪去，我不会输给你们……"

突然，她感到浑身无力，起身时便有些晕眩，但她故作镇定地走了下去。

南茜神态的变化，没有逃过一直死盯着她的那位凶煞主子慕然的眼睛。

而一直坐在比赛现场前台的总公司大管家沈国立，观察到这一切后，给老太太 Emma 打了电话。他告诉老太太，说慕云飞星期五就到拉斯维加斯了，住在恺撒皇宫大酒店，但至今没露面，所以这几场比赛要赢，刺激一下慕然好传到慕云飞的耳朵里。

沈念琏下去后见到妈妈时，还有些怀疑，她说："南茜不可能会讲日本话啊？"

老太太 Emma 笑了笑，她避开念琏的疑问说："你国立叔叔来电话了，要赢这场比赛，把慕然的心火烧起来，让他心高气盛，有利于下午的比赛。"

装扮成三千子的南茜走下场，慕然不但没有责怪她，相反又给了她一包海洛因 1 号，南茜的毒瘾刚上来，这一包海洛因 1 号，简直是救命的兴奋剂，她接过刚想跑进房间里去享用，却被慕然一把抓住了胳臂。

只听慕然阴冷冷地说道："第二场比赛才是关键，你要给我拿下沈念琏！"

南茜看着慕然那鹰钩鼻子上下一动，脖颈上那青筋鼓胀的疤纹像咧开了嘴一样的恐怖，她顿时吓出一身冷汗，嘴上不住地说："我知道老板，我知道老板……"

边说边挣脱慕然抓她胳臂的手跑进房间。南茜吸毒的量，在一天天地增大。

30 分钟后，在以筹码论输赢的赌局开始后不久，又一件意想不到的事出现了。

第二场比赛进行不到一小时的时候，三千子桌面的赌注只有两万多美金了，她有些急了，她把头发往后拢了拢，一看手里的牌是一对 A，她马上推进 1 万美金的赌注。也许她拢头发的动作是她释放出的信号，或是巧合，就在这个时候，只见从

侧门处进来一位身穿浅蓝色夹克衫，戴着宽边眼镜的中年男人，进到大厅后东张西望地找人。当他看到大厅的四周坐满了人，而中央摆着赌桌，两个女人正在下注时，他反应过来这是赌博比赛，赌城拉斯维加斯每年都举行，这并不奇怪。他懂得规矩，马上走向墙边，当他转过身时，他的眼光与念琲的眼光正好相遇，那男人站在那里，举起右手摆了一下，证明了他看到了要找的人。可是，整个大厅观看比赛的人员都是 K 公司和 Q 公司的会员，突然进来一位陌生人，显得格外的扎眼。

这位男人是谁呢？

他就是化身谷风的郑跃进。因他家室外地下自来水管漏水，住在他家的房客给他打电话，说是跑水 3 天了。他没找到总部的 Tina，就向 Q 公司办公室请了假，连夜坐飞机赶回拉斯维加斯，又连夜修补好自来水管。他疲倦地正在睡觉，一位中国人敲门，交给他一封信。他睡眼惺忪地把信撕开一看，信上说他要找的未婚妻沈艳茹在这儿比赛。他按信上地址就来了，但门卫不让他进，等了 40 分钟才放他进来。

当他出现在大厅的时候，丽莎第一眼就认出了他是谷风。所以，丽莎起身往大厅里走准备上前去迎接谷风。

就在这最紧急的时刻，两位保安走过来询问着谷风。一位保安是华人，一位保安是美国黑人。只见谷风拿出 ID 和那位华人保安理论着，但那位黑人保安不听谷风解释，上前推他出去，而且推操的动作极不文明，这在美国任何一个公共场所，都是很少见的。

丽莎一见这情形，忙赶过去和那位华人保安小声说："Security，他是纽约分部的经理谷风！"

那位保安马上住手，但那位黑人保安根本听不懂丽莎讲什么"谷风"，他像执行命令似的仍然要推谷风出去。

沈念琚傻愣愣地已经认出了那个被叫作谷风的男人，就是她日日夜夜想念的郑跃进，她怎么可能看到跃进被保安用力推搡而无动于衷呢？她无法控制自己的情绪。她对发牌员说了声"对不起"，便起身下台向那个男人跑了过去。

就在念琚站起身的一瞬间，念琚左腕上戴着的一个淡绿色玉镯滑出了衣袖，南茜眼睛一亮，看到那手镯的露点正好凹进去一窝，她心想："我的手镯凸出一沿，而且玉的色泽怎么和我那只玉镯一模一样？妈妈曾说过……莫非……"

南茜不敢再想下去。

可是，丽莎喊叫的"谷风"，尽管声音小，但她还是听到了。她不由自主地歪头看了一下，就这一眼，她震惊了。

因为她看到的谷风不是大刀脸，而是郑跃进。她终于知道了郑跃进写的小说，那个"念子"就是她南茜，那个谷风也就是郑跃进自己！而那个大刀脸不过是郑跃进导演的幽默剧情中谷风的替身。她恍然大悟，大刀脸给她的那 1000 美金原来是郑跃进留给她的。

她在心里喊叫："为什么又是你啊，老郑头？为什么……"

这个时候，只听沈念琚边跑边喊："跃进……保安停手。"

大厅里所有的人不知道发生了什么事？全都站了起来。

老太太 Emma 也认出了郑跃进。去卫生间赶回来的 Tina，看到这个场景紧张得不知如何是好。本来她按老太太的意思把郑跃进藏到纽约，谁能想到郑跃进还是赶过来搅局。

只有化身三千子的南茜仍坐在那里，她把头埋在两臂间，好像什么也没看到。但仔细观察，你会发现，她的右手握在她左手戴着玉手镯的腕上，她的两肩在微微地抖动着。

等发牌员反应过来想去制止时，已经晚了。按比赛规则，不经允许，私自下场者以输论处。这第三场论输赢的赌局比赛，因郑跃进的搅局三千子胜。

今生的我，前世的谁？这眷恋，是快乐是幸福还是灾祸劫难？

下一个轮回里，相恋的人是否还能再相见？

郑跃进，在沈念珊的心里是最舍不得遗忘的那个男人。多少个不眠之夜，她是在泪水浸泡中拍着盼儿入睡的。那多少个 365 天啊！她竟在忐忑不安中度过了约有 6570 多天啊！多少次在梦中，她希望自己能化作风，轻轻漫过时光的海洋，登上彼岸，拥抱心中的男人，享受缠绵的幸福之夜，安放远离故乡游离的灵魂。又是多少个晨昏，她希望自己能化作春天的雨，去浇灌滋润心田里的爱情海，使风帆在心海里不再飘摇，不再孤单。可是，梦醒时分，彼岸的人呢？那风呢？那雨呢？

过往的岁月，没有换来真切的回眸，她还在古深林中的谷天镇，始终不曾离开半步的谷天镇。

现在郑跃进出现了，尽管是在不该出现的时候出现的，但是，今天的沈念琎，绝不允许任何人对郑跃进有半点伤害！

不就一场比赛吗？让给你老"K"了！

当念琎抱住郑跃进的时候，跃进两手像军人立正一样地垂直在腿的两旁，众目睽睽之下，他的脑海一片空白突然想不起该怎样拥抱。独自坎坷寻觅了 20 年啊，这突至的惊喜，使他那激动的脸腾地红了起来。当他看到姑妈郑有欣颤颤巍巍地走过来的时候，姑妈那慈爱的脸庞让他想起了去世的父亲……他哽噎地喊着姑妈，那不听话的眼泪扑簌簌地流了下来……

念琎拽了下郑跃进的左胳臂，也流着泪说："都 40 岁了，还这么爱哭？"

这时，大厅的麦克风里传来了总公司大管家沈国立的声音："大家静一下。"

大厅里马上鸦雀无声。

只听沈国立说："刚才进来的这位先生，就是我们 Q 公司业务部沈念琎等了 20 年的丈夫，他叫郑跃进，让我们祝贺他们的重逢！"

大厅里所有的人都站起来，拍手祝贺。

慕然在看台的一角，他精心策划的这一幕原本是给慕南看的，是让慕南出丑的，可是慕南的不参加，只是助南茜赢了这第三局。而费尽心机地培养了一个卧底芭芭拉，做了慕东半年的女朋友，本想让芭芭拉和慕东对局而让慕东恼怒和难堪的，可慕东连面都没露。简直是赔了夫人又折兵，他扫兴地气汹汹直瞪眼。

　　但从另一个角度看，慕然做了一件好事，是他让郑跃进和沈念琲提前重逢了。

　　慕南被老太太 Emma 安排在雪山胜地丹佛，认识郑跃进的慕东，被老太太 Emma 安排去了台湾。所有这些安排都是有意的，但又不是为今天郑跃进和沈念琲的重逢而设计的。而这巧合，在所有参赛的会员中，却留下了让人永远难忘的印象，尤其是 Tina。

　　人啊，当你快乐时，你是否想过这快乐是永恒的，或是短暂的？当你拥有爱的时候，尽管你执着得近似于疯狂，但你是否想到那必然的结果就是分离？当你终于明白了只有放下才没有烦恼的时候，你是否已经在追悔之地执迷不悟了好多年？

　　这人生的感悟，是郑跃进和沈艳茹在经历中认知的，还是家财万贯的慕南，在难以舍弃的儿女情中悟出的呢？

　　被请进贵宾室里的郑跃进，挨着姑妈坐在平板椅上，手握着姑妈的手就是不松开。

　　郑跃进看着坐在姑妈郑有欣身旁的 Tina，终于知道了他当上纽约分部主管的背后推手，真的就是他姑妈。

　　上午的比赛因郑跃进的搅局而结束。由于郑跃进的出现，两公司带队协商，上午的比赛结束。下午的比赛，是 K 公司的芭芭拉和 Q 公司的红玫瑰丽莎对局。

Chapter 20 第二十章

承载着那个承诺的梦，
就是这个结局吗？

重逢圆梦

　　每个人都是一本书，每个人的心里都有一个故事，欢快的或是悲伤的。但无论故事的结局如何，都离不开一个主题，那就是一个字：爱！因为有爱，人生才有希望；因为有希望，人才拼命地劳作，甚至超负荷地苦累也在所不惜。

　　心中设置的这个"希望"，现实一些的，亦即就是人少遭点罪。比如普通人家，200 斤大米，100 斤白面，外加点高粱玉米，其实这就是普通百姓一年的希望。买股票，买奖券，打爆老虎机，想一夜之间成为百万千万富翁，这便是工薪阶层人的一种希望。买了六合彩，就等于买了个希望。也许世界上所有的人都在做着同样的梦。因为在这个世界上，每一个人都在希望之中生存着。实现了自己的希望，心中的那个故事便是欢快的，完美的，自己也将会成为这个世界上最幸运的人！

　　然而大多数的人，奋斗了一生，希望又都是以破灭告终。不甘心呀，那么怎么办呢？把这希望留给儿女吧，让儿女们继续为这希望去努力，去奋斗。如此下去，一代又一代，造就了众多为这不熄的希望之火而像僧侣那样执着独行的人。

　　行走于世的人们，在尔虞我诈的交际中，在欺上瞒下的游戏中，在一个耳光一块糖的伎俩中，在布满陷阱的欲望中穿梭着，奔波着，变态着。在纸醉金迷的刺激中匍匐着灵魂，生命是那样的可怜，仅仅是为了那个虚无缥缈的希望么？你可以去追逐，但你的行为不能按你自己的思维去施展。于是，这希望变成了心结，化作了心魔，直到灰飞烟灭。你感到幻想迷失离散了吗？那么请把这希望再交给你的下一代吧，你将变成一只蜗牛爬回原处，等待死亡。

　　这种希望的碰壁好像是注定的，因为大凡不切实际的希望都是心魔造成的。

　　那么郑跃进的希望是什么呢？

　　可以说，从郑跃进知道自己有了儿子那天起，他年轻时关于人生所有斑斓的幻想和憧憬就像肥皂泡一样破灭了，又像风一样远逝了，而从此有了沉甸甸的别样的期待。儿子即成了他心轴的原点，他以后的岁月都将围绕这个原点去艰难地跋涉。他唯一的希望就是找到儿子，哪怕粉身碎骨也在所不惜！这是他的梦，也是他活着的愿望，亦成为主宰他思想和行为的心魔。

　　现在，他的这个梦实现了，可是这种滋味真是难以用语言来表达。是喜悦？还是悲哀？历尽千辛万苦，猛然抵达朝思暮想的目的地的郑跃进竟一时分辨不出，而过往却历历在目。这滋味让他很难受，他特别想哭，想找个地方大哭一场。

不久前，当他从南茜的信中得知艳茹和儿子盼盼就在谷天镇的时候，他恨不得立刻飞往谷天镇。可是他思忖再三，还是没有动身。因为他不知道沈艳茹是否结婚，或者说，他没有勇气去面对沈艳茹可能和别人生活在一起的情形，他生怕梦想就此破碎。姑且就让这希望还留在心里吧，哪怕是自欺欺人。

作为一个男人，他情可问天。可是，男人的自尊，不能不让他保留点自己的小心眼。这么久没有音信，艳茹还是过去的那个艳茹吗？她会与什么样的人生活在一起？再狭隘一点，万一沈艳茹生了一堆蓝眼睛呢？

他的心中有太多的顾虑，也含有太多的误解。

可是，从他把写给沈艳茹的信寄出的那天起，他的心里便进驻了新的心魔。他有些后悔没把电话号码写上去，他总是在心里念叨着："为什么不来找我呢？难道南茜提供的地址错了。"

患得患失的感觉，让他时常魂不守舍。

他从纽约飞回赌城拉斯维加斯后的第一件事，就是去 Yellow 出租车公司查询是否有他的信件。可是每一次查询，带给他的都是失望，让他有点心灰意冷。

回到纽约分部，他开始钻研保险业务的劲头没了，有时做事心不在焉。尤其大刀上调总公司投资部，说是直接在老板慕云飞身边工作，他还有些羡慕。在和大刀的通话中，大刀讲明他现在的身份其实就是老板的贴身保镖，说他每天还练飞刀呢。

郑跃进苦笑着，想说："你的脸就像刀似的，拿下来练吧。"

但他只是笑着祝贺。这人生本来就无常，总像走马灯一样无法固定在一个位置。大刀调走了，有了他自己喜欢的工作，总比他每天靠赌维生要强得多。其实化身谷风的郑跃进不知道，大刀那么幸运地上调总部是有原因的。总部精明的慕云飞通过他的眼线早就知道纽约分部的情况，上调大刀的目的是担心南茜事件烧掉了慕云飞赌场投资部这条生财之路。因为大刀了解南茜事件的整个过程，一旦被警察盯上，那就坏事了。为了稳妥，总部又下通知不准再冠以公司名义租住客房。

慕云飞的目的是为了防患未然，并不是针对改名谷风的郑跃进，再说这个时候的慕云飞还不知道谷风就是南茜的前男友，直到这场比赛谷风才被人所知。但南茜事件却在无意之中，很巧合地又把郑跃进绑了进来。

那些天，郑跃进开始喝酒了，他每天晚上一杯威士忌加兑雪碧饮料。

他觉得自己心的路被堵死了，好的工作，不过是他维系生存的一种方式，但如果没有爱，你有再好的工作人生也显得没什么意义，换句通俗的话说，叫作没什么意思。

就像人们常说的，是呀，有啥意思呢？

郑跃进就是这种感觉。他想去谷天镇，但又不敢去，去不行，不去又闹心。

"我怎……这么笨呢?"有时，他恨不得打自己一嘴巴，他在埋怨着自己。

"我为什么不写上电话号码呢?"他开始后悔，心窍迷上的倔强开始崩溃。

可是，郑跃进为什么不问问他为何不写上家里的地址呢? 假若沈艳茹回信，一定要寄到 Yellow 出租车公司吗?

其实，郑跃进当时的心理是根本就没想让沈艳茹回信，他的这种故意，就是一种不满地发泄。

他想告诉沈艳茹:"我郑跃进就在美国!"然后看看沈艳茹是不是找到赌城拉斯维加斯来。

是心魔在困扰着郑跃进，以至于他做的事有点孩子气的赌气。

在南茜事件之后，闲暇时，他开始整理过去记录的生活日记，尤其是他写给艳茹的信。他记得，在他写到第 99 封信的时候，他停笔了，好像写不动了，他已经不知道在信中还能写些什么。

当他翻看他和雪阳的婚礼记录时，他哭了。

那感天动地的故事，郑跃进再提笔写的时候，他仍然热泪盈眶不能自已。他坚信命运总会有奇迹出现，他双手捧着自己一颗赤诚的心，在盼望和等待着那一天的早日到来。

现在，他终于等到了。

他至死不变的恋人，他一生不可能遗弃的初恋情人沈艳

茹，终于和他重逢了。

这是他俩的誓约呀！遗憾的是，20 年后再相聚，他俩都已度过了黄金般珍贵的半生年华。

这个"相约在美国"的人生意义何在呢？为什么郑跃进这么执着？

当沈艳茹告诉他，不久前，他在 Food4Less 商场见到的那个残疾男孩就是盼盼，而且说盼盼高中快毕业了，现就住在拉斯维加斯的 B 座接待站。这个时候的郑跃进，是一分钟也不能等了，他甚至感觉如果再多等一秒钟，这样的时刻就会瞬息消失。他既惊喜又狠劲地抱怨着自己，分明已见到了自己的骨肉却又不能相认。

他要马上见到儿子盼盼！

任何人都会理解，儿子都 20 岁了，父亲还没有真正地和儿子相认！

这个时候的郑跃进，更恼恨自己的是儿子已认出了自己就是爸爸，可作为爸爸的自己却不相信那个懂事的残疾孩子就是自己的儿子盼盼！

那渴望的眼神，那血脉凝成的脸庞……

"您像我爸爸？"

"这孩子，他说我像他爸爸？"

这心灵对话的情景像是电影镜头似的，在郑跃进的眼前一次次地闪现。

郑跃进急不可待了，他匆忙地告别了姑妈，与艳茹相约在 Food4Less 商场的停车场相聚。

他开着车，心急如焚地赶路。也许是生理上的自然反应，他感觉心里慌慌的，嘴唇嗫动着，像是说话却又无声。

"儿子！爸爸的心是属于你的。"郑跃进边开车边开始喃喃自语，"这颗心爸爸只是借来寄托的。可是，这寄托好沉重啊，从此就变成了爸爸的心魔，20年的心魔啊！爸爸想你……"

郑跃进边开车边流泪，到了Food4Less商场的停车场，他竟摘下眼镜，趴在汽车的方向盘上哭了起来，直到有人敲着车门。当他泪眼迷蒙，抬头看到艳茹已把他的车门打开，让他看到儿子盼盼就在眼前的时候；当儿子坐在残疾人车上小声地喊着爸爸，之后呆愣愣地看着突然之间冒出的亲生父亲就是不久前在商场里见到的那位男人的时候；当孩子眼里滚动着泪水，那刚刚长出的淡茸茸的胡须，像迎接朝阳般伸展并随着嘴唇的抖动而微微颤动的时候；当孩子终究没能忍住男子汉的刚毅，思念的泪水还是顺着面颊流淌下来的时候，郑跃进早已激动得不能自己，喉头哽咽。他戴上眼镜飞身下车，奔过去就抱住了儿子盼盼的两臂，生怕儿子再次突然消失地颤声喊着："儿子！爸爸的儿子！"

此情此景，男儿有泪就流吧！的确，郑跃进已哭得泣不成声。

两个男人，两个泪水中相互感知融入彼此的男人！

"儿子，你这腿……"

"没事了，是车祸……"

跃进的心一颤："回家！爸爸领你回家！"

"嗯……"

盼盼流着泪在不住地点头。

跃进抽泣着和盼盼说着，并抬头对艳茹说："家，就在商场的西侧，我们回家。"

艳茹也在流泪，而保姆被这场面感动得已哭成了泪人。

有一首歌谣是这样唱的：

哦，爸爸！

当您的心在痛

泪水止不住地流

请您握住儿子的手

儿子我不让您哭……

儿子的心依旧

爸爸的爱依旧

哦，爸爸！

当您伤心的时候

请您抬起头

泪水化作相思雨

儿子我不让您哭……

儿子的心依旧

爸爸的爱依旧

心，已经破碎了么？心，又这样弥合了么？这片天空属于每一个人，但那曾经的空洞却属于郑跃进！从和雪阳的婚礼开始，他就在拼命地补那个洞。他在心里多少次地对艳茹说："你能原谅我吗？我曾是一个女孩的梦想，一个女孩的心愿，我在她咽下最后一口气的时候，我把她的梦想和心愿像送礼物一样地送给了她，我看着她闭上了眼睛，可我却煎熬了20年的苦难。为什么？我郑跃进是好人还是坏人？为什么让我苦等20年呢？我做错了什么？"

承载着那个承诺的梦，就是这个结局吗？沈艳茹也在想："在我的床头，一直存放着沈国立叔叔当年从中国回来，带给我的那份抚顺《天天报》，那报纸上整篇是郑跃进与白雪阳婚礼现场报道的大照片和婚礼介绍。从报道的文章看，两人青梅竹马，是王子和公主的相恋。我刚走几年你郑跃进就移情别恋？尽管她是白血病，但一点感情没有就能结婚吗？"

人的一生，总避免不了蹚过陌生的河流，体尝那弯弯曲曲的沟壑给自己带来新的感触，并在新的感悟中成长；人的一生，也总要经历曲折和误解，在摔倒了复站立起来的坎坷中，去找回失去的东西，由浮躁变得沉稳。长大以后再看似曾相识的风景时，你就会自然地想起自己的故乡：那山，那水，那歌，那人，那片房屋，那片土地。在心灵的挣扎和反思中，你是否也会拾捡起那不该遗忘的遗忘呢？有美好的瞬间，也有愚蠢的悔恨。漫长的经历中，更多的是在某个不经意的瞬间，你会突然发现，早已尘封的心房，一直在温热着过往的陈酿，一遍又一遍。原本被淡忘，或已失去信心的希望，被触碰，被提起，或百转千回转地相

遇……你的心房又燃起了希望的熊熊烈焰。

你的心在对你说："这是你一生不能离弃的，你怎么能忘了呢？"

于是，在无尽地追寻中，不论有多少个偶然和巧合，也不论有多少个相遇和媒妁，更不论有多少个接踵而至的追求者，你会仍然带着初恋时的承诺，默默地承受着生活中的委屈和坎坷。

郑跃进、沈艳茹这对青梅竹马两小无猜的恋人，又何尝不是如此呢？

晚饭后，保姆回到 B 座接待站，盼盼的房间已安顿好了所有用品。明明盼盼装上假肢可以自己走的，但跃进非得抱着盼盼去房间，艳茹跟在后面笑着，心想天伦之乐也不过如此情景。她看跃进把盼盼放在床上了，她说她去洗澡，故意让这久别的爷俩单独在一起聊一会儿。跃进在帮盼盼脱衣服，盼盼直说不用，说这两年穿衣脱衣连保姆都不用了。说妈妈告诉他，一切都要靠自己。

郑跃进看着儿子截肢的腿，心情一直很沉重，心也哆嗦着。他的眼光无限柔和充满了慈爱的柔光。他心里疼痛着，伸手给盼盼盖被。做完这一切，他坐在床边和儿子轻声地说："回家了，以后爸爸天天陪着你。"

这样过了一会儿，盼盼紧盯着跃进，轻声叫着爸爸，很用心地说："爸，我知道您的生日是 11 月 30 日。"

跃进一听，从心往外地笑了。

他故意问："是谁告诉你的？妈妈还是姑奶？"

虽然从郑跃进这边论辈分盼盼管老太太 Emma 应称呼姑奶，但从盼盼会讲话时起就一直随妈妈这边称 Emma 叫姥姥，他在美国出生，他连姑奶的来历都不知道。

盼盼的发愣郑跃进看出来了，他刚想解释盼盼就接话说是妈妈告诉他的，接着盼盼开始讲起来。

记得是在盼盼 12 岁那年的冬天。

有一天晚上妈妈很早就回来了，盼盼发现那天妈妈还喝了酒。妈妈进屋就把一盒蛋糕放在桌子上，盼盼高兴地喊着，有蛋糕吃了有蛋糕吃了。可是妈妈不让盼盼动手，她从装蛋糕的盒里又拿出蜡烛，然后插在蛋糕上拿盒火柴让盼盼点燃。盼盼以为他又过生日了，他就问妈妈他有几个生日。妈妈说，每个人每年只有一个出生纪念日。

妈妈告诉他，说今天这个生日是爸爸的出生纪念日，说他们在美国仍然要为在中国的爸爸庆祝生日！

盼盼和妈妈数着一二三，同时点燃了生日蜡烛。

妈妈哭了，盼盼也哭了。

就是那年冬天，盼盼记住了 1958 年 11 月 30 日是爸爸的生日。

听到儿子的诉说，跃进背过脸去起身关灯，他不想让儿子看到他那夺眶而出的眼泪。

但盼盼已经大了，知道爸爸心里难受，也知道爸爸在流泪，他不再讲话。

跃进在黑暗中，又回身在盼盼的身上轻轻地拍了一下说：

"睡吧，儿子！"

郑跃进回到自己的卧房，艳茹穿着睡衣坐在床上正等着他。看他进来，艳茹起身奔了过去，抱着跃进就哭了起来。跃进流着泪把艳茹紧紧地搂在怀里，生怕她再从眼前消失。两人相拥着到了床边，顺势地倒在了床上。

艳茹边哭边泣诉着："你自私！你结婚却不管我们娘俩；你来美国却不找我们；你明明知道我和儿子在谷天镇，但你为何不去？为什么为什么为什么呀……"

郑跃进把委屈咽进肚子里，默默承受着。

可是，从心的最底层还是冒出了一个很痛很痛的声音："我在反省中度日；我在悔恨中求生；我在绝望中想着我还有个儿子……"

他的眼角开始湿润了。是啊，儿子是郑跃进来美国在绝望中支撑他挺住的唯一希望啊！

"呜……"艳茹边哭边捶打着跃进。

此时此刻，郑跃进整个人变成了傻子和哑巴。他一声不吭地任凭艳茹在他身上撒娇发泄，心里却翻江倒海。

突然，艳茹不哭了。她像是发现了什么似的，趴在跃进的身上，看着跃进的头发惊讶地瞪着泪流不止的眼睛。

她心疼地喃喃自语："你长白头发了？不行……我要给你拔掉，我要一根一根地给你拔掉……"

一根，两根，三根，四根，五根……

她要拔掉这岁月的痕迹，她要拔掉这沧桑，她要拔掉所有的痛苦和悲伤……

"哎哟!"郑跃进咧嘴叫了起来。

"妈呀!我给拔出血了……"

艳茹用手轻轻地揉着跃进的头,嘴上不住地说着:"拔出血了,拔出血了……"

说着说着,她的泪又流了下来,她又哭了起来。

跃进知道艳茹委屈,他想让艳茹尽情地发泄出来。不论她怎么锤打,怎么耍闹,他知道那都是一种饱含亲情的爱!是啊,毕竟这是离别20年的重逢啊!魂兮归来的契合中,艳茹那丰满的乳房压在他的前胸上,时而揉动一下,使他痒酥酥地想要,想嵌入眼前这个娇柔挚爱的生命里去。那种渴望已久的欲念,被艳茹那娇柔之情逗弄,像火种一样,一下子将他的心火给点燃了。他双手把艳茹的脸贴向自己的脸上,然后他抱着艳茹一翻身一寸寸地亲吻着……

夜,无风。柔和的灯光,闪烁着万种风情。

久别了,肌肤之亲续写着澎湃的生命和永生的眷恋……

"他进入了我的身体?"艳茹喘息中有所意识更加抱紧了跃进。

"这身体本来就是他的。"她心语款款,"来吧,亲爱的人,慢慢进入属于你的领地……"

突然间她有一种伴随着进入的深度而产生的逐渐被入侵的感觉,那种荒芜已久被占有的快感,那种难以形容的刺激而产生的心弦颤动,一下子像是把她的心掘了出来,翻腾着沉积于心多年的委屈和热泪,令她忍不住连哭带叫地喊出声来:"跃

进，我不让你下去，我再也不让你下去了……"

爱不是游戏，可有时却一直在游戏之中；爱需要真心的付出，可有时付出的真心无处寄托，只好藏在心里。命运的安排，有时在有意识的不经意之中，又要去迎接假的付出。但最终，不管归宿将是哪里，心底里留存的最真诚的付出是最难忘怀的付出。不论你怎么想，怎么看，还是心底那份纯真的付出最美好。回想起来，当你躺在自己心爱的人怀里的时候，回头审视，你便会慨然。也许，你的追随者曾让你心动，但却从来没有让你动心。你终于发现自己深深爱上的，还是那个不管他怎样打扮都能让你一眼就辨认出的那个人。这种爱覆水难收。如果能轻易抹去，那也就不是爱了。

一夜的缠绵，这对久别重逢的恋人，通宵诉说着自己的心曲和各自的苦难经历。但两人谈论最多的还是郑跃进写给沈艳茹的 99 封情书以及其中曾经寄出的 15 封书信。

但沈艳茹一封信也没有收到。

问题出在哪儿呢？如果地址错了信是要被邮局退回的，可郑跃进却没收到一封退回的信。

为了验证这 99 封情书，郑跃进打开电脑让沈艳茹一封一封地过目。

沈艳茹联想到了叔叔家的二女儿安妮。因为有一次安妮取信时看到沈艳茹显出慌里慌张的样子。

她马上对跃进说："我知道是谁了？"

郑跃进惊愕地瞪大了眼睛，很不安地说："谁会缺德到这个程度？这是变态！"

艳茹在回忆中分析着。从她和安妮吵架以后，她和安妮不再讲话。彼此的心里都有一股拧巴的劲儿，而且是一辈子都不可能原谅对方的仇恨，就连吃饭她们都躲着对方。

因为安妮是非婚生的，她的心里仇视一切不正常的婚恋。她知道艳茹与跃进未婚有了盼盼，所以她从心里瞧不起沈艳茹，并用这种卑劣的手段毁掉跃进写给艳茹的每一封情书。现在看来，艳茹认为问题可能就出在安妮身上。

郑跃进起身走向窗前，半天他一句话也不说。

也许他的心里在吼叫："安妮？你怎么这样可恶！我与你无冤无仇，可你却毁了我20年的幸福。像你这样的女人怎么会这样狠毒？作梗于人间伦理常情，你真是一个变态的女人！"

惊愕与不解让郑跃进这个温良的男人，在此时此刻也动了肝火。

艳茹知道跃进此时此刻的心情，但事已至此又能怎样呢？现在的安妮嫁给一位美国白人，没过几年就患了抑郁症，每天在家养着，连她自己生的儿子都不敢交给她看管。再说，你就是杀了安妮，过去的岁月会回来吗？人生要经历的，总要去面对。你不曾想经历的，可有人会出来给你使绊，让你迫不得已去体验这种切肤之痛并由此改变你的命运。

幸运你会说遇到贵人了，背运你会说遇到小人了，而经受的折磨你会归咎上辈子作孽了。

可是，硬是把一对恋人拆散的劣行又该怎么说呢？

　　但真正说来，沈艳茹更恨安妮，是她断送了自己作为一个女人那么多年的美好时光。同时，她心里最纠结的还有跃进和雪阳的婚礼。如果没有婚礼一说，即使安妮把信全部扔掉，但沈艳茹还可以回国找郑跃进呀！因为郑跃进的结婚，把她回国的路给堵死了。所以，她一直想知道郑跃进为什么会娶患绝症的白雪阳。

　　"你说？你和那位患病的女孩结婚是怎么回事？"沈艳茹很纠结，也很苦恼，缠着跃进解释清楚。

　　于是，郑跃进把他和雪阳的关系讲了一遍。沈艳茹不再问了，但她仍将信将疑，尚未释然于心。

　　她对跃进一本正经地说道："把你的电脑密码告诉我！"

　　可能她感觉语气重了一点，接着话锋一转，她的声音开始变得柔和："你的电脑里没有秘密吧？那99封信，明晚我要看个通宵。"

　　郑跃进和南茜生活了4年多，但他从来没想过把电脑密码告诉南茜，但艳茹一开口，而且带着命令式的口吻，他站在窗前马上回头乖乖地说道："我的出生年月日外加你我姓的字头ZS。"

　　从这件小事上理解，生命里深藏的眷念远远重于一个过客。而从另一个角度看夫妻，或有情人，网络上流传的一种说法并非瞎说。那就是每个人的心里真的同时有着两个心房，一个是自己的，一个是和别人共有的。那个自己的，装着最自私的自己；那个和别人共有的，装着自己最本能的伪装。

　　当表铃叫出"早晨好"的时候，两人才发现天已大亮了。

　　沈艳茹赶忙去卫生间洗浴，等她从卫生间出来时，她看到郑跃进躺在床上歪头睡着了。她没有惊醒他，她快速地化妆，为的是赶到比赛现场看妈妈 Emma 与慕然的扑克比赛。

她看一眼熟睡的跃进，心想着："从今以后，我又叫沈艳茹了，那个'念琏'已把她的丈夫念回来了，就像完成了历史使命一样将被锁进记忆的保险箱。"

是啊，念琏是一个时代的结束，从此夫荣妻贵恩恩爱爱永不分离！人生除了团聚最让人心醉，还有比夫妻儿女团圆更幸福的么。

走出卫生间的沈艳茹，脸上露出了幸福的微笑。

她走进跃进的书房，拿起笔给他留言。

她写道：

> 跃进，亲爱的老公！起床后，你和儿子盼盼带保姆去饭店吃饭。
>
> 等我回来，晚上我们全家一起和妈妈共进晚餐。
>
> 艳茹即日晨

当沈艳茹赶到比赛现场时，老太太 Emma 与慕然的比赛已经开始了，更让她惊奇的是比赛大厅又焕然一新了。

但让沈艳茹做梦也想不到的是，她生命里的男人——刚刚重逢的老公郑跃进正面临着牢狱之灾……

Chapter 21

再敢抓我回来，
我就当场打死你！

局中局外

　　总公司投资部老板慕云飞恢复 KQ 两公司的扑克比赛，实际上是投石问路。他想试探一下慕南，因为大管家沈国立曾建议过投资部不要再培训会员，这涉及一个公司的部门放款给会员去赌博的合法性问题。但慕云飞不管，他我行我素惯了，走私贩毒他都敢做，更何况放款赌博。其实，慕云飞的真正意图是想测试慕南，他想知道慕南是否在时机成熟时取消投资部。还因为慕南从来不去总公司，所有公司的业务及行政上的事，要么打电话，要么通知大管家沈国立亲自到谷天镇向他汇报。而慕南弟弟慕东在南茜事件之后倒是常去天水镇。一是慕家老宅还在，需要打理；二是慕东刚刚处了个混血女朋友在天水镇。而慕云飞之所以责令慕然全权负责赛事，他的另一个目的是想把慕然推出去，不论慕然死活。他总感觉这个名义上的儿子慕然迟早是他慕云飞的最大威胁，如不除掉将是他的心腹之患！他的眼线告诉他三千子就是南茜，但他不过问装不知。可他也怕引火烧身，所以在三千子与沈艳茹的第一场比赛时他故意缺席。他非常清楚被他除名的南茜身有命案，他不蹚这个浑水，心想让慕然那小子去闹腾吧，最好把慕然也抓进去，一箭双雕最好！如果能把 Emma 也牵进去那就更好了。不过他知道，老太太 Emma 与慕然的比赛他不能再躲了，因为他是投资部最大的头，比赛结束他要颁奖的。所以，在南茜与沈艳茹比赛结束后他就去了总公司接待站，并观看了第二场比赛。

K 公司的芭芭拉赢了 Q 公司的红玫瑰丽莎，他高兴地称赞慕然训练有方。

可是，当他看到比赛大厅的装潢缺少那种唯我独尊的霸气时，他马上对慕然说要重新调整一下室内的布置。

慕然按照慕云飞的指令仅用一晚上的时间，把比赛大厅重新设置得让慕云飞心花怒放，在大厅的正中央新增加了已故慕云飞的父亲慕鹤林的巨幅遗像，与已故大老板慕鹤松遗像并列悬挂在正厅的墙壁上。在右墙壁 10JQKA 扑克之王旁边又增加了慕云飞的巨幅照片，以及慕南和大管家沈国立的照片也都上了墙。更显眼的是被慕然撤下来 KQ 两公司的会员照片又重新挂上了。一个大镜框为 K 公司，经理慕洋、慕然的中型照片，及二级以上会员的小型照片；一个大镜框为 Q 公司，经理慕东、Emma 的中型照片，以及二级以上 Q 会员的小型照片。

这重新的布置让人感觉气氛有所不同，尤其是慕云飞父亲

慕鹤林的遗像，和慕云飞的巨幅照片，使老太太 Emma 觉得要变天了，对一个从 40 年代走过来的老太太 Emma 来说，这情景让她想起的台词就是："我胡汉三又回来了！"

不过说真的，谁都得承认，如今的比赛大厅真的不似从前了，富丽堂皇！如果你仔细观察，就连天棚板上的摄像机都更换成了最先进的日本索尼牌。老太太 Emma 步入大厅的时候，只感觉一股杀气阵阵袭来，一种不祥的预兆使老太太 Emma 的后脑勺刮起了凉风。

现在比赛大厅即将上演的赌局，总让人感觉有点火药味，比赌王称霸的电影还要惊心动魄。

为了防止 Q 公司在扑克上暗藏标志做手脚，慕然在比赛前，亲自派人从意大利高价订购了 50 副扑克。

这真是决战赌城拉斯维加斯！为这赌局，慕云飞、慕然可谓费尽了心机。

当沈艳茹持证件进到大厅时，只见室内的灯光柔和地聚焦在赌桌上。但冷气袭来，她感觉中央空调的冷风已经调到最低点。进到这个大厅，如果不穿长袖服装百分之百冷得打战。她看到妈妈 Emma 上身穿的还是硬边无领的制服一样的上衣，黑灰的色泽，像是褐马鸡一样的颜色。她刚刚把那白金镜框镶嵌黄金鼻梁架的特制透视眼镜戴上，沉稳干练地看着慕然去拿扑克牌。而慕然脖颈上已经剔除的刺青龙头，那爬在青筋鼓胀的脖子上的痕迹清晰可见。远远望去，那疤痕更让慕然显得面目狰狞。尤其慕然上身穿了件深绿色的服装，那黄色荷花瓣一样的衣领镶嵌在脖颈的两旁，不能翻，像是印上去的。绿色嵌饰两叶黄色的荷花瓣，感觉怪怪的耀眼。他的下身穿了一条深黑色的裤子，整体一看像位退役的海军军官，也不知道这是哪位设计师的杰作。看台上，第一排最亮点处是总公司大管家沈国立穿着休闲运动服陪同投资部老板慕云飞在观看。显眼的是慕老板身穿一件黄色带各种图案超薄的短袖真皮夹克，集富贵与霸气于一身，的确与众不同。大厅的西侧摆放着贵宾桌，是慕然聘请的监督员和公证人的席位，一切好像万事俱备，只欠东风呢。

牌面上，慕然的牌是：KK10。老太太的牌面是：QQ。

轮到慕然洗牌老太太摸牌。

只见老太太用左手轻轻往上抬一下那副特制透视眼镜，很轻松地从慕然洗过的牌中抽出一个 K，放在 QQ 旁形成 QQK 的牌面。

轮到老太太洗牌慕然摸牌。

慕然抬眼看看老太太，双唇一合，右手伸向中间的位置，老太太心里一颤，心想："完了……真的会输给他？"

可是，慕然的手停住不动了，他想了想突然又挪向了另一边，靠左侧的第三张牌竟被他选出来，亮开一看，慕然的两眼放出光来，原来是 K。慕然的牌面是：KKK10。

场内唏嘘一片，所有的会员都被这牌面的看点紧张得喘不过气来，因为这张牌的选出意味着慕然胜。

"嗨!"老太太长出一口气，因为刚才慕然要拿的那张牌

是 Q。

Emma 的担心顿时烟消云散，她放心地看慕然洗完牌后，很轻松地摸出了那张牌。

老太太不慌不忙地把她摸出的 Q 放在 QQ 旁而形成的牌面是：QQQK。

场内又唏嘘一片，有的会员不由自主地冒出一句："神了？"

因为这张牌的选出按牌面三张论输赢，是老太太 Emma 赢。

老太太 Emma 心中有数，她稳操胜算地算计着："只要有一张 K 在我 Emma 手中，那我就赢了。"

场内安静下来，大家都不出声，但心里急着呢，因为最后这张牌才是输赢关键的一张牌，就连看台第一排赶来发奖的老板慕云飞，都紧张地往大腿上直搓手心的汗。

还有一张牌摸出就可论输赢了，按慕然的想法，这个时候可以提出自己的要约了。可是，老太太不语，或者说明珠暗投，让慕然尽情地表演。慕然看看牌面，他心里琢磨着，如果按摸出的 3 张牌论输赢，现在的牌面是老太太 Emma 的 KQ 大于慕然的 K10，慕然没有把握摸出那张 Q 或 J，最好是 10，对此慕然也不作声。

双方进行着最后一张论输赢的较量。

老太太 Emma 以最快的速度洗完牌放在桌面，她的心里也在琢磨："只要有一张 K 在我手上，就算你慕然超本事地摸出一张 10，只要不是 Q，那你就赢不了我。"

这个时候，全场观赏的会员都屏住呼吸，等待慕然那颤抖的手能摸出 10 或 Q，或 J，因为那张 K 已经让老太太 Emma摸走，唯一的胜出便是摸出 10 或 JQ。慕然清楚 FUll HOUSE的牌面会让他百分之百地赢了这场赌局，所以选这张牌时他持续约有 1 分钟的时间。他按照牌序的渐进法、混合法的记忆规则，在老太太 Emma 洗牌时眼睛一动不动地盯着，最后他毫不犹豫地选出牌头第 10 张牌。

不服不行，慕然真是高手，他选对了，是红桃 10。

当慕然把摸出的这张牌亮出时，全场会员又是一阵唏嘘，哇！慕然的牌面是：KKK1010，是 FUll HOUSE 满堂红。

这张红桃 10 慕然能摸出，那真是老太太 Emma 预言的瞎猫碰上了死耗子，因为在没有标记的牌里，连摸出两张 10 那可真是运用高科技的赌王才会有的运气。

几乎在场所有的会员都认为是慕然赢了这场比赛，因为慕然的牌面是 FUllHOUSE，这种牌只有 4 条即 4 个 Q 才能胜出，但这种概率在牌桌上为零，是根本不可能出现的，除非牌面有特殊标记。

慕然一看摸出的牌是红桃 10，他的眉头一皱，嘴唇一咧，一脸肠子悔青的样儿，后悔错失提出要约的机会。

这非常特殊的动作，尤其那细长的眼睛，那鹰钩鼻子，马上让老太太 Emma 想起了已故大老板慕云轩。是啊，慕然这动作，这表情，简直太像已故老板慕云轩了，可以说一模一样。

老太太 Emma 那颗善良的心，顷刻间颤抖着，她真想放弃比赛让慕然获胜。可是，那犹豫的念头在她的脑海里只一闪而过，她马上冷静得脸若冰霜。

"不行！"一个声音在警告着 Emma，她的心一横，也皱起了眉头。

老太太 Emma 抬眼看了看慕然心想："我不会输给你，更不会给你，或你的养父慕云飞任何机会！"

但对慕然的心理变化，Emma 透过面目表情看得清清楚楚。

为了满足慕然的好胜心理，击败他不可一世的狂妄自大，老太太 Emma 微微一笑嘲讽道："慕然，如果你认为你已经百分之一百地胜我了，你现在提要约还来得及，我给你机会。"

慕然听到 Emma 在这个时候让他提要约，惊愕地瞪大了眼睛，咧开嘴，"嘿"的一声，他心想："我已经百分之两百地赢你了，你竟然看着我稳赢的牌面和我叫阵。"

他歪了一下脖子，故意弄出声来，然后他眯着眼说道："您的两员大将都败在我的手下，不论是沈念琏，还是红玫瑰丽莎。您老人家可别后悔啊？"

老太太沉着脸说道："Emma 的一生，从不做后悔的事！"

这时的慕然向裁判招手，要求将牌扣上，提出了自己的要约。他明确提出，如果老太太 Emma 输了，赌资额外加上 Emma 在 Q 公司投资部 10％的红利。如果慕然输了，以他经营的夜总会折抵赌资。

10％的红利本来就是个未知数，假如投资部年底不赢利哪有红利？Emma非常清楚因为10％的红利等同于与慕云飞平起平坐了，这让慕云飞很没面子，所以现在慕然在为他的养父慕云飞赢回这个面子。

老太太Emma很轻蔑地看着慕然这个不自量力的年轻人，冷冷一笑地点头表示同意。一种视死如归的状态，使老太太Emma这位身材矮小的Q公司投资部掌门人，在比赛场内顿时高大了起来。

一切完毕，四名保安走到赌桌四角威严站立。

老太太Emma与慕然，到公证人就座的桌前办理公证并签字。

就在慕然要走回赌桌时，他的手下大李走进慕然耳语着什么，慕然听后脸上露出了得意的神情。

双方回到赌桌，由裁判员指定四名保安抬走透明的扣盖。

这个时候，老太太Emma在心里暗暗发笑，因为Emma戴着那梦幻望远镜第三代透视眼镜，胜过X5总公司创业人慕鹤松的镇家之宝第一代透视眼镜。南茜曾看到的百家乐秘籍里的赌博工具是第一代，可辨识牌面的颜色。可是Emma戴着这第三代的透视眼镜，就连慕然的心脏跳几下都看得清清楚楚，更何况是一张Q的扑克牌？否则她怎么敢和慕然叫阵！

现在慕然很傲气地把牌洗完放好，在等待老太太Emma伸手要摸牌的时候，他竟然透露了一件让老太太Emma瞬间惊愕的事件。

他小声地说道:"告诉您一个不幸的消息,您的姑爷郑跃进被警察带走了。"

说完他停顿了一下,用蔑视和盛气凌人的眼神看着老太太Emma又小声补充说:"用不用我把南茜交给你呀?"

老太太 Emma 一惊,那一秒的分神使老太太眼花缭乱。她把手缩回来,瞪眼看着慕然,心想:"你这个卑鄙龌龊的孽子,为了赌赢这场比赛你什么卑劣的手段都使用,我要替你的父亲狠狠地教训你!"

Emma 镇静了一下情绪,又微微一笑地晃晃头。她什么也没说,好像习惯性地又用左手推一下左眼镜框,然后伸出右手将牌轻轻弹开,并将牌头的第 10 张牌选出,巧合的是和慕然选的那张牌,按牌序一张不差。只见她轻松地把那张 Q 牌摸了出来,在她还没亮牌的时候,老太太就用她那沙哑的嗓音很重地说了一句:"慕然,你输了!"

说完老太太亮出了 Q,牌面是:QQQQK。

同时,老太太摘下了助她赢得比赛的梦幻透视眼镜。

场内汇合的声浪轰地响起来:赞叹的,兴奋的,惋惜的,嘲笑的,甚至表情是怀疑的……

慕然的眼里露出了凶光,他的脑袋左右地晃来晃去,嘴里嘟囔着:"不可能啊?这根本就不可能呀?"

突然,他趴向赌桌拿起那扑克牌喃喃自语:"这扑克是我提供的呀?她怎么能找出?啊,回答我?"

他撕烂扑克,转身一个纵身,头向大厅那根水泥圆柱撞了过去……

这突如其来的动作让在场的所有人都惊呆了，因为没有人有这样的心理准备，更没有人意识到慕然会撞头自杀。

正当大家身处场内混乱之时，化身三千子的南茜一看时机来了。她赶紧回房间取包准备偷偷地溜走。她有些慌张地在走廊里走着，在途经大李小李房间时，她看门是开着的，她还不忘海洛因1号。她偷偷地溜进二李的房间里翻腾了半天，在大李的床头柜里找到了注射器和两小袋海洛因1号。她快速装进手拎包里，出门时她又突然看到挂在衣挂上一把老式的9mm手枪，她上前毫不犹豫地将枪取出放进手拎包里。

她在心里念叨着："再敢抓我回来，我就当场打死你！"

南茜跟丽莎学过用枪，有枪防身她更壮胆。在楼梯口她左右看看没人，但还是有些心虚，她慌慌张张地快步走过外走廊。

她听到比赛大厅正一片混乱声，她走到大门口，微笑着叫过一位她熟悉的华人保安，然后她拿出一个玉镯首饰盒给那保安又交代说，将这个首饰盒交给那位正扶老太太 Emma 走下场的女人。保安知道她说的那女人是沈艳茹，忙点头应着，接过首饰盒，又高兴地收下了南茜给他的10美金小费。南茜交代完毕，出门打了辆出租车扬长而去。

沈艳茹刚搀扶妈妈 Emma 坐下，那位保安便走到艳茹跟前，将一个精美的首饰盒递给了她。保安告诉艳茹，是 K 公司的三千子让转交给她的。艳茹小心地打开，呈现在她眼前的是和她左手上戴的那个淡绿色玉手镯一模一样的玉手镯，所不同的是，这个玉手镯的一处凸出一沿，不细看你看不出这标记。艳茹马上撸下玉手镯一对照，她的玉手镯正好有一处凹进去的标记，两个玉手镯一对正好吻合。

"天那？"一声惊叹，她惊呆了。

她赶忙看盒内的字条，只见那字条上写着歪扭的字迹："是一对，妈妈说的。"

艳茹转身去找那保安，那保安说三千子刚刚坐出租车走了。

沈艳茹不顾一切地跑出门外，她看到离开总公司接待站的出租车有两三辆，那三千子坐的出租车是哪一辆呢？

她茫然了，心想："难道三千子？不，是南茜……她，她是我的亲妹妹？"

当艳茹回到妈妈身边时，妈妈着急地责怪她："去哪儿啦，赶快，跃进出事了。"

沈艳茹再一次地惊呆了，她惶恐地问："为啥呀？"

老太太 Emma 脸色一沉地说道："因为南茜……"

沈艳茹更加懵懂了，她无法理解南茜会和郑跃进扯在一起。

这时救护车赶来了。救护人员把慕然抬上了救护车。慕然的脑盖骨已经撞裂，他已经昏迷不醒，估计不死也得残疾。

大老板慕云飞一看这情形，马上嘱咐总管沈国立代行颁奖，他离开比赛现场当天傍晚就返回了天水镇的总公司。

大管家沈国立看着老太太 Emma 在走向贵宾室，刚才 Emma 将特制的白金眼镜揣入左胸内衣兜里的动作，在大管家的眼前像电影镜头一样闪过。

就在这场比赛开局的前一个小时，在郑跃进的家里正上演着不同版本的《追捕》。这局中局演绎的有如小说中的故事情节真的让人难以置信。

郑跃进一觉睡到上午 9 点钟。他一骨碌地爬起来，身边没有了艳茹。他马上想到儿子盼盼该吃早饭了，现在不是他郑跃进一个人了。

他起身习惯性地看着房门，第一眼他就看到了从房门底缝塞进来的一张字条。他走过去拿起来一看，是儿子盼盼用英文写给他的留言。大意是盼盼被保姆接到 B 座接待站吃早饭了，让跃进不要挂念。

郑跃进去卫生间洗漱路过书房时，他又看到了艳茹写给他的留言。他看完快速进卫生间刷牙洗脸，他心里想的是去 B 座接待站接儿子盼盼回家。

正当郑跃进要出门的时候，保姆带着盼盼回来了，而且还给郑跃进带回了小米粥外加小菜、咸菜和花卷。

盼盼说："爸，这是阿姨做的，可好吃了。您快吃早饭吧。"郑跃进的嘴巴乐得像瓢似的，这么多年来，他从来没有享受过这待遇。他心里想着："有儿子真好！"

然后他对儿子还有保姆说："下午我们全家去幸福楼吃团圆饭。"

郑跃进吃完了饭，还没收拾碗筷呢，就听见有人按门铃。保姆前去开门，屋外站着四位警察。只见两位警察进到屋里，两位警察站在外边。其中一位警察手持警徽说："谁叫郑跃进？"

郑跃进在警察进屋时就已经站起来了，他认识其中一位警察，是在南茜事件后去过纽约分部了解案情的那位警察。

他不知道发生了什么事，但仍然有点忐忑不安地用英语说："发生了什么事？"

这时那位警察说："你是郑跃进吗？"郑跃进站在餐桌旁不知所措地点点头。警察又问："你还叫谷风？"郑跃进又是点头，并掏出 ID 交给那警察。

这时那警察说："你涉嫌一桩谋杀案，现对你进行刑事拘留。"郑跃进没听懂，但他听明白的意思是说他犯罪了。他惊讶地用英语问："什么？你们说什么？"盼盼看爸爸皱眉头没听懂，他忙翻译说："爸，警察说您参与了一桩谋杀案！"

郑跃进顿时瞪大了眼睛，脸色瞬间煞白。

他有点结巴地瞅着儿子用中国话说道："谋……杀？他们说我谋杀？"又转头对着警察说，"我杀谁了？"

儿子盼盼赶忙给警察翻译。

但警察听后根本不理，也不再解释。另一位警察开始向郑跃进交代享有的权利和义务，由盼盼给现场翻译。交代完，警察不客气地给郑跃进戴上了手铐。

一切太突然了！郑跃进好不容易才与儿子团聚，可还没等他好好地享受一下天伦之乐，却又莫名其妙地被警察带走。看看可爱的儿子盼盼惊恐不安的表情，郑跃进心如刀绞，哽住喉咙满眼含泪地对儿子说："儿子，请相信爸爸是无辜的，告诉你妈，爸爸很快就会回来。"

盼盼呆怔地坐在餐厅的凳子上，不知如何是好。

他在想："刚刚和爸爸团聚马上又要分离，而且说爸爸是罪犯？这是怎么回事呢？"

而保姆在一边吓得浑身直发抖。

一个房客，也是郑跃进的同乡，叫大伟，他不知道发生了什么事，开门一看是警察，吓得马上缩了回去。

接下来警察开始搜查房间的每个角落，但没有获得任何他们需要的证据。快要结束时，一位警察在郑跃进书房的书架上随手拿起一本相册翻看着。当他看到南茜的照片时，他的眼神不动了。他把南茜和郑跃进的合影，还有南茜的个人照片，全部取出来装进事先准备好的夹子里。最后他又拿走了郑跃进随身带的手提电脑，但郑跃进平时写作用的台式电脑因是固定在桌上的，警察给留下了。

郑跃进就这样被警察带走了，而且被直接关押在拉斯维加斯老城看守中心，并没有被押解到新泽西的大西洋城。

一位本分的文化人，突然有一天被警察莫名其妙地戴上了手铐，而且说他是杀人犯的同伙，他要是不心惊肉跳那才怪呢。

刚被带上警车的郑跃进，显得有些瑟缩忐忑。"杀人"这从天而降的罪名还是把他给镇住了，虽然他明知自己是无罪的，但他也知道警察不会听他的解释。因此，他眼睛盯着双手被铐的亮锃锃的手铐，怎么都控制不住自己的情绪，浑身像是肌肉痉挛那样颤抖不已，以至于到看守所时他差不多哆哆嗦嗦地下不了警车了。

警察见状忙问他是否求助救护车。

郑跃进很理性地摇摇头，说了句："不。"

他本能地强迫自己镇静！毕竟自己是法律大学毕业，尽管他学的不是英美法系的判例法，但他不是白痴！清白是他一生做人的原则，他怎么会惧怕莫须有的罪名呢。他冷静而又坚强地走下警车。

那位大西洋城的警察关心地问他："先生，您没事吧？"

他摇摇头说没事，并按要求交出身上所有的物品。清点物品的警察，拿起郑跃进从兜里掏出的一个 100 美元假筹码看了下，觉得怪怪的，好像想问："一个假筹码有何用？"

但他什么也没问，只是验一下，拿起看的目的是示意物品持有人："这个筹码是假的。"

之后，郑跃进被带进电梯，在两位警察的陪同下去了四楼关押他的监房。

关押郑跃进的房间已经关押了一位抢劫犯嫌疑人，是美国白种人。那位嫌疑犯猥琐在房间的一角。郑跃进抬眼一望，只见他蓬头垢面，嘴上的胡须撅翘着，贼眉鼠眼的没个人样。郑跃进没理他，自己到房间的另一角席地而坐。

这时，那个嫌疑犯看警察关门走了就主动靠过来问候郑跃进。处于礼貌郑跃进也点头接话，同样地问候了那位嫌疑犯。但郑跃进想着心事没有正眼看他同室的狱友。

那位嫌犯问郑跃进："老兄，你犯了什么事？强奸吗？"说完他咧嘴一笑。

他圆瞪着眼想骂那嫌疑犯："放你妈臭屁！"可他抬眼一瞅，霎时惊呆了，真是冤家路窄，他看到的正是抢劫过他的那张脸。

半年前郑跃进开出租车时，在 Bellagio 赌场载一位客人去 NewYork 赌场。客人在上车前说是以 100 美金筹码结算。赌城拉斯维加斯的赌场筹码和美金一样，是可以流通的，所以郑跃进表示同意。但这位客人刚上车就要求郑跃进给停在 NewYork 赌场的后门。郑跃进也没多想就直接开车到后门。可在结算时，郑跃进接过筹码一看是假的，因为郑跃进学过发牌，这种假筹码一看就能认出。郑跃进刚想说这筹码是假的，但他从车内的反光镜中看到客人手放在一个包里往前挪动的动作，他把要说的话咽了回去，大脑的第一反应是他不能多说话，这个时候多说话会出事。

他在心里想："这下完了，遇见劫匪了，那包里不是刀就是枪。"

只听那人用英语说："你给我 60 美金就行了。"

别说，要得还真不多。郑跃进乖乖地给数钱，都是零钱。数到 50 多美金的时候，那人极不耐烦地一把抢过，然后推门

下车就跑进 NewYork 赌场。

这时的郑跃进像刚刚梦醒一样地下车追过去，可是赌场内人山人海，上哪儿找去啊。

从那天开始，郑跃进便把那个假筹码一直带在身上，时刻提醒自己："小心！别再被骗！"

嘿嘿，这天下事就是怪，两山难到一起，但两人总有见面的时候。瞧瞧，这两人在牢房里相见了。

郑跃进心中一直憋着怒气，眼见仇人一样的劫匪正好找到了发泄的对象。他怒目而视，从牙缝里挤出一句话："你还记得我吗？"

那位嫌疑犯看郑跃进非常不友好，忙往后挪移着身子，然后摇头不语。

郑跃进大声地喊道："我……"他想了下，继续，"我……他妈的！"他又停住了，好像忘了下边要说的话。

也许他还没学会那些骂人的单词，但他开出租车时，有的客人常骂人，好像口头禅，或多或少他也记了些。

他咽口唾液又继续："妈的，你这杂种！我是谁？"

郑跃进开始吼叫："我是杀人犯，杀人，你懂吗？"这时，嫌疑犯好像认出了郑跃进，他吓坏了，缩向角落里。

也许嫌疑犯在想："小偷小摸，骗个人还行，这要是杀人，那可是死罪呀，不死起码要被判终身监禁。和一个杀人犯关在一起，这要是半夜睡过去，他已经认出我劫过他，那他……他还不掐死我？杀一个也是杀，多杀一人……还差我一个？"

嫌疑犯清醒了，突然像疯子般的跑到铁门猛敲猛喊。

"快……快来人那！杀人犯！杀人……"

只听走廊里一阵跑步声。一会儿，房门被打开，三位警察进到监房内。郑跃进纹丝不动地坐在一角落怒视着。

那位嫌疑犯向看守的警察要求，他不能和一位杀人犯关在一室，他要求调换监房。

警察奇怪地问："谁是杀人犯？"那位嫌疑犯用手指往郑跃进那儿一指地说："就是他！"旁边的一位警察马上讽笑道："你神经病呀？"

一位警察问郑跃进是怎么回事，郑跃进带着气指着棚顶角落的录像说："录像。"

他的意思是："室内不是设有录像吗，你们调看不就行啦。"

警察生气了，认为嫌疑犯是在胡闹，不想给他调换监房，训斥他老实地坐在那里。

嫌疑犯一看这么说警察不听，他马上坦白了半年前曾在出租车上劫过郑跃进。现在他知道郑跃进这个中国人是杀人犯，他是真的怕怕的，说什么都要离开。

警察一听，都认真起来了，来案子了，马上把闹腾的嫌疑犯带走，上报检察官派人来审问。

这一晚，郑跃进一个人在监房里，回首往事，他的心情久久不能平静。

从见到那位大西洋城的警察开始，他就知道是受南茜杀人案的牵连。

他在想："我的哪些行为与南茜的杀人案能联系在一起呢？我会不会成为 Q 公司投资部的替罪羊？"

他反复地在记忆里搜寻与南茜相关联的行为。一次跟踪。一次巧遇。但南茜都不知道，他躲在暗处。可是这两次都发生在南茜刺杀金连成的你来赢赌场，难道赌场提供录像显示他与南茜前后出现在同一个赌场，从而判断他与南茜是同伙？这不可能啊。能关联上的，还有南茜的个人物品寄存填写单领取人是他郑跃进。此外便是那警察问他是否认识南茜时，他说不认识，但他已说明了前女友叫南茜。除了这些，还有哪些疑点呢？

"难道是她？"郑跃进忽然间想起一个女人，一个威胁他不给钱就提告的女人，他的心里倒吸一口凉气。

聪明的郑跃进犯糊涂了，他没有想到，以他名义租住的客房一直是由南茜居住使用的，这是警方抓捕他的主要理由。

南茜是谁警方很难查到，但谷风是谁警方很快就会查到是郑跃进！

他将头靠在墙上，脑海里又出现了艳茹和儿子盼盼的身影。他想，他被警察带走时儿子吓坏了，艳茹知道他被捕该怎样想？刚刚与艳茹和儿子团聚，会不会因为被抓或曾与南茜同居而再度与艳茹分离……

他闭着眼在心里念叨："找到儿子了，心里踏实了许多，可是艳茹还能接受我吗？"

郑跃进被警察带走，儿子马上给妈妈打电话，可是电话响着就是没人接听，这可急坏了盼盼。

盼盼又哪里知道，在他给妈妈打电话的同时，大厅里 K、Q 两公司的赛场正上演着一幕惊心动魄的赌局，整个比赛场上一片混乱，比赛的结果是输了的慕然撞头自杀不知死活。说话声、吵闹声和争论声响成一片，沈艳茹根本听不到手机铃响。

等沈艳茹听妈妈 Emma 说跃进出事了，她拿出手机才看到盼盼打来的电话显示。她急火火地和妈妈 Emma 还有 Tina 返回 B 座接待站去问明情况。但因为是星期天，她无法和律师取得联系。大家只能等到星期一通过律师问明案情。

老太太 Emma 已经猜想到是南茜事件发酵了。

当老太太 Emma 告诉女儿艳茹，说南茜就是郑跃进前女友的时候，沈艳茹瞪着惊疑的眼神坐在沙发上不再问了，她终于明白了妈妈曾说的 Tina 在酒桌上巧遇郑跃进那纯是妈妈编的故事。好像是天意，仿佛觉得这是小时候在农村看露天演戏，而且打场的刚刚开始。

突然，她想起南茜通过保安留给她的那个淡绿色手镯，这冷不丁的联想让她感觉像丢了魂一样左右巡视地去找包。她愣神片刻，又忽然想起包在车上，她也没和妈妈打招呼就跑去停车场的车里取包，等她回来妈妈 Emma 和 Tina 已经走了。

沈艳茹坐在 B 座接待站发呆，很长时间她才返回郑跃进的家。

Chapter 22 第二十二章

哪怕一个字：悔；　哪怕两个字：不行；
哪怕三个字：不要来；　哪怕四个字：我结婚了；
哪怕五个字：相约不相逢；　哪怕没有字：一张白纸……

99 封情书

整个下午沈艳茹在贪睡，因为昨晚她一夜没睡，起早又去赛场，回到跃进家她躺在床上就呼呼地睡了过去。

晚上6点，盼盼叫她和姥姥一起吃饭，她才起床。

她虽然没有心情，但在饭桌上她还是对妈妈Emma说了南茜通过保安给她留下一个玉手镯的事。

老太太Emma看看正吃饭的外孙盼盼，想到了女儿艳茹的身世，觉得这隐私还是不要当着孩子的面说好，于是她又看了眼盼盼对艳茹说："等有时间，你去我那儿再说。"

艳茹看看儿子，知道妈妈的意思，她不再多问。因心中有事，她快速吃完饭就又赶回了跃进家。

她进屋的第一件事，就是打开跃进书房桌上的台式电脑，她要通宵看完郑跃进写给她的99封情书。

"打开我的心门吧，在那里你已经被温暖，就像孵育的生命，记录着成长的里程……"

沈艳茹看到这第一句的告白，一股暖流顿时涌上心头。

她先专心地翻看着标题，上下浏览着那一封封饱蘸泪水写出的思念！她的泪水像漫卷往事的河流，倾情而下。

当她浏览到第 99 封情书的时候，她神情专注地盯在那标题上。

她的眼泪止住了。

她聚精会神地看起来……

《第 99 封情书》

艳茹：

这是我写给你的最后一封情书。不是我写累了，而是今天我辞去了一切公职，并将在 5 月 16 日去美国找你们，我要和人生赌一次。

我就不信，属于我郑跃进的老婆，延续我生命的儿子，竟然从这个世界里无声无息地消失了，而且没有挥手和再见。

我需要一个结果，一个足以让我信服的理由。那就是你为何以沉默来改变我俩的约定：相约在美国！

如果你不方便我去美国，或者你有难言之隐，你

说呀！

哪怕一个字：悔；哪怕两个字：不行；哪怕三个字：不要来；哪怕四个字：我结婚了；哪怕五个字：相约不相逢；哪怕没有字：一张白纸……

起码证明你还活着，让我去梦想，让我去希望……

可是你无语伴人生，消失在人海里，而让我在反省中辗转度日。

我在掂量着写给你的每一个字。每一段话写出来都凝聚着我的心血，我的思念。

每次写完了，我的心情都格外的沉重。

春天的骄阳早已被炼油厂的浓烟染成了灰色。五月的天空，气流中悬浮着阴霾，灰白惨淡。晌午刚过，在你住过的跃进乡的东北天上，有一道很浓很浓的黑云，透过窗户看那天，云层低得吓人，好像天要塌了！我此时的心情，就像那云在翻腾。一阵风刮过，卷起的沙粒从玻璃上滑过。我知道雨要来了。再看万金村那边已经漫天飘白了。早已吐绿开花的树，那飘摆的叶子，迎着风，在等待着雨水的浇灌而向路人展示它的青翠，间或飘落了几片残留的旧叶子，轻飏地飘向天空。我抬眼望去，似乎那风卷残叶的簌簌声在嘲笑我的慵懒和缱绻。也许上帝知道我的感伤：过去为我的爱人和儿子，现在还为远离父母不能陪伴左右为其尽孝，而让我心绪不宁……

是啊，艳茹！我是真的心如刀割般的痛啊！

你还记得万金村东头的那棵老槐树吗？你还记得村旁南山那片枫树林吗？每到秋天我都去那儿看看，然后在那棵老槐树下坐一会儿，想想我俩年少时许的愿望……

那一年，记得我刚满 18 岁。

我对你说："将来我一定赚好多钱回来，就在村头给你建一座大房子，我和你一起老去……"

你说："从现在起，我每年最少攒 100 元人民币，老槐树做证！"

"不过……"你又不信任地歪头对我说，"你可要说话算数哟！"

我俩像小孩一样手牵手地拉钩……

还有……还有那两张劳动公园划船的船票。我一直保留着，因为那是我俩第一次偷偷地去抚顺市劳动公园划船……

还有……还有你从香港，从美国寄来的信件……
你可能早就忘了。

就在我写给你的第 15 封信寄出后的秋天，我在那棵老槐树下写了一首诗歌，好像在呼唤你的同时，又一次地揉碎了我自己。

今天我把这首诗歌写在这第 99 封情书里，如果

你能看到，你是否会想起你送我的第一枚枫叶……

迟来的枫叶

一张过期的船票让我浮想联翩

一片飘零的枫叶循迹着心灵的呼唤

一泻而下的洪流荡涤千年的污垢

一生追寻的真谛亘绵于千古不变的信念

飘摇的小帆渐行渐远

从此两地情在相思的梦中呢喃

那峰峦高山是我的背影

那美丽的枫叶是你的笑脸

心中的风景是横看山的伟岸

我一直珍藏这发黄的信件

那深情的墨香驮载着你的惦念

呆板的斧头深刻在

完美的邮票中间

让我想起岁月里心的悸动

记录当年那夜里撩人的浪漫

我翻开旧版的《青春之歌》

那遗失的枫叶再一次引我忆起当年

从沼泽里跋涉，你下乡我上山

谁都没忘夹在书中的枫叶

是信物，见证一代人的心酸

如今你在海的对岸

是谁与你牵手又是谁与你相伴

拾起过往的尘烟

你是否还记得山村里的杜鹃

我可以抛开所有的偏见

我可以不提那牵肠挂肚的期盼

我可以不再捧起那黑土地上

铺满秋叶的思念

可是我不能不说

老槐树前的茅屋重建

是你我当年许下的诺言

寄给你这张过期的船票

寄给你这枫叶一片

我与你慢慢地走向老年

回首历经的沧桑

握手于无缘的笑脸

　　艳茹，我亲爱的妻子！我的心一直跳动在这深情的字里行间。想起离散，我多少次泪流满面。站立在那棵老槐树前，散漫的随想和幽婉的情怀于我胸中流淌而不能自己。我知道，我有太多的梦想仍旧如书生一样单纯！看到乡间河旁的柳絮，便想到正徜徉在清晰见底溪涧之间的双双蝴蝶；看到相恋的年轻男女，

便想到黄梅戏里的仙女与董永阡陌桑田男耕女织；看了小说《第二次握手》便想起了我和你今天的离散……

在我的心中，有两座不可逾越的大山：那就是悲戚和伤感！我的悲戚源于我展翅难飞；我的伤感源于你的无语沉默！怅然和无奈于我心中，于我笔端。积郁的相思，一直以来让我惆怅，让我郁郁寡欢，亦让我陷入几近绝望的揪心的等待！

我的一生，注定有很多的缺憾，这我知道。生命的旅程，自然不可能都按我的意愿尽善尽美。但在我的梦想里，起码有你，那是老天对我的垂怜。可是，你蓬勃绽放了之后，留给我的甜蜜，不是花前月下，而是熬煎，是痛苦和整夜整夜不尽的思念。

你真的好残忍，竟然能远远地注视，冷静地欣赏，而且冰体玉人，没了心伤。

而我，却在迷失中找不到自己的位置。

艳茹，请你告诉我：我俩的故事真的就是"相约在美国吗?"仅是相约！而且，请你说说故事的结尾应该是怎样的离合悲欢！或者是……情断天涯！

我做梦都想不到，从你随姑妈于1977年9月24日离开中国至今的10年，你消失了，而且带着我们的儿子，消失得无影无踪。

现在，我为情所困被逼无奈奔赴美国。我要去找你们，我要知道这无言的结局究竟是谁的错!?

即使你忘了我，那也没关系，但我不能不要我还没见过面的儿子！

说到理由，一个原因是你已经走进了我的心里，成为我生命里不可替代的唯一的女人。另一个原因是自从爸爸告诉我，你到美国生了我们的儿子盼盼，这血脉便从此成为我的心魔，超强的吸引力于无形之中，使我找不到可以摆脱你们的理由。

我至今不明白，你在香港滞留期间应该有妊娠反应了，但你的第一封信只字不提。而你到美国已显怀要生了，可你来信仍然只字不提。生了儿子你该报喜呀，可你的第三封信仍是只字不提。为什么？委屈还是羞于开口？我想都不是。如果你不想要这个孩子，那你在香港就把孩子做掉呀？可你执意未婚生下我们的儿子，足见你的勇气，也足见我们的爱是真的，我们的感情是经得起考验的。

还有，你来了3封信，都不是回信，可我回了15封信。这15封信，有10封是挂号信啊，怎么就换不来你的第4封来信呢？

儿子已经10岁了，可我还没有见过，作为他的亲生父亲，我的心里真的很难过。

前天电视台的《红绿蓝》节目，播出了一个农民的小男孩被人贩子拐走了。孩子的父亲走遍了大江南

北所有最偏僻的乡村，去寻找孩子。最后，身上带的钱花光了，一路乞讨，还在寻找。有一天，他走到一个餐馆旁，又饿又累，实在走不动了。他向餐馆老板讲了他的遭遇，说他两天没吃东西了。热心的餐馆老板给他做了一碗肉丝面，他哆哆嗦嗦地端起那碗面，就着流出的泪水吃了下去……

看了这个节目后，我跑出了家门，一直跑到浑河的岸边。

我哭了。很伤心地哭了。

如果我到美国，找不到你和儿子，我是否也会像这位失去儿子的父亲一样流落街头呢？我是否也会流着泪，吃下那碗牵肠挂肚的面条，筋疲力尽地在不断的绝望中再去寻找那渺茫的希望呢?!

我不知道，真的不知道等待我的命运会是怎样的遭遇。

我的一位大学同学，在大学毕业后不久就去了日本，现在回来了。摇身一变，成了地产开发商。他在日本赚了很多钱。所有的同学朋友都羡慕他，而且巴望在他开发的小区能买到便宜的商品房。可是上个星期天，一位从日本回来的朋友偷偷跟我说，我的那位同学，在日本做背"尸体"的工作。说是住楼房的人死了不能从电梯上下来，要雇人背下来。也许 5 楼，也许 10 楼。（如果赶上个 18 楼的，那就从 18 层地狱再背到 18 层地狱！）这差事又脏又累，但价位高，背一次可待上一年。我这位同学在日本 7 年，专门做这个工作，他挣钱了，现在回国搞起了房地产。前天他听说我要去美国非要请我，但我找借口回绝了。因为我真的很怕在他身上看到日本鬼子的影子。

如果我到了美国，找不到你们，有一天，突然冒出一个假洋鬼子对我说："只要你把尸体从 18 层楼上背下来，我就带你去见你的妻子和儿子！你背不背？"

背啊！我肯定背。不就一具尸体吗？但我去背尸体是为了你和儿子，绝不是为赚钱回国搞房地产。

还记得你的同学，你们乡长的儿子李大头吗？一个月前他从加拿大回来了。他姐姐在一个区的法院做清洁工，有一天我因一个民事纠纷的案子去法院了解案情时遇到了她。你猜她告诉我什么？她说李大头在加拿大与一个大连的女人搭伙，还生了个女儿。现在李大头的老婆也去了加拿大，而那个大连女人的丈夫也去了加拿大。两家的夫妻儿女团圆了，他俩也各自归位了。那这个孩子呢？有生父也有生母，但哪个家里都没有她的位置，没办法只好送回来由姑妈养着。也不错，他俩约定每人每月拿出 150 加元作为孩子的抚养费。这倒也成全了孩子的姑妈，有了工作，更有稳定的收入了。

可是孩子长大了，知道了自己的境况，会怎么

想，会怎么看人生？

我郑跃进是个负责任的男人，我绝不能让我的儿子没有父亲！这也是我至今未另组家庭的缘由所在。

我们总编妻子的弟弟刚从美国回来，他是回来修牙的。他说在美国修一颗牙齿，如果杀死牙神经，需要500美金。他说他全口牙只有两颗好牙了，如果在美国换一口牙，按他的说法恐怕得上万美金了。他炫耀美国这好那好什么都好，可就是要回中国来治疗牙龈炎。总编说他时，他狡辩说，都说美国不好，但去了美国为何都不走呢？宁可打工也不回中国，这不是怪事吗？

"嘿嘿！"我苦笑着摇头，心想也是的。你走了有10年了，你回来过吗？不论苦和乐，你都不想回来。为什么？因为这里已经没有你的牵挂了。可我不同，我是比较痴情和没出息的那种男人。被你牵魂了之后，和别的女孩怎么都撞不出火花来。

这便是我的悲哀，我也想改变，但真的很难。

我们报社，前不久收到美国一位新移民寄来的稿件。稿件的内容，是写一对恩爱的夫妻，丈夫先留学美国，7年后申请了妻子和女儿到美国团圆。可是他妻子到美国后他们离婚了，因为丈夫早就有了外遇，而且毫无顾忌地讲明和那个女人已经有了儿子。申请她们娘俩来美国是一种义务，但没有了责任。好像夫妻一场，把她们申请到美国，算是一种补偿。

稿件上还说，美国医院接生孕妇，只认妈妈不管爸爸。孩子出生后的姓氏由妈妈来填写。

细想也对，孩子的爸爸是谁只有妈妈知道。

作者最后写道："这人世间还有真爱吗？如果一个男人，因为生理上的需要，因为性的欲望需要满足，你可以花钱找妓女呀！不是说美国是天堂吗？不是说美国有合法的妓院吗？只要是没有感情的性欲，作为远离的妻子也可以理解和违心地接受。可是你和有夫之妇同居并有了孩子，这让妻子怎么接受啊？"

那么你呢？10年，你已经28岁。这么些年，你就孤身一人地守着儿子盼盼吗？

不论你有过，或者再有过，我都不会责怪你，或者说没有权利责怪你，因为在你我的约定之后，我也曾有过一次婚约。

尽管这个婚约是假的形式真的手续，但毕竟我当过新郎，而且举行过悲壮的婚礼！

所以，我必须向你坦白。但这坦白绝不是为了性，或者为了娶一位貌美如仙的新娘来代替你，报复你的消失。

我妹妹跃美的同学雪阳，不知你是否还有印象？她常到我家和跃美一起写作业。在我的印象里你来我家时好像见过她。在雪阳中学即将毕业的前夕，她被

确诊患有白血病。可是，直到她要离开这个人世间的时候跃美才告诉我，说她一直暗恋着我，能嫁给我，是她一生的心愿！

就为了了却她的心愿，我同意娶她，让她能如愿地闭上眼睛，把灵魂在天堂里安放！

当时，你杳无音信。而我，牺牲自己却可以圆一个天真纯洁的绝症女孩的临死心愿，换得她离开这个世界之际内心永远的安宁……

我生气地想，反正你又不在我身边，你怎么管我？更何况我又没做错什么。

还有一个原因，我和谁都没有说过，一直藏在心底，但今天我要告诉你，另一个原因是为了报恩。

还记得从前我常用粮票给你买糖和面饼吗？就是你最爱吃的糖和面饼。那粮票都是雪阳的妈妈给我的，我每次回家白妈都给我粮票，还有鞋垫。你知道我爸爸是教师，人们眼里的臭老九。我们家很穷，哪有多余的粮票。那些年，多亏雪阳的妈妈，总给我粮票，然后我就分给你一半，我留一半。当时我很自私地留下了全国粮票，给你的全是辽宁的地方粮票。就是那些粮票，让我们少挨了多少饿呀！还有，我大学毕业后的分配，是雪阳的爸爸通过他过去在部队上的战友帮忙，我才被安排进杂志社工作的。

中国有句俗话，叫作"滴水之恩当涌泉相

报"啊！

那一天在病房，雪阳对跃美说："我要把我的心愿说出来，这样，我死后就可以进天堂了……"

在婚礼的当晚雪阳就走了……也许她真的去了天堂，久病的人早已厌倦了这种变态的生活环境，真诚地渴望死后能进天堂！我想雪阳肯定去了她梦想的地方，那个地方就是天堂。可我，为了雪阳生前的梦想却走进了地狱！因为为救雪阳，我求人搞到 24 粒格列卫，价值 2000 元人民币呀！人家没让我掏一分钱，你知道，我哪有这笔钱呀。更没能力偿还这笔人情债，我只能以沉默来答应对方不再跟踪报道土地污染事件。巧的是报社主任责令我不准再跟踪报道，这不等于帮我解套吗？我心中暗喜。可是喜后是忧，只一个星期报社主任又责令我继续跟踪报道，还说是市里某领导亲自过问，必须真实曝光。怎么办？我只能装病，人家为我搞到了救雪阳的"格列卫"药，我怎么还能继续跟踪报道呢？但说心里话，违心地做事是很折磨人的。我也有良知，在反思中我警告自己不能再做记者了，因为我违反了职业道德。说得严重点，我在变相地接受他人的贿赂啊。

可是，更糟糕的不是 2000 元人民币让我坐卧不宁，而是后来我参加一个私人聚会时认识了一位医学院的教授，他告诉我说，晚期 CML 白血病人，有的

慢性粒细胞患者，服用了格列卫会进入死亡的加速期，尤其口服 6 粒。

而且还说，格列卫是很先进的药物，但并不是神奇到服用了 24 粒就能让患者精神焕发，这不好说是否有其他因素……

天那！我的眼球都快鼓出来了。我以违心的方式让雪阳能享受那些药物给她带来的快乐，并以牺牲自己的职业为代价，本以为可以延续雪阳的生命。可是，那位教授的一席话，不等于是告诉我找关系搞到格列卫反而是害了雪阳吗！其他……其他的因素是什么药啊？

这无法和任何人说起的往事，折磨得我好长一段时间几乎天天夜不能寐！

但冷静下来后，我不后悔我做出娶雪阳为妻的决定，包括接受那 24 粒格列卫。不论艳茹你是否原谅我，或认为是我先背叛了你！

我和雪阳的故事，我写了篇纪实文稿《悲壮的婚礼》，就附加在 99 封情书之后。如果有一天你能看到这 99 封情书，自然你就能看到《悲壮的婚礼》，该文记录的全是真实的经过。

写完这 99 封情书，我轻松了许多，好像完成了老师留给我的作业。因为我不再写了，我要到你生活过的地方去找寻你的足迹。也许，这比我写情书更有意义。只要你的身边没有一群蓝眼睛，如果你还要我的话，那我就接受你。如果你真的嫁给美国人了，那我求你，把儿子盼盼给我吧？我真的需要儿子的陪伴。

写到这儿，要结束了。突然间，我心的深处，悲从中来。是爱还是恨？不知道，可能是抱怨和自艾自怜吧。

如果你有难言之隐，你来封信让我死心不就完了，何苦这样折磨人呢。想起这 10 年我就恨你，更恨我自己。承诺什么相约在美国？我如此当真地守候着，就等你一声呼唤！

可是你没了，从人间蒸发了。你说我去美国和谁相约？但我还是决定去了，为了了却一生的心愿！

雨后的窗外清新凉爽，刚刚盛开的鲜花迎着微风在飘香。马路上人来人往，人们在为生计奔波劳碌。

那么你呢？此情此景是否也适合形容身在北美的你！

我希望你快乐和幸福，尤其儿子能健康地成长！

谨此

祝好！

郑跃进

1987 年 5 月 5 日

附后为你写的诗歌《失落的记忆》

在很厚的一本掉了页的书里

我找到了你对当年的回忆。书中

你把自己，埋葬在文字里

而且很深。一个句号

别离。你什么也不说

从那时起，我就成了断肠的人

我仔细地研读，似乎想找出

其实是真的想找出，你当年的样子

还有，是否为我而像那断了线的风筝

这段经历，成了我一生的心病

所以，我在十字路口

开了家客栈等你。风干的伤疤

谜底，是痛的我和你

总想问问，这些年

你过得还好吗，是谁伴你

还有梦。书里通篇

是与孤独对话。记下

那个秋天，风吹落了你的头巾

一生念着，那个追赶风的人

我心碎了，迎着风

回忆那场，在风中迷失的悲剧

岁月，如童年唱的那首歌

拍拍手朝起夕落。太阳

从不停歇。而老了的你

悔在一堆的文字里。潮湿的墨迹

让我看到，你躲在书页里哭泣

心已憔悴，可你仍然战抖抖地蘸着泪

每个字，都牵动着心痛的记忆

这么多年，路已长满了荒草

而我，迎风期待你的归来

傻愣愣地握着你的头巾战栗

我在这本残卷里，终于又找到了

你的踪迹。记得是你

把我领进了一个新的天地

又是你，把我带到了最古老的上个世纪

在书里重逢，今天你让我又捡起

重新捡起那不曾遗忘的，但的确

是早已失落的记忆。再话别离

是你或我自己。无语两眼泪

唯有……叹息

　　看完了第 99 封情书，沈艳茹是动了真情，哭得一塌糊涂。她被郑跃进那凄美而又深情的文字深深打动了。

　　很久，她才从抽泣中冷静下来。她回忆着，想着这十几年发生的种种。从安妮把信扣下产生误解开始，她一错再错。当时的思维是真的很愚蠢，你说较的是什么劲儿呢？没收到回信就认为郑跃进要了她的身子就不要她人了。更可气的是，叔叔沈国立去中国又正好赶上郑跃进和白雪阳婚礼的第二天，那"世纪婚礼"的报道简直是铺天盖地。

"我沈艳茹一生最大的小人就是叔叔沈国立和他的女儿安妮！"她悲情抱怨地自言自语。

她认为，叔叔已经到中国抚顺了，为何就不能与跃进见上一面呢？最起码问明情况呀，就拿了份抚顺《天天报》回来。如果知道隐情，她肯定会与跃进保持联系，并在她考美国公民的时候就申请跃进了，最差的结果也是带儿子盼盼回国探亲啊！可是，那婚礼报道的是女孩身患白血病，谁知道那女孩的生命会延续多久呢？之所以打消了再联系跃进的念头，也是不想打扰他的婚后生活呀！谁知道婚礼的当天晚上那女孩就死了。

"难道这就是命么？"沈艳茹在心里念叨着，她情绪低落，思维却又回到了从香港飞往美国的途中。

在飞机上，她妊娠反应强烈。不停地呕吐惊动了空姐，一位好心的女医生主动给她诊脉后告诉她怀孕了，她惊恐地侧身看着前座的爸妈，羞愧得无地自容。那位医生讲广东话和英语，爸妈没听懂，但她听懂了，知道自己怀孕了。

医生回座位后妈妈侧身问时，她只说晕机了事。可这事能瞒住吗。

到了美国，她每天早起到社区没人的地方，狠劲敲自己的肚子，她痛苦地泣诉着："你干吗要来呀？你干吗要来呀……"

她也不想要这个孩子，可一想到自己的身世，她又痛苦地于心不忍。

"是啊，我是个被遗弃的孩子，我怎么可以再遗弃我自己的孩子！我要生下他，我要养活他！"沈艳茹在心里暗暗地发誓。

"可是……"她泪流满面地责怪自己，"我才 19 岁呀，还没结婚……别人怎么看我呢？"

对渐渐隆起的腹部，她有点绝望了，她不知道该怎么办。

妈妈有欣早就发现女儿艳茹的行为反常，于是就偷偷地跟着她。当妈妈发现女儿艳茹每日在小区的林中痛苦地以泪洗面时，妈妈现身说教，并及时地训斥和安慰艳茹，让她保持冷静，严肃认真地对待这事。

晚上一家三口饭后商量，就说艳茹在农村早就订婚了。而且出国前两家喝了订婚酒，直接和艳茹的爷爷说艳茹已经怀有身孕了。

艳茹的爷爷沈向阳知道艳茹有身孕后非常高兴，特意嘱咐二儿媳多买些猪排骨和乌鸡炖汤给艳茹吃，这可气坏了叔叔家的二女儿安妮。有一次艳茹喝鸡汤，但那汤咸得像是喝盐水。二婶发现了，主动把责任揽了下来，但现在艳茹知道那多放的盐肯定是安妮干的。

想起往事，沈艳茹的心里是一肚子委屈。当初与跃进亲热时，她一再叮嘱他不能放任自己留下后患，可他激情涌动根本

不考虑万一带来的后果。完事后他倒和别的女孩子结婚了，就像这事没发生过一样。现在呢，所有的责任又好像都是她艳茹的错，她的心里能不委屈吗？

"不行。我也要知道真相！看看他俩的婚礼究竟是怎么操办的！"沈艳茹心里想着，她手握鼠标在电脑上翻页。

她要看《悲壮的婚礼》。她想知道，取代她的新娘白雪阳，究竟具有什么样的魔力能降住属于她的郑跃进。

Chapter 23

岁月的晨风把人间所有的悲欢离合，
统统扫进记忆的冰箱冷冻起来……

悲壮婚礼

沈艳茹聚精会神地看起来，她被郑跃进那倾情叙写的文字深深地吸引着，尤其那凄婉地诉说，几度让她哭出声来。

人的一生，有些决定就连自己都百思不得其解，但在当时，却好像身不由己地就决定了。这种行为，应归于人最原始的本性。因为每个人都应该带着原始的本性成长，也许这便是《三字经》开篇讲的人之初，性本善。长大了，吸收的东西，经历的积累和获得的知识越来越丰厚，但不论你的学识多么渊博，最终还是要求得心灵上的安慰和解脱，这就是人性。心灵的反应和外部的表情是一致的，这就是充满阳光的人。做一生都不后悔的事，这就是人的一生追求的

终点。

　　为这信念，有的决定可能很幼稚，甚至很愚蠢，但我仍然去做。

　　　　　　　　　　（选自郑跃进日记）

　　沈艳茹看了这开篇，她扑哧一笑地小声嘟哝："没错，还挺会给他自己总结呢。"

　　她拽了下椅子，开始看《婚礼》，心里想着该是怎样的"悲壮"呢？

　　一个声音柔弱而温存，是雪阳在说："跃进哥，你是好人，下辈子我要做个健康的女孩嫁给你！"

　　每次想起雪阳，我的眼里都盈满了泪水，这个被太阳一照射就融化了的女孩，是在我的怀里闭上了那可爱的眼睛……

　　都说这 10 月是金秋的 10 月，可这 10 月却预示着冬天的来临。

　　抚顺的天气，刚进 10 月就显得格外的阴冷。这个周末，雨雪交加，连雨带雪地下了两天。再看四周，洗去了狂风从西露天矿刮起的煤灰，天空也洁净了许多。但雨雪过后，凛冽的寒风刺骨，寒气逼人，使得抚顺人在寒冷的星期天都愿意猫在屋里。

　　这些天我一有时间，就去抚顺救护中心医院肿瘤科病房护理雪阳。大家轮流看护，因为雪阳已由慢性白血病发展到为血癌晚期。医生说，雪阳的癌细胞已经转移，她的时间已没有几日。

从雪阳患病至今已有 5 年的时间了，寻遍了全国的名医，吃遍了所有亲朋好友提供的偏方，花光了白家所有的积蓄，还欠了很多亲属的债。

我参加工作有了薪水以后，几乎每月都从 50 余元的工资中，拿出 20 元钱给白妈送去，因为我忘不了那个年代白妈给我的粮票。我身上的每块肌肉，都有白妈提供的养分在里面。那些粮票让我能吃饱，不挨饿，身体健壮。可是，我给白妈钱白妈却不要，没办法，我每次都塞给雪阳。

雪阳这次住院后，已经很少进食了。于是，我又变着法子给她买平时喜欢的零食带去医院。但我发现，给雪阳买的食品都堆在那里，雪阳每天看着，没吃。像奶豆，巧克力，糖果花生之类。但她每次见到我去都非常高兴。

每次接过礼物，雪阳又故意学着贪嘴的样子说："跃进哥，下次买什么呀？"

雪阳说完，总是抿嘴笑。那笑容总让我感觉天底下甜蜜的、发自内心的笑，不外乎就是雪阳那没有一点掺假的笑脸。

我每一次去看雪阳，最多逗留半小时，有时逗她

笑，有时给她讲故事。每次看到雪阳满脸悲愁的样子，我都很揪心，想到一个好端端的女孩，正是她如花似玉天真烂漫的季节，却因这病痛折磨得憔悴而又无力地瘫倒在床上，不能像健康女孩那样沐浴清风和阳光，这是多么不幸的人生，我为雪阳心痛。

记得在雪阳住院前的那段日子，我几乎每天都去看雪阳。有一次，我坐在她的床边，像哥哥逗小妹妹一样轻轻地拉起她的手说："来，雪阳，我和你玩拍拍手，看看你能挺多久。"

雪阳根本就没有力气把手伸起来，她苦笑着说："怎么拍呀跃进哥？"

我便扮着鬼脸的样子两手一伸，嘴上学着小孩的声音："你拍手，我拍手，你不拍手，你就是小狗。"完了用手轻轻地刮一下雪阳的鼻子说，"拍不拍？"

雪阳咯咯笑着说："你不说你是小狗，你说我是小狗。"之后看她喊妈妈，说我又在欺负她。

我看到雪阳开心了，才放心离开。

后来我知道，每次我推门离去的时候，雪阳那双没有亮光的丹凤眼都会一直目送着我的背影，直到那门关上，直到她的眼泪流出，她才转过头去。

这一切，白妈早就看在眼里疼在心上。

我回到自己家，先交给我妈妈20元工资，自己只留10余元，便坐到餐桌旁吃饭。

妈妈有时念叨："跃进这孩子呀，省吃俭用把钱都给了白家，也不知为啥？"

爸爸接话说："这孩子从小就善良，他不忘那些年白妈总给他粮票。他在帮雪阳，你不要说他。"

爸爸说完又特别嘱咐妈妈："我们家钱够用，不要再要跃进往家交的钱，他在外要应酬。"

妈妈心疼儿子，走进我的房间以为我睡着了，再把那20元钱塞回我的皮夹里。我的心里顿时热乎乎的，生长在这个弥漫着温馨与慈爱的家庭，尽管并不富有，但多温暖啊！在这个世界上爸爸妈妈是我最亲最近的人呀！

一个星期天的上午，我起床就往医院跑。因为我听跃美说，雪阳快不行了。我要尽量多陪陪雪阳，她就像我的亲妹妹一样。她短暂的一生，刚刚开始就要结束了。作为她的朋友或亲人，在她要离开这个缤纷的世界时，应尽量地陪伴在她的身旁。

我急匆匆地赶到医院，看见妹妹跃美拄着拐杖在病房门口，好像在等谁。

我怔了一下问："你干吗不进去，在这儿等谁呀？"

"我在等你。"跃美说。

我有点惊异，心想这傻妹子怎么会拄着拐杖在这儿等我，有事干吗不在家说呢。

　　跃美伸手拽了下我的衣袖，又示意我往墙边靠靠别挡路了，然后小声说："我刚从病房出来，你猜，刚才雪阳和我说了什么？"

　　"干啥那么神秘呀，她一个病人说啥也不能在意呀，她还能活几日？"我不高兴地回她，似乎觉得跃美有点小题大做。

　　这时跃美很郑重地对我说："雪阳对我说，她这一生最大的心愿就是嫁给你——做你的新娘！"

　　接着跃美又补充了一句："她说，她要是不说出来，她会把这心魔带进地狱，说出来了就不是心魔了，是心愿，就能带进天堂！她说你是个好人。"

　　我刹那间怔住了，心想："她……她怎么会有这念想？我一直把她当作亲妹妹看，因为她卧病在床，我才常过去逗她开心，为了让她高兴。"

　　知道了雪阳的心思，我有点发懵。那双脚像是被吸铁石吸住了一样，动弹不了，不知道还该不该再迈进病房去探望雪阳。

　　"要不，你先答应她？"跃美提醒我说，"听医生说，雪阳顶多还能活一个星期。"

　　"哎哟，我的傻妹子耶，你知道我是有对象的，你未来的嫂子是艳茹！"我急得不知道说什么好，只好搬出了沈艳茹。

　　沉默了一会儿，跃美埋怨道："还艳茹呢，走了多少年了？现在连封信也没有。雪阳真的好可怜，她爱你可你一点也不知道。都怨你，每天你都过去哄她玩，哄出感情了，你没事了，可雪阳多痛苦，你说？现在只有你能给她这几天的快乐！不行，你就装一下吧，是假的，还不行吗？她只能活7天了。"

说着说着，跃美哭了。

"你说什么，7天。一个星期？"刚才跃美说一个星期我心想着艳茹没注意听，这回跃美说7天，我有些不相信地看着妹妹愣在了那里。

"那……怎么办呢？你说我是进去呢还是不进去？"我在走廊里嘀嘀咕咕满地打转地叹气。我真的不知道该怎么处理。

妹妹跃美止住眼泪说："你得进去啊？如果你不露面了，雪阳肯定认为是我告诉你了，还会怀疑你不爱她，那她可能马上……"

跃美想说马上有可能就带着遗憾死了，但她停住没说。

我已经想到跃美想说什么，可是我该怎么办呢？如果艳茹在我身边，怎么会发生这样的事，就算雪阳真的暗恋我，那她知道我的爱人是沈艳茹，她也绝不会说出来，尤其不会在这个时候说出来。

可是如果不答应她，那我进到病房又该怎样面对她呢？她是那么柔弱，体重已经没有100斤了。已经

416

瘦得皮包骨了，她甚至连拿杯水的力气都没有。这个
时候……这个时候……

"艳茹啊，你在哪儿呢？你快来呀，告诉我怎么
办？怎么办呢？"

我在心中呼唤着艳茹，可是就像我写出的信没有
回复一样，我不可能得到艳茹的任何回应。

这时，走廊里传来了一阵哭声，一位癌症患者死
了，儿女推着去太平间，后面跟了很多亲友。

我好像一下子清醒了，"不行!"我返身，双手按
住妹妹跃美的双肩沉重地说，"那……不行的话？真
的不行……如果真的不行，那……那我就娶她！要让
雪阳不留遗憾地离开这个世界，我……我管不了那许
多了……"

就在那一瞬间，我从跃美的眼里看到了妹妹对我
的赞赏。

也许，妹妹看到的，那是一种成年人的眼光：勇
敢、坚韧、不退缩、有担当；也许，那是一种真诚的
期待：柔和、温暖、充满了爱；也许，那是一种朴实
的追求：去奉献、无半点怨言；也许，那是一道不可
阻挡的人类希望之光，有着一个男人的坚定和大气、
纯粹的本性；也许，那就是一种真善美的展现。生命
的意义就在这一瞬间得到升华。

跃美脱口而出："哥哥，你真是个好人!"说完，

她的双眼泪光闪闪。

我苦咧咧地笑着，这不是被妹妹逼上梁山了么。

站在走廊里我思考了一会儿，转身跑出了医院，顾不上妹妹跃美在身后急切地呼唤。

我跑到医院门前的花店，精选了 9 朵玫瑰，然后我大步上楼，走进了雪阳的病房。

病房里有雪阳的爸爸妈妈，雪阳的哥哥春雷，还有妹妹跃美。临床还有两位患者及家属。

我走到雪阳的床前，拉着雪阳的手，很小心地把玫瑰放在雪阳的手上，然后我很柔和地说："嫁给我吧，雪阳。我一直深爱着你！"说完，我低头轻轻地吻了下雪阳那干裂的有点气味的双唇。

雪阳惊讶地睁大了眼睛，这有若天籁般的声音让她觉得虚幻得不可能。她凝视着我，失神的眼里一下燃起了渴望的光来。她双眼含着泪水轻柔地说："跃进哥，你再说一遍，再说一遍好么？"

我微微用力地捏了一下手心里雪阳那柔若无骨的手，对着她轻声深情地重复着： "我—爱—你，雪阳！"

我的举动让雪阳全家都懵了，房间里好像空气都凝住了。

白妈最先打破宁静。

只见白妈擦着泪说："跃进是个好孩子，可雪阳这身子骨病成这样，怎么能行，不可以！"

我也流出泪来，双手仍握着雪阳的手，只看着雪阳那张没有血色的脸，不看任何人坚持说："我已决定了。后天星期二，是农历九月初九，是重阳节，多好的日子啊！我和雪阳的婚礼就定在后天重阳节上午10点，在家附近北站的那家阳光城酒店举行！"

"不行不行不行！"白妈连说三个不行。

其他人不语。

雪阳手扶着贴在胸前的玫瑰在哭，一抽一吸，眼睛一直含情脉脉地看着我，她的泪水已经湿透了枕头。

我安慰她说："不要哭，我会一直保护你！"

雪阳用微弱的声音战抖抖地说给我听："跃进哥，我终于听到了你亲口说的爱我……还记得你念大学时的那场诗歌朗诵比赛吗？那天，我和跃美早早地坐车赶到了比赛的现场。你的那首《妈妈的眼泪》，把一个16岁的女孩感动得哭出声来。还有，那次帮我打架，那个外校的男孩子欺负我，抢我的书包，是你把书包给我抢回来，赶走了那个欺负我的男孩子。从那个时候起，我就常常天真地想，要是能和跃进哥在一起，要是跃进哥天天都能这么保护我该多好！其实，我已经喜欢上了你，只不过还不懂那是在爱一个人。后来我病了，没有勇气也没有力气去想，像我这样身患绝症的女孩还能恋爱。直到最近我病重了，你天天来哄我开心，我心底里的那点希望又燃了起来。我要是个健康的女孩那该多好！若能健康地嫁给你，这真的是我一生的心愿！我一直梦想着，梦想着穿着婚纱，成为你的新娘！你知道吗，跃进哥？我暗恋你好多年啊！仿佛一个世纪。可是，可是我不行了，我知道我的日子不多了。我拖累了我爸妈还有我哥哥这些年，我不能再拖累你……你是个好人！下辈子，下辈子我一定做个健康的女孩嫁给你……"

看到这段叙述沈艳茹已经哭得泣不成声了。

她抽出一张餐巾纸在擦眼泪，边擦边嘟囔："傻子傻子，你就是个傻子！"

她心里在心疼郑跃进，又感觉书房很暗，她伸手开了台灯，然后接着看下去。

    雪阳说不下去了，可能是流泪太多，她突然咳嗽了起来，满脸憋得青红色，白妈赶快叫了值班医生。

    而我，被雪阳的真情感染，泪水凝在脸上。

    雪阳扎了一针止痛药就好了，她的大脑供血不足，说了太多话，有点累就睡了，那睡容似乎在梦里已走进了结婚的礼堂。

    门外的一家人，在走廊的尽头楼梯口讨论着婚礼的事。一些病房的患者和家属也都议论纷纷。

白妈认为这样太委屈我了，但一想到女儿的心愿，转过身去流泪不再坚持。白爸担心在婚礼上，雪阳能否坚持下来。还有一点犯忌他没说，虽然重阳节和其他节日一样被人们庆祝，但重阳节有祭祖的习俗，叫"称祭"。

我左右看看，不见了妹妹跃美。其实就在我向雪阳表白的时候，跃美认为是自己惹了祸，是她把我推到了刀口上，突然间她害怕了起来，听完我决定在阳光酒店举办婚礼，她便一瘸一拐地回家向爸妈报信去了。

这时值班医生走了过来。

医生说："刚和张主任通完话，主任听说了非常感动。主任说一会儿就过来，还特别交代让通知肿瘤科所有不当班的医生护士，没有特殊情况全参加雪阳的婚礼，保证在婚礼上雪阳不出状况。"

说话间医院肿瘤科的张主任和医院的主管院长赶了过来，医生打开了会诊室，把大家让了进来坐下说话。

院长问了下病情，医生把会诊报告递给院长。

肿瘤科张主任介绍说："雪阳是个老患者，贫血患病5年，确诊慢性粒细胞白血病已近两年了，能活到今天已经是个奇迹，这多亏家人的精心照料。现在的患者全靠血液透析，打干扰素维持生命，从昨天开始发现患者身体开始不吸收，出现药液顺针眼排出的情况，如果停药，随时都可能有生命危险。"

"用过格列卫没有？"院长问。

医生和主任医师相互对视了几秒钟，张主任很含蓄地解释说："那种药太贵，一般自费患者很难支付这么贵的医疗费。"

张主任讲完，那表情隐藏着对主管院长的蔑视和瞧不起。因为当晚我才知道，这位主管院长是外行，他没做过一天的医生却当上了医院的副院长。他知道不久前出院的一位女性患者是服用格列卫药治愈的，所以他提到格列卫。

只见主管院长"哦"了一声不再讲话。这时白妈接话了，那认命的表情真让人心痛。白妈请求说："雪阳回家治疗行吗？"

医生，主任，院长相互用眼光交流了下意见，最后由院长表态："按家属的意见和要求，医院当然可以全力配合，设立一个家庭病房还是没问题的，肿瘤科按规定也可以安排好治疗的医生和护士，但说实话，费用会很高的，而且……"

院长看着主任医师停住了，那后面要说的话好像有意留给主任医师补充。

张主任的反应是超前的快，他马上补充说："院长说的没错，就患者的情况，医院也不能百分之百地保证不出状况！"

话音刚落，会诊室里顿时凝聚成一股闷气，大家谁也不出声。

我真的很愤怒，但又不能吭声。因为刚才那位医生还说这位张主任在电话里说保证雪阳在婚礼上不出状况，现在却怕承担责任了。

片刻，医生以院长、主任要查看其他病房的患者为由清场。

白妈流着泪连声说："谢谢院长！谢谢主任！谢谢医生！我们接女儿回家……"还有什么办法呢，白妈再也拿不出钱来了，只能接女儿回家等死！

当大家走出会诊室时，在走廊里我看到了爸爸、妈妈，后面还跟着妹妹跃美站在雪阳病房门口。

白妈感动地说："你看看你看看，就连跃进的爸妈都来了。"说着话，白家人赶忙走过去迎接我的父母。我最担心的就是爸妈阻止，但我的心意已定，没有任何人可以改变我的决定。

我迎上前，想对爸妈开口说明自己的决定，不想爸爸直接对着雪阳的父母说："刚听跃美回来说明情况，我们就赶过来了。作为跃进的父母，我们理解和赞同跃进的决定，没有意见。北站阳光城酒店的老板是我的学生，在来的路上我已和酒店老板预订好了，老板知道情况后马上答应并只收成本费，还赞助酒水10箱。了却孩子的心愿是我们当家长的应该做的。"

说完话，我看见我妈妈又拿出500元钱交到白妈的手上。看着爸妈对我的理解和支持，我的泪水夺眶而出。多好的爸爸妈妈呀！

可是，如果没有医院的配合，雪阳在婚礼现场能挺下来吗？

"找关系，一定要通过熟人找到主任医师或院长说情，想尽一切办法搞到格列卫！"我根本就不知道格列卫是什么药物，但听那院长一说这药管事，我的心里马上萌生了这一念头。

可是找谁呢？父亲是教师，母亲是工人，我是一个还没出道的记者……

我站在医院的门前，目送着离去的父母，想着心事，念叨着关系！关系！关系！没有关系真是寸步难行！

就在我自怨无能的时候，医院那位张主任像幽灵一样在我的眼前冒了出来。我一愣神，竟然不知道如何开口讲话。

张主任老成和善地说："刚刚知道你就是报社最著名的记者郑跃进！真是幸会！幸会呀！"

我愣住了。鬼才知道我什么时候开始"著名"了！

他说："今晚上 6 点我在海鲜酒楼请你吃饭，你未婚妻雪阳的事包在我身上！"我懵了。应该是我请他呀，怎么倒过来了？

我赶忙说："哪能让主任破费，我请您！"可主任却说："你未婚妻的事别紧张，一切由我来安排。今晚给你介绍几位新朋友。"

怎么回事呢？怎么突然间我成了一位很著名的"人物"了，而且我有求的人竟然请我吃饭。

我握紧主任医师的手，感觉这位 50 岁出头的男人，手劲儿不比我的差。但看他微笑离去的背影，尤其那有些微黄的头发，就好像秋天里我进了菇木林，有一种怪怪的滋味从心的深处开始漫溢。

但我的确管不了那么多了，只要能让雪阳挺过婚礼那一个小时，前面就是火坑我也要跳进去！

可是，傍晚当我提前十分钟赶到海鲜酒楼时，万万没有想到的是，请我吃饭的主人并不是张主任，而是我写的那篇报道污染事件的主要当事人王有理，她是那家化工厂的厂长。

更没有想到的是，她见到我的表情是非常谦虚的微笑，说的第一句话竟是让人很舒服的恭维。

她说："郑记者，您写的那篇报道我看后非常感动，今晚我是诚心诚意地请您！"说完她又指着张主任说："张世正是我表兄。"

425

我恍然大悟，神通的王有理竟然能通过张主任找到我，而且，她非常清楚我在这个时候会百分之一百地接受她的吃请，甚至过了的要求！

　　让我一直纳闷的是，这个王有理本来是位很漂亮的女人，她原名叫王小凤，刚刚40岁，当上化工厂的厂长后，听说在一次年终汇报会上她对化工厂来年的规划讲得头头是道，章章有理，当时市里某领导就开玩笑地说，"以后你就叫王有理吧"。没想到，过后她真把王小凤改名叫王有理了。可能她认同王者总是有理吧。但她的确是厚黑的高手，她的城府我这辈子都学不来。明明她该恨我的，可她一脸慈悲，温和善待，没有一点敌意。

　　她很厚道地与我喝了一杯啤酒后说："郑老弟！请允许我这样称呼您。"

　　我微微一笑地点头，看她很沉重地说道："污染土地是我们都不愿看到的事情，你如实报道不能怪你。但有一点，是你们报社搞错对象了。"

　　这时她有些激动了。

　　她点支烟平息下情绪说道："我听说你们还要跟踪报道？说实话，我们化工厂的污水的确有过外漏，但我贷款几十万修筑了排污管道，并经市有关部门检查验收。这次的污染是石油管道外漏造成的，因为石油部门腰粗动不得，就又翻我的旧账，把责任全推给

了我！"

我以惊讶的表情告诉她我不知这个细节，因为走访当地老百姓，几乎全都声讨化工厂。

"因为石油部门有钱啊，那个小村，油老大每户给补偿 500 元人民币呀！我可给不起。"王有理边说边用手扯断一只大虾的虾头。

我在心里暗暗地想着对策，果真如她所说，我该相信谁呢？污染的情形是我亲眼所见呀。

"请给我时间去核实，我不会去写不实的报道。"我很尴尬地解释。

在宴会要结束时，她当着我的面拿出 2000 元人民币交给张主任说："大哥！这是买列宁药的钱，从那位高干病房的特供药中搞到列宁，要保证郑老弟的婚礼上新娘不出状况！"

张主任哈哈大笑了起来，他边笑边说："那叫格列卫，不是列宁，还斯大林呢。"接着他显得非常有学问地解释说，"这种药在香港能买到，是瑞士某厂生产的颗粒胶囊。目前国内根本就没有。它的英文名叫 Glivec，属于甲磺酸伊马替尼，治疗白血病非常有效。"

王有理接过话说："我大哥就是有学问，但……为了郑老弟的婚礼，这事你办也得办，不能办也得办！"

她看张主任笑着不语，故意野蛮地说："从高干病房偷。凭什么呀，高干能用百姓就不能用。都是人!"

张主任看王有理越说越离谱了，他马上满口答应："好，我办，我一定办! 但不是偷。"

他应允着，很自然地笑着把那 2000 元人民币揣进兜里。

天那，2000 元人民币，是我两年多的工资啊! 我的脚下是真的变成了巨大的吸铁石了，我被吸住了，一动不动。更可恶的是我竟然失语，就像哑巴，张口却说不出话来。这个时候的郑跃进和那些唯利是图的小人有什么不同，利益有时真的在人格之上。

有谁能想到，就这 2000 元人民币，在以后的日子里，折磨得我再也没有心思写出领导交办的任何稿件，我好像走到了仕途的尽头……

就在张主任和王有理宴请我的当天晚上，雪阳被家人接回了家中。

第二天早上，张主任亲自登门为雪阳检查病情并给雪阳注射了重组人白介素，同时给雪阳吃了 6 粒格列卫。真是奇迹，一会儿的工夫，雪阳红光满面，精神十足。

张主任告诉我，他准备了 24 粒格列卫，保证雪阳在婚礼上不出状况。

　　24 粒格列卫贵到 2000 元人民币？我在脑子里打了个问号，这是什么灵丹妙药啊。还有，他说他给雪阳注射重组人白介素，但雪阳住院那段日子为何没有这个疗程啊？咳，管它呢，只要雪阳病情好转就行！我在心里由衷地敬佩张主任，不出声地赞道："真够哥们！"

　　张主任要走时给我 6 粒格列卫，他让我傍晚给雪阳吃上。他说他夜里 11 点过来再给雪阳注射和用药。

　　我走上前握着主任的手先说两个字：谢谢！接着我说："请转告王有理，我笔下的错误我一定修正！"

　　其实，这就是一种交换，好像在一个非常特殊的环境里，尤其是有求于人的时候，每个人都会接受这种交换。

　　但我眼下没有时间，也没有精力去理顺王有理与油老大之间的真伪，我要全力以赴地办完与雪阳的婚礼再说。

　　送走了张主任，在雪阳的家里，真的出现了让我非常感动的一幕。街道办事处的领导不知怎么知道了我和雪阳的事，特派负责婚姻登记的两位干事亲自登门为我和雪阳办理结婚登记手续。

　　要说不感动，那真是假的！

　　新房就设在雪阳的家中，只见房门两边的对联写着：

"恋爱心已合　连理情更浓"。横幅："永结同心"。

雪阳躺在病床上，手捧着结婚证进入了梦乡。

白妈知道了白爸的"犯忌"后，起早就去找算命先生掐算女儿重阳节结婚是否犯忌。算命先生说患病的人选择重阳节结婚可消灾除病，但一定要吃重阳糕，佩茱萸登高方可避邪驱魔。白妈听后大喜，给了算命先生10元人民币，便急匆匆去婚纱店为女儿雪阳选了一件乳白色的婚纱，并替雪阳为我选了一枚弧形黄金戒指，选戒指的时候白妈从兜里掏出一香包，那是雪阳特意让妈妈为我缝做的，里面放有茱萸，说是可以避难消灾。这香包是雪阳送给我的重阳节礼物。白妈把香包和戒指放在了一起，之后白妈又买了被褥等一些结婚用品。

我和妈妈到南站百货大楼选了套灰色的西装，买了衬衣衬裤。我又选了一条红色的领带，之后又到黄金柜台为雪阳选了一枚棱形的戒指。

我所在单位，报社的同事听说后都纷纷赶来帮忙。

总编亲自为婚礼现场写对联："一对璧人留小影　无双故土缔良缘"。横幅："情满人间"。

其他记者全体出动，准备做现场报道。

报社主任亲自出面借了一辆奥迪轿车，并推荐市电台著名播音员、主持人彭海涛为我和雪阳主持

婚礼。

为了献出自己的爱心，大家全都义务帮忙。

只有我心里最清楚，没有主任医师帮我搞到的 24 粒格列卫，这场婚礼根本就不可能举行！

1985 年 10 月 22 日上午 9 点 58 分，一场最悲壮的婚礼在抚顺市北站阳光城酒店举行。

主持人彭海涛在 9 点 57 分站在婚礼现场的台前，手持话筒，用他那洪亮磁性的声音说道：

二九相重就是重阳。在这重阳的节日里，我们为一对新人举行一场特别的婚礼！我作为婚礼的主持人感到万分的荣幸！

我想起了一首歌：有一个美丽的传说，精美的石头会唱歌……

今天我告诉你，那不是传说，那是一个美丽的爱情故事。

一位美丽的公主，她因贫血，后被诊断为白血病。五年啊，病魔缠身，但她在家人、亲属和朋友的关怀下，顽强面对这人生的不幸。她的恋人，那个憨厚的王子，在她身患绝症的危难之时，陪伴左右，不离不弃。这对恋人，面对人生的抉择，他们手拉手肩并肩，当公主无力站起的时候，王子低下头真诚地说："亲爱的公主，走下去，我抱着你走……"

我被这对恋人的真情所感动！我相信所有的人都

将为他们的真情所感动！

菊花如我心，九月九开；客人知我意，重阳一同来。

现在吉时 9 点 58 分。

我宣布：郑跃进、白雪阳，婚礼开始！

让我们以热烈的掌声欢迎故事的主人公——王子和公主走进结婚的礼堂！

鞭炮响起。来宾起立。

当婚礼进行曲奏响的时候，所有人的眼光都投向门口，大家看到新郎的我，抱着身穿白色婚纱的新娘白雪阳缓步走到前台。

一时间，我听到在场的来宾有的在抽泣，尤其是女来宾，竟然哭出声来。

这时主持人彭海涛走上前，帮助我扶新娘雪阳坐在准备好的半躺椅上。

雪阳刚刚注射了重组人白介素，并服用了最后 6 粒格列卫胶囊，她的精神状态很好。

接下来主持人彭海涛以最简捷的方式继续进行结婚仪式。

宣读结婚证书。

交换结婚戒指。

当我和雪阳这一对新人以相互点头为拜天地的时候，我双手扶在雪阳的肩上，目的是擎住她。但雪阳点一下头后，激动地扑向我的怀里哭了起来，直到白妈过去小声地安慰她才止住。

新郎新娘发表感言。

我非常真诚地说："我会真心地去珍惜她；我会温和地去安慰她；我会像哥哥一样地去保护她；我会胜过爱自己一样地去爱她！"

雪阳挺了下身子，用尽她全部的力气，说出了在人世间临别的感言："感谢生我养我的爸爸妈妈，还有爱我的哥哥！感谢所有关心我的亲人……我要在天堂里祝我的跃进哥永远健康地活着！"

雪阳说完，她抽泣地咳嗽起来，吓得在场的主任医师及他带来的护士赶忙跑了过去。

主任医师建议主持人其他议程全免。

主持人彭海涛宣布婚礼结束。

婚宴开场。

我在张主任及一位女医护人员的帮助下，抱着雪阳坐上轿车，回到家中雪阳的病房，也是新房。

在白妈的帮助下，我给雪阳脱去婚纱挂在衣挂上，目的是让雪阳抬眼就能看见。这时我才看见婚纱的腰际饰佩着茉萸，精巧灵光。我不经意地看一眼白妈，心里真的好感动。人世间，只有妈妈才会这样呵护自己的女儿啊！我按白妈的要求脚踩小板凳抱起雪阳又轻轻地把她放在床上。当时我并不知道白妈为何让我踩那小板凳，心想许是白家有这个讲究。那个时候因我是新郎让我做啥就做啥，过后我才知道那是白妈按照算命先生的要求在新房安排的"登高"。

做完这些，白妈将冲好的牛奶端在手里，牛奶里掺和着切碎的重阳糕。我回身将牛奶接在手中轻轻地问雪阳："喝点牛奶好吗？喝下去你会有力量！来……"

雪阳根本不想吃任何东西，她的胃早已经封闭了。可她看我心疼她的样子，很勉强地点点头。

我先坐下来，在雪阳的床头。我左手端着冲好的牛奶，右手拿起床边的手绢擦去雪阳眼角的泪痕，然后用小勺盛了牛奶送到雪阳的嘴里。可是，不知是我不小心还是雪阳的唇太干的缘故，雪阳的嘴唇浸渍出血水来。那小勺带出的洁白的、温暖的奶汁瞬间染成了红色。我刚想用手绢去擦，雪阳好像品出了味道，她用舌头舔吸着嘴唇，脸上露出了幸福的微笑。她一口一口地吞咽着，嚅动着双唇，让那汁液注入她的体内……

我知道，雪阳强迫自己喝下那几勺牛奶，她是把人间最后的温暖喝进去，就像暖流在她的体内再次燃起生命的火花，让她最后一次体验做人的坚强！

白妈在旁边心疼地看着这诀别。我能感受到。白妈想的是这些天雪阳都没吃东西，她今天能喝完这杯牛奶，那该是一种什么力量在支撑她呢？我更知道，

白妈的心里在流泪。这许是天下所有的母亲，看到自己的女儿因病无法医治的一种悲痛！

白妈看着我精心呵护着雪阳，迟疑了一会儿就出去了。房间里只有我和雪阳。可怪了，这时的雪阳显得特别的精神，一点睡意都没有。她摇摇头，不想再喝牛奶。

雪阳的手一直握着我的手不想松开，我感觉她已经没有一点力气了。

她娇喃而又悲凉地说："今天是重阳节，是我的新婚之夜，是我这一辈子最幸福的起点，我的心愿了了。但可能也是我这一生最遗憾的终点，就像我的名字雪阳，代表一个女孩，温柔恬静高雅亮丽。可雪，在阳光下是要化的。跃进哥，我要化了，我真的不行了，我没有力气给你那幸福的新婚之夜！"

泪水从雪阳的眼角流下来，我赶忙拿手绢去擦。

雪阳用双手按住了我擦她眼泪的手，头歪向一边，眼睛看着桌上面摆放的《唐诗300首》，那是雪阳患病期间最喜欢看的书。

雪阳说："跃进哥，我非常喜欢听你的朗诵，今天是重阳节，我想听《登高》，你念给我听。"

我低头亲了下雪阳的额头说："从今以后我是你丈夫！我是你男人！我是世界上你最亲近的人！忘了吗？你丈夫是记者，你丈夫曾是学古代文学的大学生。汤尧禹舜夏商周秦汉魏晋南北朝唐宋元明清……不用拿书，我可以背给你听，以后我天天讲故事给你听。"

雪阳抿嘴喃喃道："丈夫，我有丈夫了……"

她沉浸在幸福之中。

我运了一下气，然后才深沉地背道：

风急天高猿啸哀，渚清沙白鸟飞回。
无边落木萧萧下，不尽长江滚滚来。
万里悲秋常作客，百年多病独登台。
艰难苦恨繁霜鬓，潦倒新亭浊酒杯。

我背完杜甫的《登高》，发现雪阳已睡了，我给她盖上被子，起身准备去厅里见主任医师表示一下谢意。但雪阳朦胧中意识到我要走，她微睁着眼睛，用她那微弱的声音说："跃进，跃进哥……别走，抱抱我。好黑呀，我有点怕……"

我看着一点力气都没有至死恋着我的雪阳，心如刀绞，痛苦万分。

我走过去，用双手轻轻地从后面环抱雪阳，然后自己委身坐进去，让雪阳的上身依偎在我的怀里。我很心疼地看着雪阳无力但却非常满足的样子，我的咽喉开始哽咽。

436

　　可是就在这时雪阳又很吃力地对我说："跃进哥，你关灯了吗？我怎么什么都看不见了呢？那婚纱……"

　　我伸手在雪阳的眼前晃晃，雪阳应该能感觉到，但她因看不到我的手而没有一点反应。我心一惊，好像预感到那一刻就要来临了。我安慰她说："嗯。没有灯光，在黑暗里有我做伴你怕吗？"

　　"不怕！"雪阳无力地说着，"只要有你在我就不怕！可是这黑暗要多久呢？我怕睡过去再也看不到明天，再也看不到你了。"

　　"不会的！"我轻柔地说着，"等你好了，我带你去深山里种地。养猪、养鸡。在深山的绿洲享受鸟语花香的桃源生活。"

　　"好啊！好啊！好啊……"雪阳应着。我能感觉出她的胸脯上下徐缓地起伏着，她的脸上没有了热度，但嘴角还挂着微笑，像是在梦中……

　　她梦见了雪，在阳光下洁白晶莹地化成了水，又汇成清澈见底的小溪，最终流入了大海。那是个美丽的地方，是苍松翠柏锦绣出的浓荫绿伞般的庄园。那连绵不断的树木翠绿得有如神话般的世界，那枝叶俏美的晃动间露出蓝白色的天空，浮来浮去的云朵像俏丽的花朵正向她点头笑着。庄园的四周是深绿色的草坪，她坐在上面软软的、柔柔的、暖暖的、香香的……那真是让人陶醉的美的享受啊！她开心地笑了，高声地喊着："跃进哥，快来呀？这里才是人间的天堂！瞧呀，那双双的蝴蝶……"

她在梦中看到了那起伏的山峦，那山间直下的瀑布；那美丽的天鹅在湖水里飞呀跑呀地戏耍着；那成群的牛羊在山谷和林中扬起头正高昂地荡起一道风景；诚实厚道的男女老少坦实平和地笑着；而天真烂漫的孩子们，正沐浴着阳光在希望的田野里欢呼雀跃地喜乐着……一切的一切，都是那么美好祥和，没有贪腐、没有邪恶、没有欺骗，更没有贵贱之分族群的分裂……雪阳欢笑地跑向草坪，她的秀发像风帆一样地飘起来，仿佛踏着海浪，那白色的婚纱飘卷着浪花腾空飞扬，远远地望去就像美丽的海鸥飞向蓝色的天空……

她眼含着泪水在笑，可那疲倦的笑有点勉强。我感觉出她的身体无力地瘫软在我的怀里，我看着她那长长的眼睫毛上下动了动，泪珠还挂在眼角，但面容却非常安详。她用尽最后一点力气微弱地对我说："跃进哥，快……快把那海鸥的故事讲给我听……"

泪水在我的脸上不停地滚动着。

"我不能哭！真的不能哭啊！"

我在心里提醒自己，一遍又一遍。因为我要给雪阳讲寓言故事；因为我要在雪阳生命的最后一刻，用我那温厚低沉的嗓音，把海鸥的梦想，讲给我的新娘雪阳听。但我知道，我的眼泪一直在流着，那咸淡的泪水已流进我的嘴里。

我的意识开始流动，语调有些哽咽，但还是清朗地讲着那感人的寓言故事《海鸥的追求》。

有一天，海鸥与海浪结婚了。

一天一天，每一天都重复着同样的日子。

海鸥说："这一年呀，有365天，如果365天，每天都是同样的日子，那该多无聊呀？"

于是，海鸥每天都仰望着天空，求老公海浪让她飞向天空去。

海浪说："这里有吃不完的鱼虾，天上有什么呀，你为什么总想飞呀？"

海鸥说："天上是没有积水的海，有飘浮的云，那空中有我的梦想！"

海浪说："你走了，那我呢？没有了你我多孤独啊？"

海鸥说："天空是无垠的海疆，那里是我要去的天堂！"

原谅我海浪，还给我翅膀，让我快快乐乐自由地在天空飞翔……

雪阳流出了最后一滴泪珠，她在我的怀里闭上了眼睛，再也没有睁开。

她走了，就像那美丽的海鸥飞向蓝天，飞向她病中在梦里一直想去的地方……

这时我哭出声了，抱着雪阳柔软的身体，哭得浑身颤抖……

为了了却雪阳的心愿，我倾尽了我所有的能量，甚至违背我做人的原则，圆了雪阳一生的梦想。在那短暂的时间里，我和我的新娘雪阳，演绎着悲悲切切可歌可泣的人间真情！

可是，我所爱的人是雪阳吗？不是！那么雪阳知道我不是真心喜欢而是假装爱她吗？也不是，她也不可能知道我们活着的人为她所做的这一切。还因为，我的爱人沈艳茹，对雪阳来说已经没有印象。更主要的是因为我对雪阳感情上的付出，并不是装出来的。

可笑的是第二天，抚顺市《天天报》整版刊登了我和雪阳的婚礼报道。

报纸题称：世纪婚礼，情满人间。并刊登了我抱着雪阳走进婚礼现场的大照片。

一夜之间我成了人们谈论的焦点人物。

可是，就在雪阳的葬礼上，我在殡仪馆焚烧死者遗物的炉前，仰头看着那天空中的滚滚黑烟，我哭笑着，光荣正确的郑跃进啊，那24粒格列卫派生的故事你该怎么圆场啊?!

假如我的爱人沈艳茹，在万里之外的美国看到我

抱着新娘这整版的婚礼报道，她又该做何感想呢？

事过境迁，岁月的晨风把人间所有的悲欢离合，统统扫进记忆的冰箱冷冻起来，重新温热，还有多大的热量呢？

我心上的女人在很远很远的地方，因为路途遥远而让我天天梦想……

沈艳茹看完郑跃进写的婚礼纪实，痛哭失声。她的两手伏在桌子上，双肩因哭泣在不停地抖动着。

"怨我，真的怨我！"她泣诉地埋怨着自己。

就因为自己怀孕感到很委屈，就因为没有收到跃进的回信，她赌气不再理他。但现在看来，根本不是郑跃进的错呀！

"该死的安妮，你毁了我的青春和幸福，上天会惩罚你的，让你一生不得安宁！"

沈艳茹心里诅咒着，右手把一支笔紧紧地握在手里。

突然，她站起来，好像才知道郑跃进被警察带走似的。

"不行！明天……明天我必须把跃进救出来！"她喃喃自语，一下子冷静了。

她把座椅往边上推了一下，然后她走进卫生间。她要冲个淋浴，她要让自己的大脑处于清醒的状态。

洗浴完的沈艳茹，边用浴巾揉搓着头发，边又坐在电脑前，她要从郑跃进的第一封情书读起……

Chapter 24

她的光泽可爱就像那熟透的果子，
从树上"啪"的一声摔在地上粉身碎骨了。

今生缘何

　　秋天来了，郑跃进等待的第 20 个秋天终于来了。可是，这个收获的季节属于他郑跃进吗？仿佛不是随着墙上的日历一天一天地过去，也不是每天看着逐渐变色的李子树，那枝头垂挂的泛着粉红色光亮的果子欢笑而来，更没有像郑跃进那座老房子后院满身带刺的醉八仙，把沁人心脾的玫瑰花香悄然无声地送来，这如期而至的秋天，在美国的赌城真是一场在热浪中挟裹着八月迎着冷瑟的九月，萧瑟悲戚而来啊！

　　过去 20 年间的九月，一半的时间，郑跃进一直在他恋恋不舍的跃进乡背诵着"落霞与孤鹜齐飞，秋水共长天一色"的家乡美景。因为怀念他常常面向霜染枫林的大山感叹"但愿人长久，千里共婵娟"的凄美情怀。他为何这般感伤与惆怅？只因为在这个淡定而又宁静的秋天里有一对年轻人的分别竟然成

了 20 年的绝唱！这绝唱便注定了郑跃进要在这有生之年，而且在这个季节里与他一生牵挂的人重逢！这 20 年，他在心田里默默耕耘、默默播种，终于等到收获了他却蹲进了监狱。这老天爷在开什么玩笑啊？可老天爷回话说这不是玩笑，这是郑跃进命里必有的一劫！没准呢，可能……可能还有比这一劫更可怕的呢。

南茜曾偷偷地找算命先生给郑跃进算了一卦，算命先生说郑跃进一生中有两个女人相克，直到遍体鳞伤。过后南茜跟郑跃进开玩笑地说她是第三个女人了，前两个才是克星，说完她哈哈地大笑不止。郑跃进从来就不信什么算命先生，他认为人生的意义就在于体验活着的过程，而且这过程是托生的人应该从事的活动。他把人间的温暖送给了白雪阳，他无悔无怨，甚至后来他妈妈班上的同事给他介绍对象一听是二婚马上回话说，"我们家女儿可是没出阁的大闺女，怎么能嫁个二婚的郎！"郑跃进听后嗤之以鼻地"哼"了一声回他妈妈说："在我的心中只有青苹果和山里红，谁稀罕什么大闺女？"

的确，在郑跃进的心里沈艳茹一直是个青涩的苹果，从前在跃进乡的冬天，他看到沈艳茹的脸蛋冻得红红的时候，他曾经嘲笑她是个典型的山里红。可如今的沈艳茹早就不再是那个青涩的浑身发抖的青苹果似的女人了，她的生活经历使她成熟得像厚叶庇荫下的果子，金黄亮泽，女人味十足，否则慕南怎么会一直恋着她不舍呢。每个女人都愿做个熟透的果子，味美香甜，谁也不愿意再去做个青涩的苹果。可是当郑跃进出现在她眼前的时候，她的光泽可爱就像那熟透的果子从树上"啪"的一声摔在地上粉身碎骨了。她也不知道为什么，见到跃进的感觉虽然是非常亲切，但就是没有见到慕南时的感觉那么自然和谐。尽管那99封情书感动得她泪如泉涌，但回过头来让她去设想未来时她总有一种心神不安的后怕。她怕什么？是她对慕南有着难割难离的不舍吗？她说不好，反正有种怪怪的念头。当她在陶醉中醒来的时候，再看已走进中年的郑跃进那厚道的脸庞时，她忽然觉得有点陌生了，于是她自我安慰地叹息道："也许我心中的老公和情人总是有区别的。"她最后的结论是："亲情有时真的大过了爱情呢。"

夜深了，沈艳茹想给慕南打电话，就慕南的财力和家族背景救出跃进不是举手之劳轻而易举的事吗？可是她拿着手机却不敢拨号。

是啊，拨通了怎么说？

"是我，艳茹！"慕南知道艳茹是谁呀？

"是我，Ella……不不不，是念琏，你能不能帮我把我老公郑跃进保出来？"郑跃进是老公那慕南是什么人呢？

"慕南，对不起，我老公来了，却又被抓了。"能这样讲吗？

郑跃进的事，不到万不得已绝对不能和慕南说啊。躺在床上的沈艳茹是真的粉身碎骨了，她的女人味顷刻间真的又变回了青苹果，而且是一脸的铁青。她不知道怎么做才能救出郑跃进，直到妈妈Emma来了电话，让她先咨询律师后再做下一步打算她才放松地睡去。

星期一早上9点，沈艳茹就到律师楼咨询，想通过律师出面问明情况，并由她担保郑跃进出来。律师指导她自己可去办理担保手续，不需要律师到场。但提醒她，说涉及谋杀的案件当事人，要想担保出来，最少先准备5万到10万美金的保释金。关于案件代理，等郑跃进出来再办理委托手续也不迟。

沈艳茹心想钱不是问题，关键是先把郑跃进保出来。她通过律师了解到郑跃进暂时关押在老城看守中心。她急切地走出律师楼去见郑跃进。可她忙活了半天，得到的答复是郑跃进是被新泽西州大西洋城警察局探警拘捕的，看守中心只是协助看管，如果保释需要新泽西州某地区、某法庭的法官批准才行，最后沈艳茹提出探视获得准许。

这一对有情人，在分离了近20年，刚刚重逢了一个晚上又再次分离后，隔着厚厚的玻璃窗又再度相见了。

当郑跃进在会见的窗前出现时，沈艳茹一下子呆住了。

这是谁啊？是盼了20年的郑跃进吗？

沈艳茹两眼发愣地看着郑跃进，一夜之间，郑跃进的两鬓头发灰白得吓人。一条细细的铁锁链连接在他的手铐上。他脸色微黄，刚生出的胡碴，稀疏而又撅立在嘴边，布满沧桑。他的眼神有些迷茫，强装的倔强，难以掩饰他内心的忧伤。

沈艳茹跑到窗前就哭起来。眼前隔窗相见的郑跃进是她的老公啊，怎么会陌生呢？她一句话也说不出，就是哭。

郑跃进倒显得很冷静。他推了下眼镜，先微笑起来，然后他示意沈艳茹拿起电话筒说话。

沈艳茹把话筒拿到耳边，但她仍然抽泣着。

郑跃进安慰着沈艳茹说："别哭。我很快就没事的。你想啊，一个连蚂蚁都舍不得踩的男人，怎么会参与谋杀呢？"

"别傻了，你！"沈艳茹讲话了。

她继续说道："别忘了你是中国人！有些美国人对中国来的人是歧视的。即使你没罪，但上庭法官若认定你有错，那你也会被递解出境的。"

"没什么，我感觉挺好的。"郑跃进咧着嘴宽慰道。

沈艳茹瞪大了眼睛说："都什么时候了，你还开玩笑？"

"不是啊。"郑跃进说着把话筒调了下位置后继续讲道，"我这一生，因为你而什么都经历了。下过乡，站过岗，噢，没当兵，但却干过基干民兵什么的。上过国大又出国念了社会大学。抽过烟，喝过酒，而且要出国找你的那段日子天天喝得烂醉，差一点被我老爸撵出家门。来美国没找着你却又遇到个说谎的女人，受她牵连成了杀人犯的同伙。当过记者，当过厨师，开过出租车，还托你的福当上了纽约分部的经理。就差蹲监狱了，现在把我铐上了。"

说完他呵呵一笑地又补充一句："呵呵，全了，也就圆满了。什么都体验到了，也就死而无憾了。"

沈艳茹不哭了，她知道郑跃进的委屈中含有对她的责怪，她接受，因为她看了郑跃进写的 99 封情书。此时此刻，哪怕郑跃进说得再狠点她都接受。可是，眼下要先把他救出来呀。

于是她急切地说："你先别说这些了，告诉我怎么做？"

她看郑跃进在沉思，又催促道："快点，没时间了。"

郑跃进想了下刚想说："你去纽约大西洋城，找到被害人金连成的太太，带上微型录音机，把那个女人发泄的话全录下来。"可话到嘴边他停住了，又习惯性地左右看看后说出了另一番话，"我和南茜的事你可能听说了吧？"

沈艳茹含泪点点头。

郑跃进知道，调查取证的事安排沈艳茹肯定不行，这事还是由他出去时自己来做。前天晚上一夜的缠绵只谈到白雪阳，但没讲到南茜，因为两人聊天都怕深入到来美国后的个人隐私，但现在不讲不行了，因为郑跃进判断他被牵连百分之百是南茜杀人事件。

于是他对沈艳茹说："你不用担心，我被牵连是因为我是纽约分部的主管，尤其是要将南茜从赌场赢的钱，通过丽莎的手以保费的名义存进指定账户。我被抓，说白了是在为 Q 公司下设的赌场投资部承担所有的罪责！"

沈艳茹惊愕地说道："怎么会……"她突然又若有所思地补充说，"哦，能吗？"

"还有……"

郑跃进刚想说下句，警察来了，说会见时间到了。

沈艳茹在玻璃窗外边不住地喊："还有什么快说？还有什么快说？"

只见郑跃进的口形好像在说："找到……南茜……"

提到南茜，沈艳茹的心又咯噔了一下，倒不是因为南茜曾是郑跃进的前女友，而是她怀疑她与南茜之间可能有血缘关系。郑跃进让她去找南茜，她简直僵在了会见室里。看到郑跃进被警察带走了，她还在愣神。

"南茜?"她嘴上嘟哝着，慢腾腾地起身挪步走向电梯。

沈艳茹像是接受了新的任务，急匆匆地小跑到停车场，她要先找到妈妈 Emma，问明她与南茜的关系。

妈妈 Emma 住在中国城 5 号搂。沈艳茹赶到时，她看到妈妈正在与慕南通话，那沙哑的声音让刚进屋的沈艳茹直着急。

讲完了，妈妈 Emma 告诉艳茹是请慕南安排律师事宜。而沈艳茹向妈妈讲了见到郑跃进的情况。说到南茜，艳茹还没讲正题呢，妈妈 Emma 一时也忘了艳茹曾说过南茜留下玉手镯那茬事情，她马上接过话说："这事怨我呀，当初那女人说要提告 Q 公司洗钱，跃进建议给被害人家属一定的补偿安抚一下，息事宁人，但我阻止了，谁想到会害了跃进。"

"妈！我要问的不是这事，而是我与南茜是否有关系?"艳茹说着，从手提的 Burberry 包里取出一个方形手镯盒后说："这是昨天在比赛最混乱时，南茜出走前让一位保安转给我的手镯，和我戴的这个手镯正好是一对。"

她将手镯递给妈妈后，又补充说："盒里有一张字条，您看?"

老太太 Emma 接过来打开一看，傻眼了，世上竟有这样的巧事?

448

这时的沈艳茹还在嘟囔："我昨天就问您，因盼盼在您没说。"

老太太 Emma "哦"了一声，随手戴上了老花镜，她拿起字条一看，只见上面歪扭地写着："是一对。妈妈说的。"

她拿起手镯，又要下了艳茹左腕上戴的那个。她尽管眼花，但还是看到了那微羞的一凹一凸。她对在一起，两个玉环正好相连。

"没错，这是一对。"她忆起了当年的情景，因为当年她见过这对手镯。

老太太 Emma 长叹一声道："真没想到，南茜是艾芳的女儿!"

"艾芳? 妈，艾芳是谁?"沈艳茹非常心切地想知道自己的身世，尤其与南茜的关系。

老太太 Emma 摆一下手让沈艳茹坐下来，然后她说："你知道你不是我亲生的，但你的身世我还从来没有和你说过。"

沈艳茹满脸期待地坐在妈妈 Emma 身旁，等待着妈妈讲下去。

Emma 开始讲女儿艳茹的身世。

那一年，是 1959 年 12 月 27 日。阴历是冬月二十八，那天是星期天。

晌午过后，有欣要去娘家，她习惯了每天回去看妈妈。可她刚出门就碰上了艾芳抱着刚出生的一个女婴急慌慌地走过来。

她对有欣说："大姐，我在那边的草堆旁捡到一个刚出生的弃婴，孩子的妈妈……"

她停住，又肯定地自问自答："肯定是，要不，那女人为啥见到我过来就跑了呢？"

她恳求有欣说："您能不能帮我一下？"

郑有欣赶忙把她让进屋，然后在屋里重新给这个女孩整理襁褓。包裹孩子的那小被太薄，有欣又给加了条小毯子。当时有欣的丈夫沈国强腰部损伤正在家躺着疗养。有欣烧了热水，给孩子擦了身子，又给孩子喂了一点点温开水，然后她又出门到村长家要了一碗早上刚挤的牛奶回来温热后用小勺喂饱孩子。忙完丈夫沈国强把有欣叫过去，非要收养这个孩子，但艾芳想了一会儿一直没表态，有欣看出她在犹豫就没再催问。又过了一会儿艾芳才说，她是来跃进乡参加财校一个同学的婚礼，现在婚礼结束了，她要赶回抚顺市。在她去公共汽车站的路上捡到了这孩子，她想要收养。有欣和沈国强不再坚持，暖和了一会儿，艾芳抱着刚捡的孩子走了。

可是，第 7 天上午 11 点，艾芳又抱着这个孩子回到跃进乡郑有欣家。

她进屋对有欣说："大姐呀，这孩子给您吧，我不能养了。"

郑有欣莫名其妙地问她为什么，艾芳才说出了其中的缘由。

原来她原名叫艾丽。在财经学校上学时，她爱上了一位老

师姓方。为了这段情，她后来把自己的名字都改叫艾芳。在她毕业的当年他们结婚了，她在银行工作，就住在抚顺市的南花园。但这位方老师在婚后不久就去了苏联留学。她捡到这个弃婴时，她丈夫已走了一年多了。她抱孩子回家后，她妈妈说她没头脑，又不是自己不能生。丈夫走时她没怀孕，万一她丈夫从国外回来，看到个刚出生不久的孩子，她怎么说得清楚，弄不好还得离婚。她像突然醒悟了一样，急急忙忙地把孩子送回郑有欣家。

这7天，她白天让妈妈帮忙带着孩子，晚上她自己照看，把这个女孩养得白白胖胖的，非常可爱。

她从心里舍不得这孩子，要走时，她哭着对郑有欣说："大姐，我知道您和姐夫都是好人，拜托您了，把艳茹这孩子养大成人。以后我会常来看你们……和这孩子。"

她边说边撸下左手腕上的一个玉手镯塞进包着孩子的襁褓里。因为她不是孩子的亲生母亲，所以有欣和丈夫国强也不介意她常来家看这孩子。但艾芳每次来都扔些钱，直到她丈夫两年后回国她再也没有露面。

尽管这孩子不是她亲生的，但孩子的名字是她起的。有欣和丈夫国强敬重她的人品，没有给这个孩子改名，还叫艳茹。

最后老太太 Emma 对沈艳茹说："所以，你不用担心，你和南茜不是亲姊妹。"

沈艳茹心想："难怪南茜的中文名叫方小艾。"

听着妈妈的叙说，艳茹的内心充满了感激之情。

她泪涟涟地问："妈，艾芳阿姨还健在吗？"

老太太 Emma 摇了摇头叹道："我们来美国 20 年了，怎么知道。"

艳茹看妈妈 Emma 点了一支烟，知道妈妈此时又想起了爸爸，心里难受，她不再问。

母女俩都有心事，话说到这里老太太 Emma 不想再说了。

巧的是艳茹的儿子盼盼来电话了。盼盼在电话里说，让妈妈和姥姥到 B 座接待站吃午饭。老太太 Emma 没有心情，她说不过去了，昨晚的剩饭还在冰箱里。

沈艳茹临出门时向妈妈说了见到跃进的情形，还说跃进让她去找南茜。

老太太 Emma 思考了一会儿后说："就算你找到了，但你能把南茜交出去来换跃进的自由吗？"

沈艳茹站在门口，一想妈妈说的话也是，毕竟南茜是她的救命恩人艾芳的女儿呀。

她看着妈妈期待地问："那跃进怎么办呢？"

老太太 Emma 说："这些事还是让律师去办吧。"

接着她让艳茹准备一下去大西洋城，说已安排律师处理郑跃进的案子，让她随律师去办理跃进的保释事宜。

"可是……"沈艳茹刚想说，"跃进不会是 Q 公司投资部赌博的替罪羊吧？"但她也学着跃进的样子忙改口说，"跃进把南茜赢的钱存进保险账户不会有问题吧？"

老太太 Emma 知道女儿要说什么，她打消沈艳茹的念头说："在这方面跃进不会有事，我心中有数。"

说完，老太太想结束和女儿的谈话，道："你去 B 座吧。"

沈艳茹不再问了，她转身走出妈妈的房间。坐在车里，她头仰在座椅靠背上，泪水从她的眼里不停地流出，漫过她的脸庞……

"真是命啊！"她自言自语，又在心里念叨，"人生堆积的经历，到头来还得自己来扛！难到错在那个初夜吗？"

想起几小时前跃进的抱怨，想起她自己的身世，她的心里痛如刀绞！是啊，怎么所有的错都是她沈艳茹啊！原本就是个弃婴，是爸爸妈妈和艾芳阿姨让她活得有尊严，但亲生母亲的痛苦经历，为何要让她去复制啊？

她想起了刚来美国的那段日子，她为跃进那种高雅的抱怨感到委屈。

那段日子，沈艳茹真是终生难忘。

因为妈妈 Emma 和她刚到美国不久，她们都不会开车，爸爸被误伤致死后，妈妈要常去律师楼，她也要常去商场购物。但每个人都有自己的工作，不可能全天陪着她们母女俩去律师楼。还有一个最让她打怵的难题，那就是每个星期，她要去一趟美国超市取盼盼喝的免费奶粉，这个超市如果步行大约要 40 分钟。

有一天是星期五，婶婶沈月让她女儿安妮开车陪沈艳茹去超市取奶粉。

起初，沈艳茹也不知道安妮不是婶婶的亲生女儿，她更不知道安妮有着仇视女人的心结。原因是安妮的妈妈杨柳是她父亲沈国立的情人，而且杨柳一生没嫁，一直守候着这个命里的男人沈国立。所以安妮出生就被妈妈杨柳送回台湾外婆家，她从小就没有得到过母爱和父爱。等她长大了，知道了自己的身世，她开始仇视一切婚外情。她圆脸，双眼皮，但眉毛很重。她皮肤不白，属于黄皮肤的女人。但她的性格孤僻，讲话犀利。遇事，做事，处理事，给人的印象自我保护意识特强，像一个浑身带刺的小刺猬，尤其是在一些小事上，她显得小气又自私。

所以，沈艳茹到爷爷家的第一个星期，就因和安妮共用一个卫生间，艳茹看到安妮洗浴后没收拾满地的头发，多说了一句话而引起了安妮的不满。后来安妮知道艳茹没结婚怀孕了，她在心里认定沈艳茹和她妈妈一样，都不是什么好女人。

艳茹没想到这个周末，婶婶让安妮开车带她去超市。好像是有求于与自己不睦的人，心里总是不得劲儿，所以在去的路上，沈艳茹没话找话地发感慨："这来美国的中国人是真不容易啊！"

沈艳茹哪想到，就这一句话，便引起了安妮的不满。

安妮用瞧不起的眼神看着堂姐沈艳茹说："你说的中国人可以包括我爷爷，但不要包括我，当然也不包括我爹爹！"

"那……你不是中国人吗？"沈艳茹小声跟话，而又惊异地感到好笑。

"你认为很好笑么？"安妮的脸色瞬间变成了紫红色，真是翻脸比翻书还快。

她不屑地说道:"我在美国出生,但我在台湾的外公家长大。我从小接受的教育和印在我大脑中的事实是:我是台湾人!美籍台湾人!在国外,你可以说我是华人,但我绝不是中国人!"

安妮一口气说完,唾沫星子都喷到方向盘上。许是情绪激动,她竟然按响了汽车喇叭。

沈艳茹一看这情形,消气吧。

她心想:"千万别再多说话,用人家的车是欠人情的!在人屋檐下,怎能不低头啊。"

沈艳茹笑笑不再讲话,安妮也就不再吭声。但沈艳茹在心里琢磨:"这'气'是从哪儿来的呢?"

沈艳茹一下联想起前段时间发生的事情。有一次全家到华人酒楼喝茶时,两人就大陆和台湾斗过嘴。她说大陆好,安妮就说台湾好。两人越说越僵。直到老爷子沈向阳狠劲地咳嗽一声,两人才消气。

"不会憋到现在吧?"沈艳茹想着安妮还在为过去的无聊计较,心里觉得好笑。

两人进超市后,艳茹发现柜台上新添加一批要过期的奶粉,过去艳茹一星期只准取3盒,但今天若取即将过期的奶粉可多给两盒,艳茹一想到盼盼特能吃,1盒奶粉两三天就吃光,艳茹就选拿了给5盒的奶粉。

就这5盒奶粉又惹出事来了。

在回家的路上，安妮用瞧不起的眼神看着艳茹说："你们大陆人，除了搞个人崇拜，别的什么能耐都没有，个个傻瓜似的，见到好吃的，吃起来就没够，全是猪！"

沈艳茹再也忍受不住了，她大声地吼道："我受不了啦！你给我闭嘴！"

安妮没想到沈艳茹的火气这么大，她一下子放慢了车速。

是啊，沈艳茹怎么会接受这种污辱！她马上继续大声地吼道："台湾那么好，你干吗还来美国呀？你……你装什么洋鬼子！"

"我来美国是因为我没选择！你和我妈妈一样，未婚就生孩子！"安妮反唇相讥，而且说到了沈艳茹的痛处。

"你他妈的给我停车！"沈艳茹是真的愤怒了。

"粗野！大陆的中国人就是没教养！"安妮说着，但看沈艳茹像疯子一般的被激怒了，她反倒声音小了些。

"停车！给我停车！"沈艳茹高声地喊着，奇怪的是安妮一声不吭了。

沈艳茹接着喊道："让我自己走……"

沈艳茹从车上下来，站在马路边。她看着安妮狠劲地加油起步，看着屁股冒出一缕白烟顷刻间扬长而去的轿车，她很轻蔑地说："中国人怎么会有你这种败类！不就一辆 TOYOTACAMRY 吗？我发誓要买一辆凯迪拉克吉普车！"

她抱着给儿子取的奶粉，含着眼泪步行到爷爷家，脚上走起了血泡。进屋后她趴在床上就哭了起来，妈妈郑有欣在哄着盼盼，看到艳茹的哭泣，问明了情况后，也流下了眼泪。

但妈妈安慰艳茹说："安妮不是你婶亲生的，所以你不要和她一般见识。"

刚才沈艳茹和安妮吵架时安妮曾说她自己的妈妈未婚生了她，但话中带着沈艳茹，所以艳茹认为安妮是对她的人身攻击，听妈妈一说，她知道了安妮的身世。可是从此以后，沈艳茹更惨了。如果说郑跃进写给沈艳茹的第一封信，安妮出于好奇偷看以后并扔掉，是因为她成长过程中心灵扭曲的阴影和仇恨所致，那么郑跃进以后写给沈艳茹的每一封信件，而且是需要家人签收的挂号信又全部被安妮扣下并扔掉，可以说真是安妮心理的一种变态。

最令人难过的是，像安妮这样的女孩，她从来不为自己的行为而愧疚和悔恨，就连她的亲生母亲都躲她躲得远远的。

真的很可惜，郑跃进那饱蘸深情写出的万言情书，沈艳茹一封也没有收到，由此造成了两人的误解和长久的分离。

母女俩一直忍着，直到后来沈国强的案子处理完结，K公司给了郑有欣高额的抚恤金，合计30万美金，并承诺可包办母女俩在美国的身份及工作。但郑有欣只留1万美金作为生活费用，其余全额留给了沈国强的父亲沈向阳。因为郑有欣知道，凶手慕荣的爷爷有位哥哥也是慕荣的伯公，是慕荣所在公司最大的大老板，叫慕鹤松。也是老公公沈向阳在国民党服役期间的战友，否则K公司不会给这么多抚恤金。另一方面郑有欣也急于想尽快安顿下来，及早解决在美国的身份问题，她不争，也是在给自己留退路。

郑有欣非常聪明，尤其在金钱面前，她显示出一个中国普通家庭妇女的大气和坦然，给小叔子沈国立留下了很好的印象，小叔子沈国立暗暗地由衷敬佩郑有欣的为人。

当年沈向阳在慕鹤松的建议下定居赌城拉斯维加斯的时候，这两位生死之交的战友在 Sahara－4300 号小区买了两处房，沈向阳选 A 座，慕鹤松选 B 座。两年后慕鹤松把 B 座房派用公司的接待站，他与沈向阳又在中国人居民区选了一处房址，共同出资买下了一个单元。东侧由慕鹤松来赌城赌百家乐时临时居住；西侧由沈向阳的儿子沈国立居住。

如今沈国强的死是慕鹤松的侄孙女慕荣误伤致死，对此慕鹤松责令 K 公司侄子慕云飞赔偿死者家人最少 30 万美金。小叔子沈国立非常明白事理，他看到嫂嫂郑有欣只要 1 万美金，他马上很公平地建议父亲沈向阳，将中国城后侧 5 号楼他居住的两室一厅房屋转让到郑有欣的名下。

后来，郑有欣和沈艳茹留在美国的工作，身份等所有的安排，又都是小叔子沈国立在 Q 公司期间一手操办的。

一切处理完毕，郑有欣和艳茹母子俩在小叔子沈国立的安排下，离开了赌城拉斯维加斯前去谷天镇 Q 公司做清洁工，这一走就是十几年。

不过，在处理沈国强后事将近三年的日子里，沈艳茹经常吃不饱饭。她怕给大陆人丢脸，总担心有人会偷看她的吃相，说她是猪。

所有这一切忍辱偷生的经历，郑跃进怎么会知道呢。

而沈艳茹，除了照看儿子盼盼，就是到英文学校补习英语。因一直没有接到跃进的回信，她也有些心灰意冷。

她常埋怨妈妈有欣："就是您不让我告诉跃进有了孩子，如果我当初写信说我有儿子，跃进早就来了！"

妈妈告诉艳茹，说她叔叔沈国立马上去中国考察一个项目。妈妈说让她叔叔去一趟抚顺，见见跃进后再做打算。

可是，这人世间的有些巧合，都是在无法预见的情况下发生的。谁也没有想到，艳茹的叔叔沈国立到中国抚顺正好赶上郑跃进为了了却一个女孩的临终心愿，而与身患绝症的白雪阳举行最悲壮的婚礼！

从此这误解在沈艳茹的心里雪上加霜。

"还责怪我呢？"想起这些伤心的往事，沈艳茹在心里埋怨郑跃进，"在国内你结婚，在国外你又找女人！"她坐直身子伸手将汽车钥匙插入准备启动。

可是，一个让她闹心的话题又让她停下来。她的思绪还在翻滚……

"是啊，我是谁呢？与我有血缘关系的亲人在哪儿？"沈艳茹脑海翻腾，她总想在回忆中去寻找答案。

原以为，今生今世守候着最美好的回忆是与郑跃进的初夜，可初夜带给她的是惨痛的经历，而且与亲生母亲是何等相似。记得在她16岁那年的一个星期天，邻居家的孩子说她是捡来的，她和人家吵架。回到家她问妈妈自己的身世，妈妈还如实地说她确实是从逃荒的过路人那里要来的孩子。她惊呆了，知道邻居家的孩子不是瞎说话，那天她躲在房间里哭，一整天没吃东西，总认为自己是被父母遗弃的。直到郑跃进出现了，哄她吃饭，拽着她的手说："你不是我姑妈生的正好可以做我媳妇！"

郑跃进的一句话说得她满脸通红，她两手捂着脸说："不要脸不要脸，谁做你媳妇？"

但她的情绪好了起来，跟着跃进去跃进爷爷家，也是她姥爷家吃的饭。也就从那天开始，郑跃进这个男人走进了她的心里。

"难道……"沈艳茹伤心地擦了下眼角的泪水叹道，"难道我的亲生妈妈和我一样守着那个初夜而无法面对那个年代的谴责？"

单就沈艳茹的亲生母亲来说，这是个无法考证的话题。但实话说，在那个人性扭曲人性禁锢的年代，未婚同居统称是搞破鞋。这个名词在中国有一种特定的含义，也是成年人心中最忌讳的话题。如果哪位女人未婚先孕，犹如背负一个肮脏的罪名，遭人唾弃，几乎很难在原居住地生存下去。

"也许……"沈艳茹大脑的思维在不停地跳跃着一个又一个的假设。

"也许我的亲生母亲有着难以启齿的苦衷？否则她不会看着有人抱走我才离去？"沈艳茹在心里忌讳着弃婴，她在为亲生母亲的行为找理由和借口，其实被遗弃和把孩子送人肯定都有难以言状的苦衷，否则天底下有哪个父母舍得遗弃自己的亲生骨肉呢？

更奇怪的是长大以后的沈艳茹，没想过去恨她的亲生母亲，而总是原谅。这许是她知道自己虽然是捡来的孩子，但她既没有吃过苦，也没有遭过罪，就连父母的打骂都没有。但今天知道自己的身世原来是"弃婴"，让她在心里顿时生出了恨意！她恨自己的父母这么不负责任；她庆幸自己被妈妈 Emma 收养而来到了美国。

而她刨根问底地想知道真相，其实是想证实一下南茜是不是她自己的亲妹妹，如果是，她会很闹心地认为，郑跃进也太有艳福了，天底下有那么多女孩，他却选中一对离散的姊妹，赶上皇帝了，姊妹俩伺候他。

但转念又一想："爱情……也许真的是因为寂寞？否则，两个孤单的人怎么会走到一起？"

她想起了妈妈 Emma 知道她和跃进相恋时说过的一句话："你还没到时候，到时候你就知道了。"

这个"到时候"就是成年人，就是沈艳茹一直守候的那个初夜。

"不过……"一个想法又从沈艳茹的心里冒出，也许……也许生命比爱情更珍贵，否则跃进怎么会把雪阳描述得像仙女下凡一样美丽？一个平凡的女孩在白血病的磨难中病逝，在当今社会多得数不胜数，更何谈那些穷人家的孩子。在中国的平民中死个久病的患者谁会大惊小怪呀！可是在跃进笔下的雪阳却竟是惊天地泣鬼神一样让人失声痛哭……

这就是跃进一生要写出的生命之歌吗?! 同样,对一个弃婴来说,"我是谁重要吗?"重要的是"我沈艳茹还活着",她想起了已故老板慕云轩的太太张玉玲阿姨对她讲的话:"对一位在不幸中获得新生的人,最幸福的是有一位善良的好妈妈,不论这位妈妈是生母还是养母,她一定是神的女儿,她会把人间的温暖和幸福带给你,她会把一切美好的东西都留给你!"

她清楚地记得,阿姨讲完这番话,眼睛里流露出慈爱的光来,就像妈妈。

她更记得,就在那一年她生日的那一天,阿姨把新买的一辆凯抽拉克吉普车送给了她,还是她发誓要买的车呀!送她车的理由仅仅是让她在周末接送阿姨去基督教堂做礼拜。

"是啊!"沈艳茹仰起头,用右手食指抹了下眼角,她感叹道,"阿姨讲的真对,好像她老人家知道我的身世。"

她有些轻松了,愁容满面的神情恢复了往日甜润的泽色。她在心里默默地说:"活着就能感受生活的美好和快乐。看到儿子盼盼就看到了希望,看到妈妈和跃进就感受到了家的温暖。快乐着他们的快乐,这是多么幸福的人生啊!"

沈艳茹凝重的思绪开始和心对话:如果没有妈妈 Emma 和爸爸沈国强以及艾芳阿姨这些好心善良的人收养一个弃婴,怎么还会有我沈艳茹的今天!更何谈经历的这些刻骨铭心的男女之爱!这样的经历,应该说比爱情还宝贵,是我沈艳茹到死都要记住的啊!

她开始原谅郑跃进和南茜的同居了，不仅仅因为她和慕南在心里还有着藕断丝连的回忆，从而平衡了男女间各自不可言传的隐私，因为那是自己不能说的经历。还有一个原因就是因为南茜是她救命恩人艾芳的女儿。她好像在经历了这一切之后才懂得：每个人都需要找一个人来爱的，即使没有任何结局。然而，她感受到的痛是：感情上源于爱的结果往往是如此的脆弱，稍不留神，就把自己弄得遍体鳞伤。而心的不舍，又总想去弄清楚那些真的没什么意义的纠结。烦心的是，有了肉体的缠绵便开始了痴心的守候，有时，连她自己都说不清楚那是爱还是因为寂寞。

"那妈妈 Emma 和艾芳阿姨一生守候的又是什么呢？"

此时此刻的沈艳茹，在心里又提出了一个人生到老时才会悟出的话题。

"还有……"

她想起郑跃进最后讲话的口形，她有点闹心地直摇头："我上哪儿去找南茜呀？"

她启动了，车子抖了一下，驶向中国城……

Chapter 25

在男女相爱的记录里，
唯一上榜的男人就是郑跃进。

情可问天

南茜逃出了慕然的魔窟去哪儿了呢？

她唯一的去处就是她和郑跃进相识的介绍人刘大姐家。所以，她坐上出租车直奔中国城西侧的住宅小区。她要在毒瘾没发作之前赶到刘大姐家，然后她想好了，让刘大姐把她绑起来，她发誓要戒毒。

可是，到了刘大姐家，南茜敲了半天门刘大姐才穿着睡衣出来开门，而且只探出头来。她见是南茜呵呵地笑了。南茜看到刘大姐那椭圆形的脸上红扑扑的，马上开玩笑地说："大白天做爱呀，瞧你的脸通红。"

南茜一句玩笑话说得刘大姐满脸滚烫的更红起来。刘大姐微笑着把小眼睛一眯，薄薄的嘴唇一噘，用食指在嘴唇上一立地小声说道："让你猜中了，我老公要去加拿大……"

　　刘大姐还没说完，只见从里屋走出一位很高很壮的美国白种男人，约有 50 岁了。他和南茜打了个招呼，在走廊里亲一下刘大姐，手拽着蓝色随身行包走出房门要去机场。这情形是南茜万万没有想到的，她一脸的尴尬。如果刘大姐家的门前有条地缝她肯定钻进去。是啊，她心里想着，这叫什么事呀？早不来，晚不来，偏偏赶在人家夫妻俩做爱的时候来。

　　刘大姐倒没在意，好像习惯南茜的玩笑言谈了。她把南茜让进屋，先接过南茜搭在胳臂上的风衣。

　　南茜像是做错了事一样，正不知讲什么好，可这时刘大姐却讲了一句让南茜非常惊愕的话。

　　刘大姐说："郑跃进出事了。"

　　南茜马上表现出惊恐不安的样子，其实这话题正好让她从尴尬的窘态中解脱出来。她忙问："什么时候的事？"

　　"刚刚，在你进屋前一小时大伟来的电话。"刘大姐很认真地告诉南茜，听租住郑跃进家的老乡大伟说，郑跃进因在大西洋城参与了一起谋杀案而被警察带走了。

　　南茜心想："警察追到赌城拉斯维加斯了？昨天郑跃进还出现在比赛现场，今天就被抓走了？可是……怎么会牵扯到跃进呢？即使他改名叫谷风，但我和他连面都没见过呀。"

　　她思维里连串的问号在飘着，可是她的表情却表现出不屑一顾的样子对刘大姐说："我和老郑头分开了，他的事我不管。快点，帮我一下？"她把 LV 包又递给刘大姐。

　　刘大姐接过南茜的 LV 包后又继续说："跃进是多老实的

人啊，他怎么会呢？"

南茜接过话茬说："你先别管郑跃进的事，先帮我去取钱，我太累了。"

"又让你妈汇钱了？"刘大姐惊讶地说，"你就赌吧，早晚把你自己赌进去！"

南茜呵呵地笑道："是的，我妈又给我汇来了 5000 美金，我还没来得及取呢，大姐帮我取一下。"说着她把取钱的密码和她的 ID 给了刘大姐。之后她说要睡一觉。至于这近一年来一言难尽的经历，她疲乏无力地说等刘大姐取钱回来再聊。

刘大姐进屋换衣服出去替南茜取钱，但躺在床上的南茜却没睡意了。嘴上虽说不管郑跃进，但她心里一直最放不下的就是这个郑跃进。

她在想：跃进细心地把 20 美金塞进她的鞋底；跃进把那两万美金缝在她随身行的箱底；在她穷途末路的最后时刻跃进又让那个大刀脸送给她的 1000 美金……

有哪个男人会这样细心地对一个女人？郑跃进一次又一次地解救她。而她呢，一次又一次地背叛他。她知道自己跌进了罪恶的深渊很难自拔和重新做人，但她还有良知，因为她心里有一个账本，记录了这一生给了她好处的每个人。而在男女相爱的记录里，唯一上榜的男人就是郑跃进。尽管她知道自己不配做郑跃进的妻子，但她早已经把心的归属安放在心底，不再浮上来跳动。能够重温和郑跃进共同生活的那段日子，是她这一生最美好的享受和回忆。她不可能再找男人，拥有过郑跃进

已经足够了。可是现在的郑跃进被抓了，而且是在大西洋城参与了一场谋杀？

"肯定是我……"她心里想着，猛然坐起来喃喃自语，"不行，我要去救他！"

"可是……我怎么去呢？"她在问自己。

是呀，她怎么去呢？已经牵连到郑跃进，那能不查出她南茜吗？

人在这个时候，大脑的第一反应是自己犯事所能牵扯到的人。所以，南茜谨慎的分析没错。如果是大西洋城的警察把郑跃进带走，唯一能解释的理由就是因为她南茜杀了金连成而牵连了郑跃进，除非纽约分部还有另一起谋杀案。

"我必须得返回大西洋城！"南茜不知道郑跃进就关在拉斯维加斯，她以为郑跃进已经被警察带回大西洋城，所以她下决心返回新泽西，她想用自己的罪恶之身换回郑跃进的清白。

她起身去卫生间洗漱，重新打扮一下自己准备去大西洋城。等她出来时，刘大姐已取钱回来坐在餐厅里了。

"你先给我说说，你们究竟发生了什么事？"刘大姐把 5000 美金往茶几上一放开始问南茜。

南茜还是不接这话茬，她拿起钱，快速地点出 2000 美金交给刘大姐说："赶快送我去纽约！"说完她觉得不对劲儿，又纠正道，"是去新泽西的大西洋城。"

刘大姐接过那 2000 美金又惊讶地叫道："你说什么？纽约？新泽西？还大西洋城……你不是开玩笑吧？这开车要两三

天呀!"

南茜很认真地说："我不和你开玩笑。我要去救郑跃进！"
她看刘大姐满脸的疑问又继续解释道，"不用你车，我们租车。
你开着租来的车去送我。到地方把车交给当地的租车公司就行
了，你回来坐飞机。"

南茜看刘大姐在犹豫，她又有点赖皮地说："你老公又不
在家，再说，我有事不找你找谁呀？"

刘大姐知道南茜不会开车，但她还是有些打怵地摇头叹
道："这可是长途啊？我老公刚走……"

她看南茜有点不高兴，便又问道："究竟发生什么事了？
你坐飞机去嘛？再说，郑跃进被抓，你去就能救他吗？"接着
她小声嘟囔，"刚刚还说分开了不管。"

南茜在心里说："我要能坐飞机还用你！"但她不回答刘大
姐的疑问，却像买卖成交了似的说道，"这 2000 美金是给你
的，租车钱我另付。快点，一会儿租车公司下班了……在路
上……等在路上我再告诉你发生了什么事。"

不等刘大姐回话，南茜到门口准备走了。

刘大姐接过钱还有些犹豫不决地说："你把我当成雇佣兵
了，我欠你的？真拿你们没办法。"

看来，在现实世界里，友情有时只是媒介，没有金钱的诱
惑力恐怕很多人都没有动力为友情无偿付出。

刘大姐进屋准备了，这说明聪明的南茜非常了解这位讲交
情的刘大姐也需要钱来润滑一下的。但就在刘大姐在屋里准备

出门携带的物品时，南茜站在门口又高喊："大姐！给我准备一条旧床单。"

只听里屋的刘大姐说："旧社会坐月子呀？扯床单做尿布啊？"

一会儿的工夫刘大姐从屋里出来了，将一条很新的床单扔给南茜，又到卫生间去取洗漱用具。就在这时，刘大姐在卫生间里听到"撕"的一声。

她忙探头说："我的祖宗哎！那可是刚洗过一次的床单呀，你干吗要撕开？"

"你甭管了，一会儿你就知道了。"

两人下楼步行到不远处的一个租车行，以刘大姐的名义很顺利地租了车。上了高速公路，在一处宽敞的路段，南茜恳求刘大姐靠路边停车，然后说："快拿这床单把我绑在座椅上，然后拿风衣给我盖上，我的毒瘾上来了。"

刘大姐看着南茜刹那间变得灰黄的脸色，惊恐地瞪大了眼睛。

她叹惜地问南茜："你……你是什么时候染上了毒品？郑跃进不是因为贩毒吧？"

"别废话了，大姐您快点！"南茜催促。

刘大姐赶忙靠路边停车，并让南茜下车，从后座位车门上去，然后刘大姐按照南茜的要求给她捆绑起来，最主要是不让她两手动来动去的。之后，刘大姐回到驾驶座位把车门全锁上。然后，她慢慢地开车上路。

也就 5 分钟，南茜开始号叫起来，车也有些晃悠。刘大姐又赶忙打开收音机，并把音量调大。

她边调边气愤地喊道："我的小祖宗啊，前面有警察！"

别说，这话管事，南茜马上不动了，但仍然呻吟。

刘大姐歪头看一眼已经滚到座椅缝中的南茜骂道："作孽呀！在中国好好的你来什么美国？"

可她突然觉得不对劲儿，南茜的头发上湿漉漉的一片。

她回头一看，惊吓地喊道："妈呀，出血了？你撞哪儿啦？"

刘大姐一看前方的路段也不方便停车，只得无奈叹道："我的小祖宗，你头撞破了，再忍一会儿，再忍一会儿……"

她看到前方有个加油站，她担心地对南茜说："我给车加油，顺便给你买创可贴。小祖宗，你可千万千万别叫啊！"

刘大姐边说边喃喃自语："这要让警察发现，那我不成绑架犯了。"

接着她又埋怨："你们惹事，让我摊事。我上辈子得罪谁了……"

就在南茜在路上因毒瘾发作折腾的时候，沈艳茹已经到了纽华克机场。她打车到律师楼和律师碰面后，当晚就去了新泽西的大西洋城，并住进了南茜曾住过的花园大厦。

沈艳茹见的这位律师是美国白人，50 多岁，他太太也是律师，他们夫妻在新泽西州很有名气。

律师告诉沈艳茹，说郑跃进被控两项罪名：（参与）谋杀

和洗钱。

　　具体犯罪事实，在警方提出的案情报告上写的是：（1）举报人 shenxiaojuan（沈晓娟）说她丈夫金连成生前对她讲，说谷风（郑跃进）提供非法资金给南茜赌博。南茜收到赌资后，化装成不同年龄的妇女在各大赌场赌钱，然后把赢的钱又通过丽莎全部交给谷风（郑跃进）存进指定的账户。（有录音为证）（2）南茜在赌场以不正当手段赌博被赌场保安部门清场的第二天，谷风便以精减人员为由将金连成辞退。据举报人向警方提供证言说南茜采取不正当手段赌博败露，怀疑是被害人金连成向赌场举报，对此南茜怀恨在心并与谷风（举报人不知道谷风的真实身份是郑跃进）密谋，先开除被害人，再于次日由南茜化装成老妇人将被害人刺死。（有赌场录像为证）（3）谷风实名为郑跃进，是犯罪嫌疑人南茜的男友，而南茜与被害人金连成假扮情人关系出入各大赌场。警方前去调查时，谷风却否认与南茜相识，但南茜在花园大厦入住的房间却是谷风以郑跃进的名义租住的。（4）据 Q 公司经理慕东介绍，Q 公司是保险公司，业务员中没有叫南茜的女人。如果分部的业务人员有南茜且出现赌博或洗钱的违法案例，均系个人行为，应由其个人承担全部法律责任。（5）谷风（郑跃进）曾尾随南茜跟踪被害人金连成一次。（有赌场录像为证）

　　沈艳茹听完律师的介绍浑身冰冷，她都认为郑跃进的确有错，她在心里提出了一连串的问号：既然为南茜租房间，又为何要隐瞒和南茜的关系呢？不认识南茜，为何要跟踪被害人金连成呢？还说与南茜断了，那上述行为怎么解释呢？

她忘记了郑跃进坦诚的分析推断。也许，每个人面对这突发事件心中都会存有疑虑，尤其是久别的恋人重逢，心中最大的猜疑就是对方的男女关系等私生活。

她问律师："那郑跃进会有事吗？"

律师说："现在的问题是找到南茜，否则郑跃进会很麻烦。"

走出律师楼，沈艳茹马上和妈妈 Emma 通话，她气愤慕东为何在关键时候不替郑跃进说话；更气愤郑跃进和南茜还藕断丝连！

老太太 Emma 还是非常理性的，她首先肯定慕东的官话只能这么说，而且那是公司董事会决定的。其次明确讲明南茜不知道谷风是郑跃进，南茜在大西洋城赌场实习期间与郑跃进没见过面，所有这一切的操作都是她让秘书 Tina 安排的。

听完妈妈的解释，沈艳茹心里或多或少得到了些安慰。

第二天上午 9 点，沈艳茹陪同律师去了新泽西州府特伦顿一个 2 号楼的法庭。律师和检察官沟通后报法官批准。法官裁定郑跃进的保释金为 5 万美金。确定的开庭日期是一个月以后。拿到法官的核准文件后，律师返回事务所。沈艳茹到法庭指定窗口交了保释金，并持收据及文件在中午坐飞机通过洛杉矶转机返回拉斯维加斯。她要赶在傍晚 5 点钟前将郑跃进保释出来，她不要让郑跃进在牢里遭罪，哪怕多一秒钟。

一切看起来都很顺利。郑跃进被关了 3 天两宿，终于被保

释了。

当郑跃进知道他的保释金是 5 万美金的时候，他的心情更加沉重。

第二天他对老婆说："艳茹，你和儿子待在家里，我必须返回纽约分部。"

沈艳茹说："那可不行。纽约分部的主管我们不做了，你在家，什么也不用做，我养你！"

郑跃进笑了。

他说："哎哟，老婆！我现在是被保释的嫌疑犯，在案情没搞清楚前，只要公司不勒令我辞职，那我就要去纽约分部上班。而且要考虑到姑妈任用我本身就是任人唯亲，尤其总公司的慕云飞，会拿我说事给姑妈压力。"

沈艳茹想了会儿说："也对，但妈妈已回谷天镇了，你非要回大西洋城，那我和妈妈说我陪你去。"

"那怎么行，盼盼不能自己在家。"郑跃进以儿子为借口不让艳茹跟随，他看艳茹�’嘴不高兴又补充说，"那给姑妈打电话，看姑妈什么意见。"

沈艳茹马上拿起手机给妈妈打电话，可她放下妈妈的电话后看着跃进只说了一句话："妈妈让你星期一去纽约分部。"

这时的郑跃进显得很理性的样子对艳茹说："我必须去见律师说明情况。说我提供资金给南茜，证据不成立。有谁能证明那声音是被害人金连成的，除非金连成死而复生。再说，谁看到我提供资金给南茜了？胡扯！说我和南茜密谋的证据呢？我和警察说过了前女友是南茜，可现在警察却说我说的不认识南茜，我哪知道他们说的南茜是哪位南茜。通过丽莎给我钱，这一点没错，但谁说那钱是从赌场赢来的？丽莎告诉我那是保费。再说，他们知道丽莎是谁？就算他们找到丽莎了，丽莎会说那钱是赌资吗？如果单从个人行为而言，就算是从赌场赢的钱也不违法呀，除非赌场能提供违法赌钱的证据。说我跟踪金连成与案情有关，这简直是胡扯淡！"

郑跃进说到这儿去电脑桌取南茜的信件给艳茹看。

"你也别太自信了，你学的是中国的法律，这是美国。"沈艳茹说后又转告他妈妈的话，"妈妈说了，让你先与律师取得联系，听听律师的意见再决定怎么做。"

郑跃进点着头向电脑桌移动着脚步，但仍忧虑地说："我知道。但听你说的案情，我对律师已经不能百分之百的信任了。"

"为什么？"沈艳茹吃惊地问。

郑跃进在电脑桌前回头说："一名专业律师，对案情报告的点和眼看不出来，那这位律师是考场答卷律师。"

说完，他找出了南茜的信回身交给艳茹继续说："你看看，这可能是南茜刺杀金连成前给我写的信。"

沈艳茹在接过信的同时，开始重新审视眼前的老公。她隐隐约约地觉得这个丈夫有点神秘，好像他的人生经历里有诉说不完的故事，就像化名谷风，他是怎么想的呢，起这么个名字，为了躲避谁吗？他真的不是她印象中那个傻傻的老实巴交

的郑跃进了。

不过，看完南茜错字连篇的信，沈艳茹再一次从心里赞佩郑跃进。因为，一个临死的人把自己生前未能做完的事，或死后要做的事托付给人打理，那这个人一定是她一生绝对信任的人，而这个人就是郑跃进！更何况他们已经分手了。这说明郑跃进已经走进南茜心里并扎根了。

她心里突然产生一个念头："我得问问，他和南茜是什么原因分手的。"

沈艳茹不经意地抬眼看了看在沉思中的郑跃进。

而对郑跃进来说，他来美国 10 年，已经变得很现实了。他知道所有这一切的得来都是很不容易的，付出的代价不仅仅是体力上的消耗，还有心的煎熬。如果不澄清诬告，蒙冤的不光是他郑跃进，连带的是姑妈，包括刚刚团圆的老婆沈艳茹。他在牢里就想入非非地担忧，如果处理不好，X5 总部那个慕云飞有可能会把他姑妈交出去，那这事就闹大了，这可不是开玩笑的事。可是，涉及南茜他的内心又是非常复杂的。与一个女人在一起共同生活了 4 年多，哪能一点感情都没有，尽管是南茜背叛了他，但他认为，对在人生旅途上行走的男女来说，女人自始至终还是弱者。一个对女人没有感觉的男人，女人是不会动心的，除非她处于万般无奈的境遇中。虽然他没有从心里原谅南茜，但他不恨南茜，而且觉得南茜很可怜，他的心里也有一本良心账。所以他很认真地分析了前后发生的事后，对艳茹说总公司没有公开南茜就是方小艾，K 公司也没有公开说明三千子就是南茜，那 Q 公司绝不能戳穿南茜就是方小艾或是三千子，更不能因南茜受牵连而把南茜抛出去。因为，在这起复杂的案情里面，南茜肯定有拼死一搏的理由和苦衷。

沈艳茹也理解，一个女人被绑架，被轮奸，不管什么原因，她的仇恨肯定是不共戴天！

星期一上午9点，沈艳茹开车送郑跃进去机场，临分手时郑跃进对艳茹深情地说："我和你还没有在美国婚姻登记处注册呢，听说网上可以注册，你回家查一下，先注册。老婆，我欠你一个庄严的婚礼，等我清白地回来，我一定补给你！"

沈艳茹抱住跃进流出了幸福的眼泪，她喃喃道："我知道，没有那张纸我们也会天长地久的！"

当天下午，郑跃进出现在纽约分部时，南茜还在路途上忍受着毒瘾发作给她的身心带来的痛苦煎熬和折磨……

可是，南茜咬牙挺着，咬破了嘴唇，撞破了头。因为，在她的心里唯一的念头就是去救郑跃进，哪怕用她的生命也要去换回一个好男人一生的清白！

她在心里不止一次地喊着："老天爷，你在看吗？"

Chapter 26 第二十六章

这个世界会有真爱么？
如果抛开包容来谈真爱不如去探讨谎言……

伤了又伤

郑跃进到纽约分部的第二天就去了律师楼，但律师因上午为当事人出庭辩护而让助理转告他下午3点接见他。郑跃进回到分部午餐后，在下午2点提前又去律师楼。差一刻钟3点，他见到了一位大腹便便的矮墩墩的律师。为了方便谈话，律师安排了中文翻译。

这位律师很坦率地告诉郑跃进，说律师刑案组已讨论了他的案子，整个案情都是缺乏依据和站不住脚的。举报人的证词也是无法采信的，因为一个死者的生前录音，无法认证。目前警方没有找到丽莎这个人，所以洗钱的罪名，是通过丽莎给郑跃进钱的情节也不能确认。而谋杀更不能成立，因为现场勘验根本就没有郑跃进，且没有任何证据能证明犯罪嫌疑人在犯案期间与郑跃进有过接触。问题是郑跃进说谎的情节有待研议。

也就是说，郑跃进向警方介绍自己是谷风而不是郑跃进，当时警方又没查看郑跃进的 ID。所以警方认为郑跃进说不认识南茜，却又为南茜租下入住的房间，隐瞒实情。这情节是否构成拘捕的要件，应该是有弹性的，但肯定不构成犯罪。只要郑跃进能提供这方面的证据，那检察官百分之百会撤案。

郑跃进听后没有向律师讲南茜写信委托他提取包裹的事，他认为说了有可能又节外生枝。他想，案情分析到这个份上，说明律师还是很负责任很专业的，并不像艳茹说得那么吓人。为了给律师一些提示和参考，他谈了南茜入住他租用客房的看法。

郑跃进很认真地分析说："分部以我的名义租用花园大厦客房，是供分部的业务人员开展保险业务使用的，这期间接待员金连成使用了该房间，而金连成与南茜是什么关系分部不清楚。整个事件，恰好在金连成被解职和被害期间发生的，所以，警方以我租住的房间曾被犯罪嫌疑人使用就认定与我有关系，这是确认有误的。我分部可提供被害人金连成使用该客房的证据，此外，花园大厦室内的录像也可证明谁使用了这间客房，而我是通过电话租住的，取客房钥匙牌那天上午我去过花园大厦，之后我从来就没去过。"

翻译讲给律师听后，律师马上就说："郑先生，您放心吧，我有充分的理由和证据来证明你是无罪的！"

郑跃进对律师的敬业深表谢意，他说回去后提供一些证据给律师。

整个会谈一小时，结束时郑跃进到律师楼的前台又交了150美金的费用。

走出律师楼，郑跃进浑身轻松。

可是，他为何不向律师出示南茜的信件呢？

因为慕东已经向警方介绍说Q公司没有南茜这个人，他现在提出，担心会牵连到他姑妈Emma。因为南茜是投资部门发展的会员，而投资部，总部归慕云飞，Q公司的分部归老太太Emma。郑跃进琢磨着，反正时间来得及，他有充足时间研究这个情节，拿出可采信的证据。再说，就算退一万步讲，拿不拿出这个证据警方也不能把他郑跃进咋地！

所以，郑跃进轻松自信地回到分部，并给艳茹打了电话，说明了情况。

就在这天的傍晚，刘大姐一路上走走停停，终于开车驶进了大西洋城。车上的南茜三天两宿只喝点牛奶，没进食，已经浑身无力地瘫软在车的座位上。

刘大姐问脑袋贴着创伤贴的南茜："祖宗哎，住哪儿？"说完又嘟囔，"下次，你给100万美金我也不来了。"

南茜欠身看了看窗外说："把我给你的地址打在GPS上，住在纽约分部斜对面的Motel6旅馆。"

这个选择没错。Motel6旅馆宿费便宜，更主要的是，如果你选正面二楼的房间，坐在屋里就可以看到纽约分部的人员进出。南茜让刘大姐选的房间是205号。

以刘大姐的名义住进旅馆，洗漱完毕，刘大姐把给南茜买的食品、麦片及水果放到桌子上，之后，她一刻没停地出去送车。回来后便和南茜告别非要当晚就去纽约。南茜也不挽留，因为她知道刘大姐隐忍不言，但心里清楚。没错，刘大姐心里想的也是离得远点，免得受牵连。她担心南茜的钱不够用，一次性为南茜交了 7 天的宿费后，到房间又偷偷地给南茜扔下 500 美金。然后，她急切地与南茜告别说，准备坐赌场大巴连夜去纽约，南茜仍然点头不语，但心里却有些难舍难分。

临出门刘大姐说着客气的口头语："有事打电话？"

南茜忍不住含着泪说："我的电话掉海里了，谢谢你，大姐！"她没说刘大姐，显得很亲切。

刘大姐反倒不好意思了，她回话说："你和跃进都是我最好的朋友，别的我也帮不了你们什么。"

"下辈子……下辈子我一定好好地报答你！"南茜说着那眼泪还是滚落了下来。

刘大姐好像预感到了什么，她转过身过去流着泪抱了一下南茜后说："听大姐的话，回大陆吧，啊？"

南茜已经泪如雨下了。

她哽哽咽咽地说："如果我有什么意外，请大姐替我把存放在拉斯维加斯中国城后面 5 号楼的物品，转交给我妈。"说完她又提醒刘大姐说，"你知道的。"

刘大姐先是一愣，接着也哭出声来。

她战栗地说道："别瞎说了。小祖宗哎，别闹了，完事赶快回大陆，啊！这儿不是家。"

480

刘大姐虽然猜到南茜与郑跃进肯定有违法的事瞒着她，但刘大姐是很精明的女人，她既不接话茬，也不想问为什么。如果她知道南茜是杀人犯，你给她多少钱她也不会开车送南茜到大西洋城。现在她走出了南茜的房门，尽管情绪受南茜的感染有些低沉，但当她看到驶过来的赌场大巴，她的情绪顿时轻松得想飞。

第二天一早，改名谷风的郑跃进照常去分部上班。但他不知道，暗地里观察他的人除了警方外，还有住在 Motel6 旅馆里的南茜。另外还有一个人，那个人就是上调总部的大刀。

警方拘捕郑跃进，一是有被害人金连成之妻的举报；二是犯罪嫌疑人南茜与郑跃进的关系，认定郑跃进隐瞒身份自报是谷风，说谎有洗钱的嫌疑；三是谷风以郑跃进 ID 租住的客房一直由南茜使用。第三点是最主要的理由。其实，美国大西洋城的警察不会笨到没有任何证据就去抓人的地步，不论是叫谷风还是叫郑跃进，以他个人开的客房供犯罪嫌疑人使用，那租用人肯定要受牵连，所以警方拘捕郑跃进没有错，更何况警方到 Q 公司调查后才知道谷风就是郑跃进，对此警方断定南茜与郑跃进还会有往来，拘捕郑跃进，目的也是引凶手出来好抓捕真正的犯罪嫌疑人南茜。

可现在的南茜，经历了生与死的磨难之后，她练就得比猴还精，比贼还胆大。她知道要想得到郑跃进的消息，只能在纽约分部守候。而且大西洋城华人多，她要办事会很方便。一旦得知郑跃进的准确情况后她再做下一步的行动，最坏的打算就是投案自首还郑跃进一个清白。所以，在刘大姐走后，她到商场花 150 美金买了个望远镜，就在各路人马到位的时候，她正坐在 Motel6 旅馆里望着呢。

她先看到郑跃进开车到了分部院外停车场，并从车里探头出来，她惊叹道："他没事了，真是一场虚惊。"

但她又想："反正刘大姐已经交了 7 天的宿费，观察几天再说。"

第三天上午 9 点，她看到郑跃进按点上班。

但就在郑跃进走出车门的时候，她又看到早就在停车场等候的大刀打开车门叫住了郑跃进。

"大刀脸？"南茜习惯管大刀叫大刀脸。

她看到郑跃进表情惊讶的样子上前和大刀握手。

郑跃进的确很惊讶，他上前说："你什么时候回来的？怎么不进分部？"

大刀直率地说："你好谷风，我在等你。"又补充说，"我的房子要卖，经纪人通知我回来清空房屋内的物品。"

"等我？"谷风更感到惊疑地反问，因为他与大刀没深交，大刀上调总公司投资部后，他们只通过两次电话，可以说几乎没来往。

大刀说："我们去 starbucks coffee 店坐一会儿好吗？我请你喝咖啡。"

谷风犹豫了一下，说道："你等我一下，我进分部签到打个招呼就出来。"

尽管南茜在屋里透过窗户用望远镜看得清清楚楚，但她不知道他俩讲的是什么。而不远处的那两位便衣警察，除了拍照，他们对改名谷风的郑跃进接触男性不感兴趣。

starbucks coffee 店坐落在 Motel6 旅馆北侧的一个超市旁。

谷风和大刀坐下后，大刀叫了两杯咖啡。

开始大刀为谷风被抓感到不平，说了些暖人心的话。但是，当他看到谷风只是笑笑，不以为然地说可能是场误会时，大刀马上显得很神秘的样子说："原来你原名叫郑跃进？"

"又不是英文名，没什么区别，就是一个符号而已。"谷风笑着说。

"想问你点事？"大刀神经兮兮地把头探过来。

谷风用笑眼注视着大刀："说。"

"你和南茜是否还有可能……"

没想到大刀竟然问他和南茜的事。

谷风马上敏感地想到："看来他——大刀，或大刀身边的一些人，对自己的隐私什么都知道了。"

他故意问大刀："你说……什么可能？"

"哦，有人让我告诉你，如果你和南茜还有和好的可能，不管南茜是否犯罪，有人都会出钱把你们送到加拿大去。"大刀说完像是完成了传话任务一样，如释重负。

谷风不知道大刀的真正用意，他有些不礼貌地说："南茜是过去时。你说的这个人……真够热心的，可是我现在已经找到了我老婆和儿子了。"

大刀没接这个话茬，他心里想的是老板的亲信对他的暗示："只要把那颗定时炸弹埋进去，有了心理障碍就行了。"

过会儿，大刀说："有些事你还是小心些为好，事过境迁，人是会变的。"

谷风觉得有点话不投机了，他马上问："什么意思？有话请直说，如果你当我是朋友。"

大刀犹豫了一下后说："我看你这个人挺好的，尽管我俩共事的时间不长。今天我给你透露些你老婆的隐私，你可不能出卖我呀？否则，我不是失业，而是……"

说着大刀举了一下右手做了个往下一砍的动作。

谷风皱起了眉头说道："这么可怕？你说。我是成年人，又不是小孩。"

大刀语气很厚道地说："你找到的老婆沈艳茹，一直叫沈念琏，她是 X5 总公司董事长慕南的情人。如果你不出现，慕南和沈念琏准备在年底就结婚了……"

听到这个消息，谷风的头嗡的一声响起了闷雷。他猜想沈艳茹是有过男人的，但他没想到那个男人是总公司的董事长慕南。

他的心里因南茜事件在窝火，现在又有一股无名火从心底燃起慢慢地烧向全身。他浑身发热满脸通红，尤其是他的耳根子，红得有些紫砂的印纹，但很快他就冷静了。

猛然间，他仿佛嗅出了什么味道。郑跃进是多聪明的人啊，突兀地告诉他这些，他隐约感到了对方似乎别有用心。

于是，他心里虽然很沉重，但尽显不意外地说道："分离很久了，20 年了……她有她的生活轨迹，就像我和南茜。所以，过去的种种只能说是过去，现在……现在应该说我们是重新开始。"

大刀马上接话："你说得没错，但……这事我不跟你说，总有一天也会有人跟你说。"

谷风苦笑着摘下眼镜，拿了一张餐巾纸擦了擦又戴上后说："是这位董事长大人要送我和南茜去加拿大吗？"

大刀装作没听见的样子不语。

因为大刀心里还在琢磨："引爆埋进在他心里的那颗炸弹，伤的是他，死的是另一个人，成了，给你 5 万美金！"

"老板的亲信讲这话的深层意思是什么呢？"他猛然想起那位亲信讲的道上规则，"教训他一下，是打伤而不是打死。如果让他消失，是这个世界根本就没这个人！"

大刀明白了，他在心里说："哥们儿，我要对不住你了！"看着站起身的谷风，他的脸上露出了身不由己的苦笑。

谷风拿起纸巾擦擦嘴边说："谢谢你告诉我真相。谢谢你的咖啡。"

大刀显得不好意思地说："没什么，回来处理家事，觉得还是和你说说，让你心里有数。"

谷风微笑着说了句"谢了"，便去结账，但大刀抢下了账单。

两人一前一后走出咖啡厅，各自上车驶向不同的方向。

深秋的夜晚在下着小雨，郑跃进因手提电脑被警方作为证物搜走，他只好去分部办公室使用台式电脑上网。他正在写长篇小说《相约在美国》，此外他每天要打理一下自己的博客，对网友的评论他要回复，这已经成为他生活中的习惯，他离不开电脑。

晚上8点多钟，因下雨街上已没有行人了。跟踪的警察也不知去向。郑跃进把车停在分部门口的停车位，开车门小跑着到门口，拿出钥匙开门进屋。

分部的灯亮了，对面Motel6旅馆205房间，那双已变得有点贼气的眼睛马上瞪得圆圆的。

南茜想："这老郑头晚上又来分部做啥？"

其实，郑跃进今晚上来分部是要写日记的。从大刀讲完沈艳茹的隐私，郑跃进便心事很重地闷闷不乐。一整天他愁眉苦脸，接了儿子盼盼一个电话后，他就把手机关了。也不知是为什么，他现在最不想接听的就是他习惯叫老婆的沈艳茹的电话。虽然他觉得这里面可能暗藏玄机，但他依然无法坦然地面对艳茹委身于X5总公司董事长慕南这样一个让他闹心的事实。

"慕南，为什么是慕南呢？就没有其他男人了吗？"他苦苦地想着。

可是，心里郁结的郑跃进，坐在电脑前整整一个小时，他没有写出一个字。

他在想，反复地从人生阅历中求证：人世间有真爱吗？如果有，那沈艳茹改名沈念琏以后，她在念郑跃进的同时又接受

董事长慕南，心归属了一个男人，身子又归属了另一个男人，这也叫爱吗？

"而我呢？"他在自问，"我在寻找沈艳茹和儿子的同时又喜欢上了南茜，但在我心里的那个女人，却又不是南茜。"

郑跃进终于认识到了人的两面性，有时为了这两面性的合情合理，又不得不伪装自己，然后再贴上个让每个人都能接受的标签：理解万岁！其实，真正要理解的是包容的含义。男人和女人之间，只有相互包容才能相携相伴地走完人生的路。

郑跃进记得他在 QQ 上和好友聊天时，对方向他提出一个问题，那就是："这个世界会有真爱么？"他当时回答有，但没说什么样的爱情才是真爱。过了一段时间他给好友留言说："这个世界存在的真爱，或者说是不能舍弃的爱！那一定是包容后的产物，如果抛开包容来谈真爱不如去探讨谎言，因为只有血脉延续的生命才会滋养永难舍弃的爱！"

想到这儿，他关上电脑还在心里分析：还有一种解释，真爱是藏在心里的蛊，也可以说是肉刺，长进肉里了，想拔都拔不出。对男人而言，属于你的女人让你饥渴让你痛！如果远距离的意中人不能给你心里想要的，但你也绝不允许另一个男性来取代你，尽管你的女人也想要她钟情的男人。而对女人，有过之而无不及。因为，她自私地认为你这个男人是属于她的，甚至包括你的想法是否有损家庭利益。从近距离看，女人看重的不仅仅是男人本身，更看重家庭，家庭的经济利益，尤其是子女的利益。如果这些利益得不到满足，她宁可不要已经走进她生命里的男人！

那么，如果真的把爱情和亲情放在一个天平上称一下，又该怎么选择呢？

郑跃进在问自己："我来美国是因为我和我的爱人沈艳茹相约在美国，但假如没有儿子盼盼，那我是否还会来呢？"

哦，这真是一个让人头疼的问题！郑跃进叹息着站起来望着窗外的秋雨。

"是呀，我还会来吗？"他终于发出声来。

真爱到底是什么？保鲜期的感觉，无期限的付出，或是守身如玉的等待？贴近了，又疏远了，完了再重合……从此也就有了心结。

"那么我郑跃进的心结是什么？"他开始挪步，边走边想走到窗前。

窗外淅淅沥沥的雨下得让人压抑，寂然而又百无聊赖。他耿耿于怀地想要说出他的心声，但又矛盾地想隐藏内心最原始的公证。

"是啊，我承认，我的心结是我可以找南茜，但你沈艳茹不能找慕南！"他伸手抹了下嘴角，好像为内心萌生的这种念头感到自鄙。

窗前靠门处的花架上摆放着一盆玫瑰，带刺的玫瑰花，有的绽放，有的刚含苞累赘着温暖，等待着明日舒展身躯，展现美丽。郑跃进伸手去摘下一片即将凋落的花瓣，但他还是碰到了暗藏的花刺，拿起花瓣，他的食指浸出一点点血红。

"为什么是慕南呢?"他想不通,反复纠结,还有些忌妒地认为,"为什么要找一个比我郑跃进强壮万万倍的董事长呢?"他的大脑僵住了,一点缝儿都没有了。

他甚至怀疑姑妈和艳茹得到的这一切,都是艳茹用肉体换来的结果。这样一想,他的样子显得痛苦万分!

他低头看那片红黄白混合的花瓣,他的脑海里马上联想到了家乡的那棵老槐树。他想在这深秋的季节,那槐树的叶子一定开始飘落了;那南山的枫叶也一定开始红彤彤的一片了。

"我要和你一起老去……"

还带有童声的心愿在他耳边响起。

一起老去,一起走向墓地。可是,两个人是两颗心啊,有谁听说过两个人永远是一颗心?

"还有……"

他突然又想起大刀的暗示:"有人让我告诉你,如果你和南茜还有和好的可能,不管南茜是否犯罪,都有人会出钱把你们送到加拿大去。"

郑跃进凄苦地一笑,尔后他自我解嘲:"慕南在背后所做的这一切,艳茹知道吗?这个屋檐下,在庇护着我郑跃进的全家人。我抬起头,那姑妈和艳茹怎么办?如果我低下头,那我郑跃进的尊严呢?"

郑跃进感受到他的情敌慕南是如此的强大,好像一个巨大的身影就站在他的身后,正一步一步地逼近他。

夜深了,雨还在下着。郑跃进的思维完全错乱了,那个不速之客大刀把一个重若千金的石头压在他的心上。这块石头，对敦厚重情的郑跃进来说，太沉重了。以至于他对将临的威胁毫无察觉，更未能理性地去分辨这威胁究竟来自何方。他带着满腹的心事慢腾腾地走出了分部的办公室。他没带雨具，雨水一淋，他又急巴巴地掏出自动开锁的车钥匙按开车门。可就在他拉开车门的瞬间，那个背影来了。一个拎着啤酒瓶穿着雨衣的家伙，跑到郑跃进的身后，在郑跃进还没反应过来的时候，那个人举起啤酒瓶就向郑跃进的脑袋砸了下去。啤酒瓶碎了，郑跃进摇晃了一下也倒了下去。那个穿雨衣的人转身飞速地跑进了雨夜里。

在 Motel6 旅馆 205 房间的南茜，手拿着望远镜被这一情景吓坏了。这事件发生得太突然了，突然得让她瞬间感到有如幻象。但隐约中，她看到了那凶手摘下套在头上的雨衣帽，那脸形让南茜惊呆地"啊"了一声。她顾不得多想，穿着睡衣，光着脚跑了出来。她拼命地跑着，过马路时，就连一辆正行驶着的车也躲避着她。

南茜跑到郑跃进身旁，她抱起郑跃进的头哭喊着："跃进，你不能死，你不能死啊！快来人那……"

她一只手托着郑跃进的头，一只手伸向马路召唤着行人或车辆。

"我不要你死，你要活呀，我一定让你活！……让我去死，让我死一千次都行！"

她仰面朝天地喊着，任凭雨水淋洗她满面淌泪的憔悴

的脸。

"睁眼,睁眼啊,跃进!我是小艾,那个爱你的背叛你的小艾呀!睁眼看看我,看看我啊!"

她在哭诉,她在忏悔。

"你死了,我绝对不活在世上……醒啊,快点醒啊……"

南茜抱着郑跃进哭得悲痛欲绝,那雨水和她的泪水一起倾洒在郑跃进那因失血而陡显苍白的脸上。而那血水,顺着郑跃进头上的伤口处流淌着。头发,脸,还有南茜的双手都沾满了郑跃进的鲜血。

可是,郑跃进嘴上吐着白沫,不论南茜怎么哭喊,他仍然在误解中昏迷着,不省人事。

这时一个路过的汽车司机发现了,呼叫了911。在警车要赶来的时候,南茜和那位司机一齐把郑跃进拖到车的前轮,南茜对那位好心的司机说太冷她要去取衣服。那位司机扶着昏迷的郑跃进,他看南茜只穿着睡衣而且让雨水淋透了,浑身直哆嗦,就说:"走。"

南茜借机溜走了。白天跟踪郑跃进的便衣警察得到消息也赶到了出事现场。

郑跃进被送往医院抢救。

此时的南茜,洗完澡后正在室内化装,她的仇恨像熊熊烈火一样在心中又燃烧了起来。

"我要杀了他!"南茜照着镜子,咬牙切齿地发誓!

她把自己打扮成原本的自己,无关紧要的东西和物品她全部扔掉。与以往打扮不同的是，她头戴一顶八角女人帽，身穿风衣，脚上换上了平底皮鞋。刚想出门，突然她想起红玫瑰丽莎曾叮嘱过她："用枪之前一定要检查子弹并推上枪保险开关。"

她坐下来，把子弹梭子退出来查看，然后推进上锁。她把手枪放进包里，却把望远镜背在身上，也不知她出于什么目的。她出门很潇洒地打了辆出租车，告诉司机去Tenthousandhomes。这个小区叫万家园，大多都是中国人居住。

南茜到了万家园后，她下车找了半天也没找到她记得熟熟的地址。

她自言自语道："那个傻大个儿领我来的是这儿呀，怎么夜晚一看房子全一样了呢？"

突然，她眼前一亮，她看到了那辆车屁股被撞了一个深坑的凌志越野车停在一个斜坡上。她心中暗喜，找到了。

这时，雨越下越大。南茜浑身都淋透了，但她看到眼前的房子里还亮着灯。她走上前想了一会儿，然后从拎包里掏出9mm手枪并开锁上了子弹后开始敲门。

一阵敲门声惊慌了屋中的主人，只听见轻微的走动声，但没有回应。

南茜还敲，而且用脚踢门。

屋里一个男人回应了："是谁？"

"我，南茜！"南茜毫不犹豫地通报自己。

南茜大胆地通报了自己，但屋里顷刻间一点声音都没有了。

因为屋内的主人在想："南茜怎么会知道我家？老板的亲信说了，事成了奖励我 5 万美金，但要败露了，那只好让我先进地狱了。"

屋主的脑门吓得浸出汗珠。

"咣、咣、咣……"

又是一阵敲门声，而且声音越来越大。

看来屋主再不讲话南茜就要砸门了。

这时南茜在外边听到一位男人憨里憨气地用英语说："谁？对不起，我睡了。"

南茜一听来气了，她"咣"的一脚踢在门上，然后她大声骂道："你妈的大刀脸，你不开门我就报警说你杀人！"

这招真灵，大刀脸知道躲不过去了，他把门打开了。

南茜举着手枪顶向大刀脸的脑门说："你个畜生，你为什么要打死郑跃进？"

她边进屋边说随手又关上了房门。

"啊，啊……我，我……请先放下枪。我说，我说我没……没打死郑跃进！"

大刀脸吓破了胆，因为枪指在他脑门上。

"你不说我一枪打死你，让你去地狱陪你那个兄弟傻大个儿！"

南茜唾沫星子直飞，满脸杀气。

大刀脸边退后边结巴地回话："我……我我……"

他早就断定大个儿金连成是南茜杀死的。你想啊，一个杀人犯拿枪顶着他的脑门，他能不怕吗。杀人犯是不分男人女人的，只要碰上，鬼都跑，况且是人了，肯定瘆得慌。因此，大刀脸又急忙想撇清自己。

他忙解释说："我……我是打伤了谷风，但我……我真的没打死郑跃进。"

可能刚犯事的人被抓或被人发现，不分男女，在这个时候智商都是零。大刀脸冒名谷风接南茜那茬事他是彻底的忘掉了。

"放你妈的臭屁！你不是跟我说你就是谷风吗？谷风就是郑跃进，你还和我装啥呀？"

说着南茜朝大刀的右胸靠肩处挪动手枪扣动了扳机。

"砰"的一声，子弹穿进大刀的右肩下方。

"妈呀，你真打呀？"大刀脸用左手捂住身上的枪伤。

南茜恶狠狠地说："你以为我会深更半夜地下着雨赶来和你开玩笑？"

说着把枪顶向大刀脸的下身说："你不是想让大个儿给我吃春药吗？我他妈的先废了你。"

大刀脸刚想用双手捂他的下边，只听"砰"的又一枪，大刀脸的命根子没了。

女人要是狠起来，上帝都哆嗦！

这时的大刀脸已经倒在客厅的地面上，像被杀的猪一样地

494

嗷嗷号叫着。

南茜大吼一声："快说？你个混蛋！是谁让你干的？说……"

"是……是……是大老板……别打死我，别……啊！"

大刀脸说的声音越来越小，他已经有些昏迷了。

杀过人的南茜心里早已经变态扭曲了。也是啊，一个不想活了的女人做事怎么还会考虑后果呢。她怒气攻心，大声地喊道："不管是谁打死了郑跃进，我都要他去偿命！"她对准大刀脸两条腿膝盖骨的部位，一腿一枪。

接着她歪一下头停住了，眼里竟流出了泪。

她咬着牙在说："我不想再杀人的！今天我不打死你，是因为需要你活着去举报我，去举报你孝忠的大老板……"

接着她嘴一咧地吼道："但我不会放过你！"

她仰头一笑地讽嘲自己："哪怕你打我，打死我！因为我罪有应得。"

她的表情怪异，皱起眉头，显得万般的难舍，她开始哭诉："可是你暗害郑跃进，一个让我牵挂让我放不下的好男人！你他妈的去死吧！去死去死去死啊……"

她痛恨地又开了一枪，打在大刀的屁股上。

"我要让你生不如死！"她高喊着向大刀的膝盖骨乱开枪，边扣动扳机边喊，"我要让你的后半生坐在轮椅上……"

只响了三响，枪膛里就没子弹了，但她还在扣动着扳机。她知道子弹打光了，她又恶煞煞地笑起来。之后，她又很镇静地把枪扔进包里，像是刚反应过来，转身拎包就跑，可跑到门口她又站住了，她竟然一点也不害怕地在手拎包里翻着，一会儿她翻出了一小袋毒品海洛因1号，她看一眼躺在地上像死猪一样哼哼的大刀脸随手扔了过去，之后她头也不回地跑出了大刀脸的家。

这个时候，外边的雨淅沥沥地被龙卷风卷起横排成线地洒落着，大刀脸家的邻居听到了枪声，并在门口观察着大刀脸家的动静。等南茜出来被邻居家的一个胖老太太看个正着。南茜不管，趁着警察没来之前，她又是拼命地跑。等她跑到一个交叉路口时，她看到一辆公交车。随着公交车进站的同时，她的耳边也响起了警笛声。她抬头看一眼公交车，也不管什么方向，上车走出去再说。

南茜上车以后很心虚，因为她感觉车上零星的几个乘客，看她穿着湿漉漉的风衣，又背个望远镜，每个乘客的眼光都好像有穿透力似的能看穿南茜是个杀人犯。她怪怪地猜想自己一定很狼狈，而且气喘吁吁得要吐。她镇定了一下，尽量装出为赶车跑路的样子。但她总认为很多乘客在看着她，甚至认为这些乘客没准会报警。所以，她塞进两美金纸币，就近靠投币箱前排的一个位置坐下了。可是她心里发慌，有些后怕。她尽量不东张西望，但心里像有只兔子在乱蹦，只坐了三站她就下车了。她知道自己不能回 Motel6 旅馆 205 房间了，还因为她担心那位帮忙救郑跃进的好心司机会向警察讲述她当时的情况。她清楚，她跑向 Motel6 旅馆时那位司机看到了。她下车走到

496

一家超市旁，站在那里想着去路。

这时，雨停了，但风仍吹着。深秋的雨夜让南茜冷得浑身发抖。

"去哪儿呢?"这没家的感觉让南茜一阵心寒，她开始闹心这游来荡去的国外生活。

刺杀金连成的那天，南茜想的就是一命抵一命。一股猛劲儿，她杀了金连成然后就想自杀。一是被欺骗;二是被轮奸。可她命不该绝，被慕然的手下大李小李给救了，尽管被迫染上了毒品，但好死不如赖活着。今天她重伤了大刀，她却没有了再去自杀的念头。

"是啊，我为什么要死呢? 为这些流氓混蛋去死? 我才不呢! 况且还不知道跃进的死活。"她又钻进了新的牛角尖。一个喷嚏让她的牙齿直打战。她往马路边小跑着，想打辆出租车去中国城。

她心里还有个念头，那就是必须要告诉沈艳茹真相，要让她知道总公司的大老板在暗算郑跃进。

"可是为什么呢?"南茜在心里犯嘀咕，"为什么大老板要暗算郑跃进呢?"

她在心里猜想肯定与老太太 Emma 和沈艳茹有关，尤其沈艳茹是大老板慕南的女朋友，所以她必须尽快通知沈艳茹。

还有两个原因，一个原因是为了郑跃进，尽管她与郑跃进不可能重修旧好，但她心里总觉得这一生她最对不起的男人就是郑跃进，她最放不下的男人也是郑跃进。另一个原因是为了她妈妈的心愿。因为她妈妈一直在找沈艳茹一家人，当她告诉妈妈跃进的初恋情人就是沈艳茹时，妈妈在电话里哭泣着说："天意啊！"

就在南茜边跑边想快要到路边时，一辆执行任务的警车鸣笛闪灯从西往东地驶过来，南茜吓得赶紧跑进不远处的一个加油站。这个时候的南茜，看见警车就心慌。等警车过去了，她也清醒得不冷了，但还是打了个冷战。南茜打住思维，她抬头左右四处看了看，突然她看到马路对面是台湾佛教徒创办的慈济诊所，在慈济诊所的旁边还有一家 24 小时健身洗浴中心。她高兴的脸上马上流露出那种求生的渴望。她毫无顾虑地拎包跑了过去，那望远镜在她后背上直抖动。可刚到门口，她突然又想起包里的手枪。她又急匆匆地跑向东侧的垃圾箱，然后把手枪小心翼翼地藏在垃圾箱的一个垃圾袋里边，她回头习惯性地看看，又若无其事地走进健身洗浴中心……

Chapter 27 尾声

亲情在冷酷无情的风雨中，
温暖着漂泊的男人那颗敦厚的心！

心念亲情

星期三上午 9 点，Tina 接到纽约分部的电话后，赶忙去向老太太 Emma 汇报。老太太一听郑跃进被打伤，而且经抢救仍昏迷不醒，她急了。她让 Tina 马上通知沈艳茹，并让 Tina 预订当日飞往大西洋城的机票，她要亲自去看看郑跃进的伤情。

积非成是，K 公司的慕然为了尊严头撞立柱自杀，但这延续的导火索又从郑跃进的身上烧起来了。

按大刀在南茜枪口下的供词，是奉大老板之命打伤改名谷风的郑跃进。但总公司有两个大老板：一个是董事长慕南，但很少坐镇总公司，一直在 Q 公司；一个是投资部的大老板慕云飞，坐镇总公司。从两个老板与郑跃进的关系看：慕南在郑跃进未出现时，是郑跃进未婚妻沈艳茹的情人；慕云飞则是郑跃进姑妈老太太 Emma 的顶头上司，也是慕南的叔叔，更是慕南的心腹之患。

如果说郑跃进被警察有针对性地拘捕是 Q 公司投资部的替罪羊，那如今郑跃进再一次被暗算又是谁的牺牲品呢？

老太太 Emma 和 Tina 赶到大西洋城已经是晚上 9 点多钟，医院除了急救中心 24 小时开门，其他各科室均已关门。在午夜 12 点 30 分，沈艳茹也赶到了老太太 Emma 和 Tina 入住的花园大厦。

沈艳茹是满脸的忧虑，她想埋怨妈妈 Emma 几句，可她又说不出口。

"是啊，妈妈错了么？"她心事重重地看着妈妈一语不发。

直到妈妈让她回房间休息，她才回到自己的房里开始哭泣。

在沈艳茹临上飞机的时候她接到了慕南的电话，尽管跃进不在身边，但每次接到慕南的电话她都心惊肉跳的，生怕与郑跃进重逢了以后再做出对不起跃进的事。可是，从心里说，虽然她不希望慕南每天来电话，但她每个星期都盼望能接到慕南的一个电话，哪怕只是个问候，那种感觉好像比久别重逢的郑跃进还亲切。

慕南在电话里说："你的选择是对的，虽然我很难彻底地忘了你。"

沈艳茹只说了句"多保重身体"，没接这话茬，也没提郑跃进被打伤的事。慕南为了表示他的诚意，他告诉沈艳茹赌城发牌员学校送给她了。而且还说已经通知公司办公室派员去办

理一切过户手续。此外，慕南很诚恳地告诉沈艳茹专心办好发牌员学校，不要再介入公司的任何事情。为了让沈艳茹安下心来，慕南又往她的账户里存入了 100 万美金，声称是发牌员学校装修的费用。

沈艳茹在电话里只是听慕南说，她知道慕南以这种特殊的方式炒了她鱿鱼，她只是流泪不语，但她的哭泣声慕南还是听到了。

"你又在哭？想回公司，你随时都可以回来……"慕南在电话里口气虽重些，但却含有亲情的成分，他对沈艳茹真的是充满了怜爱。

沈艳茹在电话里温和地回话说："没有……我知道……"

坐上飞机，沈艳茹对自己账户里又增加了 100 万美金一点也没感到兴奋，她有些认命了。她认为，郑跃进是她不可能抛弃的男人，因为她和跃进有了儿子盼盼。而慕南是她人生中最亲密的伴侣，而且已经刻进她的生命里了。

是的，10 年啊！夫妻间的 10 年会永远保持这种新鲜和刺激么？是啊，应该说慕南是她一生中，永远都不可能忘掉的男人。

这一夜，沈艳茹在胡思乱想似梦非梦的迷蒙中醒来。起床时，她大脑昏沉，疲乏得全身无力。但一想到郑跃进，她马上精神了，急急忙忙地去洗漱，等她洗漱完毕，Tina 已经来敲门了。

吃完早餐，沈艳茹和妈妈 Emma，还有 Tina，在分部的安排下坐车去了医院。

刚动完手术的郑跃进还躺在急救室的病床上昏睡。为了避免细菌感染，医生不让任何人靠近患者，亲属家人只能隔窗探望。

医生介绍说，郑跃进头颅内有凝结的血块。因郑跃进 ID 审查是单身，无法与家人取得联系，为保住其生命，必须开颅将血块取出，否则患者会成为植物人。现在手术顺利，患者的昏迷应该是暂时性的，3 天后可转入病房调养。

站在玻璃窗外的沈艳茹泪流满面，她终于知道，躺在病床上的那个男人才是她的至爱亲人啊！

医院抢救室的走廊不准有闲人停留，外走廊家人也只能停留 10 分钟。站立在窗前的沈艳茹只好离开，她漫步到楼下休息大厅，看到妈妈 Emma 和 Tina 正在和两位警察交谈着，她急匆匆地走了过去。

可是这时，警察已站起身和妈妈握手告别了。

沈艳茹灵机一动地上前对警察说："我是郑跃进的太太，我要向你们说些情况。"

警察停住，很感兴趣地看着沈艳茹。

这时沈艳茹对 Tina 说："Tina，请您帮我翻译告诉警察，那个叫南茜的女人是郑跃进的前女友，他们已经分开了，南茜是否犯罪与郑跃进没关系。再说，叫南茜的女人很多。而且……而且跃进说过，他的前女友南茜可能自杀了。"

Tina 给警察翻译了，两位警察听到南茜自杀的说法都惊讶

得瞪大眼睛。

一位警察催追："能确认吗?"

沈艳茹忙解释说："南茜自杀前给郑跃进写过信。"

两位警察又相互对视了一下，因为南茜要是死了，那案子就结了。一位警察拿出几页纸在记录沈艳茹提供的情况，又抄写了沈艳茹的 ID，并要了沈艳茹的联系电话，同时要求沈艳茹能协助警方提供南茜写的信件。

沈艳茹此刻的反应超快，她心想："信又不是写给我的，跃进还没醒呢，我可不能乱答应。"但她看警察那认真的劲儿，她还是配合地点点头。

警察走后，Tina 告诉沈艳茹，据警方掌握的现场情况，有可能救了郑跃进的那个女人就是南茜。

"南茜在大西洋城?"沈艳茹惊呆地坐在沙发上猜想，"难道南茜知道郑跃进有可能被暗害?"

此时，老太太 Emma 已经走出大厅到院外，她在吸烟。

老太太在想，是谁在暗算一个老实巴交的郑跃进呢? 跃进没有仇人，而且警方说不是抢劫，因为郑跃进的钱包还在。那会是谁出手这么重呢? 被害人金连成的家人没有理由对郑跃进有这样大的仇恨啊!

第二天下午，郑跃进被转往 2 楼的特护病房，因为经检查郑跃进一切正常，但就是昏睡不醒。所以郑跃进不能转往普通病房，需要在特护病房继续观察颅部手术后的病情变化。特护病房允许家人进室内探视，但要换上医院提供的探视隔离服。

而且主治医生建议，患者的家人可呼唤患者，唤醒患者的沉睡意识，但时间不宜过长。

沈艳茹坐在郑跃进的病床边，握着郑跃进冰凉的手在流泪。

半天，她实在憋不住了，她哭出声来。妈妈 Emma 马上在旁边碰了她一下，意在提醒她这是特护病房。

沈艳茹抽泣地小声喊着："跃进，醒醒。醒醒啊……我是艳茹，是你的妻子艳茹……我来接你回家……"

一句"接你回家"让她泪如雨下。

她泣声不停地呼唤着郑跃进："醒吧，啊！你不愿意在美国，那我陪你回中国！只要你能健康……能健康地活着……"

是啊，健康地活下去多好。活下去，你才会发现，原来你深深爱上的还是从小和你牵手和你拉钩的那个人。

她说不下去了，但她仍哭着念叨："你还欠我个婚礼呢，我已经在网上注册了，你怎么可以躺下沉睡不醒呢？"

可是，郑跃进还是一点反应都没有。

站在旁边的老太太 Emma 急了，她马上想到了外孙儿盼盼。她想：这个时候，也许盼盼能把跃进唤醒。

她对艳茹说："马上给盼盼订机票，让孩子赶快飞过来。"

沈艳茹一下子站了起来，她的第一反应是郑跃进的后事。万一郑跃进不行了，那儿子盼盼得见上他爸爸一面啊。所以，她马上和儿子取得联系，然后她坐在医院的门外等儿子盼盼回话。她像傻子一样不知道自己此时此刻在做什么。可是一小时

后盼盼回话说，当天飞往纽约和新泽西纽华克机场的机票已全部售完，只能等第二天下午的班机。儿子在问妈妈第二天下午的班机是否预订。

沈艳茹对儿子焦急地嘱咐道："订啊，儿子！快点啊，你爸不行了……"说着她哭了起来。

盼盼在电话那头直发懵地喊："妈妈，这究竟是怎么回事啊？"

沈艳茹说完就后悔了，她冷静下来，告诉儿子他爸爸被人误伤了，现正在医院治疗，她让儿子订票后一路小心。

她怕儿子的心理压力太大，所以她说谎。还因为盼盼腿被截肢，也是一场人为事故导致的结果，那时盼盼小不懂事，留在盼盼记忆里的就是一场车祸。但现在不同了，盼盼大了，如果他知道有人暗害他爸爸，那这阴影将永远伴随孩子成长，而由此引起的心理障碍可能会影响孩子的一生。尽管盼盼20岁了，但这经历太阴暗了。所以，沈艳茹只能说有人误伤了郑跃进。

第二天早上，就在盼盼吃早餐的时候，保姆将南茜写给沈艳茹的信交给了盼盼说："这儿有你妈的一封信，而且是快件，你下飞机就给你妈，千万别误事。"

盼盼会说中国话，但他不认得几个中国字，他收好信件不让保姆送他，自己坐出租车去了机场。

在纽华克机场盼盼一下飞机，见到妈妈沈艳茹的第一件事就是将南茜的信交给妈妈。

沈艳茹在车里看南茜的信，被南茜在信中揭露的真相震慑住了，她难以置信，却仍然像吓傻了似的没了主张。

　　南茜在信上说，是总公司大老板派大刀脸打伤郑跃进，说这是大刀脸被她用枪打成重伤时为活命供出的实情。她提醒沈艳茹，说打伤郑跃进是一场阴谋。还说，如果大老板慕南，为了得到沈艳茹而采取这么卑鄙的手段对付一个淳朴善良的好人，那沈艳茹还是离开慕南吧，钱再多，也不会给沈艳茹带来幸福的，睡在噩梦里没有自由！南茜一再叮嘱沈艳茹，让老太太 Emma 也小心，否则会有灭顶之灾！她告诉沈艳茹，大刀脸有可能在万花园附近的医院抢救，她说一定想法问明大刀脸，为何要暗害郑跃进……

　　尽管南茜的信错字连篇，但通报的内容沈艳茹看清楚了，暗害郑跃进的凶手是大刀，背后的推手是公司的大老板慕南。

　　最后南茜在信上还说："要不是为了你们，我南茜百分之两百地打死他这个大刀脸……"

　　沈艳茹看过信的第一反应就是对"公司大老板"特别敏感，因为 X5 总公司的大老板只有一位，所有员工都知道，那就是她在美国的男朋友慕南。

　　"怎么会呢？慕南怎么会派大刀暗伤跃进呢？"沈艳茹心里怀疑地念叨着，那颗心就像敲鼓似的直哆嗦。

　　她又想："如果是慕南，那他送给我发牌员学校，还有 100 万美金……"

　　她本能地不由自主地说出声："这……这怎么可能啊！"

沈艳茹突然冒出一句话，吓得坐在车里的儿子惊恐地看着妈妈问："什么……可能?"

司机听不懂中国话，但也吓了一跳，因为沈艳茹冒出的话太突然。

沈艳茹马上认识到自己的失态，她忙对儿子解释说："别问了，一个阿姨编了个可怕的故事。"

盼盼马上又说："这段时间，妈妈您总是神经兮兮的?"

"啊……妈妈累呀!"沈艳茹疲倦地回答儿子。

到了医院，因医护人员正在给郑跃进换吊瓶，量血压，家人不能入内。

这时沈艳茹把南茜的信交给了妈妈。

老太太 Emma 看过信后是一脸的铁青。

她让 Tina 带盼盼先去特护病房，然后她叫艳茹随她到楼下大厅。她坐下后小声地对艳茹说："大刀调到总公司的投资部，是在慕云飞身边工作的，慕南一直在雪山胜地丹佛，他根本就不认识大刀，这和慕南扯不上关系，这个大老板指的肯定是慕云飞!"

沈艳茹也坐下了，她惊愕地问妈妈："可是跃进与他慕云飞无冤无仇啊!"接着她很自信地说，"我也不相信是慕南，可南茜在信上写明是慕南，还说慕南和我……"

"你和慕南处朋友是公开的，不是秘密。"老太太 Emma 接过话，又左右看看后继续说道，"慕云飞的动机我现在还不知道，但与慕南，或者说与我……肯定有关系。"

沈艳茹吓得张大了嘴巴，刚想说什么，但她看到一个亚洲人走过来了，她马上把嘴闭上了。

　　老太太 Emma 接着对艳茹说："你赶快给慕南打电话，让他从丹佛飞过来。"

　　"妈！您叫他来干吗？"沈艳茹不懂妈妈的用意，她担心两个走进她生命里的男人要是聚到一起，她该怎么面对呢。

　　老太太 Emma 果断地说："慕南不来，大刀有可能会被灭口的！"

　　Emma 说完，又指着南茜的信件继续她的分析："大刀讲的是大老板，南茜的理解自然是慕南，尤其你又是慕南的女朋友，南茜的头脑那么简单，又会很自然地理解成第三者夺人所爱！其实稍动脑子就会明白，一位亿万富翁会做这种傻事吗？如果他想做，或者说慕南就是做这种事的人，那郑跃进早就消失了，会是一啤酒瓶这么简单吗？"

　　老太太接着分析："动脑去想啊？如果你为跃进被打误解慕南，甚至和慕南搞僵了，或者说你找到慕南无理取闹了，谁获利？"

　　沈艳茹惊讶地瞪大了眼睛，不仅仅是妈妈刚刚说的"大刀会被灭口"，还有，她意识到有人在挑拨和利用她和慕南的关系。

　　Emma 接着说道："慕然在赛场撞头自杀前对我说跃进被警察抓了，他是怎么知道的，这明显是圈套。而你国立叔在电话里说躺在医院里的慕然经抢救虽然没死，但已经变成植物人

508

了。我想这是一场阴谋，而仇口，很可能就是从慕然自杀事件引发来的。"

"那跃进多冤啊！"沈艳茹哭丧着脸有点怪妈妈的意思。

老太太 Emma 摇着头叹息："是啊，人有时候其实就是聪明反被聪明误啊！我不安排跃进来纽约分部，就不会有这些事。"

沈艳茹听妈妈这么说，她又赶紧安慰妈妈："可是……不发生在跃进身上，也许会发生在我们娘俩身上啊。"

她好像一下子反应过来这事件的严重性，潜意识里，总有一种威胁让她不踏实。

接着她气愤地骂道："这矛头冲我们娘俩来了，真卑鄙！我一定让慕南替我出这口气！"

老太太 Emma 又摇摇头说道："事情不会这么简单，让慕南过来，先把大刀保护起来再从长计议。"

"难道他还敢杀人灭口！"沈艳茹不相信慕云飞会这样胆大妄为。

老太太 Emma 皱着眉头说："慕云轩老板他都敢暗害，更何况一个被利用的流氓！"

沈艳茹明白了，她和妈妈说："我马上打电话。"

"下午 3 点多了，丹佛和大西洋城是有时差的。"老太太说完也不等艳茹回话就去了室外，她是想抽烟。

大约 10 分钟的工夫，沈艳茹匆匆忙忙地到室外找到老太太 Emma 说："妈，大刀死了。"

"什么？你说什么？"老太太刚熄灭烟头，她惊疑地问。

沈艳茹气喘喘地说："慕南已知道这边的情况，但他不知道跃进是大刀所伤。"

"他怎么说？"老太太继续问。

沈艳茹平静一下情绪后说道："慕南所知道的是大刀家的邻居举报说，是大刀的女友把大刀打伤后逃跑了，还涉及毒品。邻居报警，大刀被送到医院后经抢救已脱离危险了，但今天早上医院突然又宣布不治死亡了。"

老太太嘿嘿一笑地说道："简单的案情复杂化了，凶手南茜没事了，大刀的女朋友却遭殃了。"

接着她问艳茹："是谁告诉慕南的？"

沈艳茹回答："是我叔叔沈国立。而且我叔叔还说，不排除他杀的可能性。"

"是这样啊，那慕南来这里就没有意义了。"老太太边说边走，临到大门口艳茹上前开门，她们一同走向电梯，要去跃进的病房。

电梯门刚要合上，沈艳茹的手机铃响了，她拿出手机一看号码是慕南，她和妈妈摆下手，卡住电梯门到外边和慕南通话。但慕南传递的信息让沈艳茹站在门外全身一阵阵的冰冷！因为慕南告诉她，公司里有一位重量级的人物可能是警方的卧底，他让艳茹转告老太太 Emma 小心行事。

Emma 到 2 楼走到特护病房门口，她透过玻璃门看到 Tina 正和外孙盼盼说着什么。病房内，头部缠着绷带的郑跃进在病

床上仍然昏睡着。病床旁站立着他的儿子盼盼，他刚听完 Tina 讲话，正站在那里一动不动地盯视着还有呼吸的爸爸发呆。

老太太 Emma 推门进来了。

她走近盼盼，很温和地说："盼儿，去唤醒你爸爸！"

盼盼听到姥姥的声音马上双泪涟涟地转头哭道："我爸这是怎么了？谁将我爸伤成这样！"

他说着话，回身很小心地走到爸爸的床边，弯下腰来，又很小心地掰开爸爸的左手揉搓起来。

Tina 见状搬个凳子让盼盼坐下。

盼盼在揉搓爸爸的手。流泪。一语不发。

老太太 Emma 在旁边看得直着急，心里念叨："这孩子，说话呀！"

盼盼只是揉搓郑跃进的左手，还是一语不发。

这时 Tina 上前在盼盼的耳边说："医生说了，盼盼能唤醒爸爸，否则爸爸会……"

Tina 刚想说"变成植物人"，但聪明的 Tina 忽然觉得中国人在病房内忌讳实话实说，她马上改口说："会病重！"

泪珠顺着盼盼的眼角开始滚落，他开始抽泣。

就在这时，一位头顶白帽，戴着眼镜和口罩，身穿白大褂的女护士走了进来。Tina 赶忙让路，老太太也往边上靠了靠，盼盼泪眼惊愕地看着护士。只见那位护士走到跃进床边，从兜里拿出事先准备好的酒精棉球，左手把着跃进头部缠绑的绷带，右手很小心地擦着跃进的太阳穴。尽管她戴着口罩，但她嘴唇的部位一直在动着，好像在说："你累了，睡了这么久！你不会死的，我求过佛祖了，佛祖告诉我你能活100岁呢！百年幸福，百年好合！醒吧，我最亲的爱人！求你，我求你快快地醒过来，因为，因为我要走了……"

突然，她停住擦棉球，许是淋湿的镜片遮住了她的视线，她摘下眼镜，转身离去。

盼盼的眼睛一直盯着护士，那一瞬间，他看到护士满眼浸满了泪水，正在疑惑的那一刻，郑跃进的右手动了一下。

Tina眼尖，看到了。她小声喊："他动了？"

老太太Emma没感觉护士转身离去的异常，被Tina的喊声吸引了过去。

走到门外的女护士一怔，脚步顿了一下，回望一眼病床上的郑跃进，瞬间柔和的眼里那一汪泪水映出了甜蜜的过往……

她在心里说："你醒了，手动了是和我告别吗？永别了，我今生今世最亲爱的男人！"

病房内，盼盼赶紧把爸爸的左手握着，贴向自己的脸哭泣着说话了：

"爸，爸爸！醒醒吧，我是盼盼！盼了你20年的盼盼啊……"

跃进的脸部马上动了一下，他的思维像是关闭的电源开关被人拨动后，电流开始启动。

"盼盼！是儿子在叫我么？"郑跃进的大脑在沉睡中开始醒来，他的意识开始流动。

好像在家里，他就坐在儿子的床边，听儿子盼盼在讲着童年的故事……

"妈妈常与我讲我小时候的事，说我会走了，那才顽皮呢。妈妈牵着我的手，一步，一步地让我向前走着，我每走一步妈妈都说，要是让你爸看到还不高兴坏呢！妈妈还说，公司里有一个保安叔叔也是中国人，但他是从台湾来的。那个叔叔对我可好了，常在午休的时候抱我哄我玩。久了我和他熟了，趁妈妈稍不留神，我就往叔叔那儿跑。那时我刚开始说话，我见那叔叔就喊爸爸，尽管吐字不清，但大人们都能听懂我喊的是爸爸。那个叔叔乐坏了，常和别人开玩笑地说他白捡了个儿子。可妈妈不让我叫，我一喊爸爸，妈妈马上就向我瞪眼睛地说：不许叫！但我不懂啊，可能觉得好玩吧，我还叫爸爸，爸爸……那是我出生以后喊出的第一句话啊！后来那叔叔调走了，可我还是天天中午往那儿跑，因为我要爸爸……"

"儿子！儿子……"郑跃进嘴上开始低声地呼喊着。

盼盼手握着爸爸的手在胸前哽哽咽咽地回答："爸！我在这儿。您睁眼看看，我是您的儿子盼盼呀！"

盼盼的双肩因呜咽而在抖动着，站在一旁的老太太 Emma 和 Tina 被这场面感动得泪流满面，Tina 感动得几乎哭出声来。

亲情，就像拧劲缠在一起的一条古老的藤，它是血脉相通默默相连的一体；它承载着岁月的历练，汇集着代代相传的香火；它就像春天里的甘露，总能在最孤独无助的时候润泽人的心田；它是触动心灵抚慰灵魂的神丹，给人以神奇的力量唤醒沉凝的思绪；它是妻子深情的呼唤，溶化心的冰冷，最终积成绵爱温馨的港湾；它就是一个永远不落的太阳，在冷酷无情的风雨中，温暖着漂泊的男人那颗敦厚的心！

没错，是亲情让这位坚强的父亲，在生与死的边缘活过来了。

这个时候的沈艳茹正好赶回来，她站在门口惊呆地看着一切。

当盼盼再次喊出"爸，看看我"的时候，郑跃进的头开始动了。

在门口站立的沈艳茹看到这一情景有些兴奋地跑进病房，她颤声地喊道："他醒了，他醒了……"

盼盼哭着将爸爸的手放在胸前，边揉搓边喊："爸，睁眼看看我……看看我……我是您的儿子盼盼……"

郑跃进的眼睛微弱地睁开了，一大滴泪珠顺着他的眼角滚落了下来……

他听到了，是儿子盼盼在他的耳边呼唤！

他想起了，是他生命里的妻子艳茹在他耳边呢喃！

他终于明白：是一个约定成为他一生执着而又不可改变的信念！

这一程艰难的旅行，这一刻幸福的重逢……

郑跃进和沈艳茹，谁都没忘在家乡老槐树下的诺言：说好的，我要和你一起走向终点！

那一大滴泪珠，在郑跃进的脸上滚动着，就像成串的

音符。

情相随，在心间，怎能断！是啊，那首歌唱得让人心动。

今生缘来生再相伴：
因为有你而让岁月铭记爱的百年，还因为
有了儿女，而让我和你丢掉所有的误解和埋怨
牵牵手再拉拉钩，约好了就不能改变
这温暖着你的温暖，相恋着我的思念
今生缘，来生再相伴
过往的曾经有太多的无奈，但我从来就没放弃
家的团圆！相伴终生是刻在生命里的相约
轮回百年，依然相依相恋
这是一个男人的承诺，也是一个女人的诺言
今生缘，来生再相伴

一来

完稿于 2012 年 2 月 13 日夜

后 记

《情断拉斯维加斯》这部长篇小说，写的是抚顺人在美国赌城拉斯维加斯的故事。

其实，这部小说我在 6 年前就开始打腹稿了，当时确定的书名是《相约在美国》。可是 6 年前我因为工作太忙根本就没有时间坐下来写作。直到 2008 年 5 月父亲病危，我回国准备料理父亲后事的这期间，一些热心的亲属和朋友问及我在美国这些年的经历时，我百感交集，那些心酸的往事真的让我不知从何说起。回美国后，每每想起病榻上父亲临终的遗言，"路是你选的，别后悔！"我便热泪盈眶，甚至痛哭失声……

是啊，父亲说得对，路是我自己选的，我要负责任地走下去！哪怕风光不再，哪怕满头白发。

可是，回到美国后我无心再做任何事，那过往的尘烟每时每刻都在折磨着我，使我心绪不宁，夜不成眠。更可笑的是在一个雪天，一个坡路我开车以最低的行速行驶竟然撞到一棵树上。

朋友打电话问我："一来，你怎么啦？"

我回答说："我的脑袋膨胀得要爆炸了！"

我知道，这本书就像怀胎的婴儿，已经孕育成熟了，如果不把她写出来我恐怕很难专心地做事。于是，我辞去了工作，每天坐在家里的电脑前全职写作。从早到晚不停歇，仅3个月初稿成型。同时即将完稿的长部小说《情葬谷天镇》是这部小说的姊妹篇。

我再一次重温了那一段里程，日日夜夜与主人公一起去寻梦，那美得令人心醉的梦！我不停地写着，感受他们的真情，感受他们的悲伤。泪水常常打湿了键盘，有时我竟哽哽咽咽地哭泣。写不下去了，我就从楼上走到楼下，再从楼下走上来，反复多次我的心情才能平静下来。我在写一个好人，一个让人放不下的好男人！他的善良和美德，他的包容和乐于助人。美的情操让我陶醉在创作的意境中。与其说我在塑造郑跃进的形象，不如说我在写人的本性。活着的，为何而活；死去的，总把悔恨和遗憾留在人间。这或许，在我的心里总念着亡故的亲人，因为我想表达我的真诚和怀念！又或许，我的经历中一直与郑跃进的原型朝夕相伴以至于那种真切的音容笑貌让我无法忘怀。我捧着一颗真诚的心去叙说往事：他们的苦与乐，悲欢与离合；他们为生存打工被人捉弄又遭受家人的误解，但却默默承受一切；他们为了快捷合法地获得金钱而不惜一切去赌场赌博，其结局是倾家荡产妻离子散……

多么巧合，当我开始写这篇后记时查看日期，恰好是2月

14 日情人节的早晨。寻梦人不再沉醉在梦中，早春的清晨阳光是鲜亮的，空气是新鲜的。万物在净化中开始复苏，没有秽亵和丑诋的流俗，没有痛彻心扉的分离和痛苦，只有晴朗的天空和温馨的爱！我是多么希望有情人终成眷属啊！可我在激动和兴奋的时候回头探望，书中的你们——那熟悉的身影顷刻出现在我的眼前。我知道，你们那真诚的目光像是在对我说："一来，我们累了，我们期待着过一种不被骚扰的安宁的生活！"我懂，我懂的！但请原谅，我的亲人，我的朋友！为了那些寻梦的人不再重蹈我们的覆辙，我必须告诉他们该怎么做。我请求你们谅解，因为书中犀利的文字有可能会再一次触痛你们的伤疤而忆起苦不堪言的当年；我万分愧疚地向你们说声"对不起"，因为我笔力不够而不能更加完美地表现出你们的爱与恨，痛与悲；欢乐的笑容，喜庆相逢的泪水……

苍天在上，请鉴证我的执着和真诚！让亡故的好人在我的笔下复活重生，让活着的好人在我的笔下健康快乐一生平安！

《情断拉斯维加斯》这部小说主要揭示的是人的本性。现实生活中的郑跃进、沈艳茹重逢后，因误解太深两人的心里一直有隔阂，直到沈艳茹又生了一个女儿，两人的感情才恢复到正常相依为伴的状态。而真实的南茜，她的命运比我笔下的南茜更凄惨。在美国赌城拉斯维加斯，像南茜这样爱赌或者说以赌为生的女人，不计其数。大多以赌为职业的女人，其结局都是非常悲惨的。

写这部小说的初期，我的思绪异常活跃和兴奋，为了求

证，我有选择地将部分章节上传到国外留园网和国内新浪网一来博客，其中纽约的一位读者来信问我南茜的命运如何，我回信给她说刚写到南茜自杀。

她马上回信对我吼起来："我告诉你一来，南茜不能死，她对我很重要！你要是让她死了，那……那我和你没完！"

我看后哈哈大笑起来，很感兴趣地回信问她："那依你，南茜的命运又该如何处置呢？"

她回信和我讲了另一个南茜的故事，是她最好的朋友，就因为赌而输掉了婚姻，家破人亡，最后绝望。

她对我恳求说："一来，她还活着！假如她看到《情断拉斯维加斯》这部书，我希望她能醒悟……"

这位读者带给我的沉重，让我的心情久久不能平静！

当然，并不是因为读者的建议而改变了故事结局，而是在创作过程中随着故事情节的深入，人物一旦活起来那她就不听我的指挥了。我想写她死她不一定就会死。可以说写到后来，我已经无力干涉人物命运的发展变化。比如南茜，写她自杀时我就有一种感觉，好像她在向我怒吼："为什么要我死呢？我偏不！"

于是，原先的构思和设计全被推翻了，叙述中南茜盖过了郑跃进，她成了主角，我不得不重新确定书名。

本书是在人物原型真实经历的基础上加工虚构而成的，书中的人生观和主要人物的人生追求是一致的。从某种意义上说，是以作者自己的性格逻辑在写主要人物郑跃进的人生道路。我承认，郑跃进含有作者的影子。而南茜更是让读者过目不忘的主角，尤其对南茜性格淋漓尽致地刻画，让读者看到了一位受尽凌辱的女人，即使被逼着去杀人，但她的心里仍然念着那份真情，那份难以忘怀的爱。

我真诚地感谢来自美国纽约，新泽西大西洋城，以及加拿大，澳大利亚，瑞士等地的读者朋友给我提出的难能可贵的建议，使我在写作过程中如鱼得水，思路畅通。

我由衷地感谢四川文艺出版社的编辑给我的指导、鞭策和鼓励，是她们给了我信心，使我更加自信！

我真诚地希望《情断拉斯维加斯》这部小说，能给所有的读者带来对人性，对婚姻的极具健康意义的人生思考。

谨将此书奉献给一直关注我的朋友和广大读者，这是我出国后十多年来历尽艰辛交出的第一份答卷！我等待着你们最严厉的批评。

2012 年 2 月 14 日清晨

记于拉斯维加斯

图书在版编目（CIP）数据

情断拉斯维加斯 / 一来著. —成都：四川文艺出版社，
2013.12
ISBN 978-7-5411-3831-7

Ⅰ．①情… Ⅱ．①一… Ⅲ．①长篇小说－中国－当代
Ⅳ．①I247.5

中国版本图书馆 CIP 数据核字（2013）第 286071 号

QINGDUANLASIWEIJIASI

情断拉斯维加斯

一来 著

责任编辑	张春晓
责任校对	韩 华
责任印制	周 奇
封面设计	任 熙
版式设计	史小燕

出版发行	四川出版集团 四川文艺出版社
社　　址	成都市槐树街 2 号
网　　址	www. scwys. com
电　　话	028-86259285（发行部）　028-86259303（编辑部）
传　　真	028-86259306

读者服务	028-86259293
邮购地址	成都市槐树街 2 号四川文艺出版社邮购部　610031

排　　版	四川胜翔数码印务设计有限公司
印　　刷	四川省印刷制版中心有限公司
成品尺寸	148mm×210mm　1/32
印　　张	16.5
字　　数	340 千
版　　次	2014 年 2 月第一版
印　　次	2014 年 2 月第一次印刷
书　　号	ISBN 978-7-5411-3831-7
定　　价	32.00 元